KB157904

야만의 여름

야만의 여름

류담 지음

북치는마을

지은이의 말

언어는 존재의 집이라고 하이데거가 말했다. 나는 우리의 내용이 말로 이루어져 있다고 받아들인다. 태초에 창조된 모든 것이 말씀으로 이루어졌다는 설도 긍정한다. 천국을 그린다면 엄청나게 많은 책으로 둘러싸인 도서관일 것이라고 말한 이는 보르헤스다. 나는 책으로 천국을 말하는, 현상을 넘어선 그의 세계에 매혹된다.

사람들은 스스로를 말로 드러낸다. 나 또한 그렇다. 수줍은 천성을 타고난 데다 낯가림을 중세로 앓는 바람에 관계가 삐걱거린다고 생각했다. 허공을 울리는 빈 말과 되는 대로 던진 타인의 말이 나를 쳤다. 되도록 말을 삼가는 버릇이 그래서 생겼다.

미처 삭히지 못한 말이 안에 쌓여 있다. 그것들을 뒤지면서 하루가 간다. 꺼내어 보고 뒤집어 본 잡동사니를 이리저리 엮어서 얘기를 엮기도 한다.

말 많고 시끄러운 세상에 책을 내놓으며 조심스럽다. 모자란 자식이 어떤 대접을 받으리라 그러면 심사는 조금 더 복잡해진다.

그렇다고 내내 껴안고 있을 수만 없다. 나가지도 물러서지도 못할, 진퇴양난의 곤경에서 내린 궁여지책이라고나 할까.

어쩌면 무시당하거나 비난 받을 수 있다. 바라지 않은 폐를 끼칠 경우도 생길 것이다. 행여 티끌 같은 칭찬이라도 날아든다면 눌리고 찌그러진 사념이 하늘을 날지 모른다. 그조차 잠깐이겠지만 이런 달콤한 착각이라도 필요하다.

이 책이 읽는 이들을 불편하게 하지 않았으면 좋겠다.

감히 바라건대 부스러기 기쁨이라도 뿌렸으면 좋겠다.

글자와 독대하는 순정한 즐거움을 아는 누가 함께 공감해준다면 짱 좋을 것이다.

행여 지리멸렬한 문장이 짜증을 불렀다면 그건 전혀 의도한 바가 아니므로 양해해주길.

2014년 8월 끝 날

차례

괄태충(括胎蟲)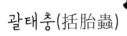

아파트 공동현관문을 보며 여자는 혹 숨을 뿜는다. 익숙하고 그리운 공기가 콧속으로 딸려든다. 배낭끈이 어깨를 짓누르지만 곧 쉴 수 있다. 꼭 필요한 것만 추려서 40일치의 짐을 꾸렸다. 비행기에 짐을 부칠 때 보니 20킬로그램이었다. 그조차 덜고 던 끝이었다. 억지로 밀어 넣은 옷가지와 세면도구가 눌릴 대로 눌려 있다. 단출하게 지내던 유목민의 날은 끝났다. 집에 두고 떠난 것들이 어른거린다. 자신에게 여분의 것이 넘치는 줄 이제야 알았다. 낭비가 문화를 낳는다던 글귀가 솟는다. 낭비라면 낭비인 집에 것들이 지친 몸과 마음을 풀어줄 것이다. 여자는 익숙하게 공동현관의 숫자를 누른다. 문은 쉽게 열린다. 여자는 열려 있는 엘리베이터 안으로 빨리듯 들어선다. 문이 닫히고 잇따라 층수가 바뀐다. 애써 조바심을 누르지만 그래봤자 일분 남짓이다. 인도에서는 이렇지 않았다. 시속 20킬로미터의 털털거리는 버스에 앉아서 느긋하게 창밖을 내다보고는 했다. 민달팽이처럼 기는 속도에 익숙해져서 걸핏하면 안달하던 버릇이 숙은 줄 알았는데.

리프트가 멈추고 문이 활짝 열린다. 여자는 잰걸음으로 집에 다가간다. 다시 맞을 일상을 그리며 언뜻 들뜬다. 뿌리가 마르지 않도록 물통에 담가둔 화분은 아직 괜찮을까. 마른 흙부터 흠뻑 적셔야 할지 모른다. 날마다 수를 늘이던 민달팽이는 어찌되었지? 집 안에 쌓인 먼지를 털어내고 잔뜩 눌린 빨랫감을 배낭에서 꺼내어 북북 빨 것이다. 우편함에 꽂혔을 고지서를 떠올리니 골치가 지끈거린다. 묵은 스트레스가 도지려 한다. 날마다 부딪치는 자잘한 일거리에서 벗어나려 했다.

여자는 망설임 없이 도어 록의 번호를 누른다. 입력되지 않았습니다. 문이 열리는 대신 기계음이 흘러나온다. 손잡이를 흔들지만 문은 끄떡 않는다. 다시 꿰어낸 숫자를 대어도 마찬가지다. 이럴 수가! 머리보다 손이 먼저 알던 숫자 아닌가. 기억이라면 자신이 있었다. 지워져야 할 것까지 떠올라서 괴로웠다. 이런저런 숫자를 빼고 더하느라 잠 못 이룬 밤도 적지 않다. 지금껏 버텨온 풀기가 시나브로 스러진다. 자릿수를 바꾸어보아도 문은 요지부동이다. 머리가 텅 빈다. 망치로 세게 맞으면 이럴까. 빈

복도를 밝혔던 센서 등이 꺼진다. 여자는 팽개치듯 배낭을 내린다. 한 번도 여자를 거스른 적 없던 문이 완강하게 버틴다. 누가 도와서 풀릴 숫자가 아니다. 어렵게 만든 것도 아니다. 잘 아는 숫자 4개를 썼다. 그것도 엉킬 위험이 없는 것들만 골랐다. 밖에서 잠기면 문을 떼 내야 한다고 했다. 엄청난 비용이 든다는 말을 들었다. 얼굴로 핏물이 쏠린다. 쉽게 만든 비번이 감쪽같이 지워졌다. 40일 동안 자신에게 무슨 일이 일어난 건가. 어느 산기슭에서 보았던 검은 괄태충이 촉수를 든다. 움직이는 더듬이를 보기 전에는 집 없는 개의 배설물이러니 여겼다. 흔적으로 남긴 은빛 실금이 축축하게 어린다.

　그놈을 본 건 조금 이른 아침이었다. 여자는 한 사람이 지나갈 좁다란 오솔길로 들어섰다. 적적한 길이 호젓하기도 무섭기도 했다. 우거진 풀 아래 검고 길쭉한 덩어리가 떨어져 있었다. 개가 실례를 한 게지. 깨금발로 건너뛰다가 발이 접질린 듯 뒤뚝거렸다. 겨우 몸을 가누며 앞을 보니 검은 촉수 같은 것이 움찔거렸다. 그리고 보니 살아 있는 생명체였다. 진저리친 여자가 죽죽 벋은 나무들 사이를 쫓기듯 걸었다. 검은 덩어리가 보이면 부러 딴 데로 눈을 돌렸다. 게스트하우스 앞에서 바삐 나서던 여주인을 만났다. 여자는 그것을 손가락으로 가리켰다. 저게 뭐야? 사리를 걸친 젊은 여주인이 슬쩍 돌아보더니 쉽게 말했다. '필'이라고 부르는데 물거나 해를 끼치지는 않아. 겁먹지 않아도 돼.

　화분 옆을 기던 누르스름한 민달팽이도 떠오른다. 밭에서 흙을 퍼올 때 실려 왔으리라. 한두 개씩 들인 화분이 제법 늘었다. 잠 못 든 밤이면 베란다에 나가서 서성이기도 했다. 낯선 물체가 보여서 눈을 키운 것도 그런 밤이었다. 여자는 어리둥절해서 다가갔다. 이파리에 매달린 갈색 민달팽이 두 마리였다. 튼실한 몸통을 곧추세운 그것이 느릿하게 움직였다. 눈앞에 펼쳐진 대자연을 보면서 여자는 친 자연주의자라도 된 것처럼 뿌듯했다. 치기어린 감상은 얼마 안 가서 깨졌다. 그날따라 늦게까지 잠이 들지 않았다. 여자는 별처럼 깔린 불빛을 보며 창으로 다가섰다. 발이 물컹했다. 뭐야? 이건! 여자는 얼른 발을 들고 생각했다. 민달팽이. 터진 창자. 두 낱말이 스쳐서 차마 불을 켤 용기가 나지 않았다. 여자는 어스름한 어둠 속에서 세 번 네 번 발을 닦았다. 왕성한 번식력으로 개체수를 불린 그것들이 밤이면 베란다를 차지한다는 것을 그제야 알았다. 그러고 보니 이파리마다 구멍이 뚫려 있었다. 벽에 번진 은색 선이 밤새 난장 친 자국을 드러냈다. 습기 낀 창에는 지그재그와 동그라미가 어지럽게 얽혀 있었다. 지저분하게 새긴 실금을 보며 여자는 혼란스러웠다. 흐린 앞날을 보는 듯했다. 언제 회사를 그만 둘지 몰랐다. 요즘 들어 부쩍 자금 사정이 좋지 않았다. 빚 독촉하는 전화를 받는 것도 여자였다. 무섭게 불어나는 민달팽이를 막아야 했다. 살충제를 팍팍 뿌려서 단박 없애려다가는 화초부터 죽을 것이었다. 당근을 좋아한다는 기사를 읽고 납작하게 썬 주홍채소를 놓아두기도 했다. 애써 놓은 덫이었지만 한두 마리가 아닌 군단이었다. 교활하게 비켜가는 놈들을 보니 오기가 일었다. 보는 족족 잡기로 했다. 잡은 순간 미끈하게 빠져나가는 그것을 기어이 잡아서 비닐봉지에 넣고 독한 약을 흥건히 뿌린 뒤 아가리를 묶었다. 그렇게 애를 썼어도 놈들의 밤나들이는 그치지 않았다.

남자가 늦게까지 돌아가지 않은 날도 여자는 버릇처럼 베란다로 나갔다. 아몬드를 우물거리며 다가온 그가 이맛살을 찡그리며 말했다. 그렇게 잔인해도 되는 거야? 여자는 딱히 대꾸할 말을 찾지 못했다. 집 가진 달팽이는 좋아하면서 애들한테는 왜 그리 모질어? 틀리지 않는 말이었지만 여자 마음까지는 모르는 소리였다. 위태로운 일자리를 들먹일 것 같아서 여자가 얼른 되물었다. 자기라면 어떻게 할 건데? 그것도 모르느냐는 듯 남자가 턱을 들어 창을 가리켰다. 굳이 죽이지 말고 밖으로 던져. 운 좋은 놈이면 살아남을 수도 있고.

깊은 잠에 들었던 여자가 벌떡 일어났다. 잠이 묻은 얼굴로 베란다의 불을 켰다. 여기 저기 매달리고 기는 그것들이 드러났다. 나무젓가락을 든 여자가 이파리 뒤에 숨은 놈들까지 찾아냈다. 물렁하고 치근거리는 느낌 탓에 그만 둘 일이 아니었다. 여자는 보이는 대로 창을 열고 던졌다. 다 잠든 밤에 징그러운 벌레와 씨름하는 자신을 곱씹었다. 도울 사람 없는 처지를 돌아보니 쓸쓸했다. 대신해 주지도 않으면서 혼자 관대하던 그를 잠깐 그렸다.

27층의 검은 허공에 서린 그것들의 저주가 문을 막아섰을지 모를 일이다. 꿈꿈한 헤아림이 은색 문자판 위에 어린다. 여자가 앞뒤 조합을 바꾼 숫자를 번갈아 눌러댄다. 입력되지 않았습니다. 또박또박 대꾸하는 기계음이 여자를 다그친다. 자신의 집인데 들어갈 수 없다. 벽에 기댄 등이 미끄러지며 여자는 그 자리에 주저앉는다. 발이 묶였던 도시, 켈롱이 눈앞에 뜬다. 길에 막혀서 기다릴 때도 이렇게 막막하지는 않았다. 조바심치는 일행을 한 걸음 떨어져서 지켜보며 일주일을 보냈다. 여럿이 함께 겪는 어려움은 혼자 견디는 것보다 훨씬 낫다.

단체인 그들에게 끼어서 떠날 때부터 힘든 걸음이었다. 칠흑에 덮인 밤 1시에 게스트하우스를 나섰다. 양동이로 퍼붓는 것처럼 비가 쏟아졌다. 우기라서 비가 잦았지만 이런 폭우는 처음이었다. 제 짐을 등에 짊어진 일행이 퍼붓는 빗속을 걸었다. 차 한 대가 지나던 길은 아예 하천이 되어 있었다. 저마다 켜든 플래시가 희뜩번뜩 흔들렸다. 후려치는 빗줄기가 흐릿한 빛쯤 금세 먹어 들었다. 칠흑 속 여기저기서 놀란 것처럼 불이 켜졌다. 한 손으로 문고리를 붙잡은 원주민이 고개를 삐죽 내밀고 길과 그들을 지켜보았다. 안에서 새나온 흐린 불빛이 문지방을 넘을 듯 출렁이는 물을 비췄다. 비가 오지 않아도 함부로 싼 짐승의 분뇨 탓에 늘 질척거리는 길이었다. 발목까지 찬 빗물이 온갖 오물을 쓸어내렸다. 어떻게 해! 등산화 속으로 물이 들어 갔어. 누군가 소리쳤다. 여자의 발은 괜찮았다. 산을 즐겨 찾던 여자에게 포장지에 싼 상자를 내밀던 남자목소리가 생생하게 울렸다. 고어텍스로 만든 거라 빗물쯤 거뜬히 막아준대. 말 그대로였다. 세상을 깔아뭉갤 듯 비가 쏟아졌다. 그림자가 된 남자가 묵묵히 걷는 여자를 따라왔다. 차를 타려면 넓은 길까지 걸어 내려가야 해요. 가이드의 목청이 빗소리를 넘어서 날아들었다. 말없이 걷다보니 여자가 맨 앞이었다. 얼추 1킬로미터쯤 비탈진 내리막을 걸었다. 비와 어둠뿐 아무 것도 보이지 않았다.

구시가지와 신시가지를 가르는 베아스 강이 콸콸 소리를 냈다. 북인도의 젖줄이 불어난 물에 몸살을 하는 모양이었다. 두 시가지를 잇는 철교 앞에 희부연 그림자가 어렸다. 눈을 키우고 다시 살핀 여자가 다가가서 조금 열린 운전석의 창문을 두드렸다. 레로 가는 미니버스 맞아요? 12명의 코리언이 타기로 했는데. 졸던 기사가 화들짝 놀라서 문을 열고 뛰어내렸다.

뒤이어 모인 사람들이 짙은 검정 속에서 두런거렸다. 강물이 우렁찬 폭포 소리를 내며 흘렀다. 늙수그레한 기사가 바삐 차 뒷문을 열었다. 푹 젖은 배낭을 좁은 칸에 우겨넣느라 잠깐 소란스러웠다. 비가 오지 않았다면 지붕에 짐을 올리고 사람만 앉아 갈 예정이었다. 비에다 오물에다 좁은 좌석까지. 어느 것 하나 편편치 않았다. 십여 명이 두런거리며 자리를 잡았다. 똥물 묻은 발을 생수로 씻었는데 도로 젖었잖아. 투덜거리는 목소리가 차안을 울렸다. 이래저래 화가 난 눈치였다. 뒤따른 불평이 그치지 않았다. 여자는 말없이 무섭게 쏟아지는 빗줄기나 내다보았다. 검은 창에 어린 남자 시선이 지그시 여자를 바라보았다.

차가 산길을 달렸다. 아무리 악지 세게 내리는 비라 해도 그칠 것이었다. 21시간인지 23시간인지 가면 레에 닿는다니까. 신시가지를 벗어난 차가 비탈로 올라섰다. 길게 예각을 그린 지그재그 길을 몇 번 돌았다. 얼추 40여 분쯤 달렸을까. 차가 멈추었다. 쏟아지는 불빛을 손차양으로 가린 남자가 수신호를 하는 모습이 얼비쳤다. 그러고 보니 길가에 줄지어 멈춘 차가 여럿이었다. 기사와 가이드가 밖으로 뛰어나갔다. 다들 어리둥절해서 서로를 바라보다가 밖으로 눈을 돌렸다. 창밖의 실랑이가 한동안 이어졌다. 마침내 차에 올라탄 기사가 차를 돌렸다. 가이드가 상황을 설명했다. 히마찰 주의 버스운송업계에서 나온 사람들이 다른 도시에서 온 차를 막는다는 것이었다. 여자가 탄 차는 다람살라의 번호판을 달고 있었다. 영문 모른 나그네들이 이들의 밥그릇 싸움에 말린 것이었다. 돌아선 차가 버스 운송 사업소에서 멈췄다. 아직 3시도 안 된 시각이어서 밖이 깜깜했다. 6시가 되어야 사람이 나온다고 했다. 시간이 느릿하게 흘렀다. 누구는 차에서 내려갔고 움직이기 귀찮은 이들은 자리를 지켰다. 여자는 등받이에 기대고 눈을 감았다. 밤을 타서 돌아다니는 민달팽이가 어른거렸다.

7시가 되어서야 가까스로 관계자를 만날 수 있었다. 경찰서에 가서 말하면 일을 쉽게 풀 수 있어요. 서두르지 않는 그의 말을 좇아 경찰서로 갔다. 거기서는 버스사업소가 알아서 할 일이라고 했다. 서로 미루는 두 기관을 오가다가 오전이 갔다. 밥이

나 먹고 기다립시다. 가이드가 지친 사람들을 이끌고 가까운 식당으로 들어갔다. 점심을 먹고 나자 기사가 밝은 얼굴로 돌아왔다. 허가증을 받았다고 했다. 약을 썼거든. 버스에 올라탄 가이드가 엄지와 검지로 동그라미를 그리며 말했다. 오후 2시 가까운 시각에 같은 곳을 다시 달렸다. 길을 막아서던 사내들은 보이지 않았다. 비까지 그쳤다.

차가 급하게 굽은 산길을 아슬아슬하게 꺾어 돌았다. 여자는 그때마다 진땀 밴 주먹을 움켰다. 눈을 질끈 감고 입술을 움직이는 이도 있었다. 조금 마음이 놓여서 고개를 빼고 내려다보면 10미터쯤 올라온 높이였다. 그들이 떠난 마날리에서 가야 할 레까지는 사백칠십 킬로미터를 넘는 거리라고 했다. 시속 20킬로미터를 넘지 못하는 차가 느릿느릿 등성이를 탔다. 2시 가까운 깊은 밤에 폭우를 헤치던 고생이 그새 까마득했다. 여자가 길들었던 빠른 속도와 지금의 느린 움직임이 겹치다가 떨어지다가 했다. 느리든 빠르든 달라질 일은 없었다. 느린 속도를 쉽게 받아들이는 자신을 알 수 없었다.

겹겹으로 앉은 히말라야가 시원한 풍경을 그렸다. 울창한 숲을 감으며 안개가 빠르게 지나갔다. 골짜기마다 은빛 물줄기가 떨어졌다. 괄태충이 남긴 축축한 금이 어렸다. 여자는 초록을 가른 물줄기를 오래 내다보았다. 산자락을 감아 도는 긴 길이 그놈의 흔적처럼 보였다. 주인 없는 빈 집은 민달팽이 차지가 되었으리라. 거침없이 번식할 놈들이 어른거렸다. 낮에는 감쪽

같이 사라졌다가 밤이면 나타나는 그것들은 어디로 숨어들까. 보이는 대로 잡아도 줄지 않더니. 조금 뜸해서 마음을 놓으면 어김없이 커진 몸통을 드러내고는 했다.

어디선가 읽은 글귀가 떠올랐다. 인생은 속도가 아니라 방향이다. 느리게 달리는데도 레를 떠올리니 마음이 놓였다. 또렷한 방향이 있으니 언젠가 닿을 것이었다. 안달한다고 빨리 가는 것도 아니었다. 어쩌다가 이런 길을 떠났는지. 멀리 어린 초록 등성이를 바라보노라니 일자리를 잃고 애타던 마음이 부질없었다. 오너를 씹다가 그의 미숙한 경영을 비웃었다. 그조차 조바심 탓이었다. 갑작스런 실직이 알 수 없는 앞날을 부실로 몰았다. 마음이 흔들려서 사귀던 남자와 곧잘 다투었다. 하찮은 말싸움이 끝내 서로를 떼어놓았다. 절박하던 그때를 여기서 돌아보니 호강에 겨운 엄살처럼 여겨졌다. 해발 3천7백은 올라왔을까. 차가 멈추었다. 여자는 고개를 밖으로 뺐다. 긴 행렬을 이룬 차들이 가다가 서다가를 되풀이했다. 그러다 멈춘 곳이 곤죽을 이룬 길 앞이었다. 인도에서 이름난 자동차회사 타타 로고를 새긴 노란 익스커베이터가 굴러 내린 바위 앞에 버려진 것처럼 서 있었다. 긴 팔 끝에 매달린 커다란 삽이 한번 덜컹했다. 여자는 그 앞에서 일하는 현지인 노동자를 지켜보았다. 맨발의 깡마른 젊은이가 치켜든 해머를 힘껏 내려쳤다. 아름찬 돌덩이가 두 번 세 번 내려치는 서슬쯤 꿈쩍 않고 받아냈다. 엉덩이 솔기가 길게 찢어진 누더기 사이로 검은 살갗이 슬쩍 비친 것도 같았다. 진창

너머로 건너편 언덕이 구불구불 이어졌다. 겹칠 듯 구부러진 두셋의 길 위에 오던 차들이 여기와 마찬가지로 긴 줄을 이루고 있었다. 틈을 탄 장사치들이 머리에 먹을거리를 이고 바삐 오갔다. 호객하는 소리와 구경하는 여행객들이 한데 섞여서 낭떠러지 옆은 아예 장터였다. 가끔 얼굴까지 진흙을 뒤집어 쓴 남자가 커다란 오토바이를 비틀걸음으로 끌고 가기도 했다. 험한 산길, 그것도 진흙탕을 혼자 힘으로 헤쳐 가는 모습이 야성의 매력을 풍겼다. 하나씩 진창을 빠져나가고 여자가 탄 미니버스 차례가 되었다. 걸쭉한 흙탕으로 들어선 차가 곡예를 하듯 비틀거렸다. 엔진이 꺼질 것처럼 크르릉거렸다. 벼랑 쪽으로 비칠비칠 구르는 바퀴를 보며 여자가 숨죽였다. 뒤에 앉은 누군가 비명을 질렀다. 앞에서 기우뚱거리던 밴이 그예 길 한가운데 멈췄다. 뒤를 좇던 미니버스가 주춤했다. 백미러에 비친 기사 얼굴이 굳어 있었다. 멋대로 미끄러지는 바퀴를 막을 것처럼 기사가 힘껏 핸들을 붙잡았다. 힘줄이 불끈 솟은 그의 손을 지켜보다가 여자는 고개를 내려 뚝 떨어진 벼랑을 훑었다. 보기만 해도 오금이 받았다. 허술한 난간이라도 있었으면.

낮이 설핏 기운 시각에 진흙구렁을 겨우 빠져나왔다. 질퍽한 거기를 돌아보면서 다들 환호했다. 오르내리는 산길을 오래 달렸다. 달렸다고 해야 달팽이 기듯 느린 걸음이긴 했다. 경사면에 피어난 갖가지 색깔의 들꽃이 조이던 속을 풀었다. 물오른 줄기 끝에 제철을 만난 꽃들이 다투어 피어 있었다. 비탈마다 물길을 낸 폭포와 나무와 풀꽃을 덮으며 곧 어둠이 내렸다. 몇 채의 상가가 흐릿한 등을 켠 곳에서 이설프게 서녁을 때우고 나니 다시 폭우가 쏟아졌다. 후려치는 빗발을 지우느라 두 개의 와이퍼가 쉴 새 없이 움직였다. 헤드라이트에 드러난 코앞뿐 아무 것도 안 보였다. 한쪽은 가파른 치받이였고 다른 옆은 낭떠러지였다. 헤드라이트가 후드득 쏟아진 돌을 비췄다. 언제 어디서 산이 무너져 내릴지 몰랐다. 온통 까매서 아득하던 벼랑은 보이지 않았다. 앞이 안 보이는 어둠을 노려보며 여자는 먹먹했다. 일자리를 잃었을 때보다 더한 무게가 어깨를 짓눌렀다. 끝나지 않을 것 같은 어둠이 피로를 더했다. 깊이를 알 수 없는 고단함이 여자를 감았다. 낯선 사람이 운전하는 차를 타고 어딘지 모를 곳으로 가고 있는 자신이 밤을 타서 움직이는 민달 팽이 같았다. 빈 집에 남은 그놈은 어찌 되었을까. 맘껏 그어댄 삐뚜름한 지그재그와 동그라미가 눈앞에 어지럽게 얽혔다. 그놈은 어떻게 밤의 궤적을 잡아갈까. 낮에 쉴 자리를 찾아 두 개의 더듬이를 움직이는 놈들이 지치지 않고 따라왔다. 산허리를 돌고 돌았는데 또 길이었다. 텅 빈 도로를 달리던 버스 창에 허술 하게 돌아가는 네온이 비쳤다. 차가 지친 듯 멈추었다. 여자는 참았던 숨을 한꺼번에 몰아쉬었다. 끈질기게 따라온 괄태충이 지워졌다.

밤새 낙숫물 소리를 들으며 자다가 깨다가 했다. 아침에 눈을 뜬 여자가 커튼부터 걷었다. 들판이 희었다. 여자는 눈을 키우고 다시 내다보았다. 마주 보이는 기슭까지 희끗한 막에 덮여 있었다. 그쳤던 눈발이 다시 날렸다. 8월에 눈이라니. 뜻밖의 좋은 소식을 들은 것처럼 설레었다. 눈 녹은 물이 쫄쫄 소리를 내며 떨어졌다. 땅에 닿자마자 스러지는 눈이지만 녹는 속도보다 내리는 양이 많았다. 넓은 들을 덮은 눈이 시원의 풍경을 그렸다. 밖에서 팔팔한 목소리가 날아들었다. 여자도 일행을 좇아 나갔다. 일찍 양을 몰고 나온 원주민이 낯선 얼굴을 보며 발을 멈추었다. 처음에는 흰색이었을 검누런 털빛의 양이 사람을 본 척도 안하고 종종걸음으로 지나갔다. 뒤 따라오던 사내가 비탈로 오르는 양을 지켜보다가 손짓에다 발짓까지 섞어서 말했다. 내일부터 여기서 축제가 벌어질 예정이었어. 참가하려던 사람들을 태운 버스가 쌓인 눈 탓에 벼랑으로 굴렀다는 얘기였다. 애꿎게 희생된 이웃 주민을 떠올리며 여자는 하릴없이 앞산이나 올려다보았다. 잿빛 하늘에다 날카로운 예각을 치킨 험산이 차갑고 도도한 흰색을 쏟아냈다. 구름이 빠르게 지나갔다. 흰 봉우리가 드러나다 말다 했다. 오늘 떠나기는 글렀군. 20여 명의 목숨을 쓸어간 눈이 가볍게 날렸다. 12억 인구를 가진 이 나라에서 깊은 벼랑으로 구른 버스를 얼마의 사람들이 알까. 지탱할 끈 하나 없이 험악한 산과 함께 사는 이들이 어른거렸다. 3억이나 되는, 많은 신이 왜 이 나라에 있어야 하는지 알 것 같았다. 건너편 산 중턱에 옹기종기 모인 마을이 한 눈에 잡혔다. 첩첩준령에 둘러싸인 데다 눈까지 내리는 산골이었다. 전에 받아든 여행 안내서에 히마찰의 행정도시라고 씌어 있었지만 여남은 가구로 보일만큼 허술했다. 북쪽의 레끼지는 갈 길이 아직 멀었다. 겨우 4분의 1은 왔을까. 4천이 못 되는 로탕패스를 지나면서 타들던 심사가 도지려 했다. 이번에는 5천이 넘는 데다 눈까지 쌓인 길이었다. 앞으로 가야 할 고개가 칼끝 같은 꼭대기를 드러냈다. 여자는 폭설에 막혔다는 길을 우두커니 올려다보았다. 나갈 길은 물론 돌아갈 길조차 끊겼다는 소식이 이어졌다. 여자 입에서 끙, 된 숨이 새나왔다. 마냥 기다리는 것밖에 달리 할 일이 없었다. 굳이 거기를 가야 할 까닭은 없었다. 쉽게 팀에 끼어들었다가 여기 갇힌 셈이었다. 그것도 히말라야의 오지 한 가운데였다. 잦아들던 눈발이 다시 굵어졌다. 어제 떠나온 마날리가 아스라이 어렸다. 거기는 여전히 비가 올까.

혼자의 여행에 지칠 무렵 인도 북부 휴양도시인 그곳에 닿았다. 구시가지의 게스트하우스에 짐을 풀고 나서 길 양쪽에 줄지어선 상가를 두어 번 오갔다. 비탈이 심한 길이었다. 내려갈 때는 괜찮았는데 올라오려니 숨이 차고 다리가 아팠다. 꺾어진 길모퉁이에 쪼그려 앉은, 터번을 머리에 감은 사내가 여자를 손짓해서 불렀다. 다가간 여자에게 앞에 둔 보따리를 가리키며 코브라를 보겠느냐고 물었다. 내려가는 길에 납작한 대가리를 꼿꼿이 세운 뱀을 슬쩍 보았다. 눈으로 보든 사진을 찍든 값을 치러야 할 것이었다. 곁에 선 아이가 여자를 빤히 올려보았다. 사람을 끌고 돈을 받는 일을 맡았겠지. 여자는 고개를 저으며 돌아섰다. 곁눈으로 훔쳐본 것이면 충분했다.

 더 훑을 것이라고는 없었다. 심심할 때면 가풀막을 내려가서 시에서 가꾸는 숲을 걸었다. 산기슭에서 보았던 필이 아름찬 삼나무가 빽빽이 선 오솔 길에도 있었다. 검푸른 살갗과 배설물 같은 크기가 여전히 흉물스러웠다. 여자는 서둘러 조붓하게 이어진 콘크리트길을 밟았다. 빈집에서 활개 칠 민달팽이는 얼마나 커졌을까. 하늘과 맞닿은 나무 우듬지 사이로 하늘이 얼비쳤다. 숲이 끝날 때까지 어른거리는 은빛 금을 되작였다. 철조망을 빠져나가니 시장이었다. 말 나눌 이 없이 혼자 기웃거리면서 홀가분하다가 적적하다가 했다.

 시장 가까이 있는 버스정류장에 서서 오가는 사람을 지켜보기도 했다. 나귀와 몸집 큰 개가 사람 사이를 어슬렁거렸다. 버스에서 한 떼의 낯익은 얼굴들이 우르르 내렸다. 그러고 보니 한국의 여름방학이었다. 여자가 묵는 구시가지로 여행객들이 쏟아져 들어왔다. 옛날 집이 몰린 그곳에서 마주치는 넷 중 셋은 우리 얼굴이었다. 누구는 아는 체를 했고 누구는 어정쩡한 표정으로 고개를 돌렸다. 반기자니 낯설었고 모르는 체하기에는 어색했다.

 여행객이라고는 보이지 않는 쿨루에서 일주일을 보낼 때는 누구를 만나도 껄끄럽지 않았다. 신들의 계곡이라는 그곳을 인도 사람과 마찬가지로 로컬 버스를 타고 좁은 좌석에 끼어서 흔들렸다. 그들이 나눠준 음식을 함께 먹다가 그것들을 카메라에 담았다. 기계 속에 새긴 풍경이 어둠 속을 기는 민달팽이 흔적처럼 여겨졌다.

숙소를 나온 여자가 오물을 밟지 않으려고 땅만 보며 걸었다. 검게 변색된 목조주택의 일층에서 소와 양이 여물을 우물거렸다. 아무 때나 거리낌 없이 배설하는 가축이 그곳에서는 사람과 함께 살며 같은 대접을 받는 듯했다. 이층 테라스에서 맑게 웃는 소리가 솟았다. 고개를 드니 난간에 턱을 걸친 아이가 까만 눈으로 내려다보고 있었다. 마주 손을 흔든 여자가 오래된 가옥을 얼른 지나쳤다. 풀과 분뇨를 섞어 만든 퇴비가 집집마다 쌓여서 어디나 퀴퀴한 냄새뿐이었다. 함부로 쏟아낸 똥오줌이 악취를 더했다. 오물이 널린 길을 벗어나면 큰길이었다. 여자는 만두가게 앞에 발을 멈추고 모은 숨을 한꺼번에 쏟았다.

그쳤던 비가 다시 떨어졌다. 빗방울이 굵었다. 여자는 가끔 들르던 영국빵집으로 뛰었다. 입구에서 우두커니 비를 바라보던 주인남자가 빙긋 웃음으로 맞았다. 그새 얼굴을 익힌 듯 착하게 웃는 얼굴이 마음을 녹였다. 몬순이라서 비가 잦아요. 둥근 얼굴에다 작은 키의, 인도인이라기보다 중국 사람처럼 보이는 중년의 그가 말했다. 매일 비가 오다가 그치다가 하네요. 여자는 싱겁게 말을 받고 자리에 앉아서 땅콩쿠키 한 개와 플레인 요거트를 주문했다. 돌아선 주인이 우리네 강정처럼 빚은 납작한 과자와 냉장고의 요거트를 덜어서 내왔다. 값을 치르고 나서야 지갑 속 루피가 바닥 난 것을 알았다. 여자는 가늘어진

비를 뚫고 여행사와 환전을 겸한 가게로 뛰었다. 달러를 루피로 바꾸려고요. 지도를 보던 우리 얼굴의 남자가 고개를 돌리고 물었다. 한국 사람이세요?

팀을 이끈다는 그가 트래킹을 한 뒤에 레로 떠날 거라고 말했다. 북쪽이라면 시도 때도 없이 추적거리는 비를 맞지 않아도 될 듯했다. 비오는 바깥을 내다보던 여자가 혼잣말처럼 물었다. 빈자리가 있나요? 한 사람 더 끼게. 그가 고개를 끄덕였다. 이곳 풍토가 사람을 순하게 만들까. 어려운 길이 쉽게 열리는 듯 보였다.

괜스레 끼어들었다가 이런 시골에 갇히다니. 여자는 뒤늦게 후회했다. 처음에 들떴던 마음과 달리 그만큼의 깊이로 가라앉았다. 남는 시간이 많았다. 스스로를 돌아보면서 냉정해졌다. 길과 사람 심지어 날씨까지 되풀이되는 듯 보였다. 여자가 익숙했던 속도와 이곳의 속도가 다른 차이는 있었다. 인생은 속도가 아니라 방향이라던 말이 또 떠돌았다. 여자는 스스로에게 어디를 향하는지 물었다. 그러고 보니 모를 속도에 얹혀서 서두르기만 했다. 딱히 가려는 방향 같은 건 없었다. 그런 매너리즘에서 빠져나오려 했지만 이거다 하는 길이 보이지 않았다. 일자리를 잃고 나니 할 일이 없었다. 개체수를 늘인 괄태충이 심사를 어지럽혔다. 여자는 화풀이 하듯 그것을 창밖으로 던졌다. 머리인지 마음인지 마구 얽힌 탓에 사귀던 남자에게 곧잘 시비를 걸었던 것 같다. 그를 만난 날도 비가 내렸다.

괜스레 마음이 가라앉은 여자가 혼잣소리로 웅얼거렸다. 일도 그만 두고. 앞날은 막막한데 니가 나를 벌어 먹일래? 함께 앉아 있던 그가 멍한 눈으로 돌아보았다. 장난인지 심각한 건지 살피는 듯 보였다. 여자는 짜증스럽게 뱉었다. 아, 사는 게 지겹다. 그가 느릿하게 말했다. 너나없이 다 힘들어. 나 따위가 누구를 책임지겠어? 함께 구렁에 빠지거나 하지. 자조 섞인 대꾸에 여자는 발끈했다. 솔직한 말이었지만 여자에게는 다정한 거짓말이 필요했다. 그만 둬. 다 집어치우자. 지긋지긋해. 자리에서 벌떡 일어난 그가 짓씹듯 으르렁댔다. 누가 겁난대? 바라던 바야. 사십 중반을 넘겼으면서 이런 감정싸움이나 하고. 언제까지 애처럼 비위 맞춰주기나 바랄래? 나도 지친다. 그가 뚜벅뚜벅 걸어 나갔다. 각을 세운 어깨가 정말 화난 것처럼 보였다. 빈 위로라도 받으려 했는데. 애써서 산 날이 몽땅 억울했다. 등 돌린 그를 붙잡아 세우고 따지려다가 고개를 털었다. 그가 없는 곳으로 가면 막혔던 숨이 뚫릴 것 같았다. 무작정 떠나자. 분한 생각이 여자를 밀었다. 여행사를 알아본 뒤 앞뒤 재지 않고 짐을 쌌다. 늘 따라오던 오너의 한숨과 퀴퀴하게 떠돌던 우울감이 지워졌다. 모를 곳에 발이 묶인 일이 잠깐 스치는 유희 같았다. 언젠가 지나갈 일이었다.

첫날은 갑작스럽게 내린 눈과 낯선 풍경에 들떠 있었던 것 같다. 내일이면 떠나리란 기대로 카메라를 여기저기 들이댔다. 이튿날 잠을 깬 여자가 세수를 마치고 식당으로 올라갔다. 눈은 그치지 않았다. 썰렁한 실내에 온기라고는 없었다. 손님을 받아본 적은 있을까. 어디선가 새어든 날선 찬바람이 살을 저몄다. 여름에서 곧장 겨울로 바뀐 날씨가 어리둥절했다. 젊은 호텔 주인이 여자를 보며 뭐라 뭐라 말했다. 즐거워서 못 견디겠다는 얼굴을 똑바로 바라보며 여자는 귀를 기울였다. 기온이 영하로 내려갔다는 말이었다. 몇 살이야? 끊긴 말을 메울 셈으로 물었다. 25살. 일 년 전에 결혼했어. 젊은이들이 즐겨 입는 스포츠 브랜드를 걸친 그의 옆에 21살이라는 아내가 서 있었다. 살이라고는 붙지 않은 가는 몸매에 인도 옷을 걸친 새색시가 무표정하게 여자를 바라보았다. 젊은 주인이 방을 나갔다. 진득하기를 바라기에는 가벼운 나이였다. 추워 보이는 얼굴의 새색시가 남편을 따라 나갔다. 우리 불행이 이 호텔에 행운을 불러다주었군. 여자가 중얼거리며 올린 깃을 다시 여몄다. 겨울옷을 껴입고 야크 털로 짠 목도리까지 둘렀는데도 훌쩍 내려간 기온이 몹시 찼다. 쿨루의 특산물이라는 수직 머플러를 사둔 게 다행이었다. 여자는 열린 창이 있는지 커튼 뒤까지 살폈다. 유리 한 칸이 통째 깨져 있었다. 가뜩이나 추운 방으로 영하의 바람이 쏟아져 들어왔다. 찬 기운을 막을 비닐이 없는지 둘러보았지만 종이쪼가리조차 보이지 않았다. 여자는 어깨를 옹송그리고 창밖을 내다보았다. 건너편 비탈까지 이어진 들이 끝없이 넓었다. 눈 덮인 산야가 검정 실루엣을 그렸다. 일행이 하나씩 나타났다. 썰렁하던 실내가 모인 체온으로 조금 나아졌다. 겉모습은 레스토랑을 흉내 냈지만 무엇 하나 제대로 된 것이 없는 식당이었다. 냉기 밴 의자에 앉기가 꺼려졌지만 아침을 먹어야 했다. 여자는 삶은 달걀 두 개와 감자를 주문했다. 그걸 뺀 다른 음식은 없다고 했다. 보잘 것 없는 음식을 우물거리며 창밖에 내린 눈을 내다보았다. 누군가 밖으로 나가서 뭉친 눈을 허공에 던졌다.

식당이나 먹을 것을 구할 가게조차 없는, 호텔 한 채만 덩그 러니 길가에 놓인 곳이었다. 갈 데라고는 먼 데 떨어진 마을이 고작이었다. 아침을 먹고 난 뒤 가이드가 말했다. 레스토랑의 음 식이 바닥났어요. 오늘 먹을거리를 우리가 사와야 해요. 두 끼는 먹어야지요. 고개를 튼 그가 산중턱에 옹송그린 집들을 턱으로 가리켰다. 5킬로미터쯤 떨어진 그곳에 시장이 있다고. 그렇게 멀어요? 휘둥그러져서 묻는 여자에게 가이드가 빤히 마주 보이는 절을 가리켰다. 저게 가까워 보이지요? 25킬로미터를 돌아야 갈 수 있답니다. 그러니 5킬로미터는 마당 안이지요. 달리 할 일이 없었으므로 그들은 미니버스에 실려 외길을 탔다. 강 위에 놓인 철교를 지날 때 굽어보니 불어난 물살이 콸콸 흘렀다. 좁은 길로 꺾어들자 마을이 나타났다. 생판 타인이면서 지인이기도 한 열두 명이 앞서거니 뒤서거니 걸었다. 여자가 알던 시장과 다른, 여남은 가게가 나란히 붙어 있는 길은 곧 끝났다. 질척거리는 땅 위로 진눈개비가 날렸다. 오가는 사람들 이 서로 몸을 부딪쳤다. 마침 눈에 띤 야채가게 앞에서 여자가 발을 멈췄다. 오이와 감자, 무, 토마토무더기에 둘러싸인 원주민 여자가 낯선 동양인이 가리키는 것을 종이봉투에 담았다. 인도 사람일까. 티베트일까. 옷차림으로 알아차릴 실력은 못 되었다. 여자는 천장까지 비스듬하게 쌓인 망고, 사과, 파인애플, 콜리플라워, 파파야, 마늘과 피망을 눈으로 훑었다. 로탕패스 남쪽에 흔하던 사과가 여기는 비쌌다. 익은 사과가 주렁주렁 매달렸던 산기슭이 어른거렸다.

찬 덩어리가 덜미를 쳤다. 여자는 빠르게 돌아보았다. 이틀 내린 눈이 지붕을 소담하게 덮고 있었다. 잔뜩 쌓인 눈이 제 무게를 못 이기고 떨어져 내린 것이었다. 뒤이어 미끄러지는 눈뭉치를 보며 여자는 서둘러 돌아섰다. 한가한 골목이었을 텐데 폭설에 막힌 여행객들로 북적거렸다. 낡은 목조건물과 어울리지 않는 서양 얼굴 몇이 원주민 가이드와 함께 지나갔다. 거기 섞인 스스로가 낯설었다.

사흘 째 되는 날에도 눈은 녹지 않았다. 밖에 나간 가이드가 여전히 길이 막혔다는 소식을 가지고 돌아왔다. 모인 사람들이 불평을 쏟아냈다. 도중에 끼어든 여자는 누구와 어떻게 말을 터야 할지 알 수 없었다. 창가로 다가가서 밖이나 내다보았다. 넓은 하늘로 구름이 빠르게 지나갔다. 언뜻 푸른빛을 띠다가 다시 잿빛으로 바뀐 하늘을 보며 마음이 따라서 흔들렸다. 날카롭게 모서리를 세운 봉우리가 도도한 서기를 뿜었다. 오천이 넘는 산을 다섯 개나 거쳐야 한다던데. 그조차 6월에서

9월까지만 열린다는 길이었다. 쌓인 눈이 녹지 않으면 내년까지 갇힐 경우도 있어. 여러 얘기가 날아다녔다. 듣고 있던 하나가 새하얗게 날선 꼭대기를 근심스러운 눈으로 올려보았다. 뜻밖의 상황을 수더분하게 받아들이는 여자를 또 다른 시선이 물끄러미 지켜보았다. 여행지에서 부딪치는 일쯤 대수롭지 않았다. 무슨 일이든 일어날 수 있다고 마음을 열어 두었으리라. 어떻게 해! 누군가 우는 소리를 했다. 날아든 걱정꺼리가 지레 커진 모양 이었다.

앞뒤가 꽉 막힌 그때도 이렇게 갑갑하지 않았다. 낙낙하게 풀리던 마음이 닫힌 문을 보며 민달팽이의 촉수처럼 오그라 든다. 묵은 긴장이 올라온다. 완강한 철문은 표정도 감정도 없다. 돌바닥에 밴 찬 기운이 엉덩이에 스민다. 쌓인 피로를 누르며 여자는 문을 째린다. 몸을 눕힐 침대가 몇 걸음 떨어진 안에 있다. 송수화기만 들면 허기진 배를 달랠 음식을 주문할 수도 있다. 더운 물이 쏟아질 수도꼭지와 제자리를 지킬 손때 묻은 물건이 풍경처럼 어린다. 자신을 부르는, 아쉽고 그리운 그림자 가 문 뒤에서 수런거린다. 속이 탈수록 머릿속은 텅 빈다. 빛바랜 뇌세포가 뒤죽박죽으로 엉킨다.

문을 열어야 한다는 생각뿐 어떤 것도 떠오르지 않는다. 집으로 들어간다고 해서 생각처럼 낙원이 열리지는 않는다. 안에 도사렸을 갖가지 근심과 베란다에 얽힌 은빛 선이 겹친다. 밤이면 제 세상을 이루던 괄태충은 주인 없는 집에다 이상향을 꾸몄을까. 뜻 없이 되풀이될 날이 어수선하게 어린다. 영문 모를 속도에 얹혀 지칠 때까지 달리리라. 가속에 실린 채 끝없는 노동을 견딜 것이다. 구직의 어려움, 하루를 사는 일이 으름장을 놓는다. 여자 속에 깊이 둥지 튼 창과 방패가 서로 으른다. 어디든 어느 때든 뒤뚱거린다. 이 불균형을 잡아줄 누가 있었으면. 떠난 남자가 벙긋 웃는다. 은빛 도어 록에 어룽진 괄태충이 그가 남긴 빈자리를 차지한다. 검푸른 덩어리가 꿈틀댄다. 여자는 설핏 진저리친다.

아침이면 누구든 가리지 않고 길이 열렸는지, 그것부터 물었다. 다음날 떠나리란 바람은 번번이 깨졌다. 하루에도 몇 번씩 열리다가 닫히는 길을 마냥 지켜보면서 날이 갔다. 다섯 째 날 다시 시장에 가기로 했다. 호텔 주인과 그의 아내에게 함께 가자고 했다. 무표정하던 새색시의 얼굴이 모처럼 환해졌다. 서둘러 차에 탄 일행이 옷을 갈아입고 얼굴을 꾸미는 그녀를 기다렸다. 모양낸 아내를 앞세운 젊은 주인이 싱글거리며 차에 올랐다. 그들이 이끈 가게에서 양고기와 감자와 계란, 마늘, 양파 따위를 샀다. 따로 군것질 거리도 마련하기로 했다. 그래봤자 비스킷 종류의 과자뿐이었다. 다른 게 없는지 가게마다 기웃거리던 여자가 허름한 가건물 같은 곳에 놓인 살구를 찾아냈다. 씨앗 위에 창호지처럼 말라붙은 과육이 이빨도 박히지 않을 만큼 단단했다. 이런 걸 어떻게 먹지? 구석진 곳에 낀 아몬드를 보니 곧잘 알갱이를 입에 넣던 남자가 떠올랐다. 여자는 대뜸 샀다.

질긴 투명종이가 좀체 틈을 열지 않았다. 이빨로 찢어서 겨우 구멍을 냈다. 한 톨씩 빼낸 여자가 옆 사람에게 돌렸다. 한네 긴 새색시가 덤덤하게 받았다. 표정 없던 얼굴이 금세 밝아졌다. 맛이 예술이야. 누군가 소리쳤다. 나중을 위해서 아껴둬. 다른 이가 말을 받았다. 아몬드가 이렇게 맛있기는 처음이야. 여자가 소리 내어 말하며 봉지아가리를 접었다. 아쉬운 듯 바라보는 새색시의 시선이 걸렸지만 모두를 위해서는 어쩔 수 없었다.

차에서 내린 식료품이 많았다. 현관에 들여놓은 그것을 일일이 부엌으로 날랐다. 모두들 바쁘게 움직였다. 싱크대 위에 쌓인 설거지가 한 가득이었다. 음식을 만들자면 그릇부터 닦아야 했다. 폭설 탓에 수돗물이 끊어졌어. 주인이 말하고 물을 길어다 주겠다고 했다. 호텔부엌은 그들 차지가 되었다. 싱크대 가장자리에 행주인지 걸레인지 모를 수세미 같은 것이 놓여 있었다. 선뜻 잡고 싶지 않았지만 용기를 내어 들었다가 얼른 팽개쳤다. 미끈한 게 민달팽이를 잡은 듯 치근거렸다. 그렇다고 손을 털고 돌아설 수 없었다. 눈을 질끈 감고 찬 물에 손을 담갔다. 눈 녹은 물이 살을 저몄다. 고무장갑이 있었으면. 여자와 몇이 구정물에 담긴 그릇을 씻고 헹구었다. 부엌을 치우는 손길이 부산했다. 찌든 기름때를 벗은 세간이 반짝반짝 빛났다. 말끔해진 부엌을 본 젊은 주인이 환한 얼굴로 벙글거렸다. 무거운 물통을 들어 나르는 걸음이 가벼웠다. 분위기가 화기애애했다. 가이드가 추임새를 넣듯 말을 보탰다. 오늘의 메뉴는 양고기를 넣은 커리

랍니다. 새색시가 요리하겠대요. 커리 솜씨가 여간 좋지 않아요.

기름이 흥건하게 배어난 양고기로 모처럼 배를 채웠다. 늦은 점심을 먹은 사람들이 자리를 떠나지 않았다. 부른 배를 자랑하다가 문득 생각난 것처럼 오늘의 요리솜씨를 추켜세웠다. 다들 들뜬 얼굴로 목청을 높였다. 찬 방을 데울 만큼 공기가 달아올랐다. 칭찬이 칭찬을 불러서 모두의 얼굴에 홍조가 돌았다. 간식으로 마련한 아몬드가 있었지! 일이 바빠서 룸메이트에게 맡겼는데. 여자가 옆을 돌아보았다. 룸메이트가 두 손바닥을 펴 보였다. 현관 앞에 둔 토마토 봉지 틈에 끼워 놓았는데…… 없어. 여자와 룸메이트가 부엌 서랍까지 샅샅이 살폈다. 사라진 견과를 본 사람이 없었다. 여자는 젊은 주인에게 다가가서 물었다. 아몬드 못 봤니? 그가 고개를 저으며 눈을 둥글게 키웠다. 그런 이름을 들어본 적도 없다는 시늉이었다. 곁에 선 그의 색시가 먼 데 시선을 던졌다. 살구 씨까지 들먹이며 설명하던 여자가 입을 다물었다. 알아듣지 못하는 외국인에게 더 할 말이 떠오르지 않았다. 누구나 드나드는 현관에 두었으니 본 사람이 가져갔겠지. 아몬드에 서린 남자가 섭섭한 표정을 지었다.

한국으로 돌아갈 날짜가 코앞으로 닥쳤다. 레에서 지내야 할 날을 거기서 다 쓴 셈이었다. 그들이 왔던 길 말고 다른 길은 없었다. 꼭 레에 가야 한다고 우기던 사람조차 생각을 접었다. 레에서 델리로 돌아갈 비행기 값을 미리 치렀는데 그조차 휴지가 되었다. 거기다 지체한 날수만큼 미니버스의 렌탈

비를 더 내야 했다. 한걸음도 거기서 벗어나지 못한 채 그들은 다시 밟지 않으리라 했던 로탕패스로 차를 돌렸다. 돌아가는 길이 열렸다는 소식이 그나마 다친 마음을 달랬다. 빈 걸음으로 하늘만 올려보던 기사가 운전대를 두 손으로 꼭 잡고 차 없는 길을 조심스레 달렸다. 어디서든 위험을 만날 수 있었다. 군데군데 떨어진 낙석이나 넘어진 전봇대가 나오면 시무룩이 기대앉은 일행이 등을 세우며 비명을 질렀다. 오랜만에 검푸른 하늘이 시리게 열린 날이었다. 백설에 덮인 모난 봉우리가 시퍼런 하늘에 잠겨 있었다. 또렷한 하양과 코발트의 대비가 눈을 찔렀다. 달력에서 보던 겨울 풍경이 실제였다. 끊긴 도로에서는 샛길로 돌기도 하면서 3,900미터의 로탕에 닿았다. 새까만 아스팔트길이 시원하게 산허리를 감았다. 눈 녹은 물이 흰 김을 모락모락 피워 올렸다. 비탈에 쌓인 태곳적 흰색을 보니 속이 후련했다. 못 간 레 대신 거기 내려서 눈싸움을 하고 현지인과 사진을 찍으며 무공해의 공기를 실컷 마셨다. 로탕은 시체라는 말이래요. 이 길을 만드느라 3,000명이 죽었다는 군요. 믿거나 말거나. 여자 귀에는 살아서 돌아가니 얼마나 기쁘니. 하는 말로 들렸다. 마음에 스며든 남자가 빙긋 웃음을 물고 여자를 바라보았다. 그에게 들었던 말이 귓속에 맴돌았다. 그 나라에는 사람 뼈다귀가 굴러다닌대. 정강이뼈로 만든 피리도 구할 수 있다던데. 그런 게 보이면 얼른 가져와. 온갖 걱정으로 솜털까지 곤두섰을 때였다. 여자는 대뜸 쏘아붙였다. 그런 엽기나 좋아하고. 그런 걸 갖다가 뭐 할 건데? 거기까지 가지 않아도 그런 것들 여기도 널려 있어. 별 뜻 없이 말을 잇던 그가 뜨거운 물벼락을 맞은 얼굴로 여자를 바라보았다. 흙에 섞여온 벌레까지 자신을 가만 두지 않는다고 생각했다. 그렇게 사납게 대들 일이 아니었다. 여자는 먼 산으로 눈을 들었다. 산허리를 휘감은 긴 길이 몸을 키운 거대한 괄태충의 흔적처럼 보였다. 그것들의 사는 방식을 지켜봐야 했을까.

떠들썩한 그들 쪽으로 머리까지 솟은 배낭을 어깨에 짊어진 젊은 남자가 걸어왔다. 스판 종류의 검정반바지가 탄탄한 허벅지를 고스란히 드러냈다. 붉게 탄 얼굴이 쨍한 햇살을 받아냈다. 눈을 가린 까만 고글이 흰 빛을 번뜩였다. 길 양쪽에 갈라서서 뭉친 눈을 던지던 이들이 그를 보며 달려갔다. 마주오던 그가 높이 든 두 손을 씩씩하게 흔들었다. 비슷한 차림의 여자가 뒤따라 걸어왔다. 길이 끊어져서 걸어 올라왔어. 슬로바키아 사람이라는 그가 돌아서서 굽은 길 저편을 가리켰다. 굴러 내린 바위가 트럭을 쳤어. 길이 무너지면서 트럭이 함께 벼랑으로 떨어졌어. 종잇장처럼 구겨진 타타 트럭이 길 한가운데 뒤집혀 있더라. 다행히 기사가 차를 떠났을 때 그 일이 일어났다고. 다친 사람은 없다는 말이었다. 여자는 마주 오는 차가 없던 까닭을 비로소 알아채고 고개를 끄덕였다.

그들이 타고 온 미니버스가 길가에 얌전히 서 있었다. 길이 또 막혔다니 차가 언제 떠날지 알 수 없었다. 급하게 꺾인 모서리를 몇 번씩 돌아가는 찻길보다 곧게 질러가는 걸음이 빨라 보였다. 난 걸어서 내려가겠어요. 여자는 까마득한 아래에 작은 가건물이 옹기종기 모인 곳을 턱으로 가리키며 말했다. 저기 보이는 상가에서 기다릴 게요. 여자 뒤를 따라 몇이 비탈을 타고 내려왔다. 상쾌한 바람이 볼을 스쳤다. 들꽃으로 덮인 경사를 꽤 걸었다. 여자는 풀에 얹힌 민달팽이가 된 것 같았다. 지금 밟는 걸음이 보이지 않는 금을 그을까. 철을 만난 풀꽃이 제 색깔을 맘껏 드러냈다. 누가 보든 말든 때맞춰 피고 지는, 대단한 지혜라도 찾아낸 듯 뿌듯했다. 빨강, 노랑, 파랑, 하양과 분홍이 섞인 이름 모를 꽃 사이로 조붓한 발자국 길이 이어졌다. 군데군데 놓인 크고 작은 바위가 밋밋한 풍경을 꾸몄다.

고삐를 매지 않은 말 서넛이 뒤에서 다가왔다. 여자는 비켜서서 가볍게 걷는 동물을 지켜보았다. 갈기와 꼬리가 산뜻하게 흔들렸다. 말과 바위, 활짝 핀 풀꽃, 쌓인 눈과 스치는 바람, 그 위를 둥글게 덮은 하늘, 뭉텅이로 떨어진 분뇨조차 풍경을 꾸미는 장치처럼 보였다. 새가 날았던가. 빈 데가 보였다 해도 꽉 차게 느낄 만했다.

여자는 빼곡하게 들어선 가게를 보며 걸었다. 바람을 잔뜩 안은 패러글라이더가 하늘을 날았다. 초록의 나무와 푸른 하늘을 배경으로 활짝 날개를 편 그것이 천천히 움직였다. 여자는 고개가 아플 때까지 올려다봤다. 언젠가 본 영화가 스쳤다. 죽음을 앞둔 두 남자주인공의 얼굴도 함께. 곧이곧대로 살아온 소시민 남자와 내키는 대로 좌충우돌하던 재벌이 우연히 같은 병실에 든다. 살날이 얼마 남아 있지 않다. 둘은 사느라 바빠서 못했던 일을 하기로 한다. 그들의 리스트에 끼어 있던 커다란 날개가 바람을 안고 유유히 날았다. 하늘을 나는 건 어떤 기분일까. 여자는 결심하고 가게로 들어갔다. 패러글라이딩을 하려고요. 밖으로 나간 배불뚝이 주인이 어디선가 근육질의 젊은 남자를 데려왔다. 파일럿이라고 했다. 잠깐 뒤에 오겠다면서 돌아나간 그가 좀체 나타나지 않았다. 예약손님이 많은 게지. 몹시 바쁜 것 같은 그를 오래 기다렸다.

마침내 근육질이 나타났다. 여자는 그가 운전하는 밴을 타고 산 중턱에 솟은 작은 봉우리로 올랐다. 여자 어깨와 허리, 허벅지에 걸쇠가 채워졌다. 두 손에 줄을 움킨 조교가 뒤에 바싹 붙어 앉았다. 등을 껴안던 남자가 떠올랐다. 그의 체온이 닿은 것처럼 따뜻했다. 딱딱하게 걷던 뒷모습을 그리니 싸했다. 잔뜩 부푼 낙하산이 가볍게 떴다. 여자는 발아래 펼쳐진 골짜기를 내려다보았다. 초록 사이로 떨어지는 폭포와 산허리를 감아 도는 길이 실금을 그렸다. 창밖에다 던져. 남자의 말이 맴돌았다. 함부로 얽힌 괄태충의 흔적조차 좋아질 것 같았다. 허공에 던져진 그놈도 이런 느낌이었을까. 건드리기만 하면 물 묻은 비누처럼 미끄러지던 살갗 어디에 물주머니라도 있을지 몰랐다. 부푼 그것을 날개 삼아 나는 모습이 어렸다. 기분이 좋으니? 등

뒤의 조교가 고함을 쳤다. 여자가 큰 소리로 대답했다. 엄청. 새가 된 것 같아. 낙하산이 방향을 틀었다. 눈 아래 내리는 곳이 보였다. 3분은 너무 짧아. 여자가 얼른 덧붙였다. 가볍게 날던 패러글라이더가 착지점에 닿았다. 조교가 가르쳐준 대로 두 다리를 폈다. 땅에 닿을 때 조금 충격이 있었지만 다친 데나 옷이 찢어지는 일은 없었다. 괄태충도 부딪치면서 살짝 아팠을까. 숲으로 돌아갔을 놈들이 어른거렸다. 어쭙잖은 웃음이 입가에 뱄다. 그가 옳았다. 죽기 전에 할 일을 미리 했네. 뿌듯한 마음은 곧 스러졌다. 짧은 비행이 아쉬웠다. 여자는 허리와 가슴에 멘 조임 쇠를 풀면서 중얼거렸다. 대단치 않잖아. 그가 있다면 서운하지 않았을까? 바람 빠진 낙하산을 접으려 재빨리 달려간 조교가 바쁘게 움직이는 모습이 보였다. 그것으로 끝이었다.

상가마당은 마날리로 돌아가려는 사람들로 북새를 이루었다. 갑자기 길이 끊기는 바람에 걸어 내려온 이들이 이리저리 다니며 차를 수소문했다. 마날리까지 가는 로칼 버스가 있었지만 뜸한 데다 끼어 설 자리조차 없을 만큼 만원이었다. 낡아서 삐걱거리는 그것보다 나은 리무진이 보여서 다가갔다. 이미 예약이 찼다고 했다. 게다가 부르는 게 값인 모양이었다. 여자는 마당 귀퉁이에 쪼그리고 앉아서 일행을 기다렸다. 눈을 들면 두 겹 세 겹 금 그어진 산이 한눈에 들어왔다. 실금을 타고 움직이는 차는 없었다. 여자는 어지럽게 얽힌 은빛 선에 갇힌 듯 갑갑했다. 해가 어슷하게 기울어서야 일행이 내려왔다. 여자가 내려온

길만 열려 있는 셈이었다. 그들이 타고 갈 차를 다시 여행사에 부탁하고 기다리느라 시간이 갔다. 지칠만했다.

가이드가 생각난 듯 설탕봉지를 꺼내어 치켜들었다. 이걸 누가 주었을까요? 맞춰보세요. 활달한 목소리가 솟았다. 새색시라고 눈치 챈 일행이 입을 모아 그녀 이름을 외쳤다. 마땅한 군것질 거리가 없는 곳이었다. 식탁 위에 놓인 굵은 설탕을 너나없이 입에 넣는 모습을 눈여겨 본 게지. 투명한 봉지에 든 알갱이는 그들이 본 것보다 훨씬 굵었다. 환해진 가이드가 활짝 편 손마다 굵다란 알갱이를 몇 낱씩 나누었다. 이빨로 물어뜯은 듯한 아가리가 눈에 익었다. 차례가 온 설탕을 받으면서 여자는 다시 살폈다. 다들 각진 누런 결정체를 아끼듯 핥았다. 단 맛이 뇌 속으로 퍼졌다. 덜 정제된 설탕이 지난날의 향수를 불렀다. 어릴 때 좋아하던 왕사탕에 이런 설탕이 묻어 있었어. 그때 그 맛이 나. 모두 고개를 끄덕였다. 새색시가 알뜰하게 챙겨준 알갱이는 곧 녹았다. 단맛이 핏속을 돌았다. 눈으로 본 것에다 정을 담아 색칠한 기억이 하나씩 쏟아졌다. 생판 남인데 식사를 대접하고…… 얼마나 예쁜 마음이야? 임신한 몸매가 그대로야. 조막만한 얼굴이 손에 들어갈 것 같아. 짙은 쌍꺼풀하며 오똑한 코하며 미운 데가 없다니까. 인도인 특유의 가무잡잡하고 선이 또렷한 얼굴과 늘 서성이던 걸음을 좋게만 그려냈다. 말에 말이 보태졌다. 정 많고 순수한 사람들이야. 누군가 마무리하듯 말을 맺었다. 다들 고개를 끄덕였다. 얘들 얼마나 가난한지 우리가 봤잖아. 돌아서면 그만인 나그네에게 설탕까지 덜어주다니.

가이드를 눈으로 좇던 여자가 캐물었다. 봉지를 받을 때부터 찢어져 있었나요. 아니면 받은 뒤에 찢었나요. 옆에서 룸메이트가 끼어들었다. 그게 왜 그리 중요한데? 여자는 대답 대신 빙긋 웃기나 했다. 알아야 돼. 내가 아몬드를 꺼낼 때 찢었거든. 보이는 풍경 뒤의 숨은 그림자까지 더해야 그림이 되잖아. 웅성거리는 속엣 말을 대뜸 쏟을 수는 없었다. 뭔가 우물거리던 새색시도 스쳤다. 흰 비계가 잔뜩 낀 양고기야 맛있게 먹었으니 괜찮다 치고 싱크대 밑에서 본 선홍빛 살코기가 지워지지 않았다. 어둑한 데 놓였던 그것이 다시 여자를 찔렀다. 마음 속 남자가 깊어진 눈으로 바라보았다. 뱃속 아이가 그걸 먹겠다고 보채는데…… 너라면 그냥 지나치겠어? 시시콜콜 꼬집어내지 마. 이 세상 어딘가에 착한 그림자 하나쯤 남겨두는 쪽이 낫잖아.

그가 옳았다. 여자가 힘껏 머리를 턴다. 얽힌 사념이 스러진다. 돌아가는 것도 길이다. 앞만 보며 나가려 했지만 막힌 길을 만나면 돌아서기도 한다. 웅숭깊은 시선이 여자를 따라온다. 그가 비번을 알고 있지! 번뜩 솟은 빛이 여자를 깨운다. 공중전화를 찾아가는 걸음이 가볍다. 꺼졌던 센서 등이 화들짝 켜진다. 눈앞이 밝다. 엘리베이터 앞에 선 여자가 내려가는 스위치를 누른다. 아래를 가리키는 화살표가 주홍을 켠다. 🌀

꿈의 기원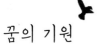

    어머니는 아까부터 분주하다. 거실에 내 놓은 스테인리스자배기에 쌀가루를 붓고 부엌으로 돌아선다. 벽에 가린 부엌은 여자에게 보이지 않는다. 딱딱한 바닥이 차게 살을 파든다. 바람이 새듯 힘이 빠진다. 냉기 탓이라고만 할 수 없다. 앞에 놓인 금속그릇이 선뜩하게 다가온다. 살을 말끔히 발라낸 두개골이 저럴까. 벽 뒤쪽에서 물 끓는 소리가 난다. 탈칵, 스위치를 끈 어머니가 냄비를 두 손에 들고 나타난다. 뜨거운 물이 가루 위로 주춤주춤 쏟아진다. 흰 김이 솟는다. 시야가 흐리다. 부연 김 너머에서 마디 굵은 손가락이 바삐 움직인다. 버무리는 손이 자주 멈칫거린다. 익반죽을 해야 가루가 차지게 되는 거다. 어머니가 가루를 섞으며 말한다. 여자는 반응을 보이지 않는다. 솟던 김이 잦아들며 열기가 수굿하다. 반죽을 치대는 손에 힘이 들어 있다. 어머니 이마에 땀이 솟는다. 둥글게 뭉친 덩어리에 찰진 윤기가 밴다. 어머니가 아이 머리통만 한 반죽을 흡족하게 바라본다. 빈 그릇에 흰 덩이가 옮겨진다.

여자는 구경만 한다. 엉덩이가 배기고 머리까지 띵하다. 어지럽게 얽히던 꿈이 어른거린다. 잠재된 무의식이 마음 속 바람을 재편집 했으리라. 여자 옆에 듬직한 남편이 앉아 있었다. 그는 요즘 잘 나가는 탤런트였다. 그와 여자 모두 재혼이었다. 여자가 눈을 내리깔았다. 자신의 맨발이 보였다. 서둘러 발을 움츠리고 등을 굽혀 소파 밑을 더듬었다. 신발이 잡히지 않았다. 주먹이 드나들 만한 좁은 틈으로 딸려온 구두는 남편 전처의 것이었다. 여자는 억지로 발에 꿰었다. 저쪽에서 날씬한 탤런트가 둘을 보며 다가왔다. 여자는 남편의 전처를 알아보았다. 남편과 전처가 눈을 맞췄다. 둘 사이로 해묵은 정이 흘렀다. 둘을 아우른 친밀감이 여자에게 흘러들었다. 여자는 망설이지 않고 자리를 떴다. 붙잡는 사람은 없었다. 얽히고설킨 관계에서 비롯할 갈등 같은 건 일지 않았다. 여자는 침착하게 걸었다. 포충망 같은, 촘촘한 시선이 여자를 따라왔다. 탤런트에 못 미치는 자신의 용모와 이혼과 재혼을 바라보는 주위의 시선이 투명하게 어렸다. 꼬인 현실을 벗어날 대안이 없을지. 여자는 궁리한다.

텔레비전만 보는 날이 이어지고 있다. 꿈은 그 연장일 듯했다.

자주 채널을 돌려서 몇 개의 드라마를 오가고는 했다. 다른 이야기들이 여자에게는 비슷한 내용으로 보였다. 어제따라 시끄럽기만 했다. 볼륨이 높은 건 아니었다. 여자는 무료한 것보다 시끄러운 게 낫다고 생각했다. 종료 방송을 알리는 애국가가 흘러나와서야 전원 스위치를 껐다. 거의 끝나던 다큐멘터리를 본 건 다행이었다. 아득한 땅, 티베트의 풍광이 펼쳐졌다. 인골과 풍장과 습기 없이 쨍쨍한 햇살, 잉크 빛 하늘을 떠도는 독수리 떼. 수도 라사는 삼천 육백 오십 미터에 있다고 했다. 카메라가 붉은 노을이 밴 포탈라 궁전을 비췄다. 가느스름해진 눈보다 마음이 더 아스라했다. 흰 벽과 붉은 창틀, 황금빛 지붕을 인 먼 나라 왕궁이 햇살을 쏘았다. 거기 살던 소년이 망원경으로 바깥세상을 구경하던 그림이 어렸다. 나갈 수 없는 세상을 창으로 바라보던 마음이 짚이려 했다. 장면이 사원으로 바뀌었다. 어둑한 실내에 두 승려가 엎드려 있었다. 만다라를 그리고 있다는 내레이터의 설명이 들렸다. 실루엣으로 보이는 노승이 채색된 모래를 대롱에 넣었다. 돌바닥에 그린 도안이 조금씩 메워졌다. 자신을 잊고 몰입한 모습이 아름다웠다. 프로그램이 끝났을 때 여자가 깊은 숨을 몰아쉬었다. 사원에 배어 있던 적막과 켜켜이 쌓인 세월에 압도됐던 것 같다. 흐릿한 실내와 구붓하게 휜 등이 어른거렸다.

꿈속에서 뛰어다녔을 뿐인데 뼈마디가 쑤신다. 여자는 뻐근한 어깨를 번갈아 두드린다. 바닥 그림에 골똘하던 승려의 그림자가 따라온다. 자신을 잊고 몰입할 대상이 있었으면. 막막한 현실을 잊게 해줄, 모르핀처럼 빠지게 할 무엇이 없을까. 어머니가 드나들 때마다 잔바람이 인다. 탤런트의 옆에 앉았을 때 따뜻하던 마음이 되살아난다. 여자가 좋아하는 연예인은 아니었다. 잠깐의 꿈이라고 알았으면 전처를 밀어냈을까. 똬리 튼 불만이 헛된 그림자를 만들었을 것이다. 꿈인 줄 모르고 꽤 진지했다. 꿈과 현실이 헷갈린다. 자신의 집, 잠자고 있을 후가 어슴푸레 어린다. 꿈이 실제보다 더 생생하다. 본질과 핵심은 가려 있다. 자신이 바라던 삶은 이런 게 아니었다. 어리바리하다가 헤어날 길 없는 나락으로 떨어졌다. 그렇게 생각하니 아뜩하다. 바라던 아이는 생기지 않는다. 갈피잡지 못할 나날, 이루지 못한 소망이 잠을 얼크러지게 한다. 모든 관계가 꼬였다. 어떤 종류의 힘이 있다면 쉽게 풀릴지 모른다. 악다구니를 쓰거나 단칼에 자를 뱃장은 없다. 피해가는 건 여자의 방법이다. 워낙 그런 건지 살면서 바뀌었는지 분명치 않다.

열아홉의 여자가 탄력 좋은 공처럼 뛰어나간다. 이제 그 탄력은 사라졌다. 그때의 혼미하던 느낌은 남아 있다. 어디로 갈지. 이 길이 맞는지. 혼자 부딪치면서 숱해 삐걱댔다. 마음만 먹으면 가능해. 손을 내밀어서 붙잡아. 그런 말들이 떠다녔다고 기억한다. 여자는 곧이곧대로 받아들였다. 또래들은 수직으로 올라가는 엘리베이터를 기다렸다. 진학, 취직, 신분상승으로의 결혼, 그 뒤에서 탄탄대로가 나타나리라 바라면서. 몽상을 헤매던 여자는 그들과 섞이지 못했다. 여자가 편승할 상대는 나타나지 않았다.

어머니가 성적에 맞춰서 원서를 넣었다. 밀려서 대학에 들어간 셈이었다. 교양과목으로 이루어진 강의는 여자의 흥미를 끌지 못했다. 어쨌든 삼분의 일 출석은 맞추려고 애썼다. 일껏 결심했다고 해서 몸이 따라주는 게 아니었다. 일찍 일어나는 건 고역이었다. 어머니는 여자를 다그쳤다. 성향이 다른 둘은 일마다 부딪쳤다. 등교시간이 빠듯했다. 골목 안을 뛰듯 걷는 여자가 보인다. 울퉁불퉁한 보도블록을 걷느라 구두 굽은 흠집투성이였다. 좁은 골목길에 쏟아진 토사물에 취객의 그림자가 배어난다. 담 벽에 붙여 지은 재래식 화장실에서 분뇨냄새가 쏟아진다. 여자가 이맛살을 찡그린다. 불록 벽 틈새에 돋은 파릇한 이끼까지 생생하게 살아난다. 골목을 꺾어든 여자가 큰길로 나온다. 퍼뜩 스친 사념과 순간 밝던 마음이 튀어든다. 자신과 꼭 닮은 아이를 낳으리라. 혼자 아이를 키우면서 밀어대는 사람 없이 사는 그림이 스쳤다. 평화와 안정을 그렸으리라. 관계가 빚는 갈등을 풀어서 보여주려 했던 것 같다.

바삐 움직이던 어머니가 여자를 돌아본다. 여자는 눈을 마주치지 않는다. 마지못해 앉은 이 자리가 불편하다. 자신의 뜻은 번번이 무시된다. 지리멸렬한 날이 이어지고 있다. 모성이 그리는 맹목성에 기댄 적이 있다. 변하지 않는, 영원히 이어지는 무엇인가를 붙잡으려 했다. 그걸 찾는 수고와 노력을 했다면 달라졌을까. 미숙한 시절은 지나갔다.

다시 부엌으로 들어간 어머니가 쑥 빛이 밴 가루를 들고 온다. 자배기에다 가루를 쏟고 끓는 물을 부어서 섞는다. 여자는 되풀이되는 손놀림을 바라본다. 같은 과정이 이어진다. 어머니는 기를 써서 익반죽된 쌀가루를 움키고 주무른다. 그만 치대도 될 텐데 멈출 기미가 없다. 무서운 집념이 서린다. 쌓인 원한을 퍼붓듯 치열하다. 손끝에 시달린 반죽은 탄력으로 앙갚음한다. 사람을 그렇게 다루고 싶은 거라고. 여자는 기어이 넘겨짚는다. 속이 오돌오돌하게 일어선다. 어머니는 현실주의자다. 여자가 그린 사랑의 순수성은 글자로나 남아 있다. 어머니가 손등으로 이마를 훔친다. 바라만 보던 여자가 스테인리스그릇을 앞으로 당긴다. 예의 선뜩한 느낌 탓에 짧게 진저리친다. 연상이 따라붙는다.

중앙아시아 오지, 티베트, 인골 바가지가 하나씩 지나간다. 쨍쨍한 햇살이 쏟아진다. 구르는 뼈다귀가 회게 바랜다. 마른 바람이 분다. 오색 깃발 타르초가 펄럭인다. 검은 독수리가 검질기게 선회한다. 모든 시원이 거기 있다. 살을 발라낸 인골이 머리를 덮친다. 골이 지끈거린다. 어머니가 입은 분홍꽃무늬 블라우스가 잘게 흔들린다. 단추 사이에 김칫국물이 얼룩져 있다. 여자는 여기서 도망치고 싶다.

"내가 할 테니 쉬세요."

"니가 어떻게 한다고······."

어머니가 미심쩍은 듯 중얼거린다. 여자를 아끼는 말로 언뜻 들리긴 한다. 여자는 뒤에 깔린 복선을 놓치지 않는다. 자신 외엔 믿지 않겠다는 고집이 배어난다. 뒤틀린 생이 보이지 않는 이면을 들추어낸다. 익숙한 놀이를 뺏기고 싶지 않은 거라고. 어머니가 모를 속내까지 굳이 꼬집어낸다. 자신의 힘을 자랑하고 싶은 것이다. 예전의 여자라면 못 이긴 척 물러났다. 힘든 일은 이제 어머니에게 무리다. 아까부터 엉덩이가 배긴다. 여자는 자세를 바꾸며 덩어리를 옮긴다. 실팍한 뭉치가 주무르기에 벅차다. 여자는 반죽을 들어서 으릇 통에 던진다. 마루를 울리는 소리가 크다. 거실에 놓인 세간들이 파르르 떤다. 반죽은 시달릴 운명을 타고났다. 주무르고 패대기치는 횟수가 되풀이될수록 매끈한 결을 드러낸다. 끓는 물세례와 거친 손길을 견딘 녹색 가루는 찰진 반죽으로 거듭난다. 파릇한 윤기가 마음에 든다. 쑥 빛을 띤 덩어리는 흰 것과 비슷한 크기다. 여자는 저녁에나 자리를 뜰 수 있을 것이다. 미덥지 않게 바라보던 어머니가 급히 부엌으로 돌아간다. 치마 끝에 인 바람이 서늘하다.

여자는 어제 종일 누워 있었다. 게으르게 드나드는 잡념을 되작였다. 천장의 흰 벽지를 가로지른 긴 형광등이 눈으로 쏟아졌다. 여자가 해야 할 일과 할 수 있는 돈벌이가 무엇일지 떠올렸다. 일마다 나서지 못할 이유가 함께였다. 두루뭉수리 같은 나날을 굳이 살아야 할지, 사념은 거친 벌판을 헤맸다. 인적 없는 곳에 혼자였다. 이정표 하나 없는 황무지로 메마른 바람이 불었다. 저녁 무렵의 붉어진 해가 창가에 적요한 빛을 흘렸다. 행거에 걸린 철지난 여름옷이 을씨년스러운 그림자를 드리웠다. 옷을 갈무리해야지. 적적한 공기를 휘저을 그림자조차 아쉬웠다. 아이가 있다면 나을까.

종일 전화벨이 울리지 않았다. 여자를 찾는 사람은 없었다. 적막한 방에 자지러질 듯 전화벨이 울렸을 때 여자가 잽싸게 송수화기를 들어올렸다. 나다. 어머니였다. 푸르르 끓어올랐던 기대가 잦아들었다. 니가 송편을 만들어주면 하고 그렇지 않으면……. 느릿한 목소리가 흘러들었다. 여자 속을 떠보는 말로 들렸다. 자신에게 결정을 미룰 셈이라고 짚으니 울울했다. 내가 살면 얼마나 산다고. 으레 이어질 다음 말을 모르지 않았다. 여자에게 기대려는 마음이 짚였다. 요즘 들어 찾아든 무력감 탓에 스스로 버겁던 참이었다. 여자는 이런 제안이나 해오는 어머니가 야속했다. 시르죽은 마음을 모른 체 무게를 더하다니. 위로를 받았으면 했는데 억지로 끌려가고 있다. 드러내지 못한 부아가 부글거렸다. 못 가요, 할 수는 있었다. 마뜩찮게 여길 마음이 밟혔다. 딱히 안 갈 이유가 찾아지지 않았다. 게다가 어머니에게 꼬투리를 잡히고 싶지 않았다. 달력에 적힌 숫자 네 개가 줄줄이 붉은 글씨를 보였다. 넷 중 하나가 추석일 것이었다.

송편이라면 완제품이 널려 있다. 씻고 빻고 빚고 찌는. 지루하게 이어질 과정을 떠올리니 갑갑했다. 바쁜 세상에 떡 같은 것이나 할 생각이라니. 그것도 여자에게 시킬 셈으로. 돈을 아끼려는 것이다. 집안일이나 하는 자신을 얕본다고 비약하니 고까웠다. 니가 송편을 잘 만들지 않니? 어머니가 덧붙인 말에 마음이 조금 풀렸다. 솜씨를 칭찬하는 것이다. 송편을 짯짯이 들여다보며 말하던 얼굴이 어렸다. 손이 야무지구나. 거절할 용기가 나지 않았다. 먼저 나서는 게 낫다. 여자는 짧게 말을 잘랐다. 내일 아침에 갈게요. 전화 끊어요. 서둘러 내려놓은 송수화기가 거친 소리를 냈다. 송곳 같은 마음을 들킨 듯했다. 여자는 머리를 털었다. 만다라에 몰입한 승려의 모습이 스쳤다. 거기 어린 신비가 날리는 만장에 얹혔다. 여자가 모를 세계가 있는 것이다.

간밤에 후는 들어오지 않았다. 자주 바깥 잠을 자는 그를 이리저리 짚었다. 가라앉은 기분이 막막하게 흘렀다. 눌러놓았던 미움이 솟았다. 나쁜 일이 생길 듯한 예감과 근거 모를 불안이 뒤섞였다. 여자가 상상할 수 있는 모든 가능성이 불거졌다. 후가 떠안기는 갖가지 불이익을 붙잡고 허우적거렸다. 헤어날 수 없는 어둠에 갇힌 것 같았다. 오래 잠들지 못했다. 느리게 옮겨가는 시계바늘을 자주 쳐다봤다. 어지러운 생각을 좇는 사이로 얕은 잠이 들다 말다했다. 설핏 꿈이 끼어들었다. 모처럼 마음에 든 남자를 만났다. 잠깐 흐뭇했던 느낌이 오래 남았다. 재혼한 남편에게 전처가 찾아왔다. 그리고는 꿈을 깼다. 여자는 후의 자리부터 돌아보았다.

주인 없는 자리가 냉랭했다. 자신을 따라올 행운이 없다는 예시일까. 생각하면서 화장실에 다녀왔다. 긴 밤을 자다 깨다 뒤척이다가 했다. 어디선가 술에 전 사내가 후줄근한 몰골로 길에 널브러졌을지 몰랐다. 사십을 갓 넘긴 후가 펴보지 못한 욕망과 각박한 현실에 낀 채 지워지고 있었다. 차도와 보도에 걸쳐진 몸을 깔아뭉갤 듯 자동차가 사납게 내달렸다. 깊은 속에서 갈대바람이 우우 울었다. 여자는 그가 다닌다는 카드 회사를 그렸다. 연체한 회원을 일일이 찾아내서 독촉과 으르는 일을 되풀이하는 모양이었다. 이 개새끼야. 악다구니로 앙갚음하는 이가 많다고 했다. 생각처럼 쉬운 일은 아니야, 말하며 한숨을 쉬었다. 젊은 혈기로 자신을 가두었던 그 또한 사는 게 만만치 않은 것이다. 옻칠 같은 어둠 속에서 전자시계가 또렷하게 빛을 냈다. 번뜩이던 후의 눈빛은 스러지고 날카로운 선만 남아 있다. 그도 누군가에게 꿈을 준 적이 있었으리라. 편한 쪽으로 마음을 누그러뜨리고 싶었는데 되레 신경이 곤두섰다. 후에게 갇힌 자신을 짚다가 그를 마구 밟아댔다. 그렇다고 나아지는 건 없었다. 혼자 당한다는 쪽으로 생각이 흘렀다. 그의 끈기와 지독한 근성을 사랑이라고 알았던 적이 있었다. 어울리지 않는 상대에게 붙잡혔어. 멋대로 키운 망상이 날카로운 송곳니를 세우고 여자를 할퀴었다.

이번에는 나무꾼과 선녀였다. 읽었는지 들었는지 모를 얘기를 따라갔다. 여자는 선녀가 됐다. 진흙탕에 묻힌 유리구슬처럼 상투성에 가려진 진실이 희뜩 빛을 냈다. 감춰진 날개옷을 어떻게 찾을지. 여자는 바람을 딛고 서성였다. 없어진 옷을 반드시 찾아야 하는. 이루어지지 않을 꿈을 좇아서 헛된 길을 오르내렸다. 날개를 포기해야 할까? 여자는 도리질했다. 날개 잘린 몸통이 꿈틀거렸다. 이렇게 살 수 없어. 우직한 시간이 느릿하게 흘렀다. 밖에서 밤을 보내자면 많은 비용이 들 것이었다. 몽환으로 빚은 선녀는 사라졌다. 자신에게 올 돈이 딴 데서 새고 있다고 생각하니 억울했다. 가정은 둘이 만든 최소단위의 모임이야. 규칙을 지켜. 여자가 중얼거렸다. 날이 밝으면 방법이 있을 것이다. 여자는 다시 눈을 감았다.

깜박 잠이 들었다. 현관문 열리는 소리가 또렷이 났다. 여자는 반사적으로 시계를 올려다봤다. 6시가 넘어 있었다. 눈이 뻑뻑했다. 후가 신발을 벗는 기척이 났다. 여자는 거실로 나가서 뒤섞인 신문 앞에 쪼그리고 앉았다. 후가 천연덕스럽게 여자를 바라봤다. 속에서 웅성거리던 말이 쏟아지려 했다. 독하기는. 외마디 말로 여자의 악다구니를 밀쳐낼 입매가 어렸다. 자신의 잘못이 아닌데 악역을 떠맡을 일이 아니었다. 여자는 목까지 찬 말을 억지로 삼켰다. 풀럭거리는 속을 들키고 싶지 않았다. 속과 다른 표정을 짓는 재능이 여자에게 없었다. 신문에 박은 얼굴이 조였다. 글자는 눈 밖에서 떠돌았다. 후가 방으로 들어가는 소리가 크게 났다. 짐작했을 일인데 저도 모르게 소스라쳤다.

어질러진 거실에 말간 햇살이 일렁였다. 크고 작은 뉴스들이 여자를 말갛게 쳐다봤다. 안방은 고요했다. 후는 그새 잠든 모양이었다. 무신경한 그를 짚으니 눈물인지 울화인지 비어지려 했다. 마른 삭정이가 쌓인 속에 화닥닥 붉은 불이 붙었다. 여자는 느릿느릿 신문을 모았다. 손에 닿는 것마다 날카로운 소리를 냈다. 빨래, 청소, 공과금납부 같은 자잘한 일거리들이 지나갔다. 복닥거리는 마음과 달리 나날은 비슷한 내용으로 이어지고 있었다. 여자는 어머니의 호출을 떠올렸다. 나갈 데가 있다고 생각하니 숨이 편해졌다. 여자는 서둘러 옷을 갈아입고 문을 나섰다. 등 뒤에서 현관문이 찰카닥 걸렸다. 바람 끝에 묻은 냉기가 오싹했다. 그새 가을이 온 건가. 안과 밖이 몽땅 싸늘하군. 여자는 소리 내어 중얼거렸다. 서울의 남서쪽에서 동북쪽을 대각선으로 가로지르는 길은 멀었다. 지하철을 두 번 갈아타고 가는 내내 몽상이 이어졌다.

열아홉에서 꽤 많은 날이 지났다. 시간이 흐르면서 자신이 어리석다고 알았다. 노력하면 안 되는 일이 없다는 말은 제도에 길들라는 얘기였던 듯하다. 여자는 거꾸로 알아들었다. 늘 벗어날 것을 꿈꾸었다. 뭐 그리 대단한 얘기는 아니다. 어디나 여자를 죄는 규칙이 앞을 막았다. 어머니는 귀가시간을 아홉 시로 정했다. 터무니없이 이른 시간이었다. 그래서는 안 돼. 하는 이성과 그럼에도 저지르려는 감정이 서로를 배척했다. 해가 지면 홀릴 듯 화려한 불빛이 거리에 넘쳤다. 쏟아 부은 불 싸라기들이 번쩍였다. 울긋불긋 생기를 되찾은 네온아래 서면 세포들이 살아났다. 즈이 아버지를 닮았어. 어머니는 자주 여자를 아버지에게 빗댔다. 칭찬일리 없어서 여자는 코웃음 쳤다. 밤을 즐기는 버릇까지 유전된다고?

후를 기다리면서 여자는 어머니 마음을 알 것 같았다. 기억 속의 어머니가 떠오른다. 그때의 메마르고 창백하던 낯빛이 지금은 아니다. 저녁이면 어머니는 그늘진 얼굴로 말했다. 얘야. 지저분한데 섞이지 말고 잘 때 자라. 밤은 자라고 있는 거란다. 집은 좁고 어둡고 조용했다. 관을 닮은 방 귀퉁이마다 마디진 구더기들이 꿈틀거리는 듯했다. 핏속에 출렁이는 충동이 자지러지는 비명을 질렀다. 너나 자. 여자는 말없이 쏘아보며 거칠게 밖으로 나갔다. 무리 진 수컷들과 어울리면 억눌렸던 감각이 살아났다. 밤은 잘 만든 영화처럼 몽환을 뿌렸다. 쾌활한 기운이 거리에 넘쳤다. 어우러져 흐르는 불빛이 환상을 불렀다. 허상이 그린 그림자가 여자를 끌어갔다. 밤에 자는 사람들과 틈이 벌어졌다.

더는 견딜 수 없어서 스무 살에 집을 나오기로 결심했다. 열 번째 청바지를 가방에 넣을 때 어머니가 방에 들어왔다. 여자를 바라보는 눈이 흔들렸다. 놀라운, 기막힌, 화난, 슬픈, 낱낱이 별개인, 그러나 하나인 시선이 여자에게 매달렸다. 붉다가 창백해진 얼굴을 여자는 냉소로 맞받았다. 여자 옷깃을 꽉 잡은 팔이 파들파들 떨었다. 여자는 꾸린 가방을 들고 방을 나섰다. 어머니가 앞을 막아섰다. 앙상한 팔에 퍼렇게 일어선 정맥이 환형동물처럼 꿈틀거렸다. 여자는 힘껏 뿌리치고 뛰었다. 뺨에 닿는 바람이 찼다. 길을 꺾어들다가 문득 뒤돌아봤다. 사람이 북적거리는 시장 초입에서 여자를 놓친 어머니가 두리번거리고 있었다. 얇은 블라우스에 가려진 추레한 몸피를 툭툭 치며 사람들이 바쁘게 오갔다. 여자 아랫배가 싸하게 조였다. 해서 안 될 일을 저지른 것이다. 막상 여자가 갈 데는 없었다. 친구 집을 돌다가 이틀 만에 돌아왔다. 여자에게 던져진 불량스럽다는 말을 마음대로 하라는 뜻으로 받아들였다. 당연히 그렇게 움직였다. 그 무렵의 아버지는 기억나지 않는다. 그가 한 번이나 두 번쯤 여자 뺨을 쳤다. 지가 뭔데 때려? 턱을 쳐들고 꼿꼿한 눈매로 대들었다. 밖으로만 돌던 그가 놀란 눈을 뜨고 여자를 바라보았다. 그 뒤로 여자를 막아서는 사람은 없었다. 외려 홀가분했다. 말없이 따라오는 어머니의 눈길을 모른 척하기는 쉽지 않았다.

어머니 집에 왔을 때 대문은 굳게 잠겨 있었다. 여자는 바싹 붙어서 기척을 살폈다. 벨소리가 울리는지 아닌지 미심쩍었다. 먹통인 안쪽을 기웃거렸다. 몇 번 대문을 찼다. 단단한 철문에서 별다른 소리는 나지 않았다. 여자는 우두커니 서 있었다. 너무 이른 시간 아닌가. 아홉 시가 안 됐을 시각이었다. 여자는 손가방에 있을지 모를 여분의 키를 떠올렸다. 다행히 안쪽 포켓에 열쇠가 들어 있었다. 어머니는 붙박이장처럼 제자리를 고집했다. 옮기지 않은 집의 오래된 열쇠는 이럴 때 쓸모가 있었다.

거실은 커튼이 내려 있어 어두컴컴했다. 여자는 안방 문을 열고 안을 굽어보았다. 빈 방에서 서늘한 기운이 배나왔다. 문갑 위에 둔 사진 속의 아버지가 둥근 눈으로 순하게 웃었다. 정작 살아 있을 때는 외면했던 얼굴이었다. 가슴이 빽빽했다. 화장실 옆에 있는 방은 허드레물건을 넣어두는 곳이었다. 문이 굳게 닫혀 있었다. 우리 집이니까. 하면서 여기저기 열어봤던 적이 있었다. 마땅치 않아하는 어머니의 눈길을 보며 이제는 여자의 집이 아니라고 알았다. 오래된 버릇이 숙었다. 여자는 닫힌 문을 빼꼼히 밀었다. 마른 음식의 곳간 노릇을 하는 그곳에 오징어, 멸치, 상자 째 담긴 귤과 사과, 캔 음료, 병 같은 것이 되는대로 놓여 있었다. 갈무리된 어머니의 세계가 여자를 마주봤다. 내 마음에 들게 하면 이걸 네게 줄게. 이 집의 잉여 물건은 어머니의 권력이었다. 분배는 사랑의 양에 따라 이루어질 것이다. 기분을 맞추고 물건을 얻다니. 비루한 일이었다. 원형의 숨결, 진실, 변하지 않는. 그런 문장이 얼핏 스쳤다. 문틈 사이로 달리는 말이 빠르게 지나갔다. 순식간에 사라진 그림자 뒤에 서서 여자는 피와 피가, 살과 살이, 뼈와 뼈가 맞닿는 그림을 그렸다. 육친 인데 조건을 걸고 계산을 하다니. 정이 없는 집이었다. 받은 것과 준 것에 따라 정을 분배한다고? 쓴웃음이 샜다. 딱딱한 덩어리가 명치에 얹혔다. 여자는 진즉 어머니가 그은 금 밖으로 튕겨 나갔다. 둘을 잇던 끈은 끊어졌다. 겉으로 보이는 관계만 남아 있다. 첫사랑이 맹목성 때문에 깨질 운명인 줄 그때 알았다.

모성이든 사랑이든 믿을 게 못 된다고 생각하며 여자는 돌아섰다. 문 닫히는 소리가 턱없이 컸다. 자신을 막아선 마음을 본 듯했다.

　여자는 거실소파에 털썩 주저앉았다. 싸늘한 가죽 질감 탓에 설핏 진저리쳤다. 파리 한 마리가 위잉 귓가를 돌았다. 시절을 놓친 날벌레가 길을 잃은 시늉이었다. 치근거리는 날개 짓이 성가셨다. 여자는 손사래 쳤다. 파리는 창가에 놓인 수석까지 날아갔다가 돌아왔다. 산, 거북, 사람의 모양을 한 돌덩이들이 적막하게 여자를 쳐다봤다. 아버지는 그것들을 들여놓고 흐뭇하게 웃었다. 이것 봐. 베토벤 얼굴 같지 않아? 어머니는 흘긋 쳐다보았고 여자는 그의 치기를 비웃었다. 검은 돌에 툭툭 불거진 굴곡이 음울한 표정으로 보이기는 했다. 수석도 그때 잠깐이었다. 아버지는 다른 것에 빠져들었다. 이번에는 경마였다. 달리는 말을 보면 미칠 듯 살아나는 기분이야. 나를 가만 놔 둬. 어머니가 목청을 높일수록 그의 음성은 기어들었다. 여자는 방문을 잠그고 앉아서 숨죽였다. 벽으로 어머니의 새된 어조가 이어지다가 갑자기 조용해졌다. 그런 식으로 끝나는 싸움은 서글펐다. 아버지는 갖가지 잡기를 하나씩 거쳤다. 직업보다 딴 것에 눈을 파는 아버지와 윽박지르는 어머니 사이에 끼어서 울화를 키웠던 것 같다. 보잘것없는 그의 수입은 가족을 채우기에 턱없이 모자랐다. 그는 자신만의 자유주의자였을지 모른다. 그가 즐기는 동안 어머니와 오빠, 여자는 서로 부대꼈다.

여자 속에서 등나무와 칡나무가 억세게 얽혔다. 자신을 얽은 끈을 벗어날 방법을 하나씩 짚었다. 가족들은 서로 엇갈리는 시간에 들어오고 나갔다. 눈을 마주치지 않으려고 애쓰며 이불 속으로 숨어들었고 눈을 뜨면 말없이 밖으로 나갔다.

파리는 끈질기게 돌아왔다. 눅진한 날개 짓과 포기할 줄 모르는 집착이 언짢았다. 화가 난 여자가 두 손을 사납게 휘저었다. 검은 베토벤이 찡그린 얼굴로 여자를 바라봤다. 옆에 놓인 포도주 색 피아노가 곁눈에 스쳤다. 여자는 뜨끔했다. 덮개에 먼지가 부옇게 앉아 있었다. 어디든 마찬가지였다. 예전의 깔끔했던 어머니가 아니었다. 밖에서 시멘트 바닥을 긁는 작은 바퀴소리가 들렸다. 여자는 벌떡 일어났다. 어머니가 빻은 가루를 손수레에 밀고 들어왔다.

고등학교 2학년 때가 생각난다. 버스비 정도를 받을 뿐이어서 따로 쓸 돈이 없었다. 저녁 무렵의 야기가 소녀였던 여자를 끌었다. 혼미한 거리에 넘칠 활기가 어른거렸다. 새파란 젊은이들이 불빛 속에서 신기루처럼 어우러졌다. 거기서 밀려난 자신을 떠올리면 아랫배가 써늘했다. 흠씬 돈을 쓰려는 갈증은 심각한 증상으로 번졌다. 소녀는 생활정보지를 훑었다. 지면에 돈을 버는 온갖 수단이 뒤발되어 있었다. 소녀에게 마땅한 것은 없었다. 중고피아노고가매입. 소녀는 사각의 칸에서 시선을 멈췄다. 송수화기를 들고 번호를 돌렸을 때 조약돌처럼 닳아빠진 사내 목소리가 흘러왔다. 어쭙잖게 소녀는 수치스러웠다. 자신인지 사내인지 역겨웠지만 이왕 빼든 칼이었다. 호박이라도 찔러야 했다. 소녀가 빠르게 물었다. 피아노를 사나요? 처음이어서 조금 멈칫거렸다. 자신이 치던 피아노지만 소녀 물건은 아니었다. 그는 형편없는 액수를 말했다. 많이 준다면 좋았을 것이다. 흥정할 깜냥은 아니었다. 소녀는 서둘러 동의했다. 집에 사람이 없을 때 가져가세요. 그는 익숙하고 눈치 빠르게 움직였다. 어머니는 나중에 사실을 알았다. 어머니가 어떤 식으로 그 피아노를 찾아왔는지 알 수 없다. 돈은 금세 바닥이 났다. 소녀는 제자리로 돌아온 피아노를 외면했다. 받은 액수에 그만큼을 얹어서 되샀어. 어머니가 말하며 입술을 깨물었다. 입가에 인, 흰 거스러미가 흘깃 스쳤다. 반년 사이를 두고 두 번 팔았고 어머니는 그때마다 되샀다. 아무도 치지 않던 피아노를 굳이 찾아오는 이유를 알 수 없었다. 힘을 보이려 했던지 말없이 나무라는 방법이었을 것이다. 할 테면 하라는 식으로 소녀는 맞섰다.

흰색을 먼저 만들어야 한다. 어머니가 끼어든다. 흰 반죽에 묻을 쑥색을 염려하는 말투지만 딸을 못 믿는 마음을 모를 수 없다. 네, 여자가 짧게 대답하며 흰 덩어리를 앞으로 당긴다. 눈처럼 흰 외피는 잡티로부터 보호받아야 한다. 불순물이 섞이면 안 된다. 여자는 엄지 마디만큼 떼 낸 흰 반죽을 둥글게 빚는다. 굴린 알에다 엄지를 찔러 구멍을 낸다. 차 스푼으로 조심스럽게 소를 넣는데 또 잔소리다. 겉에 묻히지 마. 지저분해진다.

여자는 대꾸하지 않는다. 소는 설탕을 넣어 찧은 깨와 소금에 버무린 콩이다. 소금간이 밴 콩은 밋밋한 맛을 낼 것이다. 어머니는 단 것을 싫어하는 아들을 위해 콩으로 소를 마련했다. 깨는 어머니가 좋아하는 것이다. 죽은 아버지가 뭘 좋아했는지는 모른다. 여자는 떡을 좋아하지 않는다. 말캉하니 씹히는 맛이 있어. 내가 그렇게 치댔는데 쫀득거리지 않고 배겨? 어머니는 맛깔 나게 떡을 깨물 것이다. 정, 관계, 미련 따위와 닮은 말을 여자는 배척한다. 지치지 않고 날아드는 파리와 닮아 있다. 눅진하다.

여자가 떡을 밀치는 까닭이 또 있다. 애써 들인 공력을 한 입에 삼키는 배반이 언짢다. 삼킨 순간 사라진다. 없어질 것에 들이는 수고가 아깝다. 마음과 달리 여자는 소를 넣은 아가리를 꼼꼼히 마무르고 통통하게 모양을 고른다. 날렵하게 빚어진 선이 마음에 든다. 빈 칸을 메운 모래그림이 바람에 날린다. 처음과 끝이 하나다. 완성과 소멸이 짝을 이룬다. 여자는 손을 재게 놀린다. 단순한 손놀림이 어수선한 사념을 간추린다. 몰입하는 즐거움이 있다. 한자리를 지키는 끈기가 괜찮아지려 한다. 후는 잠을 깼을까. 냉장고에 먹을 것이 있는지 더듬는다.

웬일로 목욕탕은, 개 기다리느라 저런단다. 바쁘게 움직이던 어머니가 귓가에 대고 소곤거린다. 여자는 눈을 둥글게 키우고 그녀가 턱으로 가리키는 쪽을 바라본다. 느닷없이 살갑게 구는 어머니가 낯설다. 누구 손이든 잡아야 안심하는 거라고,

약빠르게 바뀐 속내를 더듬는다. 풀리려던 심사가 꼿꼿해진다. 기척 없이 들어온 오빠 그림자가 뜰에 어른거린다. 휴일의 적적함이 그늘에 잠긴다. 여자보다 네 살 위인 그가 결혼을 미루는 까닭을 알 수 없다. 사십의 나이, 상식적이고 자기 일에 성실한 남자를 훔쳐본다, 겉으로 보기에는 평범하다. 매력이랄 것이 없다. 그런데 따르는 여자가 끊이지 않는다. 그것도 계절마다 바뀐다. 사내는 수컷의 역할일 때 힘이 날까? 대상 따라 달라지는 얼굴을 살피기는 했다. 오뉘가 닮았다는 소리를 들으면 칭찬인지 비난인지 아리송하다. 어머니가 끓어 넘치듯 말을 쏟아낸다. 띠 동갑을 훨씬 넘긴 나이의 어린 처녀에게 빠진 오빠를 빠르게 속삭인다. 지나가는 바람일 테니 굳이 알지 않아도 될 일이다. 어머니는 일일이 얘기한다. 여자를 생각해서라기보다 속으로 새길 수 없어서다. 여자는 표정을 바꾸지 않고 듣는다.

오빠는 안으로 들어오려 하지 않는다. 여자는 열린 문 사이로 그를 훔쳐본다. 목욕을 한 얼굴이 말갛다. 서성이는 손에 목욕 주머니가 들려있다. 후끈한 탕 냄새가 끼친 듯하다. 찬 시선이 여자에게 희뜩 꽂힌다. 여자는 눈을 깐다. 그와 친했던 적도 있었다. 오빠라고 부르기가 낯설 만큼 관계는 어긋났다. 눈은 피할 수 있지만 스미는 죄책감은 어쩌지 못한다. 핏줄로 묶인 탓이다. 오래된 상처가 아릿하다. 그 어름에 어린 계집애의 그림자가 서성인다.

엄마와 오빠와 계집애가 둘러앉아 있다. 계집애는 하찮은 일로 토라졌다. 무엇 때문에 삐쳤는지 기억나지 않는다. 계집애는 어색했다. 손끝에서 깔짝거리는 거스러미를 잡아떼려 했다. 손으로 잘 안 되어서 앞니로 물어뜯었다. 잡힐 듯하다가 번번이 미끄러지는 바람에 저도 모르게 열중했던 것 같다. 얼핏 조용해서 계집애가 무심코 눈을 들었다. 하필 둘의 시선이 빠르게 부딪칠 때였다. 목으로 뾰족한 침이 날아들었다. 둘만 통한다. 자기만 빠져 있다. 계집애는 낚시에 걸린 물고기처럼 펄떡거렸다. 샛길로 튕겨 나갈 씨앗을 그때 담았으리라. 미묘한 까탈을 일일이 추려 말할 방법이 없다. 목에 박힌 미늘이 빠지지 않는다.

조금씩 떼 내는 덩어리가 좀체 줄지 않는다. 여자는 손을 빠르게 놀린다. 손끝으로 꼼꼼히 모양을 마무른다. 은행 씨를 닮은 선이 빚어진다. 넓은 쟁반 귀퉁이부터 공들인 솜씨로 하나씩 채워간다. 자신의 색을 드러낸 것들은 역시 아름답다. 보는 것으로 재미가 붙는다. 여자는 미대에 갔어야 했다. 성적에 맞춘 문과대는 적성에 맞지 않았다. 송편을 잘 만들면 딸을 예쁘게 낳는다는데. 앞에 앉아서 물끄러미 바라보던 어머니가 중얼거린다. 어머니의 속을 헤아리기는 어렵지 않다. 아이 없이 동거형식으로 사는 여자가 못마땅한 것이다. 덮어놓고 집을 뛰쳐나갔을 때부터 잘못 되었다.

왜 그래? 너! 여자가 가방을 쌌을 때 어머니는 예의 새된 비명을 질렀다. 서투르면 잡힐지 몰랐다. 여자는 사납게 대들었다. 적당한 타협으로 어수룩하게 길들고 억지로 배길 날을 생각하면 숨이 막혔다. 힘이 없어서 묻어드는 건 여자의 방법이 아니었다. 혼자 헤쳐 나갈 것이다. 나중 문제는 그때 부딪치면 된다. 어떻게든 내가 사는 것 아닌가? 그런 생각이 차례로 솟았다. 그 무렵, 어머니와 여자는 무섭게 싸웠다. 붙잡으면 뿌리치고 소리치면 악을 썼다. 어머니가 때리면 함께 쳤다. 힘으로 꿀릴 나이는 지났다. 어머니는 무진 애쓰는 듯했다. 여자를 으르다가 달래다가 했다. 그러다 한순간 늙은 거북이처럼 침묵했다. 억세게 대든다고 여자 속이 편할 수 없었다. 그 채 갈가리 찢겼으면 했다. 어머니가 상하기 전에 상처는 이미 여자 속에서 커졌다. 마침내 드러내고 마는 시간의 속성을 어렴풋이 알게 됐다. 쌀가루를 빻아서 반죽하고 떡을 익히는 시간이 어디나 필요하다. 낱낱이 설명할 말재간은 없다. 꼬이고 아픈 자신을 추스르는 것만으로 벅찼다. 설익은 마음을 일일이 풀기에는 미숙했다. 굳이 말하지 않아도 알아차리는. 모성이란 그런 것이어야 하지 않은가. '꼭 그것'이어야 하는 건 그때와 그곳을 넘어선 무엇일 테니.

생활비를 입에 담고 살던 어머니를 안다. 버릇처럼 쏟아내는 빠듯한 형편이 여자를 조였다. 혼자 툴툴거렸다. 친구들이 모인 바깥으로 나가면 어머니와 마주치지 않아도 됐다. 놀아, 본능대로 해. 귀에 들린 말이 사악한 본성 탓인지 어수룩한 내림인지 가려지지 않는다. 짐을 꾸린 여자가 대문을 나섰다. 어머니가 뒤좇아 왔다. 좇는 힘이 여자를 외려 민 셈이었다. 첫

번 가출에 막아서던 어머니를 떠올리며 여자는 움킨 손을 힘껏 뿌리쳤다. 허방이었다. 힘 빠진 어머니도 꺼풀만 남아 있었다. 여자는 중심을 잃었다. 휘뚝거리다가 어색해져서 어머니를 째렸다. 어머니는 질린 낯빛으로 멀거니 서 있었다. 이긴 자의 기쁨이 올라왔다. 통쾌했다. 처음만 어렵다. 내내 한 몸이려니 여겼는데 알고 보니 남이었다. 그걸 깨닫는 순간 서늘했다. 이런 식으로 감정이 꼬일 줄 몰랐다. 매듭을 풀 시간이 올까. 여자는 고개를 턴다. 마침내 알아채든지 모르든지 둘 중 하나다.

후가 찾아왔던 날이 기억난다. 학교는 일 년쯤 나가다 말다 했다. 잦은 결석으로 학교가 정한 수업일수는 채워지지 않았다. 단조로운 나날이 이어졌다. 생활정보지와 만화책을 보면서 시간을 때웠다. 으스름한 해질녘이었다. 밖에서 어렴풋한 소리가 났다. 누가 온 건가? 여자는 벌떡 일어나서 거실 창을 열고 밖을 기웃거렸다. 보험회사에 다녔던 어머니가 돌아올 시간은 아니었다. 밖에 나갔던 가족이 들어오기에는 아직 일렀다. 수상쩍은 적요가 흘렀다. 잘 못 들은 건가? 여자는 돌아섰다. 바깥에서 다시 소리가 났다. 여자는 숨을 죽이고 기다렸다. 돌과 쇠가 부딪치는, 낮고 신중한 기척이 들렸다. 여자는 웅성거리는 속을 다잡으며 대문을 열었다. 좁은 골목에 빠듯하게 낀 택시가 보였다. 여자는 어리둥절해서 차안을 굽어보았다. 잽싸게 문이 열렸다. 뒷자리에 누운 후가 여자를 잡아끌었다. 놀랄 틈 없이 여자는 딸려갔다. 차는 여자가 살던 동쪽에서 서쪽으로 달렸다.

시가지에 어둠이 내렸다. 놀란 듯 가로등이 켜지고 뒤따라 울긋불긋한 네온이 들어왔다. 거리에 요사스러운 빛이 흘렀다. 까닭 모를 설렘이 일었다. 느닷없이 벌어진 일을 몽롱하게 즐겼던 것 같다. 격렬한 사랑을 그렸으리라. 풀린 물감처럼 섞인 색색의 불이 길게 이어졌다. 왜 납치의 형식이어야 했는지 몰랐고 알려하지도 않았다. 후를 만난 건 나이트클럽에서였다. 술에 취한 채 춤을 추었다. 몸이 앞뒤로 흔들렸다. 처음 보는 남자가 여자를 빤히 내려다봤다. 술 처음 마시니? 일부러 그러는 건 아닐 것이고. 귓가에 말하는 소리가 커졌다 작아졌다 했다. 후……라고? 입술 끝을 뾰족하게 만들어 발음하다가 걷잡을 수 없이 웃음이 터졌다. 깼을 때 여자는 낯선 침대 위에 누워 있었다. 잠든 그를 남겨두고 혼자 나왔다. 두 번인가 세 번 더 만났던 것 같다. 그의 큰 키와 굵은 눈썹, 거침없는 태도가 나쁘지 않았다. 다른 것은 생각할 여력이 없었다. 서 있는 자리와 머릿속 그림이 엇간다고 불평했다. 숱해 허방을 짚었다. 오래 달린 차가 멈춘 곳은 좁은 뒷골목이었다. 늘 보던 거리보다 더 너저분했다. 낮은 천장과 들뜬 벽지를 보며 여자는 자신이 착각했다고 알아챘다. 앞지른 환상이 눈과 귀를 흐린 것이다.

딩동, 쉰 듯한 벨소리가 거슬린다. 어머니는 벨을 고치려 들지 않는다. 급하게 신발을 끄는 소리가 대문으로 간다. 흰 덩어리가 끝난다. 세 켜를 이룬 쟁반에 하얀 송편이 빼곡하게 놓여 있다. 얼추 점심때가 지난 듯하다. 빈 배가 아릿하다. 그러고 보니 아침을 걸었다. 어머니는 일이 끝나야 점심을 먹을 모양이다. 눌린 다리가 욱신거린다. 여자는 앉음새를 고치며 옆에 놓인 쑥색을 당긴다. 관성대로 손을 놀리면서 대문 쪽을 힐끔거린다. 오빠가 이층에서 두 칸씩 계단을 건너뛰어 내려온다. 열린 문 사이로 걸어오는 지의 앳된 얼굴이 나타난다. 둘은 현관에서 마주친다. 깡깡 얼었던 오빠얼굴이 환하게 풀려 있다. 벙싯거리는 얼굴로 화들짝 반기는 그와 화사한 지가 난만한 그림을 그린다. 둘은 연출한 것처럼 마주 서 있다. 서먹한 풍경이다. 마당에 드리운 그늘 사이로 물기 걷힌 초록이 희뜩번뜩 빛을 뿌린다. 이파리마다 내려앉은 마른 햇살을 보며 여자는 조바심이 인다. 아랫배가 차게 식는다. 언젠가 본 적이 있는 그림 같다. 살갗이 가슬가슬 조인다. 여자는 손등으로 얼굴을 썩썩 문지른다. 미세한 기미까지 명징하게 잡히고 있다.

　얼룩진 그늘을 묻힌 지가 천진한 얼굴로 들어선다. 표정이 해맑다. 어서 와요. 어머니의 목청이 매끄럽게 솟는다. 가라앉았던 공기가 술렁거린다. 반듯한 질서 안에 든 그들이 난황처럼 어우러진다. 눈으로 건네는 정이 화사하게 퍼진다. 여자만 밖에 있다. 내쳐진 소녀가 적의의 눈을 번뜩인다. 여자가 꼿꼿하게 허리를 편다. 뜨겁고 찬 기운이 속을 휘젓는다. 안녕하세요? 여자는 눈만 들고 인사한다. 지가 입 끝을 늘여 웃고 오빠를 따라서 이층으로 올라간다. 필요 이상 조몰락거린 반죽이 맵시를 더한다. 가늘고 여린 선을 바라본다. 머리가 지끈거린다.

한껏 맵시를 부린 송편이 쟁반을 빼곡히 메우고 있다. 거의 모든 우리 음식이 그렇듯 탁월한 솜씨보다 정해진 순서를 지키는 게 중요하다. 진득하게 배겨내는 게 비결이다. 조상대대로 이어지던 어수룩한 미덕은 기능과 효율에 밀려났다. 다들 쉬운 방법을 좇는다. 순서를 좇아 견디는 게 점점 어려워진다. 뜸 들이는 짬이 필요하다. 흐르는 시간이 내용을 드러낼 것이다. 난분분한 말들이 뒤죽박죽 섞인다. 여자는 손을 빠르게 놀린다. 이 상황을 참아낼 것이다. 자신을 치대는 시간을 견디기 힘들다. 가루로 나는 생각을 뜨거운 물로 익반죽하고 힘껏 주무른 뒤 불에 익히는 과정을 거쳐야 한다.

두텁게 겹쳐 바른 벽지가 무겁게 내려앉은 방이 어린다. 여자를 방에다 던지듯 밀쳐 넣은 후가 벽에 기대앉았다. 귀퉁이에 앉은 여자는 무릎에 얼굴을 묻고 있다. 손바닥 크기의 쪽 유리 바깥은 이웃집 벽이었다. 부옇게 서린 먼지 탓에 아무 것도 안 보였다. 가게에서 사온 우유와 몇 개의 둥근 빵이 허술하게 놓여 있다. 보존제와 착색제, 향료가 범벅되었을 것들을 보면서 여자는 따뜻한 국물이 그리웠다. 어머니 손끝에서 우러나던 온기가 먹먹하게 다가왔다. 후가 여자 손을 잡았다. 찌릿한 전류가 살을 파들었다. 그렇게 시간이 지났다. 가야 돼, 이렇게는 안 돼. 여자는 묻었던 고개를 들고 말했다. 갑자기 그가 일어서서 여자 뺨을 갈겼다. 이게! 여자는 어리둥절했다. 뭔가 어긋났다. 여자는 혼란스러웠다. 그를 힘껏 밀치며 일어섰다. 후가 거칠게 여자 팔을 낚아챘다. 여자는 간신히 도망쳤다. 여관은 골목 안쪽에 있었다. 여자는 찻길로 나가서 숨차게 뛰었다. 손에 신발을 든 채였다. 새벽이 오기 전의 거리가 조용했다. 멀리 떨어진 가로등이 시원찮은 불빛을 부렸다. 불에 모인 하루살이 떼가 알전구를 까맣게 에워쌌다. 쓰레기를 뒤지던 고양이가 꼬리를 꼿꼿이 치켜들고 여자를 째려보았다. 여자는 문득 멈춰 서서 손에 든 신발을 내려보았다. 바라지 않는 일만 생긴다. 쓰라린 깨침이었다. 아스팔트를 뛰어온 맨발이 까끌까끌했다. 뒤쫓아 온 후가 덜미를 잡아챘다. 블라우스 이음선인지 옷감인지 북 찢겼다. 그가 여자를 거칠게 돌려세웠다. 민소매 블라우스의 앞단추가 후드득 떨어져 나갔다. 충혈된 후의 눈알이 튀어나오려 했다. 여자는 땅에 뒹구는 낡은 운동화를 하나씩 발로 끌었다. 그러고 보니 집에서 입던 옷차림 그대로였다. 이가 딱딱 부딪치며 온몸이 후들거렸다. 러닝셔츠 바람의 후가 금세 으스러뜨릴 기세로 주먹을 올렸다. 여자는 보면서 자지러졌다. 길 끝에서 저벅저벅 발소리가 났다. 도와주세요. 여자가 목청껏 소리쳤다. 다가온 사내가 후와 여자를 훑었다. 이이가, 아! 도와주세요. 사내는 무슨 일인지 가늠하듯 뜸을 들였다. 그리고 돌아섰다. 여자는 후에게 끌려갔다. 온통 어둠이었다. 그렇게 동거가 시작됐고 여자는 길들여졌다. 냉정하게 돌아보니 집보다 후가 낫다고 여긴 것 같다. 거친 성깔대로 움직이는 후를 보며 사랑이려니 오해했던 것도 있다.

뭐 먹을래? 어머니의 들뜬 목소리가 날아온다. 꼬르륵거리는 소리를 들었을까. 여자가 어머니를 바라본다. 말은 여자에게 하지만 마음이 딴 데 있다. 굳이 묻는 속을 헤집으며 여자는 심사가 비틀린다. 입술을 꼭 물고 고개를 젓는다. 엉뚱한 미끼를 물만큼 어리석지 않다. 엇가는 마음을 짚을 때면 서늘하다. 일에 몰입하면 아릿한 속쯤 잊을 것이다. 어머니는 부엌에서 마당으로, 다시 방으로 재게 움직인다. 새 손님을 맞는 분주한 상차림소리가 고요를 깬다. 여자는 자세를 흩뜨리지 않는다. 노란 꽃무늬쟁반에 맵시를 부린 연초록 송편이 빼곡하다. 어머니는 송편을 찌려던 것조차 잊은 눈치다. 끓던 물소리가 그친다. 가스 불을 끈 어머니는 상차림에만 정신을 판다. 딸그락거리는 소리가 이어진다. 뜨거운 덩어리가 명치에 걸린다.

배가 아릿하다. 그릇 부딪치는 소리가 잦아든다. 적막하다. 난소유착입니다. 의사의 목소리가 메아리친다. 다시는 생명을 담지 못한다는 말이 딸려온다. 여자의 꿈인, 산 것이 깃들어야 할, 가장 깊이 있으면서 정작 자신은 모를 곳이 우련하게 조인다. 까마득한 깊이에서 억지로 떨어뜨린 네 개의 사체. 그들이 남겼을 흔적이 또렷이 뜬다. 웅크린 태아를 자른 칼날이 뱃속을 휘젓는다. 조각난 뼈와 살점이 소용돌이친다. 꿈밖으로 스러진, 다스릴 수 없던 욕망이 핏물에 섞인다. 감염된 상처가 뭉텅뭉텅 썩는다. 어른거리는 환영에 여자는 소스라친다. 죽은 핏덩이의 저주로 음습한 무덤이 된 곳. 화석 같은 질서가 견딜 수 없다.

여자가 벌떡 일어선다. 앞자락에 쌓였던 가루가 화르르 날린다. 굳었던 관절이 우두둑 비명을 지른다. 희끗한 가루가 발치에 막을 이룬다. 바람에 흩어지는 색색모래가 눈앞을 난다. 시간의 미립자 같은 모래알, 원과 사각을 채우는 구부정한 등이 솟는다. 조심스런 손길 아래서 만다라가 선연한 꼴을 드러낸다. 채색 그림이 산뜻하게 솟는다. 서로 섞이지 않은 색색 모래알이 빛나는 광휘를 뿜는다. 다 됐어. 손을 터는 그림자 뒤로 깊은 어둠이 밴다. 모래가 날린다. 회갈색 먼지바람이 분다. 오래 공들인 사연이 바람에 쓸린다. 처음과 끝이 맞물린다. 완성과 소멸이 하나가 된다. 이미지가 된 잔상이 따라온다. 머리가 지끈거린다. 목이 아프다. 몸살의 징조다.

여자는 저린 다리를 절뚝거리며 창가로 걷는다. 거기 놓인 수석을 두 손으로 들어올린다. 돌에 밴 서늘한 기운이 핏속으로 스민다. 산모양의 돌덩이가 묵직하다. 아버지는 산을 집에 들여놓으면서 자신의 힘에 우쭐했을 것이다. 그가 무슨 일을 했는지 기억나지 않는다. 끊임없이 새 일을 거치는 그를 경멸했던가. 그가 한때 선교사를 꿈꾸었다는 말을 들었다. 그 말을 해준 이가 아버지였을까, 어머니였을까. 기억나지 않는다. 기억은 주먹에 쥔 모래알갱이처럼 샌다. 온 세상에 사랑을 펼치려했던 그는 정작 그들에게 거절당했다. 눈앞의 이익을 좇는 이들에게 그의 힘은 턱없이 모자랐으리라. 그 무렵의 그는 눈에 안 보이는 것을 좇았을지 모른다. 무력한 이상주의자가 되어서 꺾인 스스로를 추스르려고 밤길을 헤매던 남자를 그린다. 끝까지 찾지 못했던 마음의 그림을 찾아 그는 달리는 말처럼 빠르게 세상을 벗어났다. 자신이 좋아했던 말을 타고 하늘로 날아간 그림자를 그린다. 문 앞에서 마주친 여자를 보며 그가 어색한 웃음을 물고 있다. 이제야 아버지를 알 것 같다.

눌린 피돌기가 풀리면서 다리가 휘뚝 꺾인다. 바삐 움직이던 어머니가 여자를 돌아본다. 손에 든 국자에서 노리끼리한 액체가 뚝뚝 듣는다. 기름진 액체는 탐욕스럽다. 찬 바닥에 떨어진 촛농 같은 국물자국이 허연 뱃살을 그린다. 허드레 방을 채웠던 먹이가 멋을 부린 그릇에 소담하게 담겨 있다. 때깔 부린 밥상이 호사스럽다. 어머니는 보이는 현실에 충실할 뿐이다. 여자는 그릇마다 깃든 정성을 바라본다. 애잔한 모성을 차려내면서 되돌아올 정을 바라고 있다. 어머니의 꿈인 오빠와 그의 여자친구가 놀란 눈을 치켜뜬다. 여자는 어머니의 바람을 채워주지 못한다. 닿을 수 없지만 닿고 싶은. 바닥 모를 아득함이 등줄기를 타내린다. 머리가 차게 식는다.

여자가 두 발을 버틴다. 머리 위로 치킨 돌이 날아간다. 얄팍한 멜라민 쟁반다리가 우두둑 소리를 내며 부서진다. 완성을 꿈꾸던 것들이 힘없이 뭉개진다. 매끈하게 마무른 백색과 쑥색 송편이 내장을 드러낸다. 검은콩과 누런 깨가 뒤섞인다. 머리를 잡쥐던 두개골이 갈라진다. 괴었던 잡념이 고름처럼 빠져나간다. 후련하다. 떫게 배던 예감이 씻은 듯 스러진다. 어머니 눈매가 휘둥그러진다. 너! 혀끝에 밀린 말은 소리가 되지 못한다. 핏기 가신 낯빛이 납색을 띤다. 방문 앞에 뻣뻣하게 선 오빠가 여자를 훑는다. 그럴 줄 알았어. 차갑게 비웃는 오빠 뒤에서 여자친구 지가 물색없이 휘둥그러진 눈을 굴린다. 지난밤 꿈에서 그랬듯 감정 같은 건 지울 것이다. 아무렇지 않게 받아들여야 한다. 녹아내린 시간이 천천히 여자를 타넘는다. 머릿속이 다시 뒤죽박죽이 된다. 허둥거리는 어머니가 느린 그림을 그린다. 번개 같은 것이 여자를 훑는다. 닫힌 문이 빠끔히 열린다. 여자가 좁은 틈에 눈을 갖다댄다. 말이 빠르게 내달린다. 희뜩 보인 진실이 사라진다. 끝내 잡을 수 없다.

　　좁은 현관에 신발이 어지럽게 널려 있다. 여자는 발 감각으로 익숙한 것을 찾아 꿴다. 눈자위가 선뜩하다. 조금 울었던 것 같다. 여자가 손을 올려 눈가를 쓱쓱 비빈다. 시원하다. 자유롭다. 뒤에서 철 대문이 쾅 닫힌다. 공명음이 가신 길이 도로 적적하다. 바람이 싸늘하다. 마른 햇살이 살갗에 달라붙는다. 미열이 올라온다. 가까스로 지탱한 균형이 깨진 것이다. 여자가 눈을 든다. 시리게 푸른색이 쏟아진다. 잡티가 섞이지 않은, 순정한 색깔은 역시 아름답다. 먼 나라 티베트가 어린다. 막힌 숨이 터진다. 🌸

수선화

천둥 같은 소리가 울린다. 나르키소스의 전설 알아? 놀란 여자가 벌떡 일어난다. 난 데 없이 튀어든 말 때문에 깼는지 깬 뒤에 들었는지 알 수 없다. 여자는 어리둥절한 머리로 침대를 내려온다. 바닥이 출렁거린다. 다리가 휘뚝 꺾인다. 재빨리 벽을 짚어서 넘어지지 않는다.

빤한 얘기나 들먹이는 제이에게 짜증이 났다. 술잔에 비친 니 그림자에 홀렸다는 얘기잖아. 할 말 없으면 국으로 술이나 마셔. 가시 돋친 말을 쏘아댔다. 잔을 들어 보란 듯 벌컥벌컥 들이켠 기억이 난다. 그가 뭐라고 했는지 어떻게 집에 왔는지. 아무 것도 기억나지 않는다. 회사에 늦으리란 생각을 하며 고개를 든다.

화장대 거울에 붓기 밴 얼굴이 비친다. 여자는 외면하며 부스스 삐친 머리칼을 손 갈퀴로 쓸어 넘긴다. 이대로 영영 잠들었으면. 떠난 제이가 빙긋 웃는다. 아침이면 으레 켜던 텔레비전 리모컨조차 설다. 밝아진 모니터 속에서 나란히 앉은 남녀 앵커가 번갈아 뉴스를 전한다. 단정한 외양을 지켜보다가 욕실로 들어간다. 쏟아지는 더운 물이 엉킨 사념을 푼다. 억수로 마신 취기가 아직 남아 있다. 아가리까지 물을 담은 항아리처럼 몸이 무겁다.

왜 혼자 그 술집에 있었을까. 사물이 빙글빙글 돌았다. 침침한 불빛 아래서 누군가 자신을 더듬었다. 아까부터 옆자리에서 느물거리던 사내였다. 손톱을 세워 닿는 대로 할퀴었다. 제이와 함께 노래방에 들렀을 때까지는 말짱했다. 제이가 먼저 마이크를 들었다. 줄곧 어깃장을 부리던 여자가 마이크를 낚아챘다. 노래를 했다기보다 아예 고함을 질렀다는 게 맞다. 그는 언제 나갔을까. 토막 난 노랫말이 메아리를 울린다.

아, 그러나 한줄기 바람처럼 살다 가고파.

이산 저산 눈물 구름 몰고 다니는 떠도는 바람처럼

머리가 맑아지면서 조각 난 기억이 하나씩 이어진다.

시간이 모자라. 할일이 한꺼번에 몰렸어. 무슨 일을 하는지 나도 모르겠다니까. 전화 못할지 몰라. 소식 없으면 비행기를 탔으려니 여겨. 제이가 아무렇지 않게 말했다. 듣기만 하던 여자는 둔탁한 쇠붙이로 머리를 얻어맞은 듯 멍했다. 그동안 함께 지내던 남자는 이렇지 않았다. 앞뒤 모르고 헤헤거리다가 느닷없이 뒤를 찔렀다고 할까. 소리 없는 말만 맴돌았다. 이렇게 끝내겠다고? 울며불며 매달리면 더 초라할 것이었다. 여자는 부러 덤덤하게 뱉었다. 너 좋을 대로 하는데 내가 뭐라겠어. 그러니 오늘은 태클 걸지 말고 따라와.

히쭉 웃기까지 했지만 얽히고설킨 속이 풀린 건 아니었다. 니 맘대로? 이제 그만 만나겠다는 얘기지? 나쁜 자식! 화면에서 눈을 떼지 않고 힘껏 목청을 돋우었다. 보란 듯 악을 썼던 것 같다. 말없이 지켜보던 그가 자리에서 일어났다. 문을 밀다 말고 머뭇거리듯 돌아본 그가 턱을 들어 어딘가를 가리켰다. 화장실을 가려는 시늉이었다. 여자는 왈칵 달려가서 따지고 싶었다. 이제 싫증났니? 성깔대로 쏟아 붓다가는 숨긴 상처나 드러낼지 몰랐다. 여자는 애꿎은 마이크에 대고 고함을 질러댔다. 그렇게 나간 제이는 돌아오지 않았다.

쓴웃음을 문 여자가 힘껏 머리를 턴다. 드라이어 소음이 골을 울린다. 혼백이 떠난 몸이면 이렇게 휑할까. 천근의 무게가 팔다리에 매달린다. 이대로 잠들었으면. 거울에 빛이 희뜩 튄다. 여자는 고개를 돌려 모니터를 바라본다. 봄을 알리는 매화가 화면 가득 피어 있다. 클로즈업된 꽃잎이 바뀌는 계절을 알린다. 여자 또한 뭔가 달라지려 한다. 그것도 나쁜 쪽으로. 무더기 진 흰 꽃을 바라보지만 정작 눈에 어린 건 제이의 얼굴이다.

거울에 비친 자신을 멍하니 바라본다. 어깨까지 닿던 긴 머리를 며칠 전에 잘랐다. 짧은 커트머리가 서름하다. 제이에게 들었던 나르키소스가 메아리를 울린다. 에코는 아름다운 나르키소스를 사랑해. 스스로의 모습에 빠진 소년은 자기만 바라보는 소녀를 거들떠보지 않아. 그리움에 애가 탄 에코는 살이 마르고 뼈가 삭아서 목소리만 남았대.

바스러진 자신이 주먹에 움킨 모래알처럼 흘러내린다. 이렇게 먼지가 되어 사라지리라. 내세울 무엇 하나 없다. 조각조각 흩어진 마음을 어떻게 추슬러야 할까. 여자는 탁자 위에 함부로 팽개친 옷을 주섬주섬 걸친다.

손에 든 백이 묵직하다. 음침한 현관이 오늘따라 환하다. 눈을 키운 여자가 신발장 위를 살핀다. 장식 대를 겸한 그곳에 시답잖은 잡동사니가 되는대로 놓여 있다. 깊숙한 귀퉁이에 핀 노란 꽃을 보며 여자가 눈을 키운다. 저기에 왜 저런 게 있지? 얼핏 어리둥절하다. 알뿌리를 얹은 유리병은 바싹 말라 있다.

언젠가 제이에게 받았던 구근이 그제야 떠오른다. 마지못해 받아오기는 했다. 뭔가 길러본 적이 없는 여자는 기르겠다는 생각조차 하지 않았다. 몸 하나 건사하는 것도 벅찼다. 품이 드는 일이라면 미리 뒤로 물러섰다. 여자와 달리 제이는 어느 경우든 앞장 서는 쪽이었다. 그가 굳이 쥐어준 알뿌리를 끝까지 마다하기엔 켕겼다. 그에게 들은 대로 빈 병을 찾아서 물을 채우고 그 위에 구근을 얹었다. 그런 뒤 씻은 듯 잊었다.

챙기는 손길 없이 구석으로 밀쳐진 식물이 혼자 줄기를 올리고 꽃을 피웠다. 여자는 쪼글쪼글해진 껍데기와 그 위로 훌쩍

올린 꽃대를 바라본다. 받아버린 물기를 마저 빨아내어 꽃을 피우다니. 활짝 핀, 화사한 노랑이 낯설다. 아니 신선하다.

그날 제이의 팔짱을 끼고 걷다가 길가에 세운 트럭을 보았다. 짐칸에 울멍줄멍한 화초가 한가득 펼쳐 있었다. 제이가 여자 손을 끌고 다가갔다. 이것저것 살피던 그가 초록 눈을 틔운 알뿌리를 가리켰다. 사줄게 길러 봐. 작은 양파 비슷한 구근을 보며 여자는 고개를 저었다. 수선화야. 키우면 재미있어. 꼭 흙에 심지 않아도 되고. 지켜보던 이동화원 주인이 끼어들었다. 물만 있으면 저 혼자 잘 자라요. 여자가 손사래 치며 물러섰지만 쓸데없었다. 제이가 검은 비닐봉지에 담긴 뿌리를 손에 쥐어주었다. 고결한 자기 사랑. 수선화의 꽃말이야.

에코가 된 말이 머릿속에 퍼진다. 여자는 비웃음을 물며 뇐다. 너나 잘하세요. 바싹 마른 병이 께름칙하지만 도로 들어가서 물을 채울 시간은 없다. 화들짝 핀 노랑만 아니면 물때 낀 지저분한 유리병을 쓰레기통에 던졌으리라. 머릿속 그림이 파열음을 낸다. 깨진 유리와 튀는 핏방울을 그리며 여자는 서둘러 현관을 나선다. 기다린 것처럼 세찬 바람이 달려든다. 여자는 벗겨질듯 날리는 재킷자락을 여미며 돌아선다. 높이 솟은 벽이 눈에 가득 찬다. 잿빛 벽 위에 언젠가 갔던 외딴 집이 어린다.

회사로 전화가 걸려온 게 며칠 전이었다. 이장이라고 자신을 밝힌 사내가 말했다. 이제 그 집만 남았어요. 군청직원이 보기만 하면 재촉을 해대서. 퉁명스런 목소리였다. 농가개량사업으로 낡은 집을 헌다고 했다.

사람 기척이 사라지면 금세 폐가가 되어서리. 지날 때 보면 으스스한 데다 보기도 좋지 않아요. 한번은 가야 할 모양이었다. 제이의 등록금을 대신 내고나서 뿌듯했는데. 이런 귀찮은 짐을 떠맡을 줄 몰랐다.

제이가 내민 흰 봉투를 보며 여자 눈이 둥글어졌다. 뭔데? 눈으로 물었다. 제이가 손에 든 것을 여자 포켓에 찔러 넣었다. 빌린 등록금 대신이야. 시골에 있던 집을 팔려고 내놓았는데 임자가 나서지 않아. 처분해서 갚자니 언제가 될지 모르겠고. 우선 받아둬.

여자가 고개를 저었다. 괜찮아. 돌려받으려 했으면 내지도 않았어. 제이는 막무가내였다. 내가 괜찮지 않아. 살던 사람이 몇 년 전에 떠나서 폐가처럼 보여. 나도 안 가 본지 한참 됐어. 대지가 이백오십 평쯤 돼. 다시 거기서 살 일은 없을 것 같고. 쉽게 팔리면 좋을 텐데 들여다보는 그림자조차 없어. 잊고 기다리면 임자가 나설 것 같기는 한데. 차근차근 설명하며 끝까지 고집을 꺾지 않았다. 이 한 몸 건사하기도 벅찬데 빚까지 얹히면 엄청 무거워. 여자 마음 같은 건 몰라라하며 말했다. 소중한 무엇이 깨진 듯했다. 밀치거니 당기거니 하다가 여자가 지고 말았다. 우선 받아두었다가 때를 보아서 돌려줄 생각이었다.

이민을 갈 것 같아. 미국에 누이가 살아. 오래전에 서류를 접수시키고 잊었는데 이제야 대사관에서 인터뷰 날짜가 잡혔다고

연락이 왔어. 빚부터 갚으려고. 눈을 키운 여자를 보며 제이가
어색하게 웃었다. 오래된 농가주택을 떠맡긴 까닭이 있었군,
슬그머니 부아가 일었다. 그래? 대단한 미국시민이 되는 거네.
쓰린 마음을 덮으려는 반작용일까. 말이 거칠게 나갔다. 잘했어.
지금껏 숨기느라 애썼어. 내가 엄청 귀찮았을 거야. 애물단지
집이나 내게 떠넘기고. 제이가 여자를 달랬다. 숨긴 게 아냐.
정해진 게 없는데 괜스레 떠벌리고 싶지 않았어. 그러다가 꽤
늦은 시간에 함께 모텔에 들었다. 언짢은 상상이 가시지 않았다.
깨지고 망가지는 그림이 여자를 몰았다.

　모퉁이에 선 시계가 여덟 시 사십 분을 가리킨다. 사무실이
있는 여의도에 제 시간에 닿기는 글렀다. 미간에 겹 주름을 세운
팀장이 여자를 쏘아본다. 어제 밤 뭐했어? 승희 씨. 일그러진
입매로 이죽거릴 것이다. 오늘 같으면 순하게 못 지나갈 것 같다.
아무 때나 끼어드는 밉상스런 남자를 떨칠 듯 차 문을 연다. 작은
차지만 안에 있으면 든든하다. 누구도 끼어들지 못하는 혼자의
공간이 마음을 차분하게 가라앉힌다. 여자는 운전대를 붙잡고
앞을 바라본다. 차들이 빠져나간 주차장이 휑하다. 선배가 쓰던
차를 넘겨받았다. 큰 차로 바꾼다고 했다. 아끼며 깨끗하게
탔어. 선배가 아깝다는 듯 자동차 키를 건넸다. 말 그대로였다.
엔진오일을 갈아 넣고 와이퍼를 바꾼 것을 빼면 달리 손본 데가
없었다.

　차가 주차장을 빠져나간다. 부연 햇발 아래서 긴 가지를 무성

하게 드리운 개나리가 노랗게 피어 있다. 찬 날씨지만 어김없이 계절이 바뀌고 있다. 현관구석에서 피어난 수선화가 겹친다. 바싹 마른 뿌리를 마저 빨아서 끈질긴 목숨을 잇는다. 푸른 줄기에 배었을 근기를 그린다. 고결한 자기 사랑이라. 스스로 사랑해야 한다고?

여자가 냉소를 띤다. 신호가 빨간불로 바뀐다. 속도를 줄이지 않았던 여자가 브레이크를 힘껏 밟는다. 옆자리에 놓인 백이 바닥으로 떨어진다. 핸들로 쏠린 체중을 두 팔로 버틴 여자가 건너편에 선 동서울터미널을 바라본다. 얼마쯤이면 정지작업을 할 수 있을까. 어제 입금시키지 못한 돈 뭉치가 백 속에 있다. 여자는 자신의 옷차림을 내려다본다. 은색 레이온 소재의 쓰리피스는 신상품이다. 제이는 떠나고 목소리만 남아 있다. 차가운 색깔이 잘 어울려. 훨씬 침착하게 보인다고.

신호가 초록으로 바뀐다. 여자는 브레이크에 올렸던 발을 액셀러레이터로 옮긴다. 멈춘 차들이 진행신호를 따라 한꺼번에 움직인다. 길은 거대한 컨베이어 벨트를 닮는다. 끝 모를 굴레에 실려 하루치씩 소모된다. 시간이 모래처럼 흘러내린다. 등 돌린 남자가 명치에 얹혀 있다. 앙가슴에 걸린 얼음덩어리가 냉기를 부린다. 마주보이는 잿빛 건물 위로 구중중한 햇살이 내린다. 안쪽에 열 지어 선 버스 앞 유리에 강원도가 씌어 있으리라. 제이와 함께 갔던 산골 집이 어린다. 비스듬히 기운 벽마다 피어나던 곰팡이도 함께.

예전에 칠했던 석회 칠은 군데군데 떨어져나갔다. 군데군데 팬 구멍이 맨 흙을 드러냈다. 여자는 미심쩍게 훑으며 마루로 올라섰다. 손에 닿은 회칠이 부슬부슬 떨어졌다. 앞서 문턱을 넘던 제이가 여자를 돌아보았다. 머리를 칠 듯 요란한 소리에 놀란 여자가 휘둥그러진 눈으로 천장을 올려다보았다. 제이가 쳐다보지도 않고 말했다. 모과 떨어지는 소리야. 양철지붕이라 소리가 커. 오랜만에 들으니까 지독하네.

남은 목소리가 메아리를 울린다. 가뜩이나 늦은 데다 길까지 막힌다. 우거지상을 한 팀장이 여자를 꼬나본다. 쉬지 않고 도는 톱니바퀴에 실려서 자신은 날마다 바스러진다. 요즘 들어 이장이라는 사내까지 자꾸 전화를 해댄다. 빨리 헐고 집을 지었으면 해서요. 위에서 자꾸 잔소리를 해대서. 종일 사내 말에 잡혀서 내내 이맛살을 찌푸리고 지냈다. 여자가 이장의 말을 건넸을 때 정작 제이는 덤덤했다. 이제 자기 집이잖아. 같이 가고는 싶지만 좀체 짬을 못 내겠어. 밀린 일이 산더미야. 집이 아니라 애물이었다. 성가신 일거리를 떠맡기고 뒤로 빠진 제이가 야속했다.

지 없으면 안 될 줄 알고? 여자는 도로에 그은 황색실선을 보며 핸들을 확 꺾는다. 불법 유턴을 지켜볼 경찰은 보이지 않는다. 곧게 벋은 길가에 6번 국도표지판이 나타난다. 남은 숙취가 무지근하게 머리를 짓누른다. 잽싸게 앞으로 끼어든 승용차가 미꾸라지처럼 차선을 빠져나간다. 멋대로 오가는 자동차가 적개심을 일으킨다. 저도 모르게 액셀러레이터를 밟아댄다.

빠른 속도가 여자를 밀어댄다. 무엇 때문에 왜 이리 서두는 걸까. 초조하고 불안하다. 여자는 샛길 표지가 가리키는 대로 자동차전용도로를 벗어난다.

강 따라 이어진 길은 비어 있다. 뒷덜미를 닮아세우던 조바심이 가신다. 길가 주유소에서 기름을 채우고 빈 길로 나온다. 텅빈 길이 속도를 부추긴다. 계기판의 붉은 금이 가파르게 솟는다. 140으로 올라선 눈금이 신경을 팽팽하게 당긴다. 차체가 부들부들 떤다. 무인 단속 카메라와 스피드 건을 감춘 경찰이 어디선가 지켜보리라. 예전의 여자는 '위반'에 익숙했다. 이제는 그 딱지를 벗어야 한다. 여자는 브레이크를 끊어 밟으며 속도를 줄인다. 일을 저지를 때면 날아들던 별명이 귓가에 맴돈다. 말썽쟁이. 이명 같은 소리가 지워지지 않는다.

충동적이던 어린 날. 넘어진 아이를 일으켜주는 손은 없었다. 큰 소리로 울어봤자 꾸중이나 들을 것이었다. 혼자 살아남는 법을 깨치며 소녀가 되고 말수도 줄었다. 잘못을 들키기라도 하면 눈을 내리깔고 턱을 뾰족하게 치켰다. 대놓고 쏟아질 질책을 어떻게든 빠져나가야 했다.

여자는 홍천을 지날 때까지 계기판의 숫자를 60에 맞춘다. 검문소가 선 삼거리가 차창에 비친다. 제이가 꺾은 길을 가리키고 있다. 저쪽으로 가면 질러가는 길이 나와. 호젓하게 달릴수 있는데 가끔 끊기는 게 탈이야. 얼굴을 어슷하게 튼, 그의 턱선이 선명하게 떠오른다. 길이 아닌 옆모습을 지켜보던 여자를 그가 알까. 길을 따라 달리다 보면 현리가 나와. 거기서 오른쪽으로 틀면 가리봉 산으로 가게 돼. 도중에 필례약수가 나오는데 이름만큼이나 물맛이 특이해. 찝찔하고 비릿한. 아무튼 맛이 묘해. 따라온 그림자가 얘기를 잇는다. 초입의 카페에 장작을 때는 커다란 난로가 있어. 나무 타는 냄새와 후끈한 열기가 괜찮아.

여자는 그가 말하는 장작 냄새보다 누구와 함께 갔는지, 그것만 궁금했다. 기다리는 말이 나오지 않자 참지 못하고 물었다. 누구랑 갔는데? 왼 팔꿈치를 창에, 다른 손으로 핸들을 잡은 그가 앞을 내다보며 말했다. 백수일 땐데 누구랑 갔겠나. 혼자였네 이 아가씨야. 막 운전을 배울 때라 무작정 차를 몰고 돌아다녔어. 굽은 오르막을 휘감으며 한계령으로 오르는 길이 통째 내 것 같았다니까. 비가 오면 흘러내린 토사로 길이 막혀서 탈이긴 하지. 길과 차라면 아는 게 많은 남자였다. 방심한 표정으로 녹음이 우거진 골짜기를 달리는 얼굴이 그림처럼 어렸다. 오늘은 넓은 길로 가자. 시간도 빠듯한데 막히는 길로 들어설 일이 아냐. 물러난 삼거리를 백미러로 보며 제이가 말했다. 여자 또한 굳이 그 길로 가자 할 까닭이 없었다. 필례약수터는 은비령이라는 이름으로 부르기도 해. 거기를 배경으로 쓴 소설에서 이름을 딴 것 같아. 윤기로 반짝이는 초여름의 숲을 그렸으리라. 물오른 나무와 싱그러운 햇살도 함께. 그림자로 따라온 제이가 콧노래를 부른다. 저 산은 내게 우지마라 우지마라 하고.

여자는 차창을 조금 내려 열기를 식힌다. 따라온 제이가 쾌활하게 말한다. 붉게 타는 장작불을 보면 할머니가 생각나.

굽은 길이 끝도 없이 휘어 돈다. 첩첩이 겹친 아홉 사리 고개를 탄다. 가파른 높이로 겹칠 듯 구부러진 길을 돌며 몸과 마음이 어질어질하다. 산그늘이 내린 굽이에 겨우내 언 빙판이 숨어 있다. 한겨울을 알리는 얼음이 유리처럼 반질거린다. 아슬아슬한 길을 타며 철없이 꽃소식에 홀린 마음을 비웃는다. 방송일정에 맞추었을 리포터의 호들갑에 속다니. 시계의 액정이 한 시를 알린다. 좁은 길 양쪽으로 늘어선 우체국과 노래방, 카페와 슈퍼마켓이 눈가로 스친다. 흉내뿐이긴 하지만 외진 시골에도 있을 것은 다 있다. 보잘것없는 상가거리가 곧 끝난다. 아직 겨울인 들이 이어진다. 가게도 살림집도 아닌 주택, 유리 쪽에 적힌 '밥집'을 흘깃 바라본다.

제이가 말했던, 갈라진 길이 어디 있을까. 길을 잘못 들었는지. 지나친 건 아닌지. 물어볼 만한 사람은커녕 어슬렁거리는 짐승조차 보이지 않는다. 생기 밴 목소리가 도로 솟는다. 거의 다 왔어. 여긴 예전 그대로야. 활기차던 음성이 곧 나직해졌다. 장사를 하는 부모님은 도시로 나갔고 나는 누이와 함께 할머니랑 살았어. 담벼락 아래서 손가락을 물고 해바라기를 하는 소년이 어린다. 그에게 들은 말인지 혼자 그린 그림인지. 가늘게 좁힌 그의 눈매가 먼 데 닿아 있었다.

아버지가 운전하던 트럭이 마주오던 차와 충돌했어. 어머니는 그 자리에서 사망했고 병원으로 옮긴 아버지도 한 달쯤 뒤에 뒤따라갔어. 고등학교를 갓 졸업한 누이가 교통사고 뒤치다꺼리를 맡았어. 잘잘못을 가리는 데서부터 이런저런 일을 겪으면서 무지 힘들었나 봐. 이 땅이 싫다고 뇌더니. 어찌어찌 결혼해서 미국으로 갔어. 엘에이에서 주류상을 한다는 누이 얘기를 그때 들었다. 제이가 자꾸 계기판을 흘깃거렸다. 차가 깊은 골로만 휘어들었다. 함부로 자란 나무 가지가 차창을 쳤다. 휘발유가 바닥이야. 경고등이 꺼졌다 켜졌다 하니까 신경 쓰이네. 처음 만날 때부터 자동차가 말썽이더니. 다시 비슷한 일이 벌어질지 몰랐다. 여자가 놀라서 쏘아붙였다. 왜 이제 말해? 가다가 멈추면 어쩌라고. 제이가 빙긋 웃었다. 미리 말했으면? 바다에서 돌아 나올 때부터 주유소 하나는 있을 줄 알았는데 안 보였어. 출렁이던 바다를 그새 잊고 있었다. 둥근 지구가 그렇게 많은 물을 담을 수 있다니. 여자는 설레고 흥분되었다. 가늠 못할 길이와 넓이와 깊이와 높이가 여자를 압도했다. 박제된 어류의 기억이라도 돌아오려 했다.

여자가 고개를 빼어 자주 계기판을 넘겨다보았다. 황색 불이 켜지다 꺼지다 했다. 금세 차가 멈출 것 같았다. 어떻게 해? 이 산골에서. 제이는 아무렇지 않았다. 차분히 말을 받았다. 집에 갈 만큼은 돼. 오일 등에 붉은 불이 들어와도 20킬로미터는 갈 수 있어. 돌아 나올 기름이 없어서 문제지. 집까지만 가면 근처에 사는 이장네서 휘발유를 얻을 수 있을 거야. 근처라는 게 오 리는 걷는 거리라고 덧붙였다. 불확실한 얘기를 자신 있게 말하는 그가 미덥지 않았다. 잡목이 우거진 숲을 가르며 차가 앞으로 나갔다. 인가는 물론 오가는 사람조차 없는 산골이었다. 더 나갈 길이라고는 없어 보이는 곳에 허름한 농가가 나타났다. 다 왔어. 짐을 내려놓듯 말한 제이가 마당에 우거진 잡초를 밟으며 길을 냈다.

풀이 마루 틈을 비집고 자라 있었다. 제이가 방문에 물린 맹꽁이자물쇠에 열쇠를 꽂았다. 귀신 나올 것 같아. 문이 열리기를 기다리며 여자가 말했다. 기둥이 기운 깜냥으로 봐서는 방의 형편이 그나마 나았다. 먼지 묻은 타월이 벽에 걸려 있었다. 제이가 그것을 내려서 발로 쓱쓱 문질렀다. 여자는 마지못해 자리에 앉았다. 눅눅한 비닐장판이 맨살에 닿았다. 짐짐한 느낌을 억지로 참으며 방을 둘러보았다. 들뜬 벽지에 피어난 검은 곰팡이가 다시 께름칙했다.

여자는 창호 문에 붙은 쪽 유리로 마당을 내다보았다. 잡초가 우거진 텃밭에 푸른 밑동을 드러낸 무가 보였다. 그 옆에 대를 올린 꽃을 보며 여자가 말했다. 주인 없는 집에 노란 꽃이 피었어. 제이가 쪽창으로 내다보더니 수선화야. 했다. 예전에 누이가 좋아하던 꽃인데. 늦된 놈이 한 송이 피었군. 저기다 수선화만 심었던 적도 있었는데. 제이의 눈이 간잔지런했다. 추억으로 빠진 남자의 표정이 보기 좋았다. 버려둔 집에서 달리 할 일이 없었다. 여자가 벽에 등을 기대고 다리를 폈다.

그 옆에 제이가 길게 누웠다. 제이가 여자를 올려보며 말했다. 말 잇기 놀이 하자. 여자가 엇비슷이 눈을 들었다. 천장에 번진 지저분한 갈색 얼룩이 잡혔다. 눈을 떼지 않는 여자를 보며 제이가 아무렇지 않게 말했다. 쥐 오줌 자국이야. 방에 괸 퀴퀴한 냄새는 거기서 날 것이었다. 말 잇기 하자니까. 여자는 눈으로 천장만 훑었다. 한쪽이 내려앉은 반자와 얼룩으로 성한 데가 없었다. 이런 데서 말 잇기를 어떻게 해! 건성으로 대꾸하는 여자를 보며 제이가 채근했다. 이런 데가 어때서? 이런 데니까 말 잇기를 하지. 제이가 운을 뗐다. 오줌? 아냐. 쉬운 말부터 시작하지. 고장. 여자가 다시 쪽 유리에 비친 밖을 바라보았다. 무성한 풀숲 어딘가에서 똬리 튼 뱀이 노려보는 듯했다. 제이가 여자를 간질였다. 하지 마. 간지러워. 장난. 장난이라고. 여자가 몸을 뒤틀며 말했고 제이가 난소, 그랬다. 주거니 받거니 말이 이어졌다. 소문, 문어, 어항, 항구, 구멍. 무심코 쏟아낸 여자 말에 제이가 킥킥거렸다. 바닥난 기름은 아예 뒷전이었다. 불기 하나 없는 냉골인데다 초여름이라 해도 산골이었다. 일찍 넘어가는 해가 짙은 그늘을 드리웠다. 살갗에 소름이 깔렸다. 이리 와. 내가 따뜻하게 해 줄게.

살의 온기라도 아쉽던 방이 여자를 따라온다. 사위에 투명한 햇살이 쏟아진다. 제이가 말하던 길을 또렷이 새겨둘 걸. 낯선 길인 데다 잘 하는 운전도 아니다. 아침을 거르고 나왔는데 벌써 점심이다. 속도를 줄인 여자가 사위를 두리번거린다. 그럴싸한 길은 보이지 않는다. 허름한 가게 유리문 앞에 군인 둘이 서 있다. 큰 키에 담배를 피워 문 군인이 여자를 바라본다. 눈을 아래로 깐 군인의 키가 조금 작다. 흠씬 날린 담배연기가 둘을 덮는다. 칼날처럼 세운 주름과 반질거리는 군화 코가 외출에 대한 기대와 흥분을 드러낸다. 제이를 기다리던 마음으로 여자는 둘을 읽는다.

인제로 가는 길에 이 나라에 얼마나 많은 군대가 있는지 보았다. 철조망을 두른 우중충한 막사가 삭막한 풍경을 그렸다. 걸핏하면 군 트럭이 앞을 막아섰다. 느릿한 수송차를 따라가면서 제이가 군대 생활을 얘기했다. 한 밤중에 우는 풀벌레소리가 얼마나 시끄러운지 들어본 적 있어? 깊은 밤에 보초를 서면 쏟아지게 많은 별들이 서로 부딪치는 소리가 들려. 멀리 떨어진 마을에서 개는 컹컹 짖는데 산으로 막힌 곳에 홀로 깨어서 오지 않는 누군가를 지키는 거야. 어둔 산골은 우라지게 적막하지. 한참 노려보다 보면 눈이 뻑뻑하다니까. 이른 봄이면 연못에 바글거리던 올챙이는 또 얼마나 많고. 연못이 새까매서 들여다보면 온통 올챙이인 거야. 물의 9할은 될까. 쉬지 않고 꼬리를 흔드는 것들이 다 자라서 울어대면 귀청이 떨어져. 수대로 덤비면 뱀이라도 무서워했을걸. 대한의 군인이 대단하긴 해. 미물의 천적조차 얼씬 못할 만큼 철통같은 수비를 하니까. 거기서 2년을 보냈는데 올챙이만큼 별이 많았어. 군대라면 할 얘기가 그냥 쏟아지는 모양이었다. 화장실을 청소하던 훈련병 시절을 추억처럼 얘기했다. 한 겨울에 입대해서 고생이 심했다고. 처음에는 완전 로봇이야. 명령을 받으면 자동인형이 되니까. 깡깡 언 분뇨를 곡괭이로 두드려 깨는 게 훈련병 몫이야. 추운지 더러운지 따질 겨를이 어디 있어? 내무반으로 돌아오면 안경에 튄 얼음알갱이가 녹아내려.

여자가 미간을 찡그렸다. 다들 그러려니 받아들여. 몰상식을 상식으로 알고 따르는 데가 군대니까. 그리운 건지 싫다는 건지 모를 말투였다. 초코파이에 이어 순대까지 나왔다. 축구 얘기는 건너뛰어서 다행이었다. 여자는 끝날 줄 모르고 이어지는 얘기를 자르며 끼어들었다. 기억은 사실의 저장이 아니라 편집이라며? 언젠가 제이에게 들었던 말이었다. 그가 고개를 끄덕이며 말했다. 그렇지? 말 같겠어? 어쨌든 힘든 시간은 지나갔고 기억은 흐려져. 지금 감정으로 돌아보면서 편집하는 거지. 그가 있던 부대가 휴전선 가까운 이 근방이라고 들었다. 어린 그가 살았던 시골보다 더 지독한 산골이었다고.

혈기로 펄펄 끓는 청년들뿐일 텐데. 함께 훈련받노라면 거칠던 성깔이 눅지 않겠어? 여자가 말하자 제이가 니가 안 당해서 그렇지, 했다. 다음은 눈 치우던 얘기였다. 마당에 쌓인 눈이나 쓸었지 그렇게 많은 눈을 치워봤어야 말이지. 군대가 사람을 그냥 놔두지 않아. 눈이 펑펑 쏟아지면 집합 명령이 떨어져. 일렬종대로 선 졸병들이 제자리를 왔다 갔다 하며 일사분란하게 눈을 밟아대. 돌처럼 굳어진 판을 가래로 떠내는데 무겁기가 젠장! 멀쩡한 곳을 팠다가 메웠다가 하면서 아까운 세월 축낸 거지. 그 끝에 뱀 잡아먹는 얘기를 했다. 여자는 창밖으로 시선을 돌렸다. 검은 녹색의 그물 위장막에 덮인 막사가 지나갔다. 뱀을 잘 잡는 선임이 있었어. 그가 엄지와 집게손가락으로 뱀 턱을 조이면 사나운 살모사라도 꼼짝 못해. 잡은 뱀은 그 자리에서 바비큐가 돼. 군대에선 뭐든 가능하니까. 맛? 닭고기 비슷해. 여자가 찡그린 미간을 더욱 좁혔다. 여기서 들으니까 그렇지 뱀 잡는 솜씨가 어찌나 귀신같던지. 눈으로 보면 무조건 존경부터 하게 돼. 여자는 그저 고개나 끄덕였다. 안 되면 되게 하는 게 졸병의 수칙이야. 그림자로 바뀐 제이가 지치지 않고 따라온다.

느릿느릿 걷는 노파는 허리가 기역자로 굽어 있다. 지팡이로 버틴 허리에 말간 햇살이 내려앉는다. 굽은 허리와 쪼그라든 몸피가 힘겨운 나날을 알린다. 여자는 속도를 한껏 줄인다. 노인의 걸음이 쓰러질 듯 위태롭다. 차는 곧 제 속력을 찾는다. 부대를 빠져나온 트럭이 앞을 막아선다. 연습생이 모는 트럭은 느릴 대로 느리다. 여자는 연신 브레이크를 밟으며 따라간다. 짐칸에 쪼그린 어린 병사가 고개를 꾸벅거린다. 꾀죄죄한 군복에 야간 훈련의 피로가 묻어난다. 억지로 붙잡혀 있는 젊은이들에게 힘든 날을 견딜 희망이 필요하다. 잠깐의 단잠이지만 포상휴가를 받는 꿈이라도 꿀지 모른다.

날카로운 휘파람소리가 솟는다. 여자는 고개를 들어 살핀다. 양 손의 검지를 입가에 건 병사가 차창을 들여다보고 있다. 졸던 훈련병이 화들짝 놀라 고개를 두리번거린다. 여자는 가볍게 손을 흔들고 트럭을 앞지른다. 계기판의 붉은 바늘이 80을 가리킨다. 수송차가 멀찍이 밀려난다. 조금 내린 차창으로 찬바람이 밀려든다. 거무죽죽한 풀덤불 옆으로 강이 흐른다. 길가에 선 래프팅 안내판의 글씨는 새 것이다. 낙낙하게 흐르는 물살 아래 바닥이 비친다. 겉으로는 순하게 흐르지만 사나운 광기가 숨어 있다. 언젠가 보트가 뒤집힌 신문기사를 읽었다. 래프팅 하던 소녀가 사체로 발견되었다고. 준비가 모자란 레저 회사를 마구 때리던 내용이었다. 구경만 하다가 일이 터지면 사실과 추측을 엮어서 단박 얽어맨다. 떼로 달려드는 무리의 속성을 짚으며 여자는 진저리친다. 현리전적비를 알리는 이정표가 뒤로 밀려난다.

커다란 입간판에 '매화마을'이 씌어 있다. 붓글씨체로 쓴 커다란 간판이 눈을 끈다. 끝을 날씬하게 삐친 글자 위로 백부가 어린다. 봄을 알리던 입춘 방은 그의 솜씨였다. 어쩌다 붓을 잡은 그를 보기라도 하면 발소리는 물론 숨조차 죽였다. 간판 밑에 그린 커피, 화장실, 식사표시가 시나브로 도사린 피로를 끌어낸다. 잠깐 방심했을까. 검은 그림자가 휙 날아든다. 소스라친 여자가 힘껏 브레이크를 밟는다. 부딪친 건가. 아닌가. 자지러지는 금속성과 고무 타는 냄새가 한데 섞인다. 여자는 쏠린 체중을 팔로 버티며 밖을 내다본다. 몸집 실한 누렁이가 여자를 멀뚱하게 돌아본다. 뒷다리사이에 꼬리를 붙인 짐승이

순한 눈을 끔벅인다. 엔진이 꺼져 있다. 거푸 키를 돌리지만 살아날 기척이 없다.

개를 치지 않은 게 다행이야. 제이라면 그렇게 말할 것이다. 털갈이하는 개뿐 길은 적적하게 비어 있다. 엔진이 꺼진 차는 고철이 되어 있다. 여자를 도와줄 아무도 없다. 여자는 기어를 중립에 놓고 밖으로 나온다. 길을 막은 차를 치워야 할 텐데. 차 꽁무니를 힘껏 밀어보지만 꿈쩍도 않는다. 적요하고 막막하다. 언젠가 같은 일이 있었다.

왕복 십 차선의 넓은 길에서 일 차선을 타고 갈 때였다. 붉은 불에 멈췄던 여자가 푸른 신호를 보며 브레이크에 올렸던 발을 뗐다. 차가 움직이지 않았다. 언제 엔진이 꺼졌을까. 거푸 키를 돌렸지만 쓸 데 없었다. 어쩔 방법이 없는 차 속이었다. 여자는 어리둥절해서 창을 내렸다. 길을 채운 소음이 왈칵 몰려들었다. 멈춘 차 뒤에 긴 줄을 그린 차들이 클랙슨을 마구 울려댔다. 가까스로 빠져나간 탑 차가 쌩 소리를 울리며 닿을 듯 스쳐 갔다. 혼자 난바다에 떨어진 것 같았다.

여자는 결심하고 밖으로 나갔다. 그것도 하필 안쪽 차선이었다. 오가는 차들이 신호에 따라 파도처럼 밀려오고 밀려갔다. 여자는 모래톱에 박힌 돌멩이처럼 우두커니 서 있었다. 그날따라 휴대폰까지 두고 나왔다. 줄지어 달려온 여러 종류의 차들이 그 자리에 멈췄다가 다시 떠났다. 따가운 햇살이 하릴없이 지켜보는 정수리를 달구었다. 멋모르고 일 차선을 달려온 자동차가 급하게 고장차를 비켜갔다. 여자는 티끌 하나 없이 맑은 하늘을 올려다보았다. 궁지에 빠진 여자를 도울 사람은 나타나지 않았다.

옆 차선을 달리던 차가 스르르 멈추더니 무슨 일로 서 있는지 물었다. 여자는 조금 내린 창틈에 대고 소리쳤다. 고장인데 래커차를 불러주시겠어요? 시간이 갔다. 고도를 기다리던 누군가의 마음을 알 것 같았다. 달리던 운전자가 여자에게 대고 샐쭉이 눈을 치켜떴다. 일그러진 입매로 보아 거친 욕을 쏟아 붓는 시늉이었다. 머릿속 초침이 또각또각 느린 걸음을 옮겼다. 쏟아낸 배기가스와 아스팔트를 데운 지열이 여자를 태우려들었다. 뒤엉킨 엔진소리로 귀청이 먹먹했다. 외롭다. 문득 떠오른 단어 말고는 아무 것도 생각나지 않았다.

털털거리며 다가온 트레일러가 고장 차 앞으로 핸들을 틀더니 호위하듯 앞을 막았다. 트레일러는 내려놓고 뼈대만 앙상하게 남은 차였다. 여자는 멈춘 차를 보며 달려갔다. 높은 운전석에 앉아 있던 젊은 청년이 가볍게 길로 뛰어내렸다. 여자 차를 힐끗 쳐다본 그가 자신의 운전석 아래에 둔 밧줄을 꺼내들었다. 트레일러 꽁무니와 승용차 앞머리를 찬찬히 잇던 그와 눈이 마주쳤다. 검게 그을린 얼굴이 빙긋 웃었다. 하얗게 드러난 치열이 가지런했다. 소탈한 표정을 보니 묵은 체증까지 가시려 했다. 다시 차에 올라탄 청년이 조수석 문을 열고 옆자리를 가리켰다. 여자가 그렇게 큰 차를 타 본 것은 처음이었다. 끌려오는 여자 차가 백미러에 비쳤다. 다행히 도심이 아닌 외곽도로였고 그것도 통행량이 적은 휴일이어서 다행이었다. 자칫 도로교통 방해죄까지 덮어쓸 일인데 몰랐나 보네요. 멀찍이 떨어진 뒤에다 삼각대를 세웠어야 해요. 안전조치를 하지 않으면 멋모르고 달려온 차가 뒤를 칠 수도 있고. 뒤차에 받치기라도 하면 여자가 가해차주가 된다는 말이었다. 이런저런 얘기 끝에 이름이 제이라고 알려 주었다. 제이가 고장차를 카센터로 옮겨주었다. 힘든 자리에서 여자를 꺼내준 남자에게 저녁을 샀다. 쌈에다 고기를 싸서 입에 넣은 그가 음식을 씹으며 말했다. 혼자 먹게 할 겁니까. 나만 돼지가 된 것 같은데…… . 지켜보던 여자가 눈을 내리며 쌈추 잎사귀를 집었다. 어려운 시간은 지나갔다. 채우려 할수록 비던 마음도 사라졌다. 아귀처럼 따라오던 식탐까지 가셨다. 제이가 미어질 듯 부푼 볼을 풀며 씩 웃었다. 알고 보니 몇 달 차이의 비슷한 나이였다. 편하게 말을 놓기로 했다.

너른 뜰이 앞에 보인다. 여자는 힘껏 고장차를 민다. 젖 먹던 힘까지 써서야 도로를 벗어난다. 기껏 십여 미터 남짓 움직였을 뿐인데 지칠 대로 지친다. 젖배를 곯았으니. 츳 츳. 죽은 할머니의 시선이 따라온다. 넓은 마당 모퉁이에 공중전화부스가 서 있다. 여자는 푸른 송수화기를 들고 안내센터에 전화를 건다. 카센터의 전화번호를 묻고 다시 번호판을 누른다. 급브레이크를 밟았는데 엔진이 꺼지더니 시동이 안 걸려요. 길가에 선 간판을 보며 지금 있는 곳을 댄다. 부스 밖, 넓은 마당에 말간 햇살이 포실하게 내린다. 차 네다섯 대는 댈 수 있을 자리가 텅 비어

있다. 있던 자리로 돌아온 것 같은 착시가 인다. 이런 기시감이
의아하다. 영원회귀를 말하던 제이가 웃고 있다.

영겁회귀永劫回歸라고도 하는 니체의 관념인데 생生이 원을 그
리면서 영원히 반복된대. 그러니 현실의 어려움과 기쁨을 그대로
받아들이고 그 순간을 충실히 생활하는 데서 자유와 구원을 얻는
다는 주장이야. 같은 일이 되풀이되는 느낌은 거기서 비롯된다고.
난 곳으로 돌아가는 어류가 씩씩하게 물살을 거스른다.

억척스럽게 시간을 쪼개 쓰는 그를 걱정 반 감탄 반의 시선으로
바라보았다. 힘든 일을 마다 않을 때는 잘난 척 나서지 말라고
눈을 흘겼다. 트럭운전수답게 굴어. 대놓고 비웃었지만 그런
모습이 싫지 않았다. 여자 마음을 읽지 못한다고 툴툴거렸지만
말뿐이었다. 그에게 들었던 모든 말이 살아난다. 영원한 시간이
원형을 이룬다던 내용을 새겼던가. 둥근 원 안에서 모든 사물이
무한 되풀이된다던 말이 울린다. 그처럼 인식의 발견도 둥근
궤적을 이룬다는 거야. 떠난 뒤에도 남은 목소리가 쿵쿵 가슴을
친다. 이 말은 얼핏 들으면 니체의 '권력에의 의지'이론과 어긋나
는 결정론으로 들려. 인간뿐 아니라 우주 전체, 또는 세계의
본질이 끊임없이 보다 큰 힘을 추구한다는 거야. 설명할수록
더 어려운 말이 돼. 되풀이 되는 같은 생을 스스로 선택했다고
받아들이라는 거지. 그게 영겁으로 돌아간다는 말이야. 운명에
대한 사랑이라 할까. 생에 대한 긍정이라 할까. 들어도 모를 내용
이라 어떤 말로 끼어들어야 할지 알 수 없었다. 여자는 듣기만

했다. 제이의 얘기가 거침없이 이어졌다. 말이 말을 끌어내는 모양이었다. 그날 평행이론을 들었다. 지난날 누군가 살던 삶을 지금 다시 되풀이한다고 했다. 누군가 여자처럼 살았다고?

대학교를 가지 못한 건 여자의 콤플렉스였다. 여고, 그것도 누가 알아주지 않는 지방에 있는 학교였다. 딱히 잡히지 않는 아리송한 내용을 듣기만 하다가 불쑥 끼어들었다. 몰라도 되는 건 그냥 넘어가. 많이 알아봤자 골치나 아파. 제이가 짚어 대답했다. 모르고 지나가면 있는 사실이 없어지니? 손으로 하늘을 가리고 안 보면 영원히 모르게 돼. 모자라는 걸 스스로 인정할 때 크는 거라고. 그냥 받아들이면 감춘 자격지심까지 들키지는 않아. 대놓고 정색을 하는 바람에 머쓱해졌다. 그대로 지나가기에는 켕겼다. 콧방귀를 뀌는 여자를 보며 제이가 어이없다는 시늉을 했다. 몇 번 비슷한 일이 되풀이되면서 엇나갔으리라. 트럭운전만 해도 힘들 텐데 대학은 뭐 하러 다녀. 왜 그리 고단하게 사는 거야? 운전석 뒤편에 놓인 책을 흘겼다. 책보다 여자를 아껴주었으면 했지만 그는 마음을 읽지 못했다. 가끔 딴죽을 걸고 트집을 잡기는 했어도 터놓고 말하자면 한 길을 파는 모습이 보기 좋았다. 시간을 알뜰하게 쓰는 남자에 견주면 자신은 허술하기만 했다. 왠지 불안하던 마음이 거기 잇대어 있다. 그와의 번 틈을 곡예 하듯 얼버무리면서 아슬아슬했다.

이번 학기는 쉬어야 할 것 같아. 고속도로를 달리는데 바퀴가 튕겨나갔어. 옆 차선을 달리던 차가 벼락을 맞았어. 어찌어쯔

뒤처리는 했는데 몇 학기 등록금이 날아갔어. 사람 안 친 것을 천운으로 알아야지. 제이 모르게 여자가 등록금을 대납했다. 사실을 안 그가 잠잠히 여자를 바라봤다. 고맙긴 한데. 말하고 나서 한동안 잠잠했다. 뒤에 여자에게 건넨 것이 상속 받았다는 집의 딱지였다. 그것도 다 쓰러져 가는, 값을 치기도 어쭙잖은 폐가였다. 워낙 낡아서…… 말을 흐리며 흰 봉투를 내밀었다. 그런 집을 날더러 어쩌라고? 여자가 손사래 쳤지만 그가 막무가내로 우겨넣었다. 뿌듯한 보람을 빼앗긴 것처럼 허전했다. 어쩔 수 없이 받긴 했지만 끝까지 마다해야 했다.

어수룩한 운전 실력으로 모르는 곳을 찾아 가다가 앰한 사고나 일으키다니. 제이의 우멍한 눈길이 따라온다. 날씨는 쾌청하게 맑은데 머릿속으로 부연 안개가 꾸역꾸역 밀린다. 나한테 벅찬 남자였어. 잘 된 일이야. 여자는 짐짓 우긴다. 가진 것이라고는 쥐뿔도 없으면서 자존심만 센 데다 내세울 것 하나 없는 남자다. 심각한 표정이 떨쳐지지 않는다. 호강은커녕 고생만 할 게 뻔해. 안 봐도 비디오라니까. 붙잡아서 뭘 어쩌겠다고. 부러 튕기지만 그럴수록 속이 알싸하다. 양지 바른 마당 저편, 작은 마을을 에둘러 가는 산들이 높다. 그에게 들었던 얘기가 또 떠돈다. 방 두 칸짜리 집에서였다.

안방 벽장에서 초를 꺼낸 제이가 불을 켜서 문틀에 세웠다. 촛불 그림자가 너울거렸다. 밤 뻐꾸기가 뻐꾹뻐꾹 울었다. 숲을 스친 바람이 솨 소리를 내며 달려갔다. 외만 집, 그것도 둘뿐이었다. 세상 끝으로 밀려나면 이리 아득할까. 다리를 맘껏 벋고 누운 남자가 여자 손을 끌어다 자신의 배에 얹었다. 밀려 올라간 셔츠 틈으로 따뜻한 체온이 스몄다. 굵직한 목소리가 낮게 스몄다. 어떤 사람이 산속을 걷다가 길을 잃었대. 곧 밤이 되었지. 불빛 하나 없는 길을 감각에 기대어 걸어. 코를 베어가도 모를 만큼 어둔 숲을 어딘지 모르고 걸으려니 무섭기만 해. 넘어지고 자빠지며 밤새 걷다가 부옇게 날이 새. 숲을 빠져 나왔으려니 여겼는데 처음 그 자리에 있는 거야. 존재의 관성이라는 거지. 눈을 감고 걸으면 얼마간의 각도로 휘어져 걷게 되고 그래서 같은 자리를 뱅뱅 돈대. 아리송한 내용을 흘려들으며 여자는 몸을 새우처럼 구부렸다. 영원을 향한 회귀. 존재가 지닌 관성. 둥근 원을 도는 걸음이 자박자박 울렸다. 아버지라도 된 것처럼 그가 여자 등을 토닥였다. 육친을 흉내 낸 손길이 다습게 스몄다. 물살을 거슬러 돌아오는 어류의 기억이라도 돌아오려 했다. 낯선 곳에서 으레 도지는 조바심이 잦아들었다. 얽힌 갈나무와 칡나무가 순하게 몸을 풀었다. 조화, 균형, 평소라면 흘려보 냈을 낱말까지 떠돌았다. 제이가 또 다른 얘기를 이었다. 넓은 들로 나간 주인이 풀밭 한가운데 염소를 매어 놓고 딴 일을 보러 가. 우거진 풀을 실컷 뜯으라고 끈을 길게 늘여. 탄탄한 말뚝에 매어 놓았으니 도망칠 염려는 없어. 널린 풀을 맘껏 뜯을 테니 실컷 배를 채울 테고. 주인은 느긋하게 할 일을 마친 뒤 해가 어슷해서야 돌아와. 기대와 달리 말뚝에 친친 감긴 줄 끝에서

목이 졸린 짐승이 캑캑거리고 있어. 그래서 보니 풀을 뜯은 흔적
도 없어. 뜻밖의 광경을 본 주인만 황당하지.

방바닥을 타고 스민 말이 온몸을 울렸다. 자신은 주어진 몫조
차 제대로 누리지 못하는 짐승일까. 생각 없이 산다고 깨우치려
는 걸까. 한자리를 뱅뱅 돌지 말고 먼 데를 보라는 말인 듯도
들렸다. 도란도란 울린 말이 몽환을 그렸다. 바람이 부는 모양이
었다. 하나로 보이는 둘의 그림자가 일렁이는 촛불을 타고 크게
흔들렸다. 낯선 울음소리가 야음을 흔들었다. 처음 들어본 괴성
에 여자가 바싹 움츠렸다.

올빼미 우는 소리야. 제이가 말하고 여자에게 팔베개를 내주
었다. 마루 밑에서 바스락대던 쥐가 이번에는 천장을 다다다
질러갔다, 성긴 틈으로 새든 바람이 문을 흔들었다. 덜컹거리는
소리에 실려 먼 데서 개가 컹컹 짖었다. 나무 갉는 소리가 뚝
그쳤다. 메케한 먼지 냄새가 떠돌았다. 음울한 새 울음소리에다
낯선 공기까지. 왈칵 무서워진 여자가 제이의 옆구리를 파고들
었다. 세상과 떨어진 외딴 집이었다. 둘만 남았다는 고립감이
관능을 부추겼다. 달아오른 체열이 여자를 덮었다. 그러고 보니
주린 염소는 자신이었다. 건드리기만 하면 풀린 염소처럼 뛰어
나갈 것이었다. 불 싸라기처럼 흩뿌려진 별이 작은 쪽창에 가득
비쳤다.

여자는 마당 끝 입간판에 적힌 '매화마을'을 바라본다. 아침에
모니터를 채웠던 매화꽃이 떠올라서 문득 아득하다. 눈을 돌려

살피지만 매화나무 비슷한 것조차 보이지 않는다. 높이 솟은 목련이 희끗한 봉오리를 매달고 있기는 하다. 정갈하게 쓸어낸 흙 마당에 키 작은 침엽수가 심어져 있다. 쌓아올린 바위 틈에 낀, 영산홍도 보인다. 서넛의 돌계단 위에 슬레이트 지붕을 인 단층 식당이 있다. 의젓하게 선 입간판과 달리 날것으로 드러난 블록 벽이 허름하다. 햇살은 따끈한데 볼에 닿는 바람이 차다.

들어오세요. 갑자기 목소리가 들려서 고개를 튼다. 사십대로 보이는 아낙이 미닫이 유리문 사이에 서 있다. 안에서 기다리 세요. 도드라진 광대뼈 밑의, 하관이 빠른 얼굴을 올려다본 여자 가 설핏 웃음을 물고 층계로 오른다. 겉보기보다 실내가 깔끔하 다. 흐릿하게 밴 연기 냄새가 여자를 반긴다. 통나무를 반으로 갈라 만든 식탁이 열 개쯤 놓여 있다. 여자는 묵직한 백을 옆에 내리고 식탁에 놓인 차림 판을 편다.

식사하시게요? 처음 보는 얼굴인데 낯이 익다. 밥 먹어라. 철 지 난 목소리가 바람결에 섞여 든다. 시원에서 들리는, 원형회귀의 느낌이 이럴까. 머릿속 사념과 펼쳐진 풍경이 겹친다. 밥 때마다 듣던 백모 음성이 귓속을 울린다. 날 때부터 살았지만 여자의 집이라고 생각한 적은 없었다. 수면을 떠도는 물풀처럼 뿌리를 드러낸 채 떠돈 것 같다. 어디든 여자의 자리기도 했고 아니기도 했다. 차분히 내리지 못한 마음이 늘 흔들렸다. 먹어도 배가 고팠 다. 먹을 것이라면 자다가도 정신없이 덤빈다니까. 백모가 자주 쓰던 말이었다. 일그러뜨린 입매가 어린다.

걸음마를 걷던 무렵이라고 기억한다. 삐뚤빼뚤 걷던 아이가 앞을 막아선 치마폭에 매달렸다. 엄마, 불렀을 것이다. 누군가 아이 등을 치며 끼어들었다. 아가, 엄마 아니고 큰엄마야. 큰엄마라고 불러. 왜 엄마가 아닌지 의아했다. 번번이 아이를 막아서던, 서름한 느낌은 무엇이었을까. 까닭 모를 설움을 그러려니 새긴 것 같다. 자신은 남과 달랐다. 다른 건 틀린 것이었다. 아이는 처음부터 그렇게 길들었다. 함께 뒤섞여 뛰는 자리에서도 혼자 쭈뼛거렸다. 누구와 잘 섞이지 못하는 성정은 첫 기억에 닿아 있다.

쌓인 감정이 주절주절 쏟아진 건 엉망으로 취한 탓이었다. 말없이 듣고 있던 제이가 불쑥 끼어들었다. 기억은 사실의 저장이 아니라 편집이야. 여자가 풀린 눈으로 제이를 바라보았다. 이 남자는 어느 때라도 찬물을 끼얹을 준비가 되어 있을까. 앞자리의 그가 앞뒤로 왔다 갔다 했다. 뭐라는 거야? 여자는 꼬인 혀를 애써 놀리며 그를 쏘아보았다. 여자를 보는 듯 마는 듯 모호한 시선이 된 제이가 말을 이었다. 영화 속에 나온 대사야. 남자는 딱 10분만 기억할 수 있어. 스스로 모를 일이 무시로 닥쳐. 피 묻은 사체는 있는데 앞뒤 잘린 기억뿐 그 일이 어떻게 왜 벌어졌는지 이어지지 않아. 남자가 가해자인지 피해자인지 보고 있는 관객까지 헷갈려. 남자에게 혐의를 둔 형사가 그를 좇아와. 머릿속에 남은 10분을 근거로 일의 처음과 지금을 풀어서 보여주어야 하는데 방법이 없어. 메모와 녹음, 사진, 모든 수단을 써보지만 번번히 10분의 기억에 막히고 말아. 망실된 기억 탓에 머릿속은 미로가 돼. 아리아드네의 실이 없으니 빠져나갈 길이 없어.

여느 날이었다면 알아듣든 아니든 눈을 반짝였을 것이다. 모를 얘기가 여자를 새로운 길로 이끄는 것 같았다. 겨우 발을 떼던 아기야. 몇 마디 말이나 옹알거릴 텐데 그때의 기억을 믿다니. 내내 지녔던 기억이 거짓이라고? 함께 마신 이 남자는 왜 취하지도 않는 거야? 여자는 무겁게 내려오는 눈꺼풀을 밀어올리며 목청을 높였다. 그래. 넌 아는 것 많아서 좋겠다. 그러니 어쩌라고? 어느 경우든 씩씩한 제이인지 그 앞에서 쩔쩔매는 자신인지 짜증스러웠다. 구부러지고 찢긴 흠집투성이인 자신은 모든 게 엉망이었다. 한 번쯤 맞추어주면 안 되니? 윈윈이라는데 서로 좋은 게 좋은 거 아냐? 갈수록 혀가 꼬였다. 나중에는 앞뒤가 엉켜버렸다. 무슨 소리를 하는지 모르고 떠들었다. 무슨 열등감이 그리 많아? 제이가 냉정하게 잘랐다. 여자는 멈칫했다. 뒤죽박죽이던 머릿속이 희게 비었다. 그런가……? 그렇게 들리기도 하겠네. 여자의 모든 상흔은 어린 날에 닿아 있다.

말끔히 씻고 새 옷으로 갈아입은 세 사촌들이 마당을 이리저리 뛰었다. 가라앉은 공기까지 술렁였다. 툇마루에 오도카니 걸터앉은 아이가 그들을 바라보았다. 방을 나오는 백모의 얼굴이 환했다. 뛰는 세 아들을 불러 모은 백모가 대문을 나섰다. 배웅 나온 할머니와 아이만 남은 집이 휑뎅그렁했다. 아이는 할머니 치맛자락을 몸으로 감으며 칭얼거렸다. 왜 나는 안 돼? 치마폭에 싸인 작은 몸을 풀어낸 노인이 마디 굵은 손을 들어 조그만 얼굴을 쓰다듬었다. 쟈들은 지 외갓집에 가는 거여. 널랑 나랑 놀자. 하나로 뭉친 식구 속에 아이가 낄 자리는 없었다. 참았던 울음이 터졌다. 아이는 할머니에게 기댔다. 노인이 사촌을 쓰다듬기라도 하면 어딘가 아렸다. 이런저런 설움을 쏟을 대상은 없었다. 그조차 중학교 이 학년 때까지였다. 아이를 다독이던 할머니가 세상을 떴다. 슬프지는 않았다. 뜬금없이 벌어진 일을 보며 얼떨떨하기는 했다.

쥐방울만한 게 야멸치기는. 독한 년! 눈물 한 방울 비치지 않더라니까. 이웃과 귓속말을 하던 백모가 소녀로 자란 아이를 흘겼다. 다 맞는다고는 못하지만 아예 아니랄 수 없었다. 할머니와 함께 쓰던 방에 소녀 혼자 남았다. 세 명의 사촌들이 상 앞에 둘러앉았다. 따로 있어도 그들은 하나였다. 백모의 날선 시선이 소녀를 훑었다. 밀려난 것도 서운한데 눈치까지 갑절이 되었다. 백모 말마따나 야멸친 성격 탓에 미운 털이 박혔을지 몰랐다.

여자는 괜스레 졸던 마음을 돌아본다. 다 함께 둥근 상에 둘러 앉아 저녁을 먹을 때조차 숙인 고개를 들지 않던 그때. 버르장머리 없기는. 다른 사람 생각도 해야지. 애써 올린 찬은 잘도 알고 판다니까. 말에 박힌 가시가 소녀를 찔렀다. 수저를 멈춘 사촌들이 여자를 구경하고 있을 것이었다. 빨리 먹고 이 자리를 떠야지. 수저와 젓가락을 빠르게 놀렸다. 그럴 때마다 날선 핀잔이 날아들었다. 소가지까지 까칠하게 쓴다니까. 가뜩이나 편편치 않은 팔자가 더 사나워질라.

할머니가 비슷한 말을 했지만 백모에게 들으니 달랐다. 사람 따라 때 따라 달라지는 마음을 알 수 없었다. 소녀는 혼란스러웠다. 어디든 자신의 자리가 아니었다. 모를 허기가 소녀를 괴롭혔다. 그냥 지나칠 수 없는 길거리음식이 소녀를 끌었다. 백부네 살림은 넉넉하지 않았다. 풍족했다 해도 용돈까지 바랄 처지는 아니었다. 세 끼 밥이면 됐지 뭘 더 바라, 들리지 않는 소리가 귓바퀴를 맴돌았다.

혼자 집에 남은 소녀는 서랍을 뒤지고 안 보이는 틈새를 훑었다. 시간을 보낼 방법이 따로 없기도 했지만 잃었던 물건이 드러나면 눈앞이 환했다. 혼자 남는 시간이 길어질수록 뒤지는 범위가 넓어졌다. 쌀 속, 이불갈피, 장판 밑까지. 생각 못한 곳에서 노다지를 캐기도 했다. 돈으로 바꿀 것이면 무엇이든 들고 나갔다. 돈이면 좋았겠지만 아니어도 괜찮았다. 가슴을 파먹는 허기를 메우려 했다.

숨기고 찾는, 은밀한 숨바꼭질이 이어졌다. 어른은 장소를 옮겼다. 넓지 않은 집에서 소녀가 못 찾을 곳은 없었다. 돈이 사라진 자리에서 예의 외침이 솟았다. 내 돈 누가 손댔어! 새된 소리가 울 밖으로 퍼졌다. 송곳 같은 목소리에 찔리면 안 되었다. 소녀는 귀를 막았다. 백모 또한 욱해서 고함부터 질렀을 것이다. 꼭 백부가 없을 때 일이 벌어졌다. 푼돈이지만 엄격한 백부가 알면 안 되었던 것 같다. 소녀 방 앞으로 몰려온 사촌들이 쾅쾅 발을 굴렀다. 종주먹을 들이대며 눈을 흘기기도 했을 것이다. 그들까지 앰하게 싸잡혀 욕을 들은 셈이었다. 홀로 어둠 속에 누운 소녀는 소리치는 백모를 흉내 냈다. 독기 서린 시선을 희뜩 웃으며 어른의 화가 풀리기를 기다렸다. 곧 지나가. 스스로 최면을 걸었다. 당연한 화중을 조소와 냉소와 무표정으로 견디려 했다.

백모와 자신 모두 그럴 수밖에 없었다. 굳이 집어내자면 가난한 살림 탓이었고 자신을 낳고 사라진 부모가 잘못한 일이었다. 덧붙이자면 그런 처지에 놓인 자신을 나무라야 했다. 궁색한 형편에 낳은 새끼만 싸고돈다고 뭐랄 일이 아니었다. 고등학교를 졸업하고 그 집을 떠났다. 갑갑하던 숨통이 조금 틔었다.

뭘 드릴까요? 여주인이 들고 온 플라스틱 물병과 사기 컵을 탁자에 내려놓으며 묻는다. 여자는 펼친 차림판을 훑는다. 곰탕, 설렁탕, 선지국, 내장탕. 국물이 많은 음식을 즐긴 적이 없다. 국그릇을 젓가락으로 휘휘 젓던 모습이 어린다. 걸리는 건더기라고는 없던 가난한 살림도 함께. 조용히 먹어라. 음식을 그렇게 휘저으면 복 달아난다. 귓속에 밴 새된 목소리가 지워지지 않는다. 여자가 얼른 도가니탕을 가리킨다. 날 선 소리가 날아들지 않는 곳이 어딜까. 여자가 자리에서 일어서며 화장실을 묻는다. 밖으로 나가서 돌아가세요.

여자는 가슴에 백을 안고 집 모퉁이를 돌아 뒤뜰로 간다.

화장실과 떨어진 곳에 커다란 가마솥이 걸려 있다. 진흙부뚜막에 밴 짙은 그을음 앞에서 걸음을 멈춘다. 홀에 밴 연기냄새는 여기서 흘러들었으리라. 검댕이 앉은 솥과 아궁이, 휘우듬히 기운 굴뚝이 어린 날 즐겨 놀던 뒤꼍과 닮아 있다. 아무도 챙기는 이 없는 집에서 굴뚝 밑에 소복이 돋은 암녹색이끼를 뜯으며 시간을 보냈다. 음지에 돋은 괭이밥을 뜯어서 씹기도 했다. 시큼한 맛을 그리려니 말간 침이 우르르 괸다. 몸집이 실한 왕개미를 잡아서 꽁무니를 빤 적도 있다. 떫고 시고 지린 맛에 지레 놀랐다. 죽을 것처럼 괴로웠을 개미를 이제야 돌아본다. 학대라는 낱말조차 알지 못하고 저질렀다. 모르고 당하기는 자신도 마찬가지다.

화장실 벽과 바닥에 푸른색 바둑판 모양의 타일이 빼곡하게 붙어 있다. 여자는 허술한 잠금 고리를 건 뒤 가방의 지퍼를 연다. 신사임당을 새긴 뭉치 돈이 그대로 있다. 보기만 해도 뿌듯하다. 볼일을 끝낸 여자가 수돗가로 다가간다. 맵찬 날씨보다 물이 더 차다. 물기 묻은 손을 털면서 구름 한 점 없는 하늘을 올려본다. 펄펄 뛸 팀장의 얼굴이 허공에 어린다. 없어진 금액부터 캐고 들 모습. 들키지 않고 증발할 방법이 있을까. 잘 나가는 친척의 힘으로 지금 다니는 무역회사에 들어갔다.

고맙다는 인사는 해라. 엄격한 백부가 꼿꼿한 눈길로 바라보았다. 늘 그런 것처럼 여자는 시선을 깔았다. 내키지 않은 걸음으로 그 집에 들어갔다. 작아도 실속 있는 회사다. 친척이 여자를 눈 아래로 내려다보며 말했다. 내 얼굴을 봐서라도 제대로 다녀. 여자는 다소곳이 고개를 숙이고 듣기만 했다. 고아에게 일자리를 마련해준 그에게 기쁜 낯빛을 보이려 했지만 고까운 마음이 펴지지 않았다. 그 집을 나올 때까지 냉랭한 기운이 가시지 않았다. 얼떨결에 떠맡은 귀찮은 짐을 떨치자면 어쩔 수 없었겠지. 울타리를 두를 부모가 없었으므로 바라지 않은 불운을 덤으로 안아야 했다. 억울한 속내를 미주알고주알 떠벌리지도 않았고 들어줄 사람 또한 없었다. 여자 스스로 부딪치고 깨지며 거친 날을 견뎠다. 그조차 보호라고 하기엔 민망한 눈칫밥을 먹으며 깨쳤다.

여자가 들어간 곳은 경리부였다. 회사는 신발 한 종류만으로 알찬 수익을 올리고 있었다. 여자는 삼 년 동안 말없이 발 빠르게 일했다. 일부러 말을 줄였던 것은 아니다. 들어줄 사람이나 정리해서 말할 일이 없었다. 몇 마디 필요한 말로 야무지게 일을 끝냈다. 어설픈 내용을 늘여 말하다가는 괜한 까탈이나 잡힐 것이었다. 눈치껏 움직인 데다 손발이 빨랐다. 예전에 백모 집에 있을 때도 그랬다. 여자는 어린 사촌들보다 한 수 위였다. 부풀린 학용품값과 학급비를 타내는 방법을 또래보다 일찍 깨쳤다. 제 값보다 부풀린 액수를 또렷하게 발음하고 눈을 깔았다. 백모는 선선히 지갑을 열지 않았다. 미심쩍은 눈으로 바라본다고 해서 우물쭈물하거나 재촉하면 안 되었다. 꼭 가져가야 한다는 멀쩡한 얼굴로 끝까지 버텼다.

여자는 회계장부의 숫자를 빈틈없이 맞추었다. 가끔 돈을 빼냈지만 누구도 캐고 들지 않을 만큼 신용을 쌓았다. 빈자리는 숫자 몇 개만 움직이면 쉽게 메워졌다. 바뀐 숫자를 들키는 일은 없었다. 팀장은 여자 서랍 속에 든 액수를 확인하지 않았다. 승희 씨 일솜씨 하나는 끝내 준다고. 말치 없지. 엽렵하지. 가끔 칭찬을 쏟아 부었다. 그 역시 구린 데가 있는 것이다. 재무관리를 하다보면 숨은 것들이 보인다. 여자는 말없이 살폈다. 먼지인지 고물인지 여기저기 떨어진 자국이 났다. 털어서 먼지가 안 나온다면 이상한 일이었다. 업자와 회사, 그 밖에 이어진 먹이사슬이 얽히고설켜 있었다. 눈 먼 돈이 어디나 돌아다녔다. 여자는 맡은 일만 했다. 제이의 등록금을 빼낸 자리는 조금 컸다. 몇의 숫자를 바꾸었다. 혼자 켕겨서 괜스레 흘끔거리기는 했다. 커다란 덩어리를 차지한 치들일수록 의기양양했다. 부스러기쯤에 떨다니. 제풀에 졸아든 속을 다독였다. 환하게 불을 밝힌 백화점에 들어서면 스멀거리던 불안이 스러졌다. 내키는 대로 산 물건이 제이에게 건너갔다. 의심하는 동료직원은 없었다. 주인 없는 돈은 쓰는 사람이 임자였다. 들키지 않게 손을 대는, 아슬아슬한 장난이 이어졌다. 잠깐 빌려 쓰는 데 누가 뭐래? 깨끗한 척해봤자 누가 알아주지도 않아. 기댈 울타리가 없으면 머리라도 써야지. 재주껏 사는 거야. 면도날 위를 걷는 느낌이 없지 않았다. 갈라진 틈새로 얼음과 불덩이가 엇갈렸다. 제이와 함께 있으면 조이던 마음이 풀렸다. 여자가 먼저 전화하는 일이 잦았다.

만날 때마다 밝던 제이가 미간에 골을 깊게 세우고 나타났다. 앞에 앉은 그가 제출해야 할 과제가 쌓였다고 말했다. 리포트에 아직 손도 못 댔어. 여자가 도울 수 있는 일이 아니었다. 제이 앞에 놓인 술잔이 비어 있었다. 여자는 잔이 빌 때마다 채웠다. 제이가 풀린 눈을 들어 여자를 쳐다보았다. 흐릿하게 초점을 잃어가던 시선이 문득 날카롭게 튀었다. 여자는 가득 찬 잔을 한 입에 털어 넣었다. 너네 집 부자니? 묻는 어투가 퉁명스러웠다. 여자의 헤픈 씀씀이를 눈치 챈 걸까. 손쉽게 둘러댄 말이 탈이었다. 깊이 밴 의혹이 여자에게 꽂혔다. 그의 눈을 똑바로 바라볼 수 없었다. 구차한 변명을 되풀이하기에는 자리가 소란했다. 방심한 모양으로 제이가 입을 헐겁게 벌렸다. 불빛 아래서 보니 고른 치열이 더욱 희었다. 벌써 취했니? 여자가 혼잣말처럼 웅얼거렸다. 덧니는 여자의 아킬레스건이었다. 부모가 있었다면 진작 교정했을 것이다. 곤핍한 지난날, 치과와는 담을 쌓고 살았다. 들쭉날쭉 솟은 치열이 감추고 싶은 가난을 묻혀낼 것이었다. 덧니가 드러나면 안 되었다. 제이는 그게 매력이라고 했지만 말치레일 것이었다. 여자는 자꾸 입술을 물었다.

홀에 돌아간 여자 앞에 투박한 뚝배기가 놓인다. 부연 김이 핀다. 아직 바깥 날씨가 차다. 밤새 끓인 국물이라 다른 집과 맛이 달라요. 한 입에 넣지 못할 커다란 깍두기가 앞에 있다. 선홍 색깔이 눈을 홀린다. 다시 돌아온 여주인이 김치보시기를 식탁에 내려놓는다. 강원도 김치를 맛보시라고, 특별히 드리는 거예요. 서울 번호판을 눈여겨보았을까. 여주인은 문 옆의 카운터를 정리하고 있다. 다른 손님은 물론 일하는 사람조차 보이지 않는다. 적적하고 한가롭다. 여주인의 선심을 받고 먹기만 하려니 어색하다. 혼자 가게 일을 하세요? 수저로 국물을 뜨며 묻는다. 큰 시장을 보러 인제로 나갈 때 빼면 그럭저럭 할 만해요. 주말에 있는 군인들 회식을 빼면 지나가는 사람조차 뜸한 데라. 바쁠 때만 도우미를 쓰지 보통 때는 혼자로 충분해요. 이웃에게 말하듯 술술 얘기가 풀린다. 말을 나눌 사람이 그리웠던 게지. 높지도 낮지도 않은 목소리가 구순하게 건너온다. 국물과 깍두기, 김치가 깔끔한 맛을 낸다. 젓갈이나 별다른 양념을 쓰지 않아서……. 입에 맞으세요? 묻고는 땅에 묻은 독에서 겨우내 숙성시킨다는 말을 덧붙인다. 여자는 활짝 웃으며 고개를 끄덕인다. 카센터 기사는 언제 올까. 창밖을 흘끔거린다. 햇빛 깔린 마당이 적적하다. 점심시간이라 시간이 걸릴 거요. 전화선을 타고 온 목소리가 퉁명스러웠다. 여주인과 달리 말할 거리가 없다. 카센터가 여기서 먼지. 일이 많은지 묻는다. 멀지는 않은데 좁은 바닥이라 사장님 맘이지. 좀 기다려야 할 거예요. 여주인이 도시보다 한 박자 느린 속도를 말한다. 부산하게 손을 놀리는 모습을 보니 부지런하던 백모가 떠오른다. 그러고 보니 도드라진 광대뼈도 닮아 있다. 옷차림은 다르다. 여자는 초록색 바탕에 자잘한 꽃무늬를 새긴 블라우스를 바라본다. 계절과 상관없이 무채색을 걸치던 백모가 떠돈다. 별다른 감정은 없다. 늘 보는 풍경쯤으로 여긴 것 같다. 우중충한 실내에 견주니 유리에 비친 햇살이 놀랄 만큼 화사하다. 함성 같은 웃음이 화들짝 솟는다.

중학생이 된 여자가 방으로 들어갔을 때 왁작 웃음이 피어났다. 아랫목 이불에 세 아들과 다리를 한데 묻은 백모가 여자를 반겼다. 소녀 얼굴도 모처럼 피어났다. 승희야, 춥지? 이리 들어와. 오 학년, 삼 학년, 일 학년, 초등학생인 사촌들이 말간 눈으로 소녀를 올려봤다. 훈김에 취한 볼이 발그레했다. 백모는 양 날개 아래 새끼를 품은 어미닭처럼 의젓하고 당당했다. 마딘 결속 어디를 풀고 끼어야 할지. 여자는 잠깐 망설였다. 제일 큰 녀석이 엉덩이를 조금 틀었다. 소녀는 성긴 틈을 비집고 앉았다. 온돌에서 올라온 훈김이 몸과 마음을 녹였다. 니 엄마는 너를 낳기만 하고 떠났어. 난 시집와서 10년이나 되었는데 아이가 없었고. 니 엄마는 나지 않아도 될 아이를 잘도 낳는데, 나는 낳아야 할 아이가 생기지 않았으니. 니 아버지는 어느 날 집을 나가서 돌아오지 않았어. 할머니가 찾으려고 애썼지만 쓸 데 없었지. 처음엔 혼이 쏙 빠졌지만 시간이 가면서 난리 통에 잘못 됐나보다 흐지부지 됐어. 니 아버지가 하던 극단이 하필 남쪽으로 공연을 떠났어. 광주사태가 일어났을 무렵 거기 있었다는 것만 알아.

그 무렵의 수런거리던 공기가 살아나려 했다. 그늘진 할머니 얼굴이 어른거렸다. 그 일이 노인의 명을 재촉했으리라. 백모의 말이 그치지 않았다. 니 아버진 다혈질에다 남을 도와주기 좋아하는 성품이었어. 백부의 봉급으로는 먹고살기 힘들 때라 어떻게 우유를 대겠어. 동생은 공연한다고 팔도를 쏘다니지. 만년 한량인 데다 연극까지 하니까 사람을 떼로 몰고 다니고. 극단에서 만난 니 엄마와 식도 올리지 않고 살다가 너만 낳고 떠났어. 할머니는 니가 울면 나를 야단쳤어. 아이도 못 낳는 년이 애잡는다고. 나야 애를 길러보지 않았으니 당연히 서툴지. 노인네 잔소리가 어찌나 심하던지. 이 아이가 꼭 한밤중이면 우는 거야. 추운 부엌바닥에 쪼그리고 앉아서 자다가 졸다가 하면서 미음을 끓여다 먹였어. 매 한번 대지 않고 키웠단다. 백모는 자신의 말에 빠져들었다. 눈 꼬리에 배어난 물기를 손끝으로 찍어냈다. 소녀가 주머니를 뒤졌지만 손수건은 잡히지 않았다. 모처럼 정겨운 자리였다. 백모가 터놓고 지난 내력을 들려 준 건 처음이었다. 가슴 속 벽이 단박 무너졌다. 사촌들이 또랑또랑한 눈으로 소녀를 바라봤다. 불쌍한 사촌누나. 다정하게 대해야지.

　마음이 따뜻하게 풀렸다. 희망 비슷한 것이 눈앞을 날았다. 칙칙한 날은 끝나고 밝은 날이 열리리라. 잠깐 솟은 감동으로 달라지는 건 없었다. 앞선 생각과 달리 그날이 그날이었다. 백모는 짜증을 입에 달고 살았다. 빠듯한 살림과 사내아이들이 만들어내는 빨래와 청소와 밥 짓기를 불평했다. 억지로 맡은 시동생의 딸은 거추장스러운 짐이었다. 사촌들은 좁은 집이 들썩거릴 만큼 힘이 넘쳤다. 부딪치고 넘어지며 우당탕 뛰어서

장롱 위로 기어올랐다. 가구는 성한 데 없이 흠집투성이였다. 백부는 말이 없는 사람이었다. 이른 아침에 출근한 그는 자정 무렵 술에 절어서 홍시냄새를 풍기며 들어왔다. 조용한 골목 어귀에 카악, 가래 긁는 소리가 들리면 소녀는 불을 끄고 이불을 머리끝으로 올렸다. 어쩌다 맨 정신으로 들어온 백부와 마주치기라도 하면 눈을 내리깔고 방으로 들어갔다. 보는 것조차 어렵기만 한 어른이었다.

허전한 손과 마음이 백모가 감춘 돈을 찾았고 그도 안 되면 물건을 집어냈다. 귀금속이라기엔 허술한, 자질구레한 물건이 집에서 사라졌다. 뒷골목 음습한 가게를 지키던 사내가 그것을 받고 푼돈을 내주었다. 소녀는 재빨리 돌아섰다. 뒷덜미에 축축하게 얹힌 의뭉한 시선이 지워지지 않았다. 돈은 금세 바닥이 났다. 소녀는 늦은 시간에 터덜터덜 들어왔다. 힐끗거리는 사촌들의 눈초리가 매서웠다. 누구야? 누가 들어냈어? 새된 고함이 송곳처럼 튀어들었다. 백모와 소녀 빼고 모두 사내 녀석들뿐이었다. 소녀는 한 사람이 누우면 꽉 차는, 창문 없는 방으로 들어갔다. 매 한번 대지 않고 키웠어. 날카로운 목청이 날아들었다. 소녀는 눅눅한 방에 불도 켜지 않고 누워서 중얼거렸다. 그렇게 미워할 거면 차라리 때려. 대놓고 때리는 게 나아.

마음을 할퀴던 미움을 돌아본다. 백모는 이제 편해졌을까. 뚝배기 속 내용물은 반 넘게 남아 있다. 여자는 수저를 식탁에 내린다. 백모는 왜 자신을 꼭 짚어서 나무라지 않았을까. 자신의 아이와 한데 싸잡아서 소리치고 나면 분이 풀렸을까. 그렇다고 해서 여자 잘못이 덮어진 것도 아니었다. 엄격한 백부가 암묵적으로 울타리를 두른 건가. 지난날이 여자를 끝까지 따라온다. 시효가 끝난 일을 꺼내어 이리저리 잇다가 남은 빈칸을 추측으로 메우는 버릇이 새로 생겼다. 빈 마음을 채우던 제이는 떠났다. 도로 횅해진 자리에 바람만 오간다. 아무리 먹어도 채울 수 없던 식탐을 돌아본다.

고등학교 때였다. 사춘기를 맞은 여고생들이 서로 팔뚝을 대보며 재잘거렸다. 소녀는 그들을 지켜보며 불안했다. 아침에 스커트 후크를 억지로 채웠다. 숨을 크게 쉬기만 해도 고리가 떨어지고 지퍼가 열릴 것 같았다.

소녀는 골목을 채운 교복차림의 남학생을 보며 갈까 말까 망설였다. 돌아갈 데라고는 없는 외길이었다. 어쩔 수 없이 잰 걸음으로 벗어나려 했다. 툽상한 시선들이 지켜보리라 여기니 발이 제대로 놓이지 않았다. 그들을 지나치자마자 고함이 터졌다. 무 다리 간다! 다리와 허리, 몸에 붙은 살이 날마다 불어가는 참이었다. 높이 외친 야유가 지워지지 않았다. 골목시장에 퍼진 음식냄새가 소녀를 당겼다. 야유와 식탐 사이로 갈과 칡이 얽혔다. 맛깔난 유혹이 눈과 머리를 홀렸다. 소녀는 결국 안으로 들어가서 나무의자에 앉았다. 떡볶이와 함께 나온 어묵을 한입 깨물 때였다. 대각선으로 보이는 자리에 공처럼 둥근 여자가 우적우적 입을 놀렸다. 소녀는 휘둥그러진 눈을 접시로 내렸다.

저리 뚱뚱하도록 먹어대다니. 둘의 음식이 다르지 않았다. 앞으로 저리 되리라 여기니 어지러웠다. 이런 식탐이라면 무턱대고 몸이 불어날 것이었다. 아귀처럼 먹어대기는. 늘 듣던 목소리도 끼어들었다. 출렁거리는 뱃살 위로 물풍선처럼 부푼 소녀가 겹쳤다. 지켜줄 울타리 하나 없는 처지였다. 뚱뚱한 자신을 맘 놓고 비웃으리라. 갑자기 숨이 막혔다. 젓가락을 내린 소녀는 화장실로 달려갔다. 변기를 짚고 집게손가락을 목구멍에 깊이 넣었다. 사위지 않던 식욕이 더러운 오물이 되어서 쏟아졌다.

억척스럽게 먹어대는데 삐쩍 말랐으니 원! 먹은 게 다 어디로 가는지 츳 츳. 백모의 목청이 또렷이 솟는다. 앙상한 손가락과 손등에 푸르게 얽힌 핏줄을 보며 여자는 파리하게 웃는다. 여자의 삶 또한 핏줄처럼 엉켜있다. 돈을 꺼낸 자리는 곧 드러날 것이다. 제이는 이 나라를 떠난다고 한다. 깨지기 전에 깨고 싶은. 불끈 솟은 충동을 몰래 삼킨다.

유리문이 드르륵 밀린다. 멀쑥한 중년남자가 들어온다. 균형 잡힌 몸매와 정돈된 옷차림이 시골 식당과 어울리지 않는다. 힐끗 눈을 던진 여주인이 손을 바삐 놀린다. 창유리 너머 마당에 낡아 빠진 승용차가 멈춘다. 고철을 이어붙인 것 같은 자동차를 보며 여자가 자리에서 일어선다. 때맞추어 문을 밀고 들어서던 군인이 여자를 훑는다. 여자보다 머리 하나쯤 더 큰 그가 걷다 말고 다시 돌아본다. 버스정류장에서 담배연기를 뿜던 군인일까. 제복 속에 든 얼굴이 가려지지 않는다.

차 고장 나신 분이세요? 고물차에서 내린 사내가 계단을 내려서는 여자에게 묻는다. 키를 내민 여자가 주황색 작업복을 바라본다. 앞자락에 더께 진 기름때가 유난스레 반질거린다. 보닛을 열고 엔진을 살피는 그의 옆에서 여자는 아까 전화로 했던 말을 도로 본다. 여기저기 살피던 그가 한 곳을 드라이버로 툭툭 친다. 제너레이터가 나갔어요. 부품을 갈자면 서너 시간쯤 걸릴 것 같은데. 엔진의 심장부쯤 되는 곳이라 수리는 안 되고 새것으로 바꾸어야 해요. 여자가 하릴없이 고개를 끄덕인다. 여기서 꽤 긴 시간을 머물러야 할 것 같다.

가게로 끌어갈 겁니다. 장비가 없으면 안 되는 일이라. 사내가 래커차를 가져오겠다며 낡은 차에 올라탄다. 여자는 서두르지 않는 그를 막막하게 지켜본다. 햇살이 밝다. 바늘 끝 같은 햇살이 왕모래를 튕긴다. 눈이 부시다. 쨍쨍한 봄볕 아래서 눈가가 자꾸 좁혀든다. 살에 닿는 바람이 차다. 여자는 아까의 자리로 돌아간다. 식당 구석자리를 차지한 군인이 여자를 빤히 보고 있다.

생각 밖으로 곧 돌아온 기사가 앞 범퍼 밑에 쇠고리를 걸고 있다. 자리에서 일어선 여자가 여주인과 마주앉은 중년의 감색 정장차림을 돌아본다. 겹칠 듯 여주인에게 기운 얼굴로 보아 예사 사이가 아니다. 여주인은 담담한데 남자는 쉬지 않고 말하고 있다. 여자는 둘을 지나 문을 소리 나게 밀고 마당으로 나간다. 검은 승용차가 햇살을 튕긴다. 서울 번호판을 읽으며 중년남자가 타고 왔으리라 짐작한다.

시내나 돌아보시지요. 그때쯤이면 말짱히 고친 차가 여기 있을 테니. 기사의 말이 아니라도 그럴 참이었다. 무심코 길로 나섰다가 도로 돌아선다. 수리비를 맡겨 놓으려 했는데 깜빡 잊었다. 넓은 마당을 차지한 에쿠스가 햇살을 쏜다.

깔끔한 남자와 수더분한 아낙은 아직 그 자세로 마주보고 있다. 여자는 창가에 앉아서 바깥을 내다본다. 빈 마당을 차지한 검은 승용차는 무슨 일로 이 구석진 곳까지 달려왔을까. 금요일 오후의 시골마당에 흰 볕이 지천으로 내린다. 설핏 말이 뜬 틈을 타서 여자는 여주인에게 수리비를 맡기고 돌아선다.

이차선 국도를 걷다가 이면도로로 꺾어든다. 수레 폭만 한 좁은 길 양쪽에 골목시장이 펼쳐 있다. 정육점에 켠 붉은 등이 선혈 빛 육질을 비춘다. 희끗한 기름이 군데군데 밴 소다리가 선지피를 뚝뚝 흘린다. 만들어 파는 반찬, 황토 흙이 묻은 대파와 얼갈이배추. 플라스틱 물통, 어묵이 끓고 있는 스테인레스 솥을 지난다. 갖가지 물건이 쌓인 잡화상회를 끝으로 골목이 끝난다. 조금 넓은 길로 나온다. 닭집, 종묘 가게, 비디오 가게, 제과점이 곁눈에 스친다. 무심코 걷다가 노래방 처마에 머리를 찧고 만다. 묵은 세월을 묻힌 사진관 진열장 속에서 젊은 남녀가 환하게 웃고 있다. 제이와 사진을 찍는다면 자신도 저렇게 웃을까. 누군가는 떠나고 누구는 남는다. 그가 채우던 시간이 텅 비어 있다.

사진관을 끝으로 살림집이 이어진다. 여자는 왔던 길로 돌아선다. 좁고 낡은 거리를 걸으며 어릴 적 살던 곳을 돌아본다. 그 무렵 불빛 환한 도시를 꿈꾸었다. 그늘이 축축하게 내린 뒷골목까지는 모를 때였다.

농협 간판 아래에 늙수그레한 여인이 앉아 있다. 앞에 놓인 붉은 고무 자배기에 몇 덩이 두부가 담겨 있다. 우둘투둘한 겉모양으로 미루어 집에서 만들었으리라. 여인이 매듭 굵은 손을 들어 앞머리를 쓸어 올린다. 맘대로 되지 않았던지 아예 머리에 쓴 타월을 고쳐 맨다. 아직 바람이 차다. 수건 밖으로 비어진 센 머리카락, 검붉은 살갗과 굵은 주름이 신산한 삶을 알린다. 자신도 저렇게 늙어 갈 것이다. 찬바람만 오가는 길바닥. 손에 쥘 액수라야 하찮을 텐데. 추위와 모멸을 견디는 값 치고 너무 적다. 다방에서 나온 아가씨가 스쿠터 위에 걸터앉는다. 보자기로 싼 보온병이 앞에 놓인다. 짙은 화장을 했다고 해서 어린 나이를 감추지는 못한다. 당겨진 봉재선의 실밥이 터질 것 같다. 거침없이 드러난 맨 허벅지가 허연 육질을 드러낸다. 햇살을 받은 연두색과 주황색 물결무늬가 빳빳한 윤기를 낸다. 여자는 자신의 매무새를 슬쩍 훑는다. 되바라지지 않은 은회색의 은근한 빛을 품은 천이 여자를 다독인다. 한 줄기 시린 바람이 거리를 쓴다. 앙증맞은 스쿠터에 올라탄 희고 통통한 맨다리가 을씨년스러운 길을 밝힌다. 쌩 달려나간 스쿠터가 바람을 일으킨다. 굽실거리는 긴 노랑머리가 뒤로 날린다. 스쿠터는 곧 사라진다. 여자는 가게로 들어가서 캔 맥주 두 개와 과자를 산 뒤 어디로 갈까 망설인다. 익숙한 냄새가 코로 흘러든다. 발이 먼저 그쪽으로 나간다. 검은 가마솥이 김을 뿜는다. 칼을 든 남자가 가마솥을 열더니 둥글고 긴 창자를 투박한 나무 도마로 옮긴다. 막 꺼낸 순대가 숭덩숭덩 잘린다.

여자는 지난날 즐겨 먹던 음식 앞에 멈춘다. 입가에 쓴 웃음이 밴다. 먹보라는 별명으로 불리던 그때. 검은 그림자가 앞에 내렸다. 무심코 눈을 들던 아이는 희뜩 놀랐다. 사납게 서슬을 세운 백모가 무섭게 째렸다. 너, 여기서 뭐하고 있어? 기막힌 얼굴로 바라보더니 조그만 목덜미를 왁살스레 잡아챘다. 흰 플라스틱 접시가 바닥으로 떨어졌다. 때굴때굴 굴러가던 순대가 눈에 선하다. 얼굴이 벌게서 끌려나오면서 무안했다기보다 못내 아까웠다.

순대봉지를 받아든 여자가 쓰지 않은 비닐봉지를 몇 장 얻는다. 덤으로 얻는 비닐은 보기보다 쓸모가 있다. 어린 날 뒤뜰에 묻었던 반지와 구슬은 어떻게 되었을까. 뭉치 돈을 싸서 묻을 것이다. 찾지 못할 곳을 더듬는 버릇이 떨어지지 않는다. 시치미를 떼어 누구라도 속일 자신이 있다.

죽은 제비도 묻었다. 한동안 잊었다가 문득 궁금했다. 지금 어찌 되었을까? 아이는 그 자리로 갔다. 점찍어 둔 곳을 손으로 팠다. 눅눅하게 처진 날개부터 드러났다. 보송보송하던 모습이 간 데 없었다. 아이는 키운 눈으로 다시 살폈다. 바글거리는 흰 벌레가 추저분한 사체 위를 기었다. 소스라친 아이가 엉덩방아를 찧으며 주저앉았다. 핀 숯을 부은 듯 얼굴이 화끈거렸다. 힘껏 도망치려 했지만 다리가 허둥거렸다. 언짢을 때면 살 오른 구더기가 살갗을 기는 것 같다.

더 걸을 마음이 가신다. 식당으로 돌아가기도 마땅치 않다. 여자는 초입에서 보았던 현리전적비를 그리며 길을 잡는다. 볕바른 자리를 차지한 매화가 흰 꽃을 매달고 있다. 아침에 본 화면이 도로 겹친다. 온통 겨울뿐인 들판이지만 계절은 어김없이 바뀌고 있다. 겨울잠을 자던 초목이 용케 때를 알고 싹을 틔운다. 여린 꽃잎이 건듯 분 찬바람에 실려 하르르 난다. 텔레비전에서 미리 알리던 봄이 해 밝은 곳에서 피어나고 있다. 어느 봄날 키 큰 남자 손을 잡고 걸었던 기억은 혼자 지어낸 이야기일까. 꿈에서 스친 풍경일까. 눈처럼 날리던 꽃잎이 몽환을 그린다. 그림자로 따라온 제이가 빙긋 웃는다. 무의식에 각인된 기억이 불쑥 떠오른 거야. 자신의 실체를 더듬어 올라가고 싶지만 흐릿한 데다 졸가리가 잡히지 않으니 이어지지 않아. 감일 뿐이라 확신할 수 없어.

허깨비라도 붙잡아서 적적한 마음을 메운다. 전적비로 오르는 계단이 길다. 꽉꽉하고 다리도 아프다. 힘겹게 오른 층계 끝에 너른 터가 나타난다. 한가득 쏟아진 밝은 햇살은 덤이다. 부시게 밝은 볕 속을 걷는다. 우뚝 선 기념비가 가운데 있다. 옛날 여기서 벌어진 치열한 전투가 돌 판에 새겨 있다. 구석으로 몰린 군인과 민간인 수백 명이 죽었다. 전멸의 기록을 읽으며 여자는 달려왔던 길을 돌아본다. 외길의 첩첩산골이다. 두 끝을 막으면 빠져나갈 길이 없다.

가장 안전하게 보이는 곳이 치명적일 수 있다. 차를 운전하는 것도 그렇다. 탄탄한 철판이 자신을 보호해줄 것 같지만 오늘처럼 갑작스러운 고장을 만나면 처치 곤란한 짐이 된다. 사고라도 나면 든든한 차체가 외려 흉기로 바뀐다. 믿었던 도끼가 살과 뼈, 내장을 찢는다. 누구든, 무엇이든 방심은 금물이다. 비석에 새긴 이름을 눈으로 훑어간다. 어린 나이에 죽은 젊은이를 읽으려니 일찍 죽은 아비가 떠오른다. 어느 골짜기에 이름도 없이 누웠을 그를 그린다. 지금의 여자 나이쯤일 아비는 백골이 되었을 것이다. 이럴 줄 모르고 생명부터 만들었다. 젊은 혈기가 부린 실수로 자신이 태어났다. 철없이 저지른 그들의 잘못을 자신이 떠맡았다고 생각하면 억울하다. 어미는 죽었을까 살았을까. 언젠가 불쑥 앞에 나타날 것 같기도 하다. 스스로 보호할 울타리도 재물도 없다. 위로 없는 삶을 견디면서 왜 사는지 묻곤 했다. 막다른 곳에 몰렸던 이들처럼 자신도 출구 없는 길에 갇혀 있다. 백 속에 있는 돈이면 나갈 길이 보일까.

이차선 국도를 달리면서 북위 삼십팔 도를 나타내는 표지판을 두 번 보았다. 삼팔이란 숫자가 막힌 벽을 알렸다. 반으로 나뉜 나라, 거기 서린 위기가 실감났다. 생각보다 북쪽은 가깝다. 끝까지 가보자. 북방한계선까지. 자신을 다그친 적이 있다. 으깨진 살과 솟구치는 핏줄기가 어른거렸다. 정작 마주친 현실은 훨씬 시시하다.

긴 계단을 오르느라 볼이 상기 되었던가 보았다. 맵찬 바람이 상쾌하다. 꽃 이파리 몇 개가 날린다. 고장 난 자동차와 비탈진 층계를 오르느라 몸과 마음이 고단하다. 아까 먹은 탕을 다 비웠으면 쉽게 지치지 않았을까. 먹을거리를 사 온 게 다행이다. 여자는 그늘진 나무 아래에 자리를 잡는다.

저벅거리는 발자국 소리가 땅을 울린다. 여자는 고개만 돌려 바라본다. 큰 키의 군인이 계단 턱을 올라서고 있다. 산자락에 만든 터는 넓지 않다. 다리 끝에 드리운 검은 그림자가 금세 여자를 덮는다.

부대에 있어야 할 군인이 이런 때 여기엔 웬일로? 허벅지를 털며 일어선 여자를 보며 그가 하아, 웃는다. 면회 와줄 사람은 없고. 외출 나가는 동료에게 부탁했어요. 길가는 사람에게 나를 면회 오도록 부탁하라고. 그렇게만 되면 쉽게 나올 수 있어요. 원하지 않는 곳에 잡혀 있으면 왔던 곳이 그립거든. 부대만 아니면 다 좋아.

여자는 그의 얼굴을 올려다본다. 식당에 들어왔던 군인이다. 군복을 벗기면 철없는 소년처럼 보일 것이다. 그러고 보니 산골에 가둬놓기엔 환장하게 젊은 나이다. 그러니 묶어 놓지. 여자는 혼잣말처럼 뇐다. 그가 여자 팔을 당기며 주저앉는다. 여자는 고꾸라질 듯 그 자리에 앉는다. 그가 붙임성 좋게 말을 꺼낸다. 누이가 한 사람 있었는데.

여자는 말이 없다. 처음 본 사람이다. 실없는 얘기를 새겨 들어야 할 까닭이 없다. 흐릿한 기억이지만 언제부턴가 보이지 않았어요. 엄마는 좋은 데로 갔다고 했고. 그래선지 비슷한 또래의 여자를 보면 괜히 눈이 가고 말을 걸고 싶어져요. 그래서? 여자가 눈으로 묻는다. 빤한 동네라 그런 차림은 쉽게 눈에 띄어요. 요는 내가 좋아하는 스타일인데다 딱히 할 일이 없단 말입니다.

제이라면 이런 식은 아니다. 어떻게 그를 떼어 낼까. 군인이 여자를 곁눈질한다. 싱글거리는 둥근 얼굴이 선하게 보인다. 아픔에 면역이 생길 나이는 아니다. 철없이 까불어대는 청년에게 송곳니를 드러낼 일이 아니다. 처마를 맞댄, 오종종한 마을을 내려다본다. 아까 걸었던 거리와 십여 채 남짓인 주택이 한눈에 잡힌다. 잠깐 시간을 보내는 것조차 지루한 곳이다. 빼어나게 풍광이 좋은 데도 아니다. 위아래 모르고 말을 걸어온 군인만 아니라면 낮잠에 들만큼 햇살까지 나른하다. 지금쯤 팀장은 무엇을 할까. 숫자만 맞춘 장부가 어른거린다.

어쩐지 수상하더라니. 어이! 승희 씨 전화번호 누가 알아? 부산하게 여기저기 전화를 걸어 댈 텐데. 집에 두고 온 휴대폰은 쉴 새 없이 울리리라. 서두르느라 챙기지 못한 게 오히려 다행이다. 내장비만형의 올챙이배로 허둥거릴 모습을 그리니 짜릿하다. 재정보증을 서준 친척이 켕기지만 그건 그의 문제다. 운 좋게 세상을 사는 이들도 불운을 겪어봐야 안다. 자신은 처음부터 변두리로 몰렸다.

근데, 그렇게 할 일이 없어요? 난 바쁜데. 군인은 들은 척하지 않는다. 적막한 사위에 혼자뿐이다. 왠지 섬뜩하다. 자신의 말이 귀를 울려서 여자는 소스라친다. 무서워하지 마. 나 나쁜 사람 아니야. 그가 들이대듯 다가앉는다. 여자는 시늉만으로 비껴 앉는다. 까맣고 흰, 두 끝이 여자를 막아선다. 조금 우쭐하다. 성긴 틈으로 모멸과 자폭이 끼어든다. 터질 듯 아슬아슬한 이 혼란을 벗어나야 한다. 여자는 서둘러 백 속에 든 비닐을 열어 캔을 꺼낸다. 군인에게 떠맡기듯 하나를 안긴다. 아무 말이든 해야 한다.

한 남자와 한 여자가 마주쳤어. 서로 본 순간 둘은 가까워졌어. 탭을 따던 군인이 여자를 돌아본다. 여자는 서둘러 말을 잇는다. 자신도 모를 생명이 어둠을 뚫고 튕겨 나왔지. 아이는 저도 모르게 어둠에 끌려. 문제는 카오스야. 그것을 정리해 주어야 할 둘 모두 아이를 팽개쳤으니까. 자리에서 일어난 여자가 엉덩이를 턴다. 그냥 해본 소리야. 잊어요.

여자를 주저앉히는 팔 힘이 세다. 앉아. 날씨도 좋고 거기다 둘밖에 아무도 없어. 젊은 우리가 여기서 만났어. 좋은 일이 생길 거야. 여자는 엉덩방아를 찧는다. 거친 상황이 벌어질지 모른다. 여자는 고분고분 따르는 척하다가 두 손으로 힘껏 그를 밀치고 뛴다. 길이라고 알았는데 억센 덤불이 켜켜이 앞을 막는다. 빠져 나가려 했는데 오히려 깊숙한 곳으로 들어온다. 성급하게 뛰어든 숲속, 마른 줄기와 넝쿨이 발목을 감는다. 뒤쫓아 온 그가 여자를 사납게 덮친다. 왜 이래! 찢어지는 외침이 메아리를 만든다.

빨리 여기를 떠나야 해. 차는 다 고쳤을까. 고치처럼 숨어들 차를 그리며 여자는 숨차게 뛴다. 갈피 없는 생각이 엇갈린다. 가까우면 숨 막히고 떨어지면 외로운 관계의 거리에 대해. 바라지 않았던 군인은 다가오고 매달리고 싶은 제이는 도망치는 불운에 대해. 도와줄 사람이나 기댈 언덕은 없다. 무슨 일이 닥쳐도 혼자 해냈다. 남은 앞길도 혼자 헤쳐 나가야 할 것이다.

아니, 어떻게? 왜 그렇게……? 홀에 있던 여주인이 말끝을 흐리며 눈을 둥그렇게 뜨다가 서둘러 여자를 방으로 데려간다. 흔들리는 벽거울에 흐트러진 머리와 엉망인 매무새가 비친다. 여자가 손가락을 세워 머리를 긁어 올린다. 하나뿐인 단추는 재킷 천을 찢으며 떨어져나갔다. 바지의 후크도 보이지 않는다. 짓이겨진 흙과 마른 풀이 군데군데 묻어 있다. 한 달 치의 급여에다 상여금까지 보태야 살 수 있는 옷이다, 처음 입었을 때의 설렘이 채 가시지 않았다. 너한테 잘 어울려. 감탄하던 제이가 그때처럼 자신을 굽어본다. 할부금도 아직 끝나지 않았는데.

오는 동안 만난 사람은 없다. 농사일을 준비하는 계절이다. 농촌에 남은 몇 노인과 촌부는 멀리 떨어진 밭에서 허리를 휘고 있을 것이다. 언 땅을 쏘삭이는 봄기운에 맞춰 종자를 추리고 흙을 고르리라.

밖으로 나갔던 여주인이 유리컵을 받쳐 들고 돌아온다. 희뿌연 액체가 가득 담긴 컵을 여자 앞에 내민다. 마셔요. 속이 가라앉을 거야. 좋다고들 하데. 집에서 마시려고 받아둔 고로쇠 물이야.

밖에서 웅성거리는 소리가 들리더니 방문이 여닫힌다. 두런거리는 음성이 멀다. 자신과는 무관하게 세상이 돌아가고 있다. 벽에 등을 기댄 여자는 무릎을 세운다. 눈앞에 컵을 들고 부연 수액을 바라본다. 넘칠 것 같은 가장자리를 가만히 입으로 빤다. 넘실거리던 수액이 조금 준다. 위기가 사라진다. 물관을 타오르는 수액의 소리가 들린 듯하다. 잎을 틔우고 몸체를 불릴 나무는 바라지 않은 일을 당한 셈이다. 남의 몫을 빼앗아서라도 자신에게 보태야 한다고 생각했다. 힘껏 물을 빨아올린 뿌리의 수고는 감추어져 있다. 나무마다 꽂은 플라스틱 관이 여자를 고문한다. 도둑맞은 마음을 기억해야지. 수런거리던 말소리가 그치고 방문이 열린다. 여주인이 손에 든 백을 깊숙이 민다.

여자는 자신에게 돌아온 가방을 바라본다. 그러고 보니 무작정 내달렸다. 무늬가 새겨진 커다란 갈색 백은 흠집 없이 온전하다. 안을 손댄 흔적도 없다. 사 넣은 먹을거리까지 그대로다. 여주인이 옆에 앉는다.

놀랐지? 사나운 아이는 아니야. 그쪽에서 너무 경계를 하는 바람에 심술이 났다 하데. 내가 사과할게. 어려서부터 엉뚱한 일을 많이 해서 가슴이 덜컥 내려앉곤 했어. 심심하면 잃어버린

누나가 있다고 거짓말을 해. 저도 외로웠겠지. 여자는 무릎에 얹은 고개를 들지 않는다. 초점 없는 여주인의 눈이 허공을 떠돈다. 저 아이를 가졌을 때, 아이 아버지가 기혼자라는 걸 알았어. 얘기하자면 길어. 그때만 해도 길조차 제대로 없는 산골이었어. 지금은 양반이지. 전기도 전화도 수도도 생긴 지 얼마 안 돼. 아이를 데리고 이곳에 왔어. 군부대 옆에 음식점을 내고 그럭저럭 살았어요. 아이는 고등학교 때 서울로 보냈어. 내가 지나치게 감쌌던 모양이야. 나는 힘들었고 아이는 외로웠고. 짧은 기쁨이 준 대가치고 거두는 시간이 몇 배 길어. 어려운 시간을 보냈어. 혼잣말처럼 얘기가 쏟아진다. 여자는 그 자세 그대로 앉아 있다. 이제 혼자 사는데 익숙해. 가끔 아이 아버지가 다녀간다고 뭐가 달라지겠어? 그는 내게 그림자인데. 괜스레 마음만 휘저어 놓고 가는 거지. 이제 나 혼자서도 잘 해요. 내장을 손질하고 소뼈를 밤새 우려내고 붉은 피를 끓여서 손님에게 차려내는 것으로 충분해. 졸린 눈을 비비며 가마솥에 불을 때다 보면 사는 게 별 게 아니지 싶어. 이렇게 사는 속을 누가 알겠어. 결국 혼자인 거지.

말을 끝낸 여주인이 여자를 돌아본다. 여자는 손톱으로 가방 장식을 문지른다. 불시에 당한 일들이 한꺼번에 솟는다. 느닷없이 쏠린 눈물을 말리려고 여자는 눈을 키운다. 짐작보다 사람들은 착할지 모른다. 깊은 상처를 내색하지 않고 묵묵히 맡은 일을 한다. 자신은 엄살을 부린 건가.

두 손으로 백을 모아 쥔 여자에게 여주인이 자동차 키를 넘겨
준다. 검정색 에쿠스는 보이지 않는다. 여주인이 차에 오른 여자
에게 손을 흔든다. 명치 부근이 싸하다. 키를 돌리자 엔진이
힘차게 돌아간다. 고장은 아예 모르는 듯. 멀쩡하게 움직이는
차를 보며 죄던 속이 풀린다.

오른쪽이 인제로 가는 길이다. 가다가 다시 오른쪽으로 꺾어
지는 길 표시가 나타난다. 한계령에 닿는다는 이정표 위로 제이
의 환한 얼굴이 겹친다. 현리를 지나야 나오는 길을 미리 기웃거
렸다. 여자는 흐릿하게 웃는다. 새 것인 도로표지판과 갓 덮은
아스팔트가 여자를 끌어당긴다. 길은 비어 있다. 호젓한 길을
달리노라면 맘껏 자유로워. 익숙한 음성이 퍼진다. 여자는 속도
를 늦추며 안내문을 훑는다. 지난 장마로 토사에 묻혔던 길이
다시 뚫렸다는 내용이다. 가끔 끊어지는 게 문제긴 한데. 원시림
을 혼자 차지한 것처럼 흐뭇하거든.

여자는 핸들을 오른쪽으로 꺾는다. 산에 걸린 붉은 해가
백미러를 채우다 사라진다. 기운 햇살의 잔광 탓에 문득 시야가
까매진다. 산골의 저녁이 일찍 시작된다. 푸릇하게 서린 이내를
보니 마음부터 바빠진다. 필례약수 표지판이 눈가에 스친다.
제이가 불을 지켜보고 있다. 붉게 타오른 장작이 타닥거린다.
나무 타는 냄새가 떠돈다. 장작불 지피는 할머니 옆에 쪼그리고
있으면 몸과 마음이 데워졌어. 붉은 불꽃이 여자를 감싼다.
훗훗한 기운이 퍼진다. 날이 빠르게 어두워진다. 검어진 숲

사이로 굽어지고 휘어든 길이 가파르게 솟는다. 인가라고는 없다. 여자는 불빛을 원등으로 바꾼다. 곧은 빛이 검정으로 뭉개진 숲을 희뜩번뜩 스친다. 밤을 지키는 야행성 짐승이 음울한 울음을 날린다. 굽은 길이 끝날 줄 모른다. 울울한 숲이 날카로운 이빨을 드러낸다. 여기가 어딘지. 제대로 길을 잡은 건지. 홀로 달리는 밤길이 불온한 상상을 뭉텅뭉텅 키운다. 외진 길에서 잔혹하게 살해되었다는 노부부가 따라온다. 돈을 노리는 강도가 차를 막아설 수도 있다. 어떤 불운도 자신을 그냥 넘어가지 않는다. 밤, 그것도 인적 없는 산길이다.

칠흑 속 굽은 길을 휘어 돌던 차가 강파른 비탈 위로 올라선다. 드문드문 선 가로등이 부연 빛을 부린다. 피어오른 안개가 불빛을 감고 있다.

아, 여기!

여자가 쌓인 숨을 단숨에 털며 몰려드는 안개를 바라본다. 내가 살았던 집에 가 보자. 너도 좋아할 거야. 제이가 옆에 있다. 길이 험하다지만 그와 함께라면 겁날 게 없다.

재를 넘으면 바다가 보여. 남도의 소읍에서 살았던 여자는 바다를 본 적이 없었다. 조붓한 농로와 오솔길은 익숙했다. 길은 상상보다 훨씬 거칠었다. 느긋하게 운전하는 그의 모습이 어느 때보다 듬직하게 비쳤다. 지금 한계령을 넘어가고 있는 거야. 말하고 나서 귀에 익숙한 노래를 흥얼거렸다.

아 그러나 한줄기 바람처럼 살다 가고파

이산 저산 눈물구름 몰고 다니는 떠도는 바람처럼

우뚝 솟은 절벽이 보기만 해도 아슬아슬했다. 여자는 눈을 내려 밑을 바라보았다. 까마득한 낭떠러지를 휘감아 도는 길이 굽이굽이 돌아갔다. 운전대를 잡은 제이가 핏기 가신 여자를 돌아보며 활짝 웃었다. 고른 잇속을 보니 어질어질하던 머리가 조금 나았다.

그날 고개를 넘어 망망하게 펼쳐진 바다에 닿았다. 지구라는 둥근 땅에 이렇게 엄청나게 많은 물이 담겨 있다니. 제이가 장력이니 뭐니 끌어댔지만 여자 귀에 들어오지 않았다. 넓디넓은 바다가 여자를 채웠다. 보기만 해도 벅찼다.

둘은 철조망 안으로 걸어 들어가서 모래밭에 앉았다. 수평선이 먼 데서 흐려졌다. 갈기를 세운 흰 포말이 차례로 밀려왔다. 출렁이는 물살이 달음박질을 이었다. 아마도 존재일, 알 수 없는 뿌리에서 모를 힘이 올라왔다. 뭐라도 할 것 같았다. 철 이른 바닷바람이 찼다. 둘은 발이 푹푹 빠지는 모래를 걸어서 세워둔 차로 돌아왔다. 한낮의 태양이 차를 따끈하게 데워 놓았다. 바다를 돌아 나온 뒤 제이의 농가로 갔다.

탄탄한 가슴과 뜨거운 숨이 다가온다. 살에 밴 따뜻한 기억이 여자를 따라온다. 그만큼 깊이, 가깝게 받아들인 사람이 있을까. 쪽 유리로 별빛을 내다보던 그 밤이 또렷이 새겨 있다.

작은 쪽창에 흰 빛이 스쳤다. 놀란 여자가 후다닥 일어났다. 맞다! 오늘 리니어 혜성이 지나간다고 했어. 제이가 외치며 방문을 활짝 열었다. 여자는 그런 이름의 별이 있다는 것도 처음 들었다. 짙은 감색 하늘에 별이 가득했다. 흩뿌린 빛 싸라기가 소리를 낼 듯 흔들렸다. 문턱을 베고 누운 제이가 여자를 당겼다. 은빛 별바다가 눈앞에 있었다. 빗금을 그으며 떨어진 별똥별이 검정을 갈랐다.

혜성이 태양을 지나칠 때 많은 부스러기를 남기는데 그게 비처럼 쏟아진다는 거야. 오늘 밤 찬란한 유성우를 볼 수 있을 거야. 여자는 하늘에서 눈을 떼지 않았다. 제이와 함께인 이 밤이 비현실처럼 아득했다. 가까이 있는데 아스라한. 놓치지 않을 듯 여자는 그의 손을 꼭 붙잡았다. 빛은 1초에 30만 킬로미터를 갈 수 있어. 그 빛이 1년 동안 달린 거리를 1광년이라고 하는데 저기 보이는 북극성은 800광년 떨어져 있대. 제이의 목소리가 나직하게 가라앉았다. 여자는 따로 떨어진 또렷한 별을 보고 있었다. 저 빛이 여기 닿기까지 몇 광년을 지난 걸까. 제이가 여자 마음을 읽은 것처럼 뇌었다. 오만 광년을 지나온 별도 있고 130억 광년이나 된 초신성이라는 별까지 찾았다는 말을 들었어. 헤아리지 못할 시간이 눈앞에 있다니. 야릇하고 설레었다. 별똥별이 꼬리를 길게 끌며 스러졌다.

빛이 사라지기 전에 빨리 소원을 빌어. 제이가 소리쳤다. 여자는 지금의 마음이 영원까지 이어지기를 바랐다. 감청색 하늘을 가르던 흰 빛이 곧 스러졌다.

하필 오늘이라니! 우연히 휘발유가 떨어진 게 아니었네. 너랑 별을 보라는 거잖아! 뜻밖에 쾌활해진 제이에게 감염되었으리라. 여자도 들떴다. 까마득한 빛과 쓰러져가는 폐가를 잇는, 모를 비의라도 잡히려 했다. 초롱초롱한 알갱이들이 잡힐 듯 가까웠다. 꿈속 기억까지 돌아오려 했다. 일마다 되풀이되는, 기이한 혼돈이 마음을 흔들었다. 제이가 여자 손을 끌어다가 자신의 배에 얹었다. 조금은 달콤하고 문득 아뜩했다. 서먹하던 틈도 단박 메워졌다. 떨어지는 은빛이 빗금을 긋다가 지워졌다. 무의식으로 바뀐, 태생 전의 느낌이라도 살아날 것 같았다.

길라잡이로 따라온 그림자가 여자를 이끈다. 지난 시간이야 어쨌든 내딛던 걸음을 멈추고 돌아설 남자가 아니다. 찬란하던 그 밤의 기억과 달리 마음은 차게 식는다. 갈수록 안개가 짙어진다. 고갯마루로 흘러든 잿빛이 바다를 이룬다. 꾸역꾸역 밀려든 수증기가 길과 숲을 먹어든다. 무엇이든 먹어치운다는 불가사리가 저럴까. 저런 안개라면 지난 기억까지 먹힐 것 같다.

자디잔 물방울의 집합일 뿐이야. 무서울 것 없어. 내심 우기며 눈을 부릅뜬다. 노려본다고 해서 사라진 길이 드러나지는 않는다. 핸들을 잡은 손에 퍼런 힘줄이 돋는다. 멈출 수도, 돌아갈 길도 아니다. 이대로 소멸할 것 같은, 절박한 예감이 몰려든다. 불안한 추론과 달리 가슴은 싸늘하게 식는다. 혼자 끝까지 이 길을 가야 한다.

제이의 고함이 골을 때린다. 지긋지긋해. 더 싸우지 말고 여기서 끝내. 그 말을 끝으로 입술을 물었다. 이장이 여자에게 전화를 해온 날이었다. 다짜고짜 재촉을 해대는 이장에게 열이 났던 것 같다. 여자가 제이에게 악다구니를 썼다. 이런 짐을 떠맡기고 혼자 편하겠다고?

제이가 처음부터 흥분한 건 아니었다. 요즘 들어 일이 부쩍 많아졌다고 했다. 발에 쥐가 날만큼 뛰고야 겨우 잠자리에 들 수 있다니까. 찬찬히 말하고 나서 점을 찍듯 보탰다. 이제 자기 일인 데 알아서 해. 발 빼려는 그를 보니 억울했다. 날 무시하는 거야? 앰한 말인 줄 알았지만 어떻게든 그를 눌렀으면 했다. 널 무시하다니. 존중하니까 하는 말이지. 게다가 내 얘기를 했을 뿐인데 왜 그게 무시하는 게 돼? 뭐가 그리 거슬렸는데? 댓바람에 나무란 뒤 덧붙였다. 누구든 혼자라고 상상하면서 외로운 거야. 그러니까 자꾸 관계를 확인하려 들어. 그러다가 싸우고. 내겐 외로운 쪽이 나아. 대들던 여자는 말이 막혔다. 기까지 한풀 꺾였다. 싸워서라도 매듭을 풀려는 여자와 영판 다른 남자였다. 쓸쓸하지 않은 사람이 어디 있어? 다 마찬가지야. 혼자 엄살떨지 마.

또 제이다. 여자가 흠칫 떨며 핸들을 그러쥔다. 사라진 길을 보며 어디랄 것 없이 조인다. 손등에 돋은 퍼런 힘줄이 파들거린다. 계기판의 속도계는 10에 머물러 있다. 아무리 속도를 줄여도 차가 벼랑 쪽으로 밀리는 것 같다. 차체와 함께 떨어지는 그림이 여자를 다그친다. 앞으로 나갈 수가 없다. 그렇다고 멈출 자리도 아니다. 여자는 액셀러레이터와 브레이크를 번갈아 밟는다. 어쩌다 스치던 불빛까지 보이지 않는다.

이런 안개바다를 본 적이 있을까. 보이지 않는 낭떠러지가 거대한 아가리를 벌리고 있다. 비끗만 하면 무서운 흡기로 차체를 삼키리라. 여자는 온몸으로 앙버틴다. 기댈 데라고는 없다. 허공을 밟고 비틀대던 아침과 마찬가지로 존재가 흔들린다.

흐려진 헤드라이트 빛이 마주 다가온다. 여자는 주춤거리듯 움직이는 불빛에 대고 클랙슨을 길게 누른다. 한 치 앞을 가늠 못 할 안개 속 아닌가. 여자의 불빛에 기대어 차를 몰리라. 부딪치지 않도록 비켜야 한다. 여자는 급하게 핸들을 틀려다 제풀에 자지러진다. 안개에 묻힌 벼랑에다 우뚝 솟은 절벽뿐이다. 삐끗만 해도 차째 바스러질지 모른다. 앞의 불빛은 망설이지 않는다. 절박하게 경적을 울리지만 더 다가든다. 여자는 다시 하이 빔을 쏜다. 으스러져라 브레이크를 밟을수록 바퀴가 미끄러진다. 낭떠러지로 떨어진 차체가 종잇장처럼 구겨진다. 날카로운 쇠붙이가 살을 꿰뚫겠지. 뻣뻣한 손으로 부서져라 핸들을 움킨다. 호득거리는 가슴에다 툭탁거리는 심장까지. 꿈지럭거리며 마주오던 앞차가 소리가 닿을 만한 거리에 멈춘다. 창을 내린 여자가 목청을 돋운다. 야! 잘 보고 다녀.

힘껏 쏟아낸 고함이 외려 여자를 친다. 건너편 화물차 기사도 창을 내린다. 가지런한 잇속이 희뜩 비친 듯하다. 그가 손을 흔든다. 뜨겁고 차가운 덩어리가 명치에 얹힌다. 제이가 운전석에서 뛰어 내린다. 처음 만난 그때처럼 가볍게.

안개 낀 밤에 이런 골짜기를 혼자 다니면 안 돼. 위험을 불러들이지 마. 시골집은 그쪽 사람에게 맡겨 둬. 씩씩한 음성이 나직하게 속삭인다. 따뜻한 체온이 옆에 있다. 너였구나. 돌아올 줄 알았어. 가슴이 밝다.

손을 들어 얼굴을 쓴다. 차디찬 안개뿐이다. 자디잔 물방울의 집합일 뿐이야. 안개에 묻힌 둘은 물이 되어 흩어진다. 오늘 하루가 물고 물린다. 여자가 혼잣말처럼 뇐다. 그렇게 아등바등하지 마. 그냥 살아. 대답은 없다. 찬 손을 들어 얼굴을 다시 쓴다.

창을 내린 사내가 마주 소리를 지른다. 어따 대고 반말이야! 너나 잘하라고. 이런 밤길을 뭐 얻어먹겠다고 헤매는 거야. 두런거리는 소리가 이어진다. 씨발, 이렇게 지독한 안개는 처음이야. 개 같은 년. 뭐가 보여야 말이지.

불빛이 비켜간 자리에 다시 혼자다. 안도와 불안이 회오리친다. 창을 올린 여자가 힘껏 앞을 쨰린다. 나라면 차라리 외로운 게 나아. 제이의 말을 되뇌며 여자는 브레이크에서 발을 뗀다. 다 쓸쓸해. 너만 그런 게 아니라고. 식당 여주인이 끼어든다. 결국 혼자인 거지.

자신의 뜻과 상관없이 세상에 나왔다고, 밀리기 전에 스스로 부수리라 했다. 부딪치고 깨지는 환영이 여자를 괴롭혔다. 자폭의 충동에 말리기도 했다. 스스로 다독일 방법부터 배워야 했을까.

간단히 끝낼 수 있어요. 돈만 보내면 내가 알아서 할 테니까. 술값이나 두둑이 얹었어요. 이장이 전화 선 너머에서 고함을 친다. 전화가 멀다고 또 악을 쓴다. 선뜻 내키지 않는 일이라 더 미적거렸던 것 같다. 제이가 끝까지 따라온다. 그때 못 이긴 척 받아두는 게 아니었다. 억지로 떠맡은 집은 찜찜한 짐이 되어 끝까지 여자를 괴롭힐 것이다. 하나에서 둘로, 둘에서 하나로. 생각하다가 싸해진다. 보이지 않는 앞이 언제면 갤까. 여자가 힘껏 눈을 부릅뜬다. 흐릿한 시계가 현실과 비현실의 경계를 지운다. 짙은 안개가 죽음의 그림자를 불러온다. 짙은 운무에 덮여 자멸했으면. 바퀴가 제멋대로 구르려 한다. 이 또한 혼자의 착각이다. 차체가 끝 모를 바닥으로 구른다. 여자는 제풀에 소스라친다. 이장의 고함 소리가 귀울음을 운다. 무표정한 제이의 얼굴이 앞에 있다. 못 채운 갈망과 나가야 할 길을 그리며 여자는 조바심친다.

　이렇게 끝날 수 없어. 힘껏 핸들을 움킨다. 팔이 얼얼하고 다리까지 뻣뻣하다. 기듯 차를 모는 어느 어름에 휴게소 불빛이 비친다. 여자는 긴 숨을 몰아쉬며 빈 마당으로 들어간다. 비지 같이 엉기던 안개가 이곳은 수굿하다. 휑한 주차장에 잿빛 바람이 오간다. 차 밖에 마구잡이로 몰려온 밤바람이 버티고 있다. 여자는 무거워진 차 문을 몸으로 민다. 안개가 밀려난 대신 바람이 여자를 맞는다. 다리가 휘청거린다. 땅이 흔들린다. 떠난다는 제이가 여자를 보고 있다. 한자리에서 뱅뱅 도는 날을 벗어나려 했다. 의연하게 도는 원을 어디서 봤던가. 들었던가. 날린 머리카락이 볼을 찌른다. 여자는 벗겨질 듯 날리는 옷자락을 야물게 여민다. 무섭게 긴 하루다. 어디서든 꿋꿋하게 버틸 건강한 남자가 줄곧 따라온다. 나와 맞지 않는 남자야. 헤어진다고 해서 달라질 일은 없어. 스스로 최면을 걸며 걸음을 옮긴다. 그가 남긴 바람이 존재를 흔든다. 헛헛한 마음쯤 어찌 될 것이다.

있던 자리에서 벗어나고 싶었어. 이제 서로의 자리를 찾아야 할 때야. 제이가 여자를 지켜보고 있다. 나쁜 자식! 쓸어낼 듯 거센 바람을 버티며 여자는 빈 웃음을 날린다. 축축한 머리카락이 따갑게 볼을 때린다. 맞서지 마. 에돌아가는 쪽이 빠를 때도 있어. 여자는 두 팔로 가슴을 부둥켜안으며 돌아선다. 언젠가 이렇게 서 있었다. 고층건물 사이로 몰아치던 바람. 멀리 떠나왔다고 생각했는데 오늘 아침, 그 바람이다. 결국 그 자리. 메마른 뿌리와 거기 핀 노랑이 어린다. 헛헛하고 모자란 것투성이인 자신을 투덜거렸다.

여자는 떠나온 자리를 돌아본다. 허전한 그 터가 자신을 키웠다. 목숨을 가진 모든 것들은 힘껏 살아야 한다, 짐작보다 고달픈 날이지만 견딜 수 있을 것이다. 고결한 자기사랑이라고?

또 냉소다. 말처럼 그리 쉬울까. 휴게소를 두른 숲은 짙은 어둠에 묻혀 있다. 검은 목조건물이 웅크린 짐승처럼 보인다. 여자는 휘황하게 밝은 창을 보며 걷는다. 묵직한 유리문을 몸으로 밀고 들어선다. 커피냄새가 후끈하게 달려든다. 실내는 한산하다. 유니폼을 입은 종업원이 선하품을 깨문다. 밤이 깊다. 손님 없는 홀에 익숙한 노래가 가득 퍼진다.

저 산은 내게 우지마라, 우지마라하고

발아래 젖은 계곡 첩첩 산중

저 산은 내게 잊으라, 잊어 버리라하고
내 가슴을 쓸어내리네.

커다랗게 떠돌던 노랫말이 그치고 간주가 이어진다. 여자를 따라온 제이가 눈으로 말한다. 스스로 아껴. 억지 부리지 말고. 나직한 목소리가 퍼진다. 통나무를 잇댄 발코니가 앞창으로 부윰하게 어린다. 어슴푸레 남은 안개가 빈 탁자를 떠돈다. 검은 칠을 한 투박한 나무 의자가 비현실처럼 어린다. 붉은 줄무늬 유니폼을 입은 여종업원이 커피기계 앞에 우두커니 서 있다. 여자가 그쪽으로 가서 커피를 주문한다.

함부로 살지 마. 말에 품은 뜻을 이제 알 것 같다. 나쁜 자식! 쏟지 못한 말이 통증처럼 퍼진다. 어딘가 알싸하다. 그러면 안 돼. 너. 무심코 중얼거리는 여자 앞에 종이컵에 든 커피가 놓인다. 여자는 컵을 들고 비어 있는 탁자로 간다. 설탕 없는 커피가 뜨겁게 목을 타 내린다. 창밖에 괸 어둠이 적막한 풍경을 그린다. 여주인이 내민 컵이 눈앞에 있다. 고로쇠 물이야. 속을 풀어준다 하데.

식물의 수액이 이제야 혈관을 도는 건가. 내내 버틴 긴장이 풀린다. 부서질 듯 바싹 마른 뿌리가 솟는다. 돌아가면 물부터 흠뻑 부어 주리라. 자리에서 일어선 여자가 문 쪽으로 돌아선다. 쿵쿵 울리던 노래가 뚝 그친다. 문 닫을 채비를 하느라 식당 안이 부산하다. 마음부터 바빠진다. 여자가 허둥거리며 홀을 가로지른다. 바람을 버틴 문이 무겁다. 나무계단을 두 개씩 뛰어내린 뒤에야 긴 숨을 몰아쉰다.

더는 그대로 놔둘 수 없어요. 포클레인을 반나절만 쓰면 간단히 끝날 일인데. 이장의 전화 목소리가 귓가에 매달린다. 급한 성깔로 자주 전화를 걸어서 여자를 몰아댔다. 의논할 사람이라고는 제이뿐이었다.

니가 알아서 해. 바쁘다는 말부터 날아들었다. 할 일이 넘쳐. 몸이 열 개라도 모자라. 죽을 시간도 없어. 게다가 내가 끼어들 일이 아냐. 소유가 불분명해져. 얽히고설킨 심사를 읽으면서 더는 매달릴 수 없었다. 전화를 걸어대는 이장이 괘씸했다. 그래서 내키지 않았으리라.

여자가 키를 돌려 시동을 켠다. 엔진이 살아난다. 잠잠하던 것들이 여기저기서 툭툭 몸을 턴다. 버튼마다 푸른 불이 돈다. 살아 있는 모든 것이 아름답다. 라디오가 직직거린다. 여자가 모를 멜로디가 소음에 섞인다. 난청지역일 것이다. 여자가 카세트 데크에 물린 테이프를 손으로 민다. 아는 노랫말이 차 안을 떠돈다.

저 산은 내게 우지 마라, 우지 마라하고

옆에 앉은 제이가 테이프를 기계 속으로 밀어 넣고 있다. 즐겨 듣던 노래야. 니 차에 놓고 들어.

눈에 물기가 어린다. 바람일까. 안개일까. 이장의 말이 웽웽거린다. 얼마 안 되는 비용이면 쓰레기까지 깨끗이 치울 수 있어요. 모든 일은 생각보다 쉽게 마무리 될 것이다. 쓸 데 없이 하루를 버렸다. 내키는 대로 길을 나설 일이 아니었다.

오늘 일은 실수였어. 핸드브레이크를 내리며 자조한다.

너는 무모한 데가 있어. 때로 부담스러워. 무서울 만큼. 제이가 여자를 바라본다. 이렇게 헤어진다고? 다시 뜨끔하다. 살에 남은 기억이 여자를 오래 따라올 것이다. 부러 비아냥댔지만 이렇게 어긋나리란 짐작은 하지 못했다. 제이가 가겠다는 길이면 어련히 잘 골랐을까.

되풀이 되는 생을 스스로 선택했다고 믿는 거야. 생에 대한 긍정이랄까. 운명에 대한 사랑이랄까. 언제까지 그가 따라올까. 여자는 어두운 바깥을 내다본다. 몸이 땅속으로 잦아드는 느낌이다. 남은 안개가 바람에 실려 온다. 가르랑대는 엔진이 떠나기를 재촉한다. 스스로 사랑하라던 말. 생을 긍정한다고, 운명을 사랑한다고 말할 날이 올까.

돈을 보내면 이장이 알아서 할 거야. 비용이 조금 더 들겠지만 그게 빨라. 쫀쫀하게 따져봤자 골치나 아프지. 과거와 현재, 미래가 뒤섞인다. 주어진 모든 날을 받아들여야 할 것이다. 브레이크에서 발을 떼기 전에 여자가 뒤를 돌아본다. 고개 너머에 있을 도시와 숲과 바다가 짙은 어둠에 묻혀 있다. 무위의 검정뿐이다. 모든 색을 다 모은, 전부이면서 아무 것도 아닌. 검정이 여자를 담을 듯 펼쳐 있다. 여자는 눈시울에 힘을 준다. 밝은 빛하나가 스친 것도 같다. 작은 빛이 점점 커진다. 노랑으로 가득찬 수선화 꽃밭이 뜬다. 수선화를 바라보는 제이의 얼굴이 환하다.

현상을 초월한, 상주불변하는 존재가 무위야. 씩씩한 음성이 날아든다. 상주불변이라. 늘 있으면서 변하지 않는. 여자의 눈이 가늘어진다. 굳이 그가 말한 지름길로 들어선 까닭이 무엇일까. 처음 탔던 그 길로 갔으면 괜찮았을까. 인제를 지나서 한계령을 넘었으면 안개 긴 고갯마루에서 헤매지 않았을지 모른다.

속초에서 영동고속도로를 타는 길도 있다. 그 길로 갔으면 지금쯤 서울에 있을까. 굽은 길 끝에서 설핏 드러나던 바다가 어린다. 맨 땅에 그렇게 많은 물이 담겼다니 신기하기만 했다. 여자 속에 깃든 물이 제이에게 쏠리고 있다. 빨아들이는 힘이 엄청나다. 후회인지 안도인지 모를 감정이 엉킨다. 설핏 바다가 비치는 데서 굽은 산길로 꺾어 들어야 했다. 끝에서 휘어진 곳을 곧장 가면 제이가 살던 집이 나온다.

오래 산 건 아니야. 초등학교 일 학년 때 거길 떠났어. 살겠다는 사람이 있어서 세 없이 주었어. 몇 년 전에 그들이 이사 나간 뒤로 빈 집이 된 거지. 사람 손이 안 닿으니 금세 폐가로 바뀌더라고. 냉골 위에서 자신을 데우던, 살에 밴 기억이 검질기게 따라온다. 그와 함께한 기억이면 차디찬 날을 얼마쯤 견딜 것 같다. 모르는 길로 접어들 일이 아니었다. 자신의 잘못이다.

기억은 사실의 저장이 아니라 편집이야. 싱글거리던 눈을 쏘아본다. 우발적인 범죄를 저지르듯 충동에 밀려 길을 나섰다. 우연한 사건으로 이어진 하루였다. 목이 뻣뻣하다. 불쑥 저지르고 보는 버릇을 고칠 수 있을까.

내게 일어난 모든 일이 필연이라는 생각이 들어. 그럴 수밖에 없다고 인정할 거야. 그렇게 받아들이고 앞만 보며 걷기로 했어. 제이가 지치지 않고 따라온다. 여자 눈에 수만의 노랑이 일렁인다. 그의 꽃밭을 살린다면? 생각만으로 밝아진다. 여자는 허리를 세운다. 어쩌면 오늘을 지나며 한 뼘쯤 커진 것도 같다. 시간이 가면 말 뒤에 숨은 진실을 알게 될 것이다. 여자는 서울을 가리키는 이정표를 보며 핸들을 꺾는다. 한계령 길이 휑뎅그렁하게 비어 있다.

저 산은 내게 내려가라, 내려가라 하네.

제이가 부르는 노래가 바람에 실린다. 허공에 뜬 나트륨등이 빈 길을 부윰하게 비춘다. 짙던 안개가 씻은 듯 가셨다. 여자는 휑한 길을 똑바로 보며 가속페달을 밟는다. 밤이 깊다. 고갯마루를 내려가는 자동차가 속력을 낸다. 🌑

네버 엔드 피스 앤 러브

봉투 속에 든 건 사진이다. 겉에 적힌 이름을 보면서 여자 눈에 잔 파장이 인다. 새파랗게 질린 안나푸르나의 하늘이 푸르르 살아난다. 여자는 다섯 장의 사진을 하나씩 넘긴다. 사진마다 여자가 있다. 자신의 얼굴인데 낯설다. 아득했던 날이 더 아득하게 다가와서 여자는 당황한다. 여자는 사진과 함께 끼어온 메모를 읽는다. 괜한 일로 바빴습니다. …… 아내가 무용을 합니다. 인간문화재가 되는 것이 아내의 바람입니다. …… 늦게 사진을 보냅니다. 건강하십시오. 여자는 멈칫한다. 이 남자는 이 말을 왜 하는가. 인간문화재 얘기를 들은 적이 있다. 이삿짐 싸는 일을 할 때였다. 옆에서 술을 홀짝거리던 사내가 뜬금없이 말했다.

인간문화재에게 춤 하나를 사사 받으려면 천만 원을 내야 한다는 얘기야. 같이 있던 그의 동료가 뭐라 했는지는 모른다. 여자는 그 말을 놓치지 않았다. 입소문일 얘기가 그럴싸하게 들렸다. 꼭 집어내지 못할 허기 탓이래도 할 말이 없다. 인간문화재를 돈과 잇는다 해서 여자를 나무랄 일이 아니다.

사진 속 풍경이 살아난다. 트래킹을 하는 동안 그는 앞에서 걸었다. 여자와 보폭이 비슷했다. 그것만으로 묘하게 밝았다. 작은 습관 하나도 여자가 주변과 맞출 수 있는 것은 없었다. 너무 빠르던지 너무 늦었다. 작은 불일치가 주는 이질감은 컸다. 뜻 모르게 가슴이 조였다. 불안이 뼈에 새겨졌다. 어느 자리서고 쭈뼛거렸다. 거리를 떼고 바라보는 버릇이 거기서 비롯했다고, 여자는 안다.

청년처럼 탄탄한 등이 늘 그만큼 앞서 걸었다. 여자는 왠지 마음이 놓였다. 걸음에 탄력이 실렸다. 사람에게 힘을 얻다니. 스스로 모를 기이한 감정이었다. 그의 등줄기에서 꼿꼿한 의지가 풍겼다. 척추에서 배어나는 기백은 믿을 수 있을 것 같았다. 산행은 고단했다. 실핏줄에 밴 힘까지 긁어서 써야 했다. 마지막 걸음을 질질 끈 저녁이면 내일을 걱정하며 잠자리에 쓰러졌다. 자고나면 새 힘이 여자를 일으켰다. 잠이 마술을 부린 듯했다. 밤새 수풀의 정령이라도 찾아왔을지 모른다. 자기 것이 아닌데 자기에게 들어온 느낌이 여자는 싫지 않았다. 흐벅지고 상쾌한 기분은 덤이었다. 세속을 벗은 틈으로 산의 정기가 스며든다고 여길 만했다. 흘러내린 땀이 그 자리에 푸릇한 기운을 채웠으리라는 연상을 하며 유쾌했다. 부러 사서 하는 수고여서 군말조차 끼워 넣지 못했다. 여자는 힘에 겨운 행보를 즐기기까지 했다. 보폭이 같다는 것만으로 가깝게 여기고 있다니, 알 수 없는 일이었다.

로지에서의 휴식은 달았다. 하늘에 별이 많았다. 빼곡히 박힌 그것들이 검은 보자기째 쏟아지려 했다. 별끼리 다투는 소리가 두런두런 들린 것도 같았다. 빠른 구름이 몰려들더니 금세 빗발이 후드득거렸다. 뜰에 있던 일행은 바람보다 빠르게 식당으로 달려갔다. 식탁에 맥주가 놓였다. 몇 사람이 부스럭대며 꾸려온 짐 속에서 마른안주를 꺼냈다. 김과 오징어와 땅콩과 소시지들이 나왔다. 밤과 별과 낯선 이들이 자연스럽게 어우러졌다. 짐 지웠던 날을 벗어났으니 함께할 시간만 남았다. 풀어진 여유가 사람들을 쉽게 친하게 했다. 헐겁게 풀린 한때가 흔전만전 펼쳐졌다. 마음의 빗장을 푼 일행들이 저마다 자신을 말했다. 뒤섞인 소리가 홀에 난만하게 퍼졌다. 못 살던 시절이 와글와글 쏟아졌다. 지나간 가난이 무용담처럼 펼쳐졌다. 이네들 살림살이가 언턱거리를 만든 셈이었다. 궁핍을 벗어난 기쁨이 말에 뿌듯하게 배어났다. 차바퀴에 눌린 쇠 쪼가리까지 귀하게 반짝이던, 핍절했던 날이 화사한 옷으로 갈아입고 으스댔다. 산토닌 약기운에 실신해서 뭉텅이로 빠지던 회충과 머리고 몸이고 들끓던 이가 큰소리에 얹혀 끌려나왔다. 우리도 전에는, 하는 말에 이제 아니라는 넉넉함이 물씬 풍겼다. 이런저런 얘기가 식탁에 펼쳐졌다. 여자가 살았던 시절을 다르다고 못할 텐데 기억은 달랐다. 젊은 청년들의 환영이 보이다 안 보이다 했다. 그들의 훤소가 지금처럼 떠들썩했다. 활기찬 목소리로 펼쳐내던 더 넓고 더 모를 아득한 곳, 보이는 것의 부조리와 앞으로 만들 이상까지. 몰래 들춰봤던 불온서적들과 울긋불긋한 책갈피에 웅크린 섬뜩함이 토막토막 지나갔다. 파편처럼 조각난 편린이 실제였을까, 꿈이었을까. 영화에서 본 것인지 마음속 그림을 편집한 건지. 여자는 자신이 본 것도 믿을 수 없었다.

맞은편에 앉은 그가 조각을 한다고 말했다. 여자는 눈을 또렷이 떴다. 쪼가리 말까지 놓치지 않을 품새로 그를 지켜보았다. 그가 석재를 구하러 나간 날을 말했다. 마음에 드는 돌을 찾아서 다듬다가 날이 저물었다고. 주섬주섬 짐을 챙기다가 아침에 넣었던 도시락을 봤다고 했다. 묵직한 무게에 고꾸라질 것처럼 허기가 밀려왔다던 내용이 또릿또릿 살아났다. 여자는 그의 속에 뭉친 열정과 집중과 패기에 빠져들었다. 자신이 알게 모르게 잃은 것들을 그는 고스란히 갖고 있었다. 여자의 눈이 가늘어졌다. 뒤로 물러서기만 하던 제 그림자가 저만치 서 있었다. 도중에 그만둔 공부와 실패한 결혼과 또 다른 것들이 마찬가지였다. 여자가 들이댈 실패의 이유는 많았다. 이혼 또한 그렇다. 다정한 말투가 알전구 아래서 빛을 냈다. 아득한 시간 저편으로 옮겨졌다고 여길 만했다. 초라한 불빛이 술판에 매끄럽게 내려앉았다. 검은 전선이 삐뚤빼뚤 기어간 천정을 보며 여자는 흐뭇했다. 자신의 웃음이 노란 불빛을 타고 보얗게 날렸다. 타인의 삶으로 자신을 채우는, 풍요의 기억인지 새로움인지 들락날락했다. 끝나지 않을 평화와 사랑이 여자를 둘렀다. 말은 익는데 술이 바닥을 보였다. 밤은 그새 깊었고 잠자리에 든 건 자정을 넘어서였다.

여자는 몇 번씩 사진을 다시 넘긴다. 사진에 없는 것을 찾는 시늉이다. 기억에 담긴 사물이 하나씩 몸을 푼다. 되는 대로 구부러진 길옆으로 상가가 이어졌다. 좁은 길에 사람들이 바글거렸다. 맨발의 아이가 관광객에게 스위티를 뇌며 손을 내밀었다. 비루먹은 개가 세 다리로 쩔뚝거리며 어디론가 걸어갔다. 붉은 페인트로 불온하게 휘갈겨 쓴 낙서를 본 곳이 거기였다. 줄줄이 다섯 행을 이룬 다섯 개의 큰 글자들. 일행 속에 끼어 걷던 여자가 걸음을 멈추었다. 네버 엔드 피스 앤 러브. 여자는 갸웃하며 세로로 글자를 훑었다. NEPAL 다섯 개의 알파벳이 그린 네팔을 읽고 마음이 밝아졌다. 가난과 평화가 한데 어우러진, 끝나지 않을 사랑과 평화의 길목. 하늘정원으로 오르는 초입은 남루하기만 했다.

지저분하고 거친 길에 여자는 금세 익숙해졌다. 사람이 빚는 생활은 어디나 같은 모양일 터라고 고개를 주억거리기까지 했다. 형식과 모양새로 우열을 가리는 데 길들었다는 생각이 들었다. 속 좁은 자신을 웃으려다가 여자는 유쾌한 얼굴을 했다.

쓰레기를 버리는 곳이 따로 있고 없는 차이였다. 오르막으로 올라서니 계곡과 숲이 이어졌다. 까마득한 높이에서 떨어지는 폭포가 악을 써댔다. 우렁찬 포효에 정신이 버쩍 들었다.

원형을 지키며 삶을 아우른 품 넓은 산이 웅숭깊게 손님을 맞았다. 에두르는 길은 멀고 가파르고 고단했다. 전화와 차와 소음과 번잡이 없는 고요와 침묵이 여자를 깨웠다. 호젓한 숲길을 홀로 걷는 듯했다. 자신만의 힘으로 걷고 스스로 책임져야 하는 곳이었다. 푸른 기운이 비탈을 걷는 여자를 감쌌다. 1월인데 나무는 초록을 퍼렇게 입고 있었다. 여자는 군살 없는 남자에게 보폭을 맞추었다. 지치도록 걷는데도 상쾌하다니. 수상했다. 사람과 풍경은 기억할 만했다. 그런데……. 돌아보면서 여자는 도리질했다. 사진을 받으면서 뜬금없다, 싶었다. 가물가물 사위던 날들이 당겨진다.

두 마리 개가 화닥닥 현관으로 뛴다. 여자가 숨을 멈춘다. 방에서 소리를 듣기에는 벨의 음량이 약하다. 최신형으로 바꿀까. 수선스런 작업과정이 지나간다. 작업공이 무신경하게 퉁탕거릴 테고 비용 역시 만만치 않을 것이다. 귀를 기울여 흐릿하게 울리는 '딩동'을 잡아내는 게 낫다. 개가 뛰고 여자가 나갈 때는 방문객이 참지 못하고 돌아섰을 짬이다. 여자는 뒤늦게 현관으로 튀어나간다. 문밖에 사람 기척조차 없다. 지나가는 발자국 소리에 무료함을 던졌을 미니핀 종의 민이와 슈나우저 종의 순이가 여자 둘레를 맴돈다. 여자가 서랍을 열고 빨갛고 노란 개줄을 꺼낸다. 줄만 보고 외출을 눈치챈 녀석들이 쉿소리를 내지른다. 여자는 짓궂다. 호들갑스런 반응에 밖을 걷는 것이 성가셔진다. 줄을 쑤셔 넣고 서랍을 소리 나게 닫는다. 순이가 여자를 따라온다. 순이 코앞에서 방문이 매몰차게 닫힌다. 앞발로 절박하게 문을 긁던 녀석이 이번에는 방을 돌아서 베란다 쪽 방충망을 갈퀴질한다. 이 집의 적막에 길들려 하지 않는 거다. 밖이 조용하다. 여자는 열린 창문 사이로 순이를 훔쳐본다. 긁다가 지친 녀석이 베란다 문에 코를 박고 먼 산을 바라본다. 작은 짐승이 그린 쓸쓸함이 의외로 절실하다. 세 다리로 절름거리며 걸어가던 개가 겹친다.

순이는 다리와 배만 빼고 털을 다 밀었다. 맵시를 낸 미용은 주인의 기호와 취향일 뿐이다. 본바탕을 지운 매무새가 거실로 종종걸음을 친다. 이발과 염색, 발톱 깎기와 먹이, 의류와 소모품을 판매하는 애견사업이 성업 중이다. 녀석이 사업을 알 리 없다. 무엇이든 포장하고 이름을 붙여 돈으로 바꾸는 건 약빠른 사람 몫이다. 여자가 문을 열자 순이가 가슴께로 뛰어 오른다. 녀석의 체취를 떠올리며 여자는 미리 숨을 참는다. 찡그리는 여자에게 친구는 귀에서 나는 냄새라고 했다. 여자는 마른 생선을 꺼내 바닥에 하나씩 던진다. 친구가 보면 질색할 일이다. 던진 것을 주워 먹게 하지 마. 똥개가 되고 말아. 친구의 눈에 힘이 들어 있었다. 같은 눈높이든 비슷한 격이든 개와 수준을 맞추라는 소리였다. 그녀의 얼굴이 지나치게 진지했다. 여자는 말을 끼워 넣지 않았다. 개 따위 관심 없어. 내가 보는 건 사람이야. 구태여 말할 일은 아니었다. 소금기를 뺀 어포가 개 이빨 새에서 오도독 씹힌다.

여자는 칭얼거리던 목소리를 기억한다. 스위티나 캔디 또는 펜. 앞서 걷던 사내가 아이 손에 뭔가 쥐어 주고 흐뭇하게 웃었다. 여자는 아는 척하기도 모른 척하기도 어색했다. 쉽게 얻은 단 맛에 길들었을 아이나 바라보았다. 사탕 한 알을 얻으려고 저열하고 교활하게 바뀌지 않는다 할 수 없었다. 뜻조차 모른 채 비열한 성정부터 배울지 몰랐다. 불과 오십 년 전에 우리도. 여자는 그 말을 알아들었다. 수혜자에서 시혜자가 된 우쭐함을 탓할 생각은 없었다. 그런 일을 겪고도 그리 하고 싶으냐고. 여자는 혀끝에 밀린 말을 삼켰다. 사소한 단맛으로 망가지는 게 미각만은 아닐 터였다. 눈동자가 또릿한 아이가 이번에는 여자를 겨눴다. 여자는 흙투성이 아이를 외면했다. 맨발인 꼬마가 여자를 따라왔다. 입가로 내달린 허연 콧물자국 위에서 까만 눈이 간절함을 담았다. 애야. 내겐 사탕이 없단다. 여자가 우리말로 중얼거렸다. 아이는 쓸 데 없는 말이나 중얼거리는 여자를 놓고 뒷사람에게 돌아섰다. 투명한 눈이 진실을 담기 전에 비루함을 먼저 익힌다면 미안한 일이었다. 외지인의 잦아진 발길이 아이들에게 예사로 손을 내밀 빌미가 됐다. 막을 수도 없고 몰라라 하지도 못할 일이었다. 가까운 데서 날카로운 외침이 터졌다. 아이가 언뜻 움츠렸다. 여자 눈이 소리를 좇았다. 울은 물론 대문, 마루도 없이 곧바로 길가로 열린 방문턱에 젊은 아낙이 서 있었다. 손에 빗자루를 들고 허름한 옷차림을 한 아낙이 빠르게 말을 쏟아냈다. 알아들을 수 없는 토속어였다. 흙먼지 날리는 길 위로 남루한 입성을 입은 아낙의 자존심이 눈발처럼 날렸다. 스스로 지키라는 나무람이 햇살에 밝기를 더했다. 여자는 좁힌 눈으로 아낙을 바라봤다. 구걸한 사탕으로 생을 지탱하지 못하리라는. 뿌려지는 오기에 눈이 부셨다. 여자에게인가 아이에게인가. 아낙이 눈을 흡떴다. 그런 강직함은 아름다웠다.

새침한 민이가 방석 위에 자리 잡는다. 머리를 사타구니에 박은, 예의 같은 자세다. 사람을 함부로 믿지 않겠다는 성깔이 배어난다. 녀석이 꼿꼿할수록 여자는 홀가분하다. 사랑을 구걸 않는 오연한 성깔이 마음에 든다. 귀염에 길든 변이종이지만 대상은 가리려든다. 여자는 그를 아는 체하려다 그만둔다. 하찮은 눈짓 한 번에 몸을 날릴 변절이 달갑지 않다. 언뜻 스친 감정을 사랑이라고 그릇 알게 할 수 없다. 바닥에서 날릴 미세한 개털이 여자의 신경을 깔짝거린다. 기관지를 앓던 아이 목구멍에서 한 줌의 개털이 나왔다고 했다. 긴가민가하지만 여자는 목이 깔깔하다.

여자가 걸레를 찾는다. 순이가 쪼르르 달려든다. 거실 카펫 위에 여자 구두 한 짝이 나뒹군다. 야! 제 속에서 나온 고함인데도 제풀에 소스라친다. 구두 앞부리와 굽, 뒤꿈치까지 이빨

자국에 짓이겨졌다. 꼬리를 내린 순이가 소파 밑으로 기어든다. 한 켤레밖에 없는 건데. 여자는 툴툴거리며 신발장 위에 구두를 올린다. 검고 짧은 털을 가진 민이가 동그란 눈을 또랑또랑 둥글린다. 미니 핀 특유의 작은 머리와 날렵하게 빠진 다리, 허리는 날씬하다. 풍만한 가슴을 보이며 탱탱한 엉덩이로 오도카니 앉아 있다. 얼굴값 하는 계집애처럼 섹시한 포즈다. 친구와 민이는 서로 닮았다. 친구 없는 집이 호젓하고 쓸쓸하다.

혼자 두면 우울증에 걸린다면서 친구는 개를 여자에게 맡겼다. 먹지도 움직이지도 않고 의욕을 잃는다는 말이었다. 개가 우울증이라니. 웃기지? 어처구니없다는 말투가 미안한 시늉이었다. 말밑에 깔린 사랑을 읽고 마다할 이유를 댈 수 없었다. 친구는 한 달 동안 제주도에 출장을 간다고 했다. 개들과 떨어지는 게 불안해 보였다. 광고회사는 이른 출근과 불규칙한 퇴근이 예사인 듯했다. 늘 바쁜 틈에도 개와 보내는 친구의 열정을 여자는 놓치지 않는다. 일방적이고 쉬운 것을 선호하는 트랜드에 사랑까지 끼어든다. 사랑은 하되 상처는 싫다. 다른 종끼리의 애모가 유행이다. 맘대로 자유롭게. 골치 아픈 일은 밀어놓는다. 애완종의 수요가 는다. 여자는 이런저런 일들을 모르쇠한다. 친구의 이번 촬영은 꽤 길다. 여자는 어쩔 수 없이 둘을 맡고 말았다. 얼떨결에 탁견모가 된 셈이다.

여자가 안색을 풀기 전에 순이가 달려든다. 소탈해서 잘 잊는 걸까. 잘 잊어서 소탈한 걸까. 손으로 씹은 구두를 가리키며 여자가 또 으른다. 개는 곁눈질하며 뒷걸음친다. 잿빛 털 아래 음울하게 사린 눈이 여자를 힐끗거린다. 창가에 앉은 민이가 목을 곧추세우고 바라본다. 짧은 털에 매끈한 윤기가 흐른다. 여자가 쪼그리고 앉아서 바닥을 훔친다. 축축한 걸레에 죽은 털이 추저분하게 밀린다. 민이 털뿐이다. 여자가 뭉친 털을 떼어 쓰레기통에 쑤셔넣는다. 가는 대로 순이가 따라온다. 여자는 날을 세우던 친구 눈을 떠올린다. 질투에 밴 짱짱한 긴장을 눈치채고 놀랐다. 순이가 허술하게 뿌리는 정을 시샘하다니. 얘들은 너를 더 좋아해. 그녀에게 말하려다 입을 다물었다. 사랑이 애착을 부르고 애착은 질투로 이어진다. 질투가 불붙인 망상에 말릴 수 없다. 개와 얽힌 삼각이라고? 턱도 없는 일이다.

무용을 합니다. 여자는 조각가의 메모를 다시 읽는다. 뭐야! 돌을 쪼는 남편 옆에 바람을 타는 춤사위라도 그리라는 거야? 여자가 모를 안온한 삶을 보일 셈이다. 그가 금 밖에 선 자신을 깨우치고 있다. 풍요와 사랑의 고리가 그들을 아우른다. 서로 즐거워하는 넉넉함도 건너온다. 소외된 자신이 추레하게 서 있다. 알 수 없는 질투가 올라온다. 사랑을 시샘하는지, 소외감이 괴로운지 여자는 혼란스럽다. 한 가족을 두른 고리를 깨고 싶다. 여자는 메모에 밴 그의 흔적을 읽는다. 인간문화재를 말하면서 불평을 묻혀내는 걸까. 어찌 보면 자랑으로 읽힌다. 그의 방법을 따라 사랑하고 받아들일 테니 여자가 이렇다 저렇다 할 일은 아니다.

인화지에 갇힌 얼굴을 가만히 바라본다. 낯설면서 낯익게 다가오는 두 우연이 기이하다. 미약하게 도사린 광기를 모르지 않는다. 배에서 꼬르륵 소리가 난다. 끝나지 않을 허기가 웅크리고 있다. 바닥 모를 허중은 에이로 이어진다. 에이는 친척이다. 아니다. 친척을 가장한 천적이다. 친척이었던 그를 여자는 굳이 에이라고 부른다. 버캐처럼 엉긴 감정이 도지려 한다. 미움이 격정을, 격정이 광기를 부르기 전에 물러나야 한다. 여자 눈빛이 차가워진다. 에이는 사업가다. 언제부턴가 여자는 사람을 두 부류로 가른다. 이익을 좇는 사람과 주어진 상황을 다소곳이 받아들이는 사람. 여자는 에이가 자신을 망가뜨렸다고 믿는다. 땅 위의 것에 길든 에이가 펄펄 난다. 여자가 냉소를 떤다.

그는 어수룩한 사람들을 제치고 몫을 챙겨서 사라졌다. 여자가 그를 만난 건 몇 년 뒤였다. 난방도 못한 집에서 덜덜 떨 때였다. 문을 열자 그의 집을 채운, 푸짐한 훈김이 끼쳤다. 후끈한 실내에서 앙큼하게 새침을 떨던 포메라니안 종의 개가 여자에게 왈왈 짖으며 달려들었다. 신형 전자제품은 빠진 게 없었다. 검고 육중한 금고가 안방을 차지했다. 가까스로 서울에서 제일 싼 전세를 구했다는 그에게 여자는 금고의 용도를 물을 수 없었다. 의아했지만 여자는 버릇대로 그러려니 했다. 자개가 빼곡히 박힌 나전칠기장이 좁은 방을 반 넘어 차지하고 번쩍번쩍 빛을 부렸다. 길 가다가 큰길가 진열장에서 본 것과 같은 것이었다. 장인 아무개의 작품이라 쓴 명패를 본 기억이 났다.

넘치는 세간으로 사람 설 자리가 없었다. 여자가 구석에 엉덩이를 내렸다. 장롱이요? 처 처갓집에서 사주었어요. 말이 막히는 법이 없던 그가 그때는 더듬었다. 멋쩍고 비열한, 아니 모호한 웃음을 풀어낼 재간이 여자에게 없었다. 궁리를 하나씩 말하는 얼굴은 풍요로 매끄러웠다. 그가 어려웠던 시절을 말했다. 감옥에 가서 그의 잘못을 때운 것이 그의 어려움이었다. 다 맞지 않지만 전혀 아니랄 일은 아니었다. 여자는 흥청거리던 때의 그를 떠올렸다. 한 아름 과일을 사들고 와서 상당한 액수를 빌려갔던 날이었다. 한껏 상냥하고 맘껏 후한 사람이라고 여겼다. 부드럽고 호의에 넘치는 얼굴로 기분 좋게 웃을 줄 아는 남자였다. 우거지 같던 남편과 다르게 그는 다정했다. 거기 안 끌렸다고 못한다. 작은 정을 마다 못하던 자신이 푸수수한 꼬락서니로 스쳐갔다. 호의를 거절하지 못한 것이 여자의 잘못이었다. 갚을 때는 빌릴 때의 얼굴이 아니었다. 말투가 딱딱 부러졌다. 그는 자신이 못 받은 빚을 여자에게 떠넘겼다. 여자는 그가 이어준 사람을 만나기가 껄끄러웠다. 그가 여자의 소심한 성격을 나무랐다. 그냥 가서 달라고만 하면 된다니까. 숫제 명령이었다. 맞설 뱃장이 여자에게 있을 리 없었다. 엉뚱한 데서 벌일 실랑이와 오갈 품을 그리니 언짢았다. 대놓고 화낼 상대가 여자 옆에 없었다. 심약하고 귀찮은 일을 싫어하는 데다 게으름까지 끼어들었다. 여자는 귀퉁이 돈쯤 포기하려 하지 않는 자신을 나무랐다. 약빠르게 못 해? 이런 때 죽은 어머니는 버릇처럼 매를 들었다. 여자가 기억 못하는 아버지를 닮았다고 했다. 매끝은 매웠다. 애먼 분풀이를 당하는, 억울한 기분이 남아 있다.

여자는 쏟아 붓는 그의 말에 고개를 주억거렸다. 변명을 들으려던 건 아니었다. 근질거리는 눈가를 비비는 것조차 피곤했다. 그의 말에 따르면 자신이 자초한 일의 피해자는 그였다. 말한 내용을 스스로 믿는 재간까지 능란했다. 그런 믿음은 감탄할 만했다. 지난날을 감옥에 떨어뜨리고 왔군. 입바른 소리가 나가려했다. 여자는 힘껏 이를 물었다. 그를 몰아댈 처지가 아니었다. 피해자니까 덮어놓고 옳다고 나대는 건 모자란 일이려니 했다. 그가 낸 부도에 바닥으로 내려앉은 게 여자만은 아니었다. 누구보다 당신이 어렵겠지요. 빈말이라도 해야 할 분위기였다. 그가 말아먹고 튀어나간 자리에 여자의 사층짜리 건물이 있었다. 저당 잡힐 때 여자가 도장을 찍었다. 그때만 해도 여자는 천진했다.

그의 말은 유창하고 비장했다. 타고난 말재주에다 감옥의 학습까지 경력에 보태는 화사한 재능을 부렸다. 여자는 형편없이 서툴렀다. 진실이 진실을 알아본다는, 씨알도 안 먹힐 소리나 디밀려 했다. 그를 흉내 내기엔 턱없이 어수룩했다. 돈만 잃은 게 아니었다. 여자가 누려야 할 시간과 그에 따른 낙원이 송두리째 짓이겨졌다. 진실쯤 돈 몇 푼이면 그 자리에서 거덜나는 것을 알았다. 철없이 한 번쯤 그려본 것들이 거품이 되어 사라졌다. 그가 닥치는 대로 훑어간 빈터에 여자는 대책 없이 서 있었다.

땅에서 나서 땅으로 돌아간다. 가까스로 여자는 그 말을 붙잡았다. 흔한 만큼 진부했다. 죽은 자를 떠나보내는 데서나 듣는 얘기였다. 그 말이 처음과 끝을 그렸다. 여자는 말없이 땅과 어울린 이들을 바라보았다. 가파른 오르막을 휘고 도는 계단식 경작지가 까마득하게 펼쳐졌다. 칸칸마다에서 노란 유채꽃과 초록색 보리와 이름을 알 수 없는 보라색 꽃이 바람에 쏠리다말다 했다. 탈 것이라고는 나귀뿐인 비탈길이 삐뚤빼뚤한 선을 그었다. 이제 막 아장걸음을 뗀 맨발의 꼬마가 끝 모를 좁은 계단을 뒤뚱거리며 내려갔다. 가르쳐 주는 이 없이 혼자 배우는, 제풀에 익힌 삶이 발랄하게 튕겼다. 바글거리는 사람 속에서 뜻 모르고 부대끼던 이유를 알 듯했다. 원형을 지킨 땅이 더럽혀지게 두고 볼 수 없다는 치기마저 일었다. 여자 눈에 담긴, 초록과 노랑과 보라와 투명한 빛살이 한데 어우러져서 일렁였다.

카트만두를 떠난 지 사흘 째였다. 푼힐 전망대의 해돋이를 보려면 날이 새기 전에 출발해야 한다고, 가이드는 전날부터 서둘렀다. 저녁 무렵에 눈이 내리기 시작했다. 바람까지 불었다. 인적 없는 산자락에 눈은 꽃잎이 되어 날렸다. 다들 일찍 잠자리에 들었다. 촛불로 안을 밝힌 로지에서 난방을 바랄 수 없었다. 침대가 둘씩 놓인 실내에 써늘한 냉기가 엄숙하게 괴어 있었다. 깔끔하게 모서리를 잡은 리넨 시트 속에서 여자는 한껏 움츠렸다. 함께 방을 쓰게 된 룸메이트가 낮게 코를 골았다. 피곤에 지친 숨소리가 달았다. 낯선 잠자리와 거기 밴 추위가 잠을 방해했다. 한동안 뒤척이다가 까무룩 잠들었다. 어둔 실내에 창가만 부유스름했다. 날이 샌 듯했다. 여자는 철사에 꿴 얇은 커튼을 걷고 창에 만발한 성에꽃을 손톱으로 긁었다. 밤의 정점을 지난 기척이 조심스럽게 다가왔다. 입김을 쐰 성에가 녹으려다가 찬 기온에 놀라 금세 얼었다. 가까스로 손바닥만큼 바깥이 열렸다. 여자는 눈을 바싹 댔다. 퍼부어대던 눈발은 그새 도망친 구름에 쓸려간 모양이었다. 게다가 만월이었다. 끝 모르게 이어진 봉우리가 또렷이 드러났다. 눈 쌓인 실루엣이 희게 빛났다. 검은 하늘에 차가운 선이 돋을새김 된, 태고를 그린 봉우리가 환영인 듯 요요하였다. 단정하게 모를 세운 산이 홀로 깬 여자를 알은 체했다. 싸늘하게 도사린 돌올한 품새가 앞에 있었다. 산자락에 쌓인 순백이 빛을 더했다. 짙은 어둠속으로 고아한 정적이 흘렀다. 수고와 땀과 열정 앞에 스스로 지킨 정절을 드러낼 줄 아는, 세속의 불공평을 물리친 땅에서라야 누릴 수 있는 행운이었다. 깊은 데서 알 수 없는 정기가 다투어 올라왔다. 불운을 툴툴거리던 자신을 돌아보았다. 사람에 치이고 누더기에 할퀸 흔적이 가로세로 얽혀서 여자는 가슴이 아팠다.

　교통사고는 얼마 전에 일어났다. 전날 눈이 왔다. 염화칼슘을 아끼지 않고 뿌려 대서 길이 미끄러웠다. 브레이크를 밟을 때면 바퀴가 밀렸다. 운전을 하던 친척언니가 백미러로 여자를 보면서 요즘 어떻게 살아? 했다. 네팔 말야. 이어진 언니 말보다 여자 생각이 앞질러 나갔다. 아득히 먼 그곳이 눈앞에 어렸다.

아슴하던 나라가 또렷하게 다가오는데 쾅 소리가 났다. 뒤에서 달려든 트럭이 여자가 탄 승용차를 힘껏 들이받았다. 차의 뒷부분이 형체를 잃었다. 운전대에 부딪친 친척언니는 심하게 다쳤다. 상체를 깁스한 언니는 여자를 못 알아봤다. 가슴에 피가 배난 거즈를 넓게 댄 언니 남편이 옆 병실에 있었다. 여자는 별다른 외상도 없이 그들과 다른 병실에 누워 있었다. 흰 페인트만 칠한 벽이 황량했다. 자신을 돌아볼 시간이었다. 돈에 치이고 사람에 채이고 차에 받혔다. 너절하게 찢긴 자신이 추레한 그림자가 되어서 어슬렁거렸다. 생에 던져질 하찮은 사탕이나 바라던 마음이 핏물처럼 배어났다. 이렇게 누워만 있을 수 없다는 오기가 솟았다. 보험회사 직원이 여자를 찾아왔다. 보상금이 나온다고 했다. 여자는 후닥닥 일어나서 인터넷 방으로 달려갔다. 여행사를 찾아냈다. 흘려들었던 보상액과 비행기 값이 얼추 맞았다. 여자는 그 돈으로 송금을 하고 사흘 뒤에 비행기를 탔다. 그렇게 떠난 네팔 트래킹이었다. 불행의 꼬리를 물고 온 행운이라고 쳤다. 아니, 누구 말마따나 행불행이 제멋대로 풀어낸 그림자일 터였다. 여자는 자신의 잣대를 들이대지 않기로 마음먹었다. 마음먹어서 될 일이 아니지만 그렇게 정하니 홀가분했다.

칼끝 같은 추위로 깡깡 언 밤이었다. 여자를 이곳으로 내몬 날들이 한 줄에 꿰어졌다. 남모를 시선이 우주를 살핀다는 가설이 믿어지려 했다. 옹그린 마음이 화들짝 품을 폈다. 찡긋 보낸 은밀한 눈짓이 하필 여자에게 꽂혔다고 할까? 산의 정령이

라도 있어서 기척 없이 옆구리를 찔렀다고 할 만했다. 적막하게
드러난 수정봉우리와의 조우. 뜻 모를 기운이 오롯이 안겼다.
생각 없이 눈을 깜박이면 높이 뜬 달과 풍경이 지워질 것 같았다.
한동안 차갑고 엄숙한 산줄기를 마주보다가 까무룩 잠들었다.
깊고 단 잠이었다고, 깨어서 알았다.

　문틈으로 악취가 흘러든다. 여자가 베란다에 고개를 뺀다. 넓
게 깔린 신문지가 너저분하게 젖어 있다. 갈색 덩어리가 두 뭉치.
번갈아 두 놈이 싸댄 오줌이 흥건하다. 일회용 장갑을 끼면서
여자는 눈에 모를 세운다. 하릴없이 개 뒤치다꺼리나 하다니.
오물이 묻지 않도록 조심스레 신문지를 만다. 엉뚱한 개 치레에
속이 불퉁거린다. 젖은 신문지에서 지독한 냄새가 난다. 우그러
진 얼굴로 종이뭉치를 쓰레기봉투에 쑤셔넣는다. 꼭꼭 밟는
발짓에 짜증이 배난다.

　추레할 노후를 추스르려고 마련했던 비용은 에이에게 들어갔
다. 안락하리라 꿈꾸었던 미래가 바숴졌다. 피해자만 득실거렸
다. 못 먹고 안 써서 모은 돈을 그에게 준 사람들이 악다구니를
썼다. 에이를 납치하겠다고 별렀다. 윽박지르는 채권자를 떼민
그가 달리는 차 문을 걷어차고 뛰어내렸다는 얘기를 들었다.
끝까지 좇아간 이들이 그를 경찰서에 넘겼다고. 그는 감옥에
갔다. 피해자가 가해자로 바뀌었다. 여자는 시간이 많이 지난
후에 다시 그를 만났다. 에이는 자신의 힘으로 일어섰다고
뻐겼다. 여태 허우적거리는 여자는 무능력자였다. 그의 아내가

생글거리며 앞에 앉았다. 에이의 아내는 여자에게 손아래 동서였다. 인간문화재에게 춤을 사사한다는 말을 흘렸다. 웃는 얼굴에 침을 뱉는 건 비열한 일이라고 여자는 배웠다. 그 아내가 춤을 좋아한다거나 배웠다고 들은 적이 없었다. 보는 대로 믿었던 자신에게 자괴감이 들었다. 다들 잊지 못한 일을 그들은 깔끔하게 지운 듯했다. 아휴, 바빠서요. 공연이 있어서. 남아나는 돈과 시간이 말투에 번져났다. 굳이 그런 말을 할 자리가 아니었다. 예전의 여자를 시샘했을지 모른다는 혐의가 들었다. 발설할 수 없는 말이 속에 똬리를 틀었다. 그 아내의 두리넓적한 뱃살을 보며 여자는 어색했다. 여자가 아는 춤꾼은 그런 몸매가 아니었다. 여자는 들리는 말 뒤나 오락가락했다. 그 어름에 하루하루 꾸려나갈 남루와 여자를 할퀼 노후가 걱정 됐다. 멸시하려 했는데 모멸감이 스몄다. 누구의 책임인지 따질 유효기간이 한참 지난 뒤였다. 지우지 못한 살의가 스멀거렸다. 여자는 애써 누르며 자책했다. 과거에서 현재로 그리고 미래까지 이어질 옹졸한 생활과 생각을 뉘우쳤다. 눈앞에서 지난 시간이 출렁거렸다. 지난날은 잊어야 해. 잊어질 일이 아니었다. 맘대로 다룰 수 있는 대상은 자신뿐이었다. 이런 따위도 잘 하지 못하다니. 역정이 나려 했다. 치열해야 할 날들이 맥없이 부서졌다고 여기니 속이 울근불근했다. 얽히고설킨 관계와 돈, 남편과 헤어진 이야기를 들출 여력이 없었다. 헤어졌어. 여자는 짧은 말로 파탄 난 결혼을 알 만한 이들에게 알렸다. 길고 복잡한 사연을 하나씩 들추기엔 턱없이 말이 짧았다. 부서진 지난날이 지치지 않고 따라왔다. 자신이 죽었다고 여기면 숨쉴 틈이 빠끔히 열렸다. 동정도 받을 수 없는 처지였다. 춤으로 치장한 그 아내의 허영이 여자에게 악을 썼다. 맞지 않은 옷 아래서 지질린 진실이 비명을 질렀다. 골치가 지끈거렸다. 걷잡을 수 없이 토악질이 올라왔다. 울컥거릴 때마다 내용물이 넘쳤다. 입으로 들어간 것보다 에이 집에서 게워낸 양이 훨씬 많은 까닭을 여자는 알 수 없다. 불시의 재난에 에이가 허둥댔다. 그 아내가 여자의 옷자락을 화장실 쪽으로 끌었다. 발자국을 따라 오물이 쏟아졌다. 여자에게 두루마리 휴지와 물 휴지가 황급히 건너왔다. 그것으로 막기에 어림없었다. 못 삭힌 속엣 것들이 손쓸 새 없이 사방으로 튀었다. 자신의 속에서 나왔는데 더럽고 추잡했다. 찌푸린 그들 앞에서 여자는 민망한 얼굴을 했다. 깊이 도사린 이중성이 붉은 혀를 날름거렸다.

머리를 흔들어 보지만 어수선한 생각은 떨쳐지지 않는다. 그 새벽에 만났던, 앙칼지고 엄정했던 냉기를 아쉽게 돌아본다. 긁는 것으로 성에 안 찬 순이가 텅텅 문을 친다. 여자는 몸을 돌려 바깥 기척에 귀를 기울인다. 자세를 틀 때마다 의자가 삐걱거린다. 버려진 헌 책상과 의자를 주워 올 때는 방통대에 원서를 냈을 무렵이다. 방송을 들으며 공부하는 데 남 모를 참을성이 필요했다. 등록금에서 생각이 머뭇거렸다. 여자는 잠깐 쉬기로 했다. 잠깐이 지금껏 이어진다. 열패감은 여자 몫이다. 의자고 책상이고 지나치게 오래 썼다. 새것으로 바꿀 비용은 춤을 사사받는 에이의 아내에게 들어갔다. 탈취한 여자의 평안을 그들은 뻐기며 누린다. 흥청거리는 그들 살림에 여자 몫이 보태졌다. 여자는 그만큼 가난해졌다. 남의 불행이 내 행복이라는 농담은 맞는 말이다. 에이는 스스로 애써서 다시 일어났다고 으스댄다.

캄캄한 새벽에 기상을 알리는 고함이 복도에 퍼졌다. 여자는 구시렁거리지 않고 일어났다. 아무 것도 안 보였다. 룸메이트가 손가락만한 전지를 켰다. 허연 입김이 눈앞에 서리다 스러졌다. 밖으로 나가면 관절들이 뚝뚝 부러질 것 같았다. 허술하게 입을 수 없었다. 여자는 옷에 옷을 껴입었다. 완만한 오르막인데 숨이 찼다. 쌓인 눈이 걸음을 막았다. 긴 다리로 성큼성큼 걷는 서양청년들이 줄 이은 행렬을 제치고 갔다. 여자는 자주 발을 헛짚었다. 누군지 모를 손이 재빨리 여자를 잡고는 했다. 새벽의 행군이 한 시간 남짓 이어졌다. 사위가 천천히 드러났다. 밝아진 전망대 위로 바람이 사납게 날았다. 여자는 철 기둥으로 얼기설기 엮은 망루에 섰다. 산 너머 산과 그 너머 구름과 더 먼 곳의 아득함이 섬처럼 떠다녔다. 낯설고 먼, 홀로면서 호젓한. 여자에게 익숙한 느낌이었다. 열 명의 일행 모두 얼굴이 벌겋게 얼었다. 제마다 껴입은 옷으로 몸의 선이 둥글었다.

사진 속에 조각가와 여자가 나란히 서 있다. 그의 얼굴이 벌서는 아이처럼 굳어 있다. 배낭에 든 옷을 다 껴입은 품새다. 여자 역시 못지않다. 조금 웃은 시늉인데 둘 다 표정이 어색하다.

해가 뜨는 참이다. 하늘가가 금빛이다.

밑에서 밀어올린 것처럼 해가 솟았다. 푸릇한 이내를 건은 해가 붉은 빛을 쏟아냈다. 세상이 붉고 환했다. 여자는 생이 솟는 해를 닮기를 바랐다. 티끌 하나 섞이지 않은 찬 공기가 폐부로 쏟아졌다. 맘껏 숨을 들이 쉰다고 나무랄 사람은 없었다. 여자는 허파, 간, 염통, 뼈마디, 핏속과 창자까지 깨끗해졌으리라고 믿었다. 모두 힘껏 아아 소리쳤다. 더럽혀지지 않은 평화가 고요하고 차갑고 깔끔하게 퍼졌다. 속에서 더러운 것들이 질린 기색으로 빠져나갔다. 숙변처럼 창자에 붙었던 미움과 화증과 시기와 그것들로 버무린 광증이 검은 연기로 바뀌어서 날아갔다. 아래세상에서 부대끼느라 키웠을 성정이었다. 산과 산너머, 쨍 소리를 낼듯 갠 하늘이 오염되었으리라. 팔천 미터가 넘는 연봉이 잉크빛 하늘에 흰 줄을 그으며 까마득하게 달려갔다. 조각가가 손을 들어 안나푸르나를 가리켰다. 풍요의 여신이라는 뜻이 담긴 산스크리트어라는 말이었다. 다들 트래킹에 준비를 많이 한 모양이었다. 떠나는 기차에 준비 없이 올라타듯 팀에 끼어든 여자와 달랐다. 눈 녹은 물이 흘러내려 키운 식물에 풍성한 알곡이 매달린다는 말을 여자는 새겨들었다. 자기 홀로 열매를 맺고 스스로 떨어뜨리는 식물을 그리며 조각가에겐지 자연에겐지 알 수 없이 뭉클했다. 깊은 적막 속에 서릿발 서린 기백을 드러냈던 봉우리가 겹쳤다. 그가 맞바라기 산을 가리켰다. 흰눈을 얹은 마차푸차레의 모난 삼각봉우리가 손끝에 걸려 있었다. 한 번도 사람을 받아들이지 않았다는 바위산이 금빛 햇살을 되쏘았다. 글자로 알던 장엄, 고결, 신성 따위 단어가 생기 있게 솟았다.

여자는 무릎깊이로 쌓인 눈을 밟으며 내려왔다. 사람이 오르내린 길은 얼음과 한가지였다. 여자는 걸음을 사렸다. 너무 조심했던지 힘껏 나둥그러졌다. 로지가 코앞에 보이는 곳이었다. 얇은 막을 이룬 빙판이 반지르르 윤을 냈다. 엉덩이가 뻐근했다. 몸무게에 가속까지 붙었으니 만만치 않은 무게에 눌린 셈이었다. 여자는 아프다고 말할 수 없었다. 얼음판에 주저앉은 여자에게 조각가가 손을 내밀었다. 장갑을 낀 두툼한 손이었다. 몇 겹의 천을 뚫고 체온이 흘러왔다. 겁의 세월 저편에서 맞던 바람의 냄새가 스쳤던가. 고통도 평화로운. 따뜻하고 밝은 온기로 그 장갑이 남아 있다. 원석처럼 빛나던 아침이 몰려온다.

다급한 발소리가 다다다 달려든다. 발작을 떠올린 여자가 발딱 일어난다. 아침저녁에 순이 간질 약 주는 것 잊지 마. 돌아보며 당부하던 얼굴이 뜬다. 아차, 하다 아침을 걸렀다. 민이와 순이를 챙기지 못했다. 때를 맞추라던 투약을 잊었다. 동물병원에서 조제한 약이 냉장고에 있다. 여자가 물에 갠 가루약을 사료에 섞는다. 눈에 잘 띄게 포스트잇이라도 붙여 놓으리라 마음먹는다. 두 놈이 허겁지겁 각자의 그릇에 주둥이를 박는다. 소탈한 순이는 약을 간식처럼 먹는다. 여자는 개의 발작이 뜻모를 재앙처럼 두렵다. 무턱대고 약에 기대려든다.

피검사를 하고 엑스레이를 찍어도 진단이 안나온다면서 친구는 애를 태웠다. 회사에 병가를 내고 동물병원을 찾아다녔다. 대학병원까지 가서 그예 간질을 알아냈다. 제때 약을 안 먹이면 입에 거품을 문다. 사지를 모으고 파들파들 떨어댄다. 녀석과 보는 사람, 모두에게 벅찬 일이다. 습진과 결석까지 있다고 했다. 간식조차 함부로 주면 안 된다. 수술을 받아야 할지 모른대. 수의사의 말을 전하는 어조가 가라앉았다. 낮고 느린 말을 들으며 여자가 근심스런 표정을 지었다. 친구의 핼쑥한 안색이 먼 시선을 했다. 얼마나 아플까, 하다가 제바람에 눈물을 글썽거렸다. 여자는 같이 울기도 냉정하기도 어려웠다. 근데 왜 길러? 여자가 어눌한 목소리로 물었다. 그럼 아프다고 버려? 턱을 치켜들고 되받는 품세가 어림없다는 눈치였다. 여자는 무춤했다. 녀석에게 이미 들어간, 앞으로 들어갈 비용이나 헤아렸다. 여자가 이래라저래라 할 일은 아니었다. 친구와 한 뜻이 될 수 없어서 애매한 시선으로 바라보았다. 병원에 간 길에 둘에게 예방주사를 맞혔어. 세상에! 팔만 원야. 친구가 펄쩍 뛰는 시늉을 했다. 여자는 속에 밴 모성을 눈치챘다. 친구는 미혼이다. 여자에게 둘을 맡기면서 끝내 다짐을 받아낼 서슬이었다. 맡기는 주제에 못 믿는 것도 모자라서 다짐까지? 여자가 입을 꾹 물었다. 자신에게 인색한 마음을 짚었다. 친구가 눈으로 채근해서야 여자는 마지못해 대답했다. 잘 할 테니 염려 마. 그 말을 듣고서야 희기만 한 얼굴이 돌아섰다.

주인의 안달을 알 리 없는 순이는 쾌활하다. 귀염을 구하는 열정이 눈에 가득하다. 여자는 아는 척커녕 시선마저 아낀다. 눈맞추기를 포기한 녀석이 여자 뒤를 좇는다. 쉽게 애착할 일이 아니다. 헤어질 때의 어려움은 생각보다 간단치 않다. 생살을 떼는 아픔이 지워지지 않는다. 녀석이 눈에 잘 띌 곳으로 앞서 뛴다. 잽싼 몸짓에 아픈 낌새라고는 없다. 여자는 병원 오진율이 50퍼센트를 웃돈다는 기사를 쓴다. 하물며…… 맘껏 수의사를 불신한다. 속에 든 의혹을 말하면 친구는 흰 눈을 뜰 것이다. 친구의 사랑하는 방법을 지켜볼 일이다. 어디라도 얹히려는 마음을 모르쇠 못한다.

친구와 순이와 민이가 만든 울은 단단하다. 여자가 낄 틈이 없다. 개의 일 년은 사람의 팔 년이야. 말하면서 친구는 우울한 얼굴을 했다. 얼추 사십이 된 녀석들이다. 병치레를 빠트리지 않으니까 친구보다 빨리 생을 거둘 게 틀림없다. 여자는 친구와 비슷한 표정을 지었다. 집에 돌아오는 친구 손에 한 아름 물건이 들려 있었다. 여자가 봉투를 받아들고 물건을 꺼냈다. 어포와 비스킷과 구취를 없애는 구강청정제 껌과 캔에 든 저지방 간식과 저칼로리 사료들로 개가 좋아할 것들이었다. 당연한 일일 텐데 여자는 서운했다. 어처구니없다고 여기니 피식 웃음이 샜다. 왜 웃어? 친구가 눈살을 꼿꼿이 세우며 대뜸 물었다.

집안 곳곳에 나도는 개 용품에는 계절 옷과 후드 달린 외투까지 있다. 제 철이 되기 전에 개 옷을 꺼내드는 열정은 감탄할

만하다. 최신형의, 볼이 든 물병 주위에 물이 튀어 있다. 다른
모양의 개집 두 개가 좁은 베란다를 넓게 차지한다. 여자는 친구
의 사랑을 허영이라고 비웃는다. 친구가 여자 집에 처음 온 날이
기억난다. 살림이 아니라 방방한 옷가방과 개에 딸린 세간뿐
이었다. 늘어놓은 물건들 사이로 개를 좇아 뛰던 날씬한 몸매.
여자가 내린 그늘이 지워졌다. 휴일이면 개에게 산책과 목욕을
시키던 그림자가 저만치 서 있다. 집이 있어서 여자가 지금껏
버텼다 해도 지나친 말이 아니다. 스무 평이 못 되는 변두리
아파트에서 방세가 나온다. 두 마리 개를 거느린 조건으로 친구
가 내놓은 액수는 매혹적이었다. 개마다 제 몫을 지불한 셈이
었다. 에이가 여자 몫을 우걱우걱 씹는다. 그 기운으로 그는
한 발씩 올라간다. 여자는 무력하다. 사무친 살의와 독이 익
어가기를 기다린다. 흐릿한 내일에 기대와 안도를 얹으며 밀
려왔다. 하루씩 미루다보면 독기가 땡땡 오를 때가 올 것이다.
　여자가 거친 일이 많다. 계단 청소, 시간제 사무실 청소, 식당
일, 이삿짐센터의 부엌살림 싸기 따위. 막일에 서툰 탓에 하루
일하고 이틀 쉬는 게 예사였다. 힘쓰는 데 비해서 손에 쥐는
돈은 시원찮고 늘 이어지는 일 또한 아니었다. 뼈가 휘게 일한다
해서 변두리를 벗어날 희망은 없다. 허드렛일이지만 없으면
불안하고 있으면 몸이 배겨내지 못했다. 불경기래. 일이 없어.
친구는 여자의 말에 반색했다. 나 출장 가거든. 당분간 개 좀 맡
아줄래? 여자의 불운은 친구의 행운으로 바뀌었다. 일자리를

알리던 전화가 잠잠하다. 에이의 번들거리는 얼굴이 뜬다. 두 발 뻗고 지낼 비용이 에이에게 들어갔다. 그 돈으로 그의 아내는 인간문화재에게 춤을 배운다. 여자는 힘이 없고 억지를 부리지 못하며 빼앗는 재능도 없다. 기댈 데라고는 없다.

등이 굽은 노파가 카트를 밀며 아파트 단지를 느릿느릿 걸어 간다. 풀어헤친 흰머리가 바람에 날린다. 위아래 검은색 옷차림 이 괴이쩍은 풍경을 그린다. 카트에는 파지가 잔뜩 쌓여 있다. 연민과 위기감이 얽혀 어질머리를 부른다. 여자는 노파를 외면 한다. 멀리 보이는 앞산에 시선이 쏠린다. 등성이에 다닥다닥 붙은 달동네를 건너뛴 눈이 꼭대기에서 멈춘다. 저 산에 가볼까, 했는데 달동네를 가로지른다고 생각하니 내키지 않았다. 여자는 보는 것으로 만족하기로 했다. 허술한 산에다 풍요의 여신을 세우는 버릇이 생겼다. 목돈이 있으면 돈이 돈을 낳는 판을 기웃거릴 수 있다. 여자 눈에 무지개가 어린다. 까마득한 높이에서 쏟아지던 폭포가 뜬다. 포말 속에 어린 일곱 빛깔이 어지럽게 난다.

푼힐 전망대로 오르는 길은 초보트래킹코스다. 여자는 3,200미터의 높이를 감탄하는 얼뜨기였다. 아직 남은 원형에 눈이 휘둥그러지는. 정직하게 말하자면 정강이쯤에서 어른 대고는 호들갑을 떤 푼수였다. 빈 패트병과 사탕, 초콜릿 포장 지가 군데군데 나뒹굴었다. 밟힌 비닐봉투에 킴스 클럽이 적혀 있었다. 부끄럼, 화증 비슷한 것들이 속을 어지럽혔다. 영문으로 새긴 디스라는 담배 갑도 있었다. 사람은 쓰레기를 만드는 동물이야. 조각가가 말했다. 여자가 고개를 끄덕였다. 사소한 말이 깊숙이 스몄다. 쓰레기를 안 만들 수 없을까. 덜 쓰는 일 빼고 다른 건 떠오르지 않았다. 눈을 들어 위를 봐요. 들려오는 소리에 여자는 고개를 들었다. 지천으로 널린 풍경이 흥감하게 달려들었다. 폭포와 들꽃과 바위를 휘감아 도는 세찬 흐름과 맑음까지. 초록 잎과 흰 눈이 어우러져서 시치미를 뚝 뗐다. 발길만 받아들인 엄격함이 훗훗하게 퍼졌다. 몬순에 오면 거머리 때문에 고생한다던데. 지금은 없어서 다행이지요? 그가 말하는데 옷 위로 뭔가 툭 떨어졌다. 여자가 소스라치며 그에게 매달렸다. 나뭇가지에 놀라긴. 유쾌한 웃음소리가 나무 우듬지로 날아갔다. 여자 머릿속에서 문명의 기치를 내건 약탈자가 무례하게 내달렸다. 공연한 우월감은 경쟁이 만든 쓰레기일 것이었다. 이파리에 걸린 햇살이 지워지다말다 했다.

또 오줌냄새다. 여자가 코를 킁킁댄다. 신문지는 말짱하다. 코가 민감하다기보다 마음의 문제다. 방세 말고 여자가 친구에게 기대는 부분이 있다. 껌딱지처럼 딱딱하게 말라붙은 소외감이 떨어져 나갔다. 미혼인 친구와 이혼한 여자가 함께 살기로 한 건 탁월한 선택이다. 비슷한 또래니까 얼마든지 말이 이어질 여지가 있다. 그렇다고 둘이 터놓고 얘기한 적은 없다. 개를 애모하는 친구는 여자의 관심이 안중에 없다. 여자는 채집가의 집요한 시선이 된다. 아릿한 기억이 여자를 따라온다. 홀로인 쓸쓸함.

개와 여자만 있는 실내가 호젓하다. 뜻밖에 떠난 트래킹과 불시에 받은 사진. 생각 못한 우연이 기이하다. 어떤 일도 일어날 수 있다. 친구가 돌아오지 못할 경우가 없다고 못한다. 개 먹이와 배설물처리를 떠맡고 알량한 수입이 없어진다면? 구석에 밀린 소외감, 앙버텨야 할 두려움, 실패가 빚은 열패감이 들이닥친다. 맘대로 될 일이 아닌 줄 알지만 여자는 사고와 질병과 악한 인연 같은 나쁜 우연을 밀치고 싶다. 개를 떼낸 친구가 그려지지 않는다. 눈으로 본 것 밖에는 모른다고 생각하니 서늘하다. 알아도 몰라도 달라지지 않아. 여자는 억지로 안심한다. 민이를 닮은 그녀가 치열한 사랑에 빠진 적이 없지 않았으리라. 다친 마음을 개에게 묻으려는 걸까. 여자가 고개를 갸웃한다. 사랑을 쉽게 하기보다 상처가 두려울 수 있다. 몸무게에 눌린 의자 등받이가 삐걱거린다. 여자는 개에게 기댄 친구를 오래 생각한다.

전화가 운다. 여자 손이 송수화기를 낚아챈다. 전화기 저편에서 푸릇한 목소리가 달려온다. 눈으로 물기가 몰리려 한다. 여자가 눈을 잘게 깜작인다. 흐릿한 앞산이 안나푸르나의 순백을 또렷하게 담아낸다. 순이는 괜찮아? 약은 먹였어? 민이는 잘 놀아? 자신의 안부쯤 안 물으면 어떤가. 싱싱한 목소리에 푸른빛이 묻어난다. 여자는 깔끔하게 치다꺼리를 했다고 말한다. 괜찮

아. 다 잘 있어. 오줌냄새를 막을 듯 짧게 소곤거리는 마음을 친구가 알 리 없다. 미처 몰랐던 자신의 진정을 돌아보며 외려 먹먹해진다. 잘 부탁해. 전화가 끊긴다. 순이가 발작을 일으키면 안 된다. 그러게 내가 약 잘 먹이라고 했잖아. 뾰족한 목청이 솟는다. 여자가 약을 챙긴다. 잘 보이는 선반에 봉지를 올리고 아까 받은 사진을 옆에 놓는다. 재앙을 막을 약과 끝나지 않을 평화와 사랑이 한데 놓인다. 두터운 장갑을 타고 흐르던 온기가 남아 있다. 꿋꿋한 변하지 않는. 따뜻한 단어들이 그의 등에서 배어났는데. 여자가 산 아래 마을을 아득하게 바라본다. 그에게 소식을 전해야 할까? 잊어서 안 될 약과 잊지 못할 풍경이 함께 놓여 있다. 여자 혼자 발작과 맞서기엔 무력하다. 순이를 핑계대지만 여자는 친구가 보고 싶다. 잉크 빛 바다가 출렁인다.

네버 엔드 피스 앤 러브. 결코 끝나지 않을 사랑과 평화의 나라. 순결을 지킨 땅이 여자에게 희망을 날린다. 여자는 그 골목으로 돌아간다. 휘갈겨진 낙서 속에서 열리던 낙원의 길. 방 밖에서 뛰는 순이 소리가 들린다. 비루먹은 개가 절뚝거리며 세 다리로 걷는다. 창 밖으로 보이는 산이 부옇다. 매연이 많은 날이다. 여자가 숨을 참는다. 지구의 허파를 향해서 짐을 꾸리는 그림 하나 지닌다고 누가 뭐랄 것인가. 오롯한 눈빛은 평화의 땅이라야 제 빛을 낼 것 같다. 여자가 입술을 문다. 속생각이 바쁘다. 에이와 같은 부류의 사람이 그곳을 알지 않기를 바란다. 그는 장사꾼이다. 장사꾼은 이익이 먼저다. 그가 불편한 곳을 찾을 리 없다. 아니, 불편을 찾아서 편리를 걸고 돈을 벌려드는 부류가 그들이다. 졸속과 저열은 편의성과 효율성으로 포장됐다. 마구 먹어치울 먹성을 막을 듯 여자가 서둔다. 데스크 탑의 스위치를 켠다. 부팅은 느리다. 밖이 고요하다. 두 놈은 심심한 시간을 졸음으로 때우는 모양이다. 눈 쌓인 산을 쓸던 앙칼진 바람이 달려든다. 기대는 마음이 미리 위로를 알아챘다. 지구를 지키는 전사 그린피스가 주소 창에 뜬다. 그들의 발품에 미약한 힘이라도 보태야지. 여자가 엔터 키를 친다. '결코 끝나지 않을 평화와 사랑'의 땅을 지키는 사람들이 숨차게 달려온다. 네버 엔드 피스 앤 러브. 손가락에 힘이 들어간다. 자판을 더듬는 솜씨는 부팅 속도를 넘지 못한다. 컴퓨터가 여자의 기억을 갈무리한다. 여자가 조각가의 주소를 뒤진다. 화살표시 커서가 주소록표시 위에서 멈칫거린다. 사진 잘 받았습니다. 간결한 문장이 휘리릭 날아간다. 여자는 빈 자리를 메울 글자를 찾는다. 초록색 모니터에 서툰 솜씨로 친 단어가 드러난다. 호젓한. 쓸쓸한. 아득한. 🌑

무플론이 울면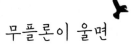

여자는 이층콘크리트 건물 앞에 서 있다. 어디로 갈까, 주춤거리며 하늘을 쳐다본다. 현관 밖은 가을이 짙다. 샛노란 은행잎이 여자 위로 쏟아진다. 여자는 올린 눈을 내리지 못한다. 올리브그린의 모직 재킷과 같은 색조의 잔잔한 체크무늬 바지에 가을볕에 녹아든다. 붉게 물든 이파리가 날린다. 떨어진 잎 위로 마른 잎이 포개진다. 메헤헤, 멀리서 들리는 흐릿한 산양의 울음이 바람에 섞인다. 여자가 결심한 듯 화단 옆길로 꺾어든다. 스무 계절을 공원에서 보내며 철 따라 싹을 틔우고 열매를 맺는 식물들을 보았다. 심상하던 풍경이 오늘만큼 사무친 적은 없었다. 여자는 공원에 난 풀 한포기까지 익숙하다. 후문에서 사무실까지, 백여 미터 거리를 오가며 갖가지 풀과 꽃을 익혔다. 시청의 재정이 공원 안 식물을 살뜰하게 가꾼다. 여자의 봉급도 거기서 나왔다. 화단은 막 겨울 채비를 끝냈다. 여자는 이제 공원을 떠나야 한다. 울타리 너머에 멋대로 자란 잡풀이 우거져 있다. 여자는 돌보는 손이 미처 닿지 못한 곳을 우두커니 바라본다. 돈을 받고 일하는 이들은 보이는 곳에만 매달린다. 자신 또한 울 너머에 팽개쳐졌다. 남자친구를 만나고 나서 살에 뱄던 추위를 잊었다. 자귀나무 이파리가 노릇하다. 콩꼬투리 같은 열매에 거뭇한 반점이 보인다. 그를 알기 전, 분홍깃털 모양의 꽃을 볼 때조차 여자 살갗에 잔 소름이 매달리고는 했다. 추위를 잘 타는 나무래. 명주실처럼 결 고운 꽃 아래서 남자친구가 말했다. 밤이면 꽃잎이 서로 꼭 껴안고 밤을 샌다고 하지. 야합수나 사랑나무라고 불리기도 해. 눈앞에 그의 눈빛이 어린다. 빨아들일 듯한 타는 시선을 보면서 서늘한 기운은 사라졌다. 여자는 새삼스레 진저리치며 재킷의 깃을 올린다.

찬바람 끝이 매운 삼월에서 낙엽이 지는 가을까지 공원은 떠들썩하다. 꺼끄러기가 솟은 보리이삭이 패면서 봄이 끝났다. 도심에서 만난 풀빛 보리밭 속에서 사람들이 목청을 높였다. 조금 더 뒤로……, 거기 말고……. 나무 우듬지 너머로 소리가 치솟을 때면 여자는 창가로 다가가서 밖을 내다보았다. 아이를 목마 태운 아빠와 카메라를 든 엄마가 보리밭을 밝혔다.

갈라진 축대 틈새에서 쑥부쟁이가 보라색 꽃을 소복이 피우고 있다. 청상의 시린 마음이 저런가. 여자 눈이 한동안 거기 머문다. 그 옆에 선 감잎이 노을 색을 띤다. 가꾸는 손길이 감나무가선 구석까지 미치지 않는다. 수북이 자란 풀들이 축축 허리를꺾는다. 닥칠 겨울을 그리기만 해도 미리 춥다.

줄 지어 선 나무가 절정의 노랑을 풀어낸다. 여자는 샛노란색깔을 그냥 지나치지 못한다. 손차양을 하고 쨍하게 갠 하늘을올려본다. 부신 빛이 눈으로 쏟아진다. 어우러진 색깔 아래서마음은 더 어둡다. 바람이 분다. 우람한 은행나무에 빌붙었던이파리들이 가루처럼 날린다. 마주 오던 장년의 눈길이 노란비를 맞으며 서 있는 카키색 여자에게 들러붙는다. 노랑 때문인가. 여자는 낯선 시선이 아무렇지 않다. 선연하게 붉은 잎이 검은아스팔트 위를 구른다. 날리는 이파리가 하늘땅에 가득하다.지는 잎 사이로 후문이 어린다. 이차선 차도 양편에 주홍색 벚나무가, 그 바깥 인도에는 은행나무가 줄 지어 서 있다. 허공에서얽힌 가지들이 진홍의 터널을 만든다. 무르익은 채색이 낭자한빛을 부린다. 여자는 잘 가꾼 길을 외면하고 남문 쪽으로 돌아선다.

철 따라 바뀌는 것들과 따로 떠도는 자신이 가을 빛만큼선명하게 갈라진다. 다 변한다지만 바꿀 수 없는 것 또한 분명히 있다. 여자의 걸음은 느리지도 빠르지도 않다. 갈잎이 든느티나무 밑, 통나무를 반으로 잘라 만든 의자에 짧은 금발을한 몰몬 교도가 앉아 있다. 여자는 검은 바지에다 흰 셔츠를 입은 차림을 돌아본다. 점심때면 저 자리에 남자친구와 나란히 앉아 자동판매기에서 뽑은 커피를 마셨다. 뜨거운 커피와 달아오른 체온이 후끈하게 섞이던 그때. 곳곳에 그의 흔적이 남아 있다. 갑자기 소나기가 쏟아졌던 날, 둘이 뛰어 들어갔던 초소가 초라하게 서 있다. 그 안에서 처음으로 그를 안았다. 네 면을 두른 유리는 날카롭게 깨져 있다. 부스 안에 널브러진 유리파편에 먼지가 뿌옇다. 털털거리는 경운기 소리가 들려서 여자는 길 옆으로 비껴 선다. 짐받이에는 갓 뽑아낸 구근이 가득하다. 땅에서 캐낸 알뿌리들은 다음 봄을 기약하며 옮겨진다. 뒤섞여 실린 튼실한 식물의 태아들. 뿌리를 돌아보는 여자의 미간이 설핏 구겨진다. 경운기에 탄 남자가 손을 흔든다. 활짝 웃는 얼굴에 흐벅진 햇살이 쏟아진다. 무표정한 여자 앞으로 투박한 탈것이 느릿하게 지나간다.

공원관리소장이 여자에게 말했다. 사십대의 그는 체구가 다부진 가장이었다. 그날따라 얼굴이 더 검붉었다. 전날 과음한 탓이리라. 깊게 팬 주름이 곤혹스럽게 접혔다. 혜리 씨도 알다시피 상부에서 구조조정을 하라고 해서 말이야. 입 속에서 우물거리는 건 소장의 버릇이었다. 입술만 떼도 무슨 말을 하는지 알아들을 만큼 여자는 그에게 익숙했다. 미리 써 두었던 사표를 내밀었다. 그렇지 않아도 남자의 체취가 밴 곳이어서 오갈 때마다 아렸다. 가뜩이나 파리한 얼굴이 백지처럼 희어졌다. 군말을 덧붙이지는 않았지만 왜 자신인지 물으려다 마른침을 삼켰다. 불운이 꼭 여자를 겨냥한다고 여기니 다른 이유가 필요 없었다.

격렬하게 떨리는 진동음이 여자를 깨운다. 여자는 주머니에 든 휴대폰을 꺼내 폴더를 연다. 여보세요. 물에 잠긴 것처럼 발음이 분명치 않은 목소리가 잠깐 들리다가 끊어진다. 여자는 초조하다. 잘못 걸린 전화조차 자신의 실수인 것 같다. 휴대폰은 남자친구가 준 것이다. 둘을 이으며 문자와 통화를 실어 날랐다. 이제 휴대폰은 거의 울리지 않는다. 여자는 주변을 돌아본다. 왼쪽에 거대한 콘크리트 건물이 우람하게 서 있다. 몇 년 사이에 공원 후문 옆으로 고층건물이 하늘을 덮으며 올라갔다. 아파트, 쇼핑몰, 백화점……. 건물주는 약빠르게 공원을 업고 분양을 끝냈다. 이제 더 이상 빈 땅은 없다. 여자는 자주 끊기는 통화를 높은 건물 탓이려니 여긴다. 전화번호를 알고 있는 사람은 네 사람이다. 여자가 살아온 스물아홉 해와 기계음으로 이어지는 사람들이 점점이 뜬다, 남자친구와 자신을 길러준 원장 선생님, 그리고 친구 둘의 얼굴이 하나씩 지나간다.

공원 안에 갖가지 소음이 엉겨 있다. 아이들이 높은 소리로 웃는다. 뒤를 따라가던 젊은 부부가 아이를 다그친다. 앞을 보고 걸어. 나지막한 음일수록 바닥으로 깔린다. 아이 손에 들린 풍선보다 높이, 가파른 목청이 솟는다. 조심해! 다치고 싶어? 롤러블레이드가 아스팔트를 긁으며 지나간다. 사방에서 터지는 휴대폰 신호음이 섞인다. 다섯 살 남자아이를 보호하고 있습니다. 청 반바지를 입고 줄무늬 티셔츠를 입은 남자아이의 보호자

되시는 분은 방송실 앞으로……. 미아를 보호하고 있다는 방송이
느닷없이 터져 나온다. 스피커 밑을 느릿느릿 걷던 노파가 화들
짝 놀라 위아래를 두리번거린다. 기계를 통하여 나오는 목소리
는 생경하다. 잔디 운동장에서 야구를 하는 분들은 뒤편 소 운동
장으로 옮겨주세요. 다시 말씀드립니다. 잔디 운동장에서 야구
를……. 하루에도 몇 번씩 여자는 마이크 앞에서 같은 소리를
되풀이했다. 여자의 자리에는 같이 일하던 김 대리가 앉아 있을
것이다. 기계에 걸러진 그의 목소리가 설다.

　가랑잎이 날린다. 여자는 남자친구와 함께 자전거를 탔던 사열
대 뒤편을 빠른 걸음으로 걷는다. 부드럽게 뺨을 스치던 바람의
촉감이 남아 있다. 사열대 뒤, 길 건너에 세 동의 건물이 서 있다.
규격에 맞춘 이층 콘크리트 건물은 군대의 막사처럼 딱딱하다.
청소년 연맹과 수련관, 여자가 근무했던 공원관리소는 가운데
건물이다. 갑자기 달려든 마파람 탓에 여자가 한바퀴 빙그르
돈다. 신나게 달려오던 롤러블레이드가 가까스로 속도를 늦춘
다. 여자의 재킷을 두 손으로 움킨 아이가 쓰러지려던 몸을
세운다. 헬멧을 쓴 작은 얼굴이 숨을 쌕쌕 몰아쉬며 또록또록한
눈망울을 빛낸다. 흰 무릎 보호대는 흠집 하나 없다. 아이가
거머쥔 옷자락을 놓고 미끄러지듯 달려 나간다. 여자를 때리던
맵찬 바람이 생생하게 달려든다.

　길 양쪽으로 낮은 상가들이 늘어 서 있었다. 이 끝에서 저
끝까지 걷는데 십여 분이 채 안 걸리는 조그만 소읍이었다. 아이

는 검은 콜타르를 칠한 나무 벽을 또렷이 기억한다. 몇 시간 전부터 처마 밑에 서 있었다. 세찬 바람에 섞인 굵은 모래가 조그만 뺨을 후드득 때리고 지나갔다. 집마다 굳게 문을 닫았다. 이런 날씨에는 길을 지나가는 이조차 없었다. 아이는 입을 야무지게 물고 눈까지 질끈 감았다. 불끈 쥔 주먹과 오래 버틴 다리가 뻣뻣하게 굳었다. 날리는 바람 속에 얼큰한 찌개냄새가 섞여왔다. 허기진 배에서 꼬르륵 소리가 났다. 아이는 혀로 입안을 쓸다가 주먹을 펴 찐득하게 녹은 엿을 조금 떼어 물었다. 허기졌을 어미를 생각하면 한 번에 입에 넣을 수 없었다. 아주 조금씩 핥았는데 시간이 길었던 모양이었다. 왼손에 쥔 엿을 오른 손으로 옮겨 쥐고 물갈퀴처럼 쩍쩍 들어붙는 손가락을 펴 일일이 혀로 핥았다. 오른손에 든 엿은 이제 형체도 남아 있지 않았다. 아이는 한입에 삼켜버렸다. 아가. 아부지한테 가면 돈을 줄껴. 여기서 쪼끔만 기다려. 돈 가져와 국밥도 사먹고 오바도 사고 운동화도 사자. 에미 금세 올껴. 어미는 두 손을 벌려 아이가 기다려야 할 시간의 길이를 보여줬다. 오천 원 짜리 한 장과 긴 깨엿 한 자루를 손에 쥐어준 어미 손에서 단무지색 지갑이 눈을 찔렀다. 아이는 종일 그 자리에 서 있었다. 행여 어미가 찾아와서 오줌 누러간 아이를 못 찾으면 안 되었다. 아이는 아랫배가 땡땡해질 때까지 참았다. 하는 수 없이 잠깐 자리를 떴다. 그조차 몇 걸음 걸어간 곳이었다. 모퉁이에 쪼그리고 앉아서 길을 힐끔거렸다. 자신의 잘못으로 어미를 놓쳐서는 안 될 일이었다. 함부로 부는 바람 속에 팽개쳐진 아이를 눈여겨보는 이는 없었다. 모래 섞인 바람이 조그만 얼굴을 사정없이 때렸다. 찬 바람을 오래 맞은 살갗이 보라색으로 질렸다. 달려든 어둠이 푸릇한 이내를 무참히 삼켰다. 아이는 작은 틈으로 새나오는 온기조차 아쉬웠다. 문틈에 얼굴을 갖다댔다. 주황색 불빛 아래서 가족들이 저녁을 먹고 있었다. 훈김으로 어우러진 살뜰한 정이 식탁에 어렸다. 푸진 웃음소리가 와르르 쏟아졌다. 언 몸과 마음이 따라서 녹으려 했다.

느닷없이 옆에서 뿌앙, 트럼펫 소리가 솟는다. 고막을 찢을 만큼 큰 소리다. 여자가 놀라서 고개를 든다. 잔디 운동장 옆, 플라타너스 숲에 선 사내가 악보 대 앞에서 몸을 비튼다. 여자는 터질 듯 부푼 볼과 벌겋게 피가 오른 목을 바라본다. 땅딸한 몸매에 핏줄이란 핏줄은 다 불거진다. 사내의 몸이 음 따라 오르내린다. 여자가 손으로 주머니 속을 더듬는다. 손에 잡힌 약 봉투를 조몰락거리며 천천히 걷는다. 잦은 손길에 알약은 가루가 되었다. 고음으로 치솟는 트럼펫 소리에 여자가 다시 사내를 돌아본다. 사내는 음을 고르느라 여념이 없다. 토요일 오후에 연못가에서 트럼펫을 부는 사내를 본적이 있다.

드문드문 서 있는 나트륨 등이 공원 안을 희미하게 밝혔다. 사람과 나무와 구조물이 윤곽만 보였다. 몇 개 안 되는 벤치는 날랜 이들이 차지했고 눈치 빠른 축들은 화단 경계석에 걸터앉았다. 여자는 서 있는 사람들 사이를 지나 땅바닥에 엉덩이를 붙였다. 여자 몫으로 정해진 것은 없었다. 사람들이 다 차지하고 남은 자리가 있으면 다행이고 없으면 그러려니 했다. 신명나게 솟은 트럼펫 소리가 밤공기를 갈랐다. 지난 시절의 유행가가 검은 하늘로 퍼졌다. 모여든 이들이 추억을 되새겼다. 후끈한 열기 속에서 밤이 익었다. 그를 만난 뒤로 지난날을 고통 없이 돌아볼 수 있었다. 여자에게 붙어 다니던 치욕과 비루가 추억으로 바뀌었다. 흐릿하던 기억 또한 윤기를 뿜으며 살아났다. 한 걸음 뒤에 따라오던 남자가 여자 손을 잡아 일으켰다. 딴 데로 가자. 여자가 일어나 앞장서서 사육장 쪽으로 걸었다. 무플론 보러가자. 어슴푸레한 우리 주변에는 아무도 없었다. 가두어 기르는 짐승이 지독한 냄새를 풍겼다. 칸칸이 막은 우리는 검고 적막했다. 토끼, 닭, 앵무새, 사슴, 오리가 지켰던 칸들이 휑하니 비어 있었다. 우리가 갑갑했던지 사람들이 훔쳐갔는지는 모른다. 관리가 소홀했던 모양이었다. 해를 두고 짐승들은 하나씩 사라졌다. 메헤헤. 어둠 속에서 무플론이 울었다. 유럽산, 수명 15년. 산양 중에 가장 작은 몸집을 가졌음. 초식성이고 염소가 나뭇잎을 잘 먹는 데 비해 양은 지표의 어린 풀을 즐겨 먹는다. 경사지에서는 낮은 곳에서 높은 쪽으로 나아가고, 바람이 있을 때는 바람이 불어오는 쪽으로 풀을 뜯어먹으면서 나아간다. 성질이 몹시 온순하고 겁이 많다

가끔 그곳을 갔던 여자가 푯말에 붙은 설명을 기억해냈다. 작은 몸집, 큰 뿔, 게다가 울음소리까지 어울리지 않았다. 어른

팔뚝보다 굵고 커다란 뿔을 둥글게 말아 머리에 인 짐승이 인기척을 듣고 메헤헤, 울었다. 염소처럼 간사한 소리였다. 둘은 소리를 죽이며 웃었다.

"쟤들은 위기에 몰리면 깎아지른 벼랑 위로 올라간대. 적을 만난 산양이 척박한 바위 산 꼭대기로 피하는 모습이 그려져. 홀로 위험에 맞서는 당당함이라니. 겉모습보다 속이 맘에 들어."

남자는 산양을 바라보는 여자를 잡아끌었다. 그렇지 않아도 길들 수 없는 냄새에 숨이 막혔다. 둘은 우리 옆의 숲 속으로 숨어들었다. 덤불 속 풀숲은 아늑했다. 남자가 뜨거운 손으로 여자를 더듬었다. 여자가 남자를 품에 안았다. 숱 많은 남자 머리가 가슴을 파고들었다. 우거진 나뭇잎 사이로 흐릿하게 떠는 별이 보였다. 살진 잉어가 수면을 찼다. 푸륵 퐁, 솟구치는 물소리가 더운 공기를 흔들었다. 제 흥에 겨운 트럼펫 소리가 습기 찬 밤 속으로 뱀처럼 미끄러졌다.

아이가 혀로 핥던 아이스크림이 녹아내린다. 아이는 먹던 콘을 아낌없이 팽개친다. 반 넘어 남은 크림이 스탠드 옆 자연석에 답삭 들러붙는다. 아이의 입가가 허옇다. 젊은 남자가 아이의 손을 잡고 수돗가로 걸어간다. 아이는 혀로 입가를 핥으며 마지못해 따라간다. 벤치에 앉아 있던 긴 파마머리 여자가 고개를 돌려 소리친다. 깨끗이 닦아줘. 끈적거리지 않게……. 제몫을 보장 받은 목청이 거침없이 날아간다. 아직 손에 끈적이는 엿이 남아 있는 것 같아 여자가 손가락을 움찔거린다.

어미는 오지 않았다. 길에 사람의 자취가 끊어지고 어둠이 고약처럼 엉겨 아이의 작은 몸을 삼킬 때까지. 잠깐 자리를 떴을 때 어미가 찾아왔을지 몰라서 아이는 안타깝게 주변을 둘러보았다. 길이 엇갈렸을지 몰라서 끝내 마음이 놓이지 않았다. 섰던 자리에 쪼그리고 잠들었을 때 누가 흔들어 깨웠다. 플래시 빛이 눈으로 쏟아졌다. 아이는 눈이 시었고 어리둥절했다. 자신을 깨운 경찰을 올려봤다. 깜빡 꿈을 꾸었던 듯했다. 환히 웃던 어미는 사라졌다. 선잠을 깬 눈이 지나치게 부셔서 아이는 자꾸 땅을 헛짚었다. 경찰이 손을 잡아 주었다. 그리고 어디론가 데려갔다. 파출소의 나무의자에 앉은 아이가 컵라면을 두 손으로 받아들었다. 스티로폼에 배어든 온기가 속으로 스몄다. 아이가 허겁지겁 그릇에 코를 박았다. 굳었던 몸이 풀렸다. 춥고 두렵던 마음이 지워졌다. 파출소가 지구대라는 이름으로 바뀔 만큼 시간이 흘렀다.

남자와 만나서 같이 점심을 먹었던 구내식당을 지나간다. 잔디 운동장과 소 운동장 사이에 플라타너스가 두 줄로 서서 마른 잎을 비빈다. 갈색 잎이 투두둑 떨어진다. 여자는 공원 안에 납작하게 엎드린 간이매점으로 방향을 잡는다. 점심을 거른 배에서 꼬르륵 소리가 난다. 천 원을 내고 컵라면 한 개를 받아든다. 물통에서 뜨거운 물을 받는다. 따뜻한 온기가 스민다. 점심이라기엔 늦은 시간이다. 휴대폰의 액정판에 뜬 시간이 3시를 넘어선다. 여자는 두 손으로 컵라면을 싸안고 간이 식탁으로 다가간다. 돌로 만든 의자와 식탁은 섬뜩하게 차다. 여자가 은박 종이덮개

틈으로 올라오는 김에 코를 댄다. 어디쯤 어미는 서 있을까. 살아 있기는 할까? 가슴에 녹지 않는 얼음 알갱이가 박혔을지 모른다. 지독한 미움이 여자를 파고든 적이 있었다. 그냥 있어도 터질 것 같은 심사를 가까스로 다독였다. 남자를 만나면서 격했던 감정이 수긋해졌다. 여자는 라면이 익기를 기다린다. 커플룩으로 차려입은 남녀가 눈앞에서 걸어간다. 감색 운동복 차림의 젊은 여인이 남자어깨에 기대어 걷는다. 몸을 붙인 둘의 등에 여자의 시선이 박힌다. 팔짝거리며 따라오던 계집애가 둘 사이를 가른다. 아이가 손을 벌려 양손에 하나씩 그들을 잡는다. 이어진 세 고리를 보며 여자는 목이 먹먹해진다.

여자 뱃속에 잠깐 자리 잡았던 생명이 스친다. 아이를 바랐던 것 같다. 아이라기보다 안온하게 자신을 지켜줄 울타리를 생각했을 것이다. 따뜻한 집을 만들어 아이에게 사랑을 듬뿍 쏟고 자라는데 필요한 것들을 넘치도록 채워야지. 자신의 전부를 아낌없이 쏟아 부을 대상을 그렸으리라. 남자가 다가왔을 때, 혼자였던 여자는 갑자기 주위가 밝아진 것 같았다. 불 켜진 넓은 길에 서 있는 자신을 보았다. 종일 남자만 생각했다. 초라한 마음을 덮으며 따뜻한 온기가 스몄다. 하얗게 핀 벚꽃이 거품처럼 떠다니던 밤이었다. 여자는 친구와 걷고 있었다. 바람결에 꽃냄새가 묻어왔다. 흰 꽃잎이 화르르 날렸다. 여자는 미농지보다 얇은 꽃잎을 집었다. 어깨를 툭 쳐서 돌아보니 젊은 남자였다. 꽃구경 나왔어요? 묻는 남자의 말에 아! 여자에게서 탄성이 흘러나왔다.

"놀랐어. 어느새 꽃이 다 피었어요. 비 오면 질 것 같아서 나왔어요."

공원관리소 옆 건물, 체련실에서 근무하는 남자가 여자를 보며 소리 없이 웃었다. 큰 눈을 내려 뜨고, 앞머리가 흘러 내려 얼굴 반을 가린 남자가 청바지를 입은 청년과 서 있었다. 여자가 화들짝 반기며 말했다.

"가끔 봤어요. 출근카드를 찍으려고 독서실 앞을 지나칠 때면 이어폰을 꽂고 마주 오데요."

"나를 보았다고? 아는 척 하지 그랬어요. 이름이……?"

"혜리예요. 유혜리. 이쪽은 손미정."

"안녕하세요. 나는 안승준이고 여기 청바지 입은 친구는 오병문."

"아, 안녕하세요? 처음 보네요. 근데 승준씨가 항상 귀에 꽂고 들었던 건 뭐였어요?"

"아마 마일즈 데이비스의 카인드 오브 블루 아니면 브란덴브르그 협주곡이었겠지. 요즘 번갈아 듣고 있으니까. 혜리씨도 음악 좋아하나요?"

여자 가슴에 초롱꽃에 담긴 빛 같은 것이 가득 켜졌다. 넷은 스탠드에 나란히 앉아 길 건너 멀리 보이는 아파트를 바라보며 얘기했다. 빠진 이처럼 칸칸마다 불이 꺼져 있었다.

"승준씨는 항상 고개를 숙이고 걷데요. 이어폰을 꽂은 모습이 다른 사람을 들이지 않으려는 것 같았어요. 혼자 있고 싶은

이처럼 보여서 말커녕 시선을 주기조차 눈치 보이던데."

"그랬어요? 괜히 폼 잡았군. 실상은 그렇지 않은데……."

"키만 큰 줄 알았는데, 체격이 좋군요. 올리브 그린 색깔 점퍼가 썩 잘 어울려요."

"아무한테나 그렇게 듣기 좋은 이야기만 해요?"

자연스레 넷은 공원을 한 바퀴 돈 뒤 연못가 벤치에 앉았다. 키 작은 철쭉이 자연석 사이에 희게 피어 있었다. 체련실 남자가 일어나 자판기에서 게토레이 네 캔을 꺼내와 하나씩 던졌다. 가로등보다 높은 곳까지 여자와 친구의 웃음이 솟았다. 수면에 길게 비친 나트륨 등 그림자가 높은 소리에 놀라 움찔거렸다. 넷은 흐드러지게 핀 철쭉을 처음 본 것처럼 호들갑을 떨었다. 체련실 청년에 묻어왔던 청바지가 공원 매점으로 뛰어갔다. 야 임마, 너도 와. 그들은 양손에 하나씩 컵라면을 들고 뜨거운 물을 쏟지 않으려고 까치걸음으로 돌아왔다. 친구와 활짝 핀 벚꽃과, 꿀이 밴 밤공기가 안으로 들어왔다. 라면이 어떤 맛이었던지 기억에 없다. 터널 속에 있다가 갑자기 환한 불빛을 만난 듯 가슴까지 부셨다.

여자는 컵라면 속에 나무젓가락을 넣는다. 꼬불거리는 면을 젓가락에 걸친다. 그릇째 들어 후후 불며 마신다. 처음으로 파출소에서 먹었던 라면 맛은 그 뒤로 찾지 못했다. 여자는 몇 번 그릇을 휘젓다가 고스란히 남은 라면을 쓰레기통에 버린다. 딱히 배가 고팠던 것은 아니다. 위안을 바랐을지 모른다, 지저분한 쓰레기 통 속에 떨어지던 뻘건 국물이 앙갚음하듯 튀어 오른다. 튀기는 국물을 피해 여자가 몸을 빠르게 돌린다. 반사된 흰빛이 눈을 쏜다. 여자는 두리번거리다가 매점 기둥에 붙은 거울을 찾아낸다. 핏기 없는 동그란 얼굴이 거울이 움직이는 대로 흔들린다. 굵게 쌍꺼풀진 둥근 눈매가 순하다. 길게 드러난 목이 시려 보인다. 여자는 재킷의 깃을 올린다. 또 바람이다. 먼지가 날린다. 여자가 얼굴을 찡그리며 발을 옮긴다. 왼쪽 호주머니에서 휴대폰이, 오른쪽에는 약봉지가 손에 잡힌다. 원하는 시간에 끝낼 수 있다. 여자는 마음이 놓인다. 용기가 생긴다. 휴대폰을 꺼내들고 번호를 누른다. 휴대폰을 내밀며 웃던 얼굴이 눈시울에 매달린다.

"언제라도 니 목소리를 듣고 싶어. 항상 가지고 다녀."

버튼을 누르면 귀에 익은 목소리가 여자를 채웠다. 여자는 터질 듯 부풀었다. 이 시간이 돌아서서 예리한 날을 겨누리라고 알 여유는 없었다. 가득 찬 기쁨은 짧게 끝났다. 날을 세운 아픔을 조심조심 견뎌야 했다. 무작정 참을 수밖에 없는 처지가 여자를 갈랐다. 그만 두기에는 미련이 깊었다. 마냥 달려갈 수 없게 남자는 냉정했다. 이어지던 신호음 끝에 녹음된 음성이 나온다. 저의 고객이 전화를 받을 수 없으니…… 여자가 별표 버튼을 누르고 버석거리는 목소리를 쏟아낸다. 돌려 줄 것이 있어. 연못가로 나와 줘. 더 이상 전화하지 않을 거야. 나올 때까지 있을게. 여자가 연못가 벤치로 걸어간다. 낙엽이 가는 몸 위로 쏟아진다. 마른 잎을 매단 버드나무가 못 주위에 가지를 축축 늘어뜨리고 서 있다. 늦가을에 보는 마른 녹색이 을씨년스럽다. 한 여름을 밝히던 자귀 꽃이 겹쳐든다. 이파리를 꼬옥 붙여 정이 많은 유정수有情樹, 사랑나무라던 말. 그와 누웠을 때 자귀 가지를 두었다면 그의 마음이 그대로였을까. 여자는 벤치에 앉아 주변을 둘러본다. 활짝 번 꽃으로 수면을 채웠던 수련이 시큰둥하게 풀이 죽었다. 한창 때는 아침마다 뭉친 화장지 모양으로 꽃이 피었다. 해가 지면 화들짝 번 흰 꽃을 움츠렸다. 꽃과 잎을 은성하게 번던 철쭉이 검붉은 색깔을 띤다. 가을은 시간을 다투며 색깔을 바꾼다. 습기 마른 따끈따끈한 햇볕에 푸른 잎이 붉게 물들다가 설핏 어린 찬란한 시간이 후드득 떨어진다. 계절에 앞서 여자가 체감하는 겨울은 깊다.

여자가 일하던 사무실이 새삼스레 그립다. 후텁한 실내 공기를 투덜거리며 창을 열고는 했다. 여자가 앉은 자리에서 먼 산이 보였다. 맑은 날엔 푸르스름하게, 흐린 날이면 회색 윤곽을 그리던 풍경이 또렷이 솟는다. 창 밖에 선 은행잎이 단무지 색으로 바뀌었다. 느닷없이 튀어든 지독한 색깔을 보면서 어쩔했다. 절정의 은행잎과 어미 손에 쥐었던 지갑이 겹친다.

여자가 머리를 털며 전화기의 번호를 누른다. 음성 사서함에 목소리를 남긴다. 미정아. 가을 공원이 근사해. 너랑 같이 걸었어야 하는데. 나 회사 고만 뒀어. 티베트에 가려고 해. 라사에 가면 어린 날의 우리를 볼 수 있대. 모래 바람이 불고 진홍색 차림의 승려들이 거리를 걸어가. 그 나라에 가면 엄마를 볼지 모르지. 지친 사람들에게 딱인 나라야. 지금도 아기 들여다보고 있어? 가만히 아기얼굴을 바라보는 표정이 좋아 보여. 예쁘게 잘 키워. 안녕. 전화를 하는 동안 표정이 평온하게 풀린다. 제대로라면 친구처럼 아이를 안고 있을 것이다.

"병원에 가야 할 것 같아."

"어디 아픈데? 자기 몸 자기가 챙겨야지."

"아프진 않은데, 생리가 없어……."

말끝을 흐리는 여자를 남자가 한동안 바라보았다.

"정말이야? 정말이구나……."

어수선한 남자 표정을 여자는 기뻐서 그러려니 여겼다. 상대의 반응을 좋은 대로 해석했다고, 뒤에 알았다.

수면에 부유물이 둥둥 떠다닌다. 더러운 물 탓에 연못은 더을씨년스럽게 보인다. 함부로 던진 과자봉지가 수련 잎에 걸려 있다. 암녹색 물색이 칙칙하다. 푸르륵. 퐁 느닷없이 붉은 잉어가 수면을 치고 솟구친다. 잉어의 몸놀림에 흠칫 깨난 듯 여자는 다시 전화를 누른다. 원장 선생님. 저 혜리예요. 네, 잘 지내요. 전화 자주 못했네요. 괜히 바빠서. 네, 건강해요. 저 여행가요. 오래 걸릴지 몰라요. 제가 돌아오지 않으면 방 보증금 원장님이 빼서 보관해 주세요. 천만 원이요. 천만 원을 받으시면 돼요. 다른 물건이요? 버릴 것밖에 없어요. 혜림원 뜰, 단풍 다 들었지요? 귀찮은 일만 부탁드리네요. 네, 건강하세요.

여자는 고개를 돌려 수북이 쌓인 낙엽을 쳐다본다. 아낙 둘이 은행잎을 줍는다. 마른 잎이 쓰일 곳이 어딜까. 여자는 물끄러미 아낙의 손놀림을 따라간다. 은행잎이 약이 된다던가. 노란 잎. 단무지 색 지갑. 자신의 나이였을 어미. 지워진 아이가 차례로 지나간다.

여자는 자신을 닮은 아이를 낳아서 보란 듯 잘 기르고 싶었다. 바람에 던져졌어도 모닥불 같은 따뜻한 온기에 잠겨 산다고, 생사를 알 수 없는 어미에게 불빛 환한 집을 만들어 뻐기려했다. 따뜻한 빛이면 심장에 박힌 얼음을 녹일 수 있으리라 여겼다. 퇴근 후 연락도 없이 집으로 찾아온 남자가 흰 봉투를 여자 앞에 던지듯 내놨다. 여자는 멍청하게 바라봤다.

"이거 뭐야?"

"열어 봐. 수술해."

"병원 안가. 낳을 거야."

"넌 왜 그렇게 어리석니? 그런 식으로 아이를 낳으면 지구에 사람이 설자리도 없게 돼. 지워. 괜한 고집이야. 준비도 없이 고아가 사생아를 낳아 어쩌자는 거야?"

여자의 가슴에서 뭔가 와르르 무너졌다. 생각할 겨를 없이 손톱을 세워 남자에게 달려들었다. 이게 미쳤어. 어따 손을 대? 남자가 몸을 피하며 사정없이 밀쳤다. 여자는 그대로 나동그라졌다.

"이제 끝났어. 전화하지 마."

"혼자 잘 살게 냅두지 않아. 지구 끝까지 쫓아갈 거야. 회사에 알려 발을 못 붙이게 하겠어."

형, 남자는 코웃음 쳤다.

"야, 니가 말하면 나는 입 닫고 있냐? 사람들이 행실이 불량한 여자 말을 믿겠냐, 좋은 얼굴로 끝내고 싶으면 정신 차려."

씹어 뱉듯 말하며 남자는 신발을 신었다. 가지 마, 승준씨 나하고 얘기 좀 해. 앞을 막아서 말렸지만 남자는 여자를 힘껏 밀치고 나갔다. 넘어지면서 탁자 모서리에 부딪친 옆구리가 몹시 결렸다. 옥탑 방의 열린 문으로 시린 황소바람이 몰려왔다. 어떻게…… 이런 일이……? 여자는 띄엄띄엄 중얼거렸다. 실성한 듯 서 있는데 발이 시렸다. 그러고 보니 맨발로 타일을 밟고 있었다. 엄청난 것이 눈앞에서 부서진 것 같았고 스스로 부숴야 할 것 같기도 했다. 방으로 들어서는데 아래가 뜨끈했다. 노란 비닐장판 위로 단풍 색 피가 뚝뚝 떨어졌다. 무수히 많은 생각들이 여자를 찢고 할퀴고 다그쳤다. 잘못했어. 승준 씨. 입 밖에 내어 중얼거렸다. 남자는 전화를 받지 않았다. 여자는 그가 근무하는 곳 앞에서 서성였다. 남자는 나오지 않았다. 뿔달린 짐승이 으르렁거리며 사방에서 달려들었다. 여자는 몸을 웅크렸다. 자신을 지켜줄 실 나부랭이조차 없었다. 이틀 밤, 사흘 낮을 누워만 있었다. 스스로 없어져야 한다고 생각했다. 생을 끝낼 모든 수단을 떠올렸다. 목을 매는 것은 끔찍했다. 면도날로 동맥을 자르는 상상은 무서웠다. 한강까지 꾸역꾸역 걸어간다고 생각하니 구차했다. 절박한 마음이 가는 동안 바뀔지 몰랐다.

자신의 진정이 없던 일로 사라지게 할 수 없었다. 모멸감이 여자를 파들었다. 까마득한 옥상에서 떨어지는 그림을 그렸다. 우습게도 고소공포증이 마음에 걸렸다. 머뭇거리는 자신을 참을 수 없었다.

"잠을 잘 수 없어요. 수면제 주세요."

약사가 은박지에 10개씩 들어 있는 약을 내놓았다. 무표정한 얼굴로. 여자가 궁리하고 준비했던 말들은 불필요했다. 여자는 10군데의 약국을 들렀다. 포장지를 뜯어낸 알약만 봉투 안에 모았다. 주머니에 넣고 만지작거리자 흰 약은 쉽게 부서졌다. 불투명한 셀로판봉투를 통해 가루가 된 수면제가 얼비쳤다. 여자는 가끔 약을 꺼내봤다. 알약일 때보다 훨씬 쉽게 목을 넘어갈 것 같았다. 한 번에 넘길 수 있을까, 두 번에 나눠 넘겨야 할까, 생각했다. 언제라도 간단히 잠들 수 있다. 미약하지만 버틸 힘이 생겼다.

여자는 목이 마르다. 힐끗 매점을 쳐다보다가 자판기 쪽으로 걸음을 옮긴다. 주머니 속에서 동전을 찾지만 먼지뿐이다. 여자는 매점으로 발을 옮긴다. 은행잎을 줍던 아낙 둘이 허리를 펴더니 손으로 팔과 어깨를 주무르고 툭툭 친다. 여인들이 배가 볼록해진 자루를 하나씩 들고 출구 쪽으로 걷는다. 점원은 여자의 얼굴을 안다. 혼자 왔네? 길게 늘어뜨린 머리에 적 포도주색 블리치를 넣은 점원이 손을 바삐 움직인다. 여자는 희미하게 웃기만 한다.

"캔 맥주 둘 주세요."

"그동안 어디 아팠어요? 얼굴이 안됐네. 어디 봐요. 왜 그렇게 창백해?"

금방이라도 손을 뻗어 얼굴을 만질 기세다.

"아니, 아프지 않아요. 그거 주세요."

여자는 서둘러 손에 쥔 돈을 내민다. 거스름동전이 돌아온다. 벤치로 돌아온 여자는 연못을 마주보며 앉는다. 물비린내가 역하게 풍긴다. 수면에 뜬 버드나무 이파리가 꿈틀거린다. 여자는 눈을 키운다. 벌레인 줄 알았는데, 아니다. 봄, 여름에는 앉을 자리가 없을 만큼 사람들이 연못주변에 들끓었다. 살에 닿는 기온이 싸늘해지면서 고인 물에서 고약한 비린내가 났다. 몰리던 발길이 이제 뜸하다. 여자는 적적한 벤치에 음습한 정물처럼 앉아 있다. 남자는 오지 않는다. 여자는 친구에게 전화를 해야 할까 말까 망설인다. 친구를 만난지 여섯 달이 넘었다. 자신을 생각은 할까? 관심의 조각이라도 남았을까? 있는 듯 없는 듯 잠잠한 것이 서로에게 좋을지 모른다. 다들 자신을 위해 산다. 식물조차 주어진 생을 견디는 법을 안다. 여자는 눈에 띄게 줄어든 수련을 바라보며 진저리친다. 살갗에 소름이 깔린다.

한여름 밤에는 낮보다 더 많은 사람들이 물가로 나왔다. 벤치에 앉은 여자는 남자의 어깨에 머리를 기대었다. 기댄 머리로 흘러드는 따뜻한 느낌이 좋았다. 여자는 손바닥 둘을 인人자가 되게 펴 보이며 설명했던 원장 선생님을 흉내 냈다. 사람

인자는 두 사람이 서로 기댄다는 뜻이야. 빤한 얘기일 텐데 남자는 처음 듣는 것처럼 눈을 반짝였다. 여자는 손으로 성냥 알보다 조금 큰 하얀 진주를 만지작거렸다. 14K 가는 줄에 꿰어진 알의 크기는 상관없었다. 남자가 목걸이를 걸어주었을 때 더할 것도 덜할 것도 없이 마음이 가득 찼다. 남자가 오른 팔로 어깨를 감쌌다. 여자는 열에 뜬 마음을 식히려고 하늘에 눈을 줬다. 보일 듯 말 듯 희미한 별을 찾아낸 여자가 말했다. 별이 떴어. 둘이 눈길을 모아 서너 개의 별을 더 찾아냈다.

"별자리를 알아? 난 산양자리야. 이때에 난 사람들은 겨울의 가장 깊은 곳에 있기 때문에 앞으로도 뒤로도 나갈 수 없어. 이 별자리의 사람은 신중하고 잘 견딘대. 어떤 고통도 견뎌 내."

여자의 어깨를 안은 남자가 손에 바싹 힘을 주었다. 여자 뺨이 어둠 속에서 보일만큼 빨개졌다.

"나는 10월생이야."

"넌 천칭자리야. 풍년의 수확을 나눈 뒤라 천칭자리들은 마음에 기쁨이 가득해. 나누는 기쁨 뒤의 주어진 생을 누리기만 하면 돼. 삶은 풍요롭고 인생은 향기가 가득해. 눈을 들면 사방에 먹을 것이 가득해. 그들에게 생은 아름다워."

"어떻게 그렇게 잘 알아?"

"그냥. 책에서 봤어. 별자리 점이 내게 맞는 것 같아. 위기가 오면 산양처럼 더 깊은 골, 더 위험한 자리로 들어가는 버릇이 있어."

"궁지에 몰리지 않게 내가 너를 지킬게."

조금 떨어진 동물 사육장에서 우리에 갇힌 짐승들이 악취를 뿜었다. 냄새는 야기를 타고 멀리 퍼졌다. 혼자 지날 때면 진저리치던 냄새였는데 둘이 되니 견딜 만했다. 끈끈한 더위조차 괜찮았다. 입김만 불어도 터질 만큼 가득 찼다. 이 충만이 깨질 것 같아서 여자는 조바심쳤다. 흐르는 시간이 멈추었으면, 바랐다. 만나는 속도보다 마음이 앞섰다.

둘은 손을 잡고 낮은 구릉지를 걸었다. 씻은 듯 말끔하게 갠 날이었다. 아카시아 나무에 밥알을 쏟아 부은 듯 줄기마다 희었다. 바람을 타고 달콤한 꽃 냄새가 날아왔다. 한참 걷다가 쉬어가기 좋은 자리를 찾았다. 잘 가꾼 유택에 햇발이 투명하게 쏟아졌다. 이생에서 누렸을 영화를 주검까지 이어간 시늉이었다. 남자가 묘언저리에 흐드러지게 핀 꽃가지를 꺾어서 여자의 머리에 둘렀다. 자잘한 흰 꽃이 달린 줄기가 화관으로 딱 알맞았다. 조팝꽃이 너에게 썩 어울려. 사위가 온통 하얬다. 여자는 순결한 영혼을 축복하는 날이라고 생각했다. 나 신랑 승준은 신부 혜리를……. 남자가 장난기를 섞어 말했다. 표정만큼은 엄숙하게. 해맑간 둘의 웃음이 밝은 볕에 섞였다.

잔디는 잘 손질돼 있었다. 먼저 자리를 잡고 앉은 남자를 보며 여자가 길게 누웠다. 여자 눈으로 푸른 하늘이 쏟아졌다. 가칠가칠한 풀이 등을 찔렀다. 촉촉한 땅에서 훈김이 기분 좋게 올라왔다. 허벅지를 내준 남자가 손으로 그녀의 이마를 쓸었다.

부신 볕 탓에 여자는 눈을 감았다. 남자의 얼굴이 여자에게 겹쳤다. 입 속으로 혀가 들어왔다. 시간이 멈추고 사위에 빛이 넘쳤다. 더할 수 없이 가득 찬 날이었다. 박하 맛이 나. 너 박하사탕 먹었어? 입을 떼며 묻는 말에 여자는 분가루가 날리듯 보얗게 웃었다. 가없이 넓은 하늘로 소담한 구름이 느릿느릿 지나갔다.

매점 문을 닫으려는지 점원의 몸놀림이 수선스럽다. 발걸음이 그친 공원은 쓸쓸하다. 주황색 비닐차양을 내린 가건물은 커다란 하물모양이 된다. 점원은 몸을 돌려 열쇠를 가방에 집어넣으며 서둘러 걷는다. 느티나무 숲 사이에 쏟아진 낙엽이 갈색 융단을 펼친다. 육중한 몸매의 점원이 숲을 가로지른다. 여자는 '길버트 그레이프'에 나왔던 뚱보엄마를 떠올린다. 살이 찔 만큼 먹은 기억이 나지 않는다. 느티나무 숲에 웨딩드레스를 입은 신부가 어른거린다. 고운 낙엽을 배경으로 사진을 찍는 움직임이 부산하다. 허옇게 살을 드러난 어깨는 추위를 아랑곳하지 않는다. 여자는 자신과 먼 풍경을 눈으로 좇는다. 신부가 바삐 자리를 옮긴다. 부끄럼은 진부한 낱말이 되었다. 철심 넣은 둥근 치마단은 바싹 치켜 올라가 있다. 빌린 드레스에 흙이라도 묻으면 안 될 테니. 흰 드레스에 홀렸던 마음이 까맣게 드러난 바지를 보며 평정을 찾는다. 그들의 사진첩에는 하얀 베일을 쓴, 만든 미소만 남을 것이다. 그날을 위한 연출과 미처 못 가린 너절한 일상을 보며 여자는 문득 사위를 둘러본다. 죽은 플라타너스 이파리가 날린다. 생이 가진 두 얼굴이 어디서나 여자를 노린다.

오랜 기다림에 익숙할 만한데 조바심이 난다. 바늘 끝만 스쳐
도 터질 것 같다. 여자가 시간을 본다. 다섯 시. 자신이 아는 남자
의 마음은 이렇지 않았다. 여자가 울 것처럼 표정을 구긴다. 마음
을 덜 두었다면 생살이 찢기는 아픔은 몰랐을 텐데. 메마른 땅에
물기가 올라 꽃이 피듯 여자는 한 순간에 그를 담았다. 모든
날이 그를 만나려고 준비 되었다고 생각했다. 지나간 날들이
한날에 모아졌다. 핀 듯 만 듯 제자리를 지키던 수련까지 달리
보였다. 여자는 신호를 받은 단거리 선수처럼 달려 나갔다.
남자를 따라 그의 집에 갔다. 새로 올린 다세대 주택 틈에 낀 오래
된 단층집의 철 대문을 밀고 남자가 들어갔다. 여자는 쭈뼛거렸
다. 들어와. 남자가 말했다. 살빛이 희고 잘 생긴 남자의 얼굴은
그의 어머니를 닮아 있었다.

이를 교정해야겠네. 남자 어머니가 어색한 웃음을 띠었다. 첫 대
면의 인사말치고는 껄끄러웠다. 아버지는 뭐 하서? 차를 내오면
서 남자의 어머니가 심상하게 물었다. 송곳 같은 시선이 잔뜩
주눅 든 여자를 훑었다. 부모님은 계시니? 빤히 쳐다보는 눈길을
느끼면서 여자는 화덕에 던져진 것 같았다. 깬 채 불 속에 있는
것처럼 뜨거웠지만 움찔거릴 수도 없었다. 마음만 가지고 할 수
있는 일은 없었다.

조금씩 남자의 마음도 갈래지는 듯했다. 별일 아니라고 시치
미를 뗐지만 조각난 마음을 뭉뚱그려 덮어놓은 것처럼 여자는
편치 않았다. 좋은 꿈같은 이 시간이 이어졌으면, 바랐다. 그

를 자신의 몸보다 가깝다고 생각했다. 남자는 별 일 아닌 데 짜증을 내고는 했다. 그와 떨어진다고 생각하면 뜨거운 덩어리가 명치에 얹혔다. 산 채 태워지는 쪽이 차라리 나을 것 같았다. 꿈에서 깬 얼굴로 남자가 여자를 바라봤다. 여자는 그 시선을 받으며 참담했다. 마음만으로 보여줄 수 있는 건 없었다. 여자가 받는 월급은 한달을 지탱하기에 빠듯했다. 남자는 번번이 엄마의 말을 묻혀왔다. 넌 그렇게 친척 하나도 없이 어떻게 살았냐? 이러려면 고아가 낫겠다. 왜 그렇게 엄마는 간섭하는 거야. 하는 얘기들. 남자가 무심코 던진 말과 몸짓이 일일이 여자를 갈랐다. 가득 찼다고 생각했는데 혼자 허공에 떠 있었다. 추스르지 않으면 가루가 될 것 같았다.

혜리 씨 요즘 왜 그렇게 멍청해? 도대체 뭘 생각하고 사는 거야? 직장의 김 대리가 대놓고 지청구를 했다. 여자는 바람 속에 남겨졌던 일곱 살로 돌아갔다. 사나운 모래바람이 여자를 때렸다. 찐득거리는 손가락을 씻기 위해 여자는 화장실을 들락거렸다. 씻고 씻어도 손가락이 끈끈했다.

여자는 캔의 탭을 들어올린다. 혀로 핥듯 조금씩 맥주를 마시며 연못을 내다본다. 시늉만 낸 울타리가 물가를 에둘러간다. 수심 20미터, 들어가지 맙시다. 여자는 철판에 새겨진 흰 경고판 표지를 읽는다. 바닥이 보이지 않게 물이 더럽다. 연못에 쓰레기를 던지지 맙시다. 초라한 나무판에 쓴 붓글씨가 던적스럽게 비친다. 건너편 정자에 두 사람이 앉아 있다. 마주보며 손을 잡는 둘을 보면서 여자는 어딘가 싸하다. 갈잎에 덮인 우람한 두 그루 느티나무가 사이좋게 정자를 덮는다. 여자는 가끔 캔을 입에 댄다. 쓴 액체가 목을 넘는다. 빈속에 넘긴 알코올이 핏속을 돈다. 머리가 어찔하다. 여자가 호주머니를 뒤진다. 맥주를 입에 반쯤 머금고 약봉지를 쏟는다. 눈으로 잿빛 하늘이 가득 찬다. 회색 구름이 빽빽이 몰려온다. 모든 것이 변한다. 하늘이 낮을 대로 낮다. 봉지의 가루약은 반 남짓 남는다. 캔 하나가 빈다. 여자는 빈 캔을 쓰레기통에 던지고 옆에 놓인 새 캔의 탭을 들어올려 거품을 훑는다. 남은 가루약을 구멍 속에 쏟아 붓는다. 좁은 주둥이에 묻은 흰 가루를 혀로 훑는다. 시선을 수면에 던지고 무심히 캔을 흔든다. 여자가 생각난 듯 두 손을 올려 목걸이를 뗀다. 목걸이는 조그맣게 말려 오목한 손바닥에 놓인다. 날을 세운 면도날이 여자를 훑는다. 남자가 진주를 목에 걸어줬던 때의, 벅찬 기쁨이 채 식지 않았다. 제자리로 돌아간, 바람에 던져진 기억에 여자는 소스라친다. 옆에서 인기척이 난다.

왜 불렀어? 찌푸린 얼굴을 보며 여자는 눈을 내린다. 앉아. 잡지 않아. 이것 돌려주려고. 여자가 손을 편다. 괜찮아. 너 가져. 남자가 시선을 비끼며 곤혹스럽게 말한다. 내민 손에 바람이 지나간다. 내 꺼 아냐. 전화도 이제 필요 없어. 나 여행 가. 여자는 옆자리에 휴대폰을 내려놓는다. 남자가 목걸이를 집어 호주머니에 쑤셔 넣듯 집어넣는다. 전화기는? 힐끔거리는 그의 시선을 여자는 모른 체한다. 욕망을 거둔 말이 무연히 퍼진다.

"서울대에 자하연이라는 연못이 있어. 학생 셋이 생일 파티 후에 뒤풀이로 연못에 뛰어 들었어. 두 명이 죽었던가. 신문에 떠들썩하게 났었는데 그걸로 끝이야. 자하연은 이 못보다 훨씬 작아. 깊이도 더 얕은 걸로 알고 있어. 연못에서도 사람이 죽을 수 있구나 생각했어. 잠깐 새에 청년들이 죽었어. 죽고 사는 게 순간이야. 사람들은 여전히 아무 일 없다는 듯 살아가."

"길게 얘기할 시간 없어. 이거 마셔도 돼?"

초조하게 손목시계를 들여다보던 남자가 벤치에 놓인 캔을 들어올린다. 여자 눈에 마른번개 같은 빛이 스친다. 남자가 목을 꺾어 맥주를 들이킨다. 쌓인 잎이 발밑에서 바스락거린다.

"혜림원에 있을 때였어. 원장 선생님은 좋은 분이었어. 그의 쌍둥이 딸이 나와 같은 나이였지. 자매는 원생들과 섞여 지냈어. 쌍둥이 둘이 노상 싸웠던 기억이 나. 수지와 수미라는 이름이었는데 나는 수지와 잘 지냈어. 수지가 언니였고 동생보다 순했어."

여자는 잔잔하게 흔들리는 수면을 바라보며 얘기한다. 물 위에 떨어진 마른 잎이 벌레처럼 움찔거린다. 건너편 정자에 앉아 있던 이들이 손을 잡고 일어나 걷는다. 갈색 낙엽이 후드득 날린다. 무리 진 치어 떼가 헤엄치듯 산뜻한 풍경이다. 연못 건너에서 걸어가는 그들은 액자 속 그림이 된다. 남자의 눈길이 여자의 옆얼굴에 붙는다. 어깨 길이의 생머리 위로 낙엽이 떨어진다. 남자가 여자 머리에 붙은 나뭇잎을 집는다. 손가락 끝의 붉은 이파리가 뱅그르르 돈다.

"어느 날 수지와 수미가 유리목걸이를 하고 왔어. 그렇게 예쁜 파란 구슬을 처음 봤어. 내가 자기 목걸이만 보니까 수지가 만져도 된다고 하데. 파란 빛을 내는 유리구슬이 숨이 막힐 만큼 예뻤어."

잿빛 표정의 남자가 여자를 곁눈질한다. 여자의 창백한 얼굴에 홍조가 밴다. 목소리가 나른하게 잦아든다. 눈시울이 풀린다.

"얼마 뒤 수미 목걸이가 없어졌어. 수미는 나를 매섭게 노려보다가 뒤로 밀쳤어. 심하게 엉덩방아를 찧었지만 한마디도 할 수 없었어. 그냥 만지기만 했다고. 원장 선생님이 원생들을 모아놓고 눈을 감게 했어. 조용히 손을 들면 없던 일로 하겠다고……. 누군가 내게 그 목걸이를 숨겨놓았을지 모를 일이야. 가슴이 쿵쾅거렸지. 가슴 뛰는 소리를 들킬까봐 조마조마했어. 입에 고인 침이 쏟아지려 하데. 삼키거나 뱉을 자리가 아니야. 니가 가져 갔지? 누군가 소리칠 것 같았거든. 지금도 그때를 생각하면 조마조마해. 한번도 내 것을 가진 적이 없었어. 니가 목걸이를 주었을 때가 처음이었어. 참, 진주의 숨은 말이 눈물인 것 알고 있었어?"

남자 얼굴은 펴지지 않는다. 바스락대는 낙엽을 보는 여자 눈에 눈물이 몰린다. 쏟아질 것 같은 눈물을 담고 눈은 점점 커진다. 조금씩 기울던 몸이 남자에게 무너진다. 흐느낌 없는 슬픔이 쏟아진다. 여자는 막막하게 어두운 기억에 갇혀 있다. 말라붙은 우물 속 같은 생각들. 남자가 몸을 틀어 여자를 떼어낸다. 아픔으로 태운 여자 몸은 나뭇잎만큼 가볍다. 마른 입술에서 가래 걸린 소리가 비어진다.

"미안하다. 너한테 맞는 사람이 나타날 거야. 앞으로는 좋은 일들만 생기겠지. 나보다 백 배 천 배 잘난 남자가 너만을 위해서 살겠다고 할 거야. 지금은 아니겠지만 언젠가 이 날을 고마워할지 몰라. 너는 얼굴도 예쁘고 착하니까 니 물건을 가득 쌓아놓고 살게 될 거야. 천 개의 목걸이와 만 개의 반지를 가지고 아픈 기억은 잊은 채 살았으면 좋겠다. 정말 미안하다. 들어가야 돼."

여자가 벌떡 일어난다.

"졸려. 수영하지 않을래?"

"미쳤어? 야!"

낮은 철책을 넘는 여자를 보며 남자는 일어날 듯 말 듯 엉거주춤한 자세가 된다. 미처 손을 내밀기 전에 여자가 물로 뛰어든다. 탁한 물이 둥글게 원을 그린다. 여자가 흔든 암녹색 물에서 역한 비린내가 난다. 남자는 얼떨떨하다. 뒤늦게 팔을 뻗어 여자를 잡는 시늉을 한다. 중심을 잃은 몸이 기우뚱 휜다. 왜 이리 어지럽지. 남자가 웅얼거리며 미끄러지듯 물 속으로 빨려든다. 장난처럼 쉽다. 습기 찬 바람이 연못가에 선 버드나무를 흔든다. 흑갈색 이파리가 우우 운다. 허우적거리는 소리가 바람에 먹힌다. 지나는 사람조차 문득 끊어진 시간, 흩날리는 갈잎이 서늘한 풍경을 그린다. 물 갈퀴질하던 남자가 물밑으로 쑥 들어간다. 둥근 머리가 지워진다. 메헤헤, 초식성 무플론의 울음소리가 높이 솟는다.

사막과 유리성

　　예식장은 떠들썩했다. 나는 주인공인 신부로 앉아 있었다. 옆에 있던 남자가 따뜻한 눈길로 나를 바라보았다. 나는 우아하게 미소 지었다. 평상복차림으로 치른 예식은 만족스럽게 끝났다. 근거 모를 불안이 따끔거렸다. 무엇 때문이지? 나는 골똘해졌다. 꿈속에서 꿈을 깬 것처럼 전남편이 솟았다. 무의식에 딸려온 그를 알아챈 순간 조마조마했다. 나는 재혼한 남자를 돌아보았다. 기다렸다는 듯 그가 자신의 지갑을 내밀었다. 안에 가득 찬 지폐를 보니 안심이 됐다. 허름한 내 지갑을 그가 대신 가져갔다.

　　몸을 뒤척이다가 잠에서 깬다. 가득 찬 지폐의 위로가 딸려온다. 눈시울에 점액질의 잠이 끈끈하게 붙어 있다. 물러가는 어둠의 소리가 들릴 만큼 고요하다. 탁상시계의 액정판이 오전 여섯 시를 깜박인다. 꿈에 받은 위안을 좇다가 쓴 웃음을 문다. 필요한 건 많고 해결할 수단은 딸린다. 아슬아슬한 줄타기를 벗어날 날이 있을까. 남쪽으로 난 커다란 창이 희붐하게 밝다. 코끝이 차다. 아랫배가 뒤틀린다. 비어 있는 옆자리를 보면 화장실은 사용 중이다. 나는 참을 만큼 참다가 거실로 나온다. 화장실 쪽창에 귤색 불빛이 배어난다. 추위를 피해 들여놓은 화초가 을씨년스러운 그림자를 드리운다. 치우지 않은 실내가 어수선하다. 아이가 벗어던진 노란 파카가 한 팔이 뒤집힌 채 널브러져 있고 펼친 신문과 동화책이 한 가득이다. 소파 밑으로 들어간 남편의 양말은 공처럼 말려 있다. 제대로나 벗어놓던지. 나는 돌아앉으며 그을음이 밴 석유난로에 불을 지핀다. 창틈으로 스민 냉기가 쪼그린 무릎을 스친다. 나는 두 팔로 시린 다리를 감싼다. 귤빛 쪽창으로 신문 넘기는 소리가 들린다. 아직 멀었구나. 내가 급하든 말든 그는 자신의 습관에 충실할 것이다. 단위 시간의 최대 효과가 경제원칙이라면 그의 효율은 형편없이 낮다. 내가 샤워에서 화장까지 마칠 시간을 그는 오로지 배설에 쓴다. 재촉할까. 다시 쪽창을 바라보다가 고개를 턴다. 하필 내가 쓸 때만 골라서 어쩌고저쩌고. 쓸 만큼 쓴 화장실을 나오고도 그는 내내 고시랑거릴 것이다. 나를 달래는 게 낫다. 날이 갈수록 이런 식의 불편이 늘어간다.

신문은 재활용 봉투에 넣고 벗어 던진 아이의 옷은 소파 위에 걸친다. 양말은 세탁기에, 동화책은 책꽂이에 꽂는다. 얼추 정리했지만 실내는 여전히 구중중하다. 우연히 들렀던 모델하우스가 어른거린다. 생활의 때라고는 묻지 않은, 반짝이는 유리성 같은 일루전이 눈앞을 떠다닌다. 나는 비손하듯 빈약한 온기에 대고 손바닥을 비빈다. 참을 만하던 배가 다시 부글거린다. 나는 흘기듯 쪽창을 바라본다. 허술한 불빛이 그대로다.

남편은 취직과 실직을 반복했다. 그에 따른 부작용이 내게 설사와 변비로 나타났다. 과민성 대장염은 고질이 되었다. 수더분하게 받아들이지 못하는 성격 탓이겠지만 원인제공자는 남편이었다. 시계는 모호했고 현재는 혼란스러웠다. 쌓인 불만이 병소를 만들었다. 나는 어리둥절한 채 약으로 달래고는 했다.

골목시장을 이룬 야채가게와 슈퍼마켓, 떡집, 문방구가 차례로 지나간다. 약국은 시장 한 가운데 있다.

시장 통을 오가는 사람들이 바쁘게 움직였다. 활기찬 모습을 보며 나는 위축되었다. 때를 모르는 황사가 하늘을 부옇게 흐렸다. 머지않아 봄이었다. 좁은 길 양쪽으로 다세대주택이 이어졌다. 그럴싸하게 보아서 그런지 담장 밖으로 솟은 목련의 희끗한 봉우리가 부푼 듯싶었다. 유치원 사사분기 등록금은 아직 내지 못했다. 식탁 위에 놓인 고지서와 함께 까만 눈망울이 나를 따라왔다. 배와 머리가 함께 무거웠다. 겨우 숨 쉴 만큼의 봉급을 드밀고 몰라라 하는 남편이 야속했다. 뻔뻔한 인간 같으니. 무심코 중얼거린 말이 들린 건가. 마주오던 남자가 나를 훑으며 지나갔다. 적은 수입에 눌린 아랫배가 줄곧 까탈을 부릴 것이었다. 잿빛 하늘이 암울한 날을 닮아 있었다.

내가 할 수 있는 일이 있을까. 약국 앞에서 빼온 정보지가 구석에 있다. 하릴없이 당겨다가 눈으로 훑는다. 핍절한 살림을 벗어날 묘책이 필요하다. 월수 백 오십, 사무직, 배우면서 일합시다. 고소득 보장, 즉시 취업. 일자리 필요하신 분. 빨리 오세요. 당신을 기다립니다. 월수 오 백 가능. 외판 아님, 가족처럼 일하실 분. 나는 냉소하며 종이를 밀친다.

처음 정보지를 펼쳤을 때 빽빽한 일자리를 보며 놀랐다. 어둡던 터널을 지나 드디어 밖으로 나온 듯 환했다. 일손을 구하는 곳이 이렇게 많은데 나만 모르고 있었다는 사실이 새로운 발견 같았다. 나는 규모가 커 보이는 회사를 골라서 송수화기를 들었다. 무슨 일인지 위치는 어디인지. 전화로 들은 곳을 기대에 차서 찾아갔다.

하루나 이틀 어느 경우엔 일주일씩 강의를 들었다. 보장된 보수와 그럴싸하게 포장된 미래가 손에 잡히려 했다. 노력에 따라서 얼마든지 부자가 될 수 있다는 암시가 시간마다 배나왔다. 내가 일자리를 찾자 남편의 눈에 생기가 돌았다. 내게 얹혀 생활을 즐기리란 기대를 모를 수 없었다. 아내가 자원한 직업을 눈감아 주는 것으로 그는 밖에서 좀 더 시간을 보낼 것이었다. 여자 하기 나름이라는 설에 의하면 남편이 밖으로 도는 건 내 잘못이었다.

희망찬 미래를 위한 첫 걸음은 물건을 파는 것으로 시작되었다. 유아용 교재, 살 빼는 기구, 다이어트 식품 따위. 사회는 거대한 사슬이었다. 서로 사고파는 속에서 나는 외톨이였다. 외판은 변죽 없는 내게 맞는 일이 아니었다. 전문대 문과 졸업의 학력에다 재능이라고는 없는 주부였다. 허드레 일이 제격이리란 자각은 자괴감으로 이어졌다. 4년제를 갓 졸업한 젊은이들조차 반듯한 일자리를 못 구한다고 아우성이었다. 어수룩한 기혼녀가 끼어들 곳이 아니었다. 치열한 현실과 이래저래 밀릴 수밖에 없는 처지를 확인한 셈이었다. 불안한 상상과 열패감 탓에 나는 사나워졌다.

밀린 집안일도 그렇지만 아이 꼴이 말이 아니었다. 종일 엄마를 기다린 아이가 왈칵 매달릴 때면 머리인지 가슴인지 저릿했다. 땟국이 얼룩진 살갗과 꾀죄죄한 입성이 어미의 부재를 일깨웠다. 말 못한 다른 이유도 있었다. 삭이지 못할 일을 하려니 위가 말썽을 부렸다. 신경성 대장염에다 위염까지. 나는 극도로 예민해졌다. 살갗에서 스며나는 마늘 냄새가 어디나 떠돌았다. 악취에 따른 두통은 덤이었다. 나도 모르게 숨을 참으며 견디려 했던 것 같다. 엘리베이터처럼 막힌 곳에 서면 질식 직전의 호흡곤란 상태가 되었다. 적은 생활비를 아끼며 궁핍을 견디는 게 나았다. 마침내 나는 가정경제부흥을 위한 계획을 접기로 했다. 가계를 살려 보려던 결심은 허무하게 끝났다. 지끈거리던 두통과 윗배에 쏠린 불쾌감은 사라졌다. 소득이라면 그것이었다. 저축한 돈도 없이 막막한 날을 견딘다고 생각하면 아득했다. 그때마다 차게 식은 아랫배가 싸르르 불편을 호소했다.

갖가지 일자리를 다시 훑지만 내가 잘할 수 있는 일은 없다. 눈을 비비며 걸어 나오던 아이가 가슴에 답삭 안긴다. 야들야들한 살갗이 젖비린내를 풍긴다. 엉기는 아이를 소파에 눕히며 나는 귤빛 창을 다시 살핀다. 아이는 눈을 감고 입 끝에 웃음을 문다. 작아진 분홍잠옷은 소매 끝이 닳아졌다. 하찮은 비용조차 내키는 대로 쓸 수 없다니. 원한으로 벼린 창이 번쩍 날을 세운다. 문이 열리며 남편이 대강 접은 신문을 쥐고 나온다. 그에게 날아간 창이 정확하게 심장을 뚫는다. 붉은 피가 황갈색 잠옷을 적신다. 그가 가슴을 싸안고 뒹군다. 머릿속 그림의 위로를 받으며 나는 그와 엇갈린다. 엇, 추워. 진저리치는 아이 목소리에 한기가 묻어난다. 남편의 문 닫는 소리가 크다. 뭐가 또 못마땅한데? 애나 좀 챙기지. 나는 숨을 참으며 화장실 문을 잠근다.

안방 문을 빠끔히 연다. 이불에 얼굴을 묻은 그는 꼼짝 않는다. 서두르지 않으면 회사에 늦는다. 창틈으로 스민 햇살이 후줄근한 이부자리를 비춘다. 헝클어진 머리카락이 게으른 가장의 실상을 드러낸다. 나는 치부를 본 듯 시선을 비킨다.

어젯밤, 그는 여전한 모습으로 돌아왔다. 불도 켜지 않은 채 창으로 새어든 희미한 불빛을 받으며 구겨진 양복을 벗었다. 선이 뭉개진 두루뭉술한 몸매가 어슴푸레 드러났다. 대머리의 징후를 보이며 이마 양쪽으로 패어든 머리와 불룩한 배가 더 이상 청년이 아니라고 알렸다. 졸지에 우스꽝스러운 남자에게 말려들었다니. 쌓인 울증이 터지려 했다. 이불에 널브러진 그가 악취를 흘렸다. 야심한 밤의 취기가 묻어났다. 전자시계가 두 시를 반짝였다. 나는 자는 척 몸을 뒤척이며 코를 베개에 묻었다. 어이, 자는 거야? 사장 새끼 말이야. 퇴근 시간이면 빨리 나가기나 하지. 꼭 자리에 죽치고 있어요. 할 일은 없지. 사장이 자리를 지키고 있으니 나갈 수 있어? 친구조차 제 시간에 만날 수 없다니까. 내 친구는 회사 법인카드를 맘대로 긁어대는데 말이야. 쩨쩨한 새끼가 쥐꼬리보다 못한 월급을 주면서 잔소리는 어찌나 해대는지. 에이, 더러워서. 내가 다시 회사를 나가면 성을 간다. 구시렁대는 소리가 끝없이 이어졌다. 남편은 오지랖 넓은 어머니 손에 길러졌고 그녀는 곧잘 아들을 타일렀다. 에미 말만 잘 들으면 자다가도 떡을 먹을 수 있는 법이야. 그는 대가 없이 받는 데 길들여졌고 맘대로 손에 잡히지 않는 것들을 불퉁거렸다. 당신 회사는 치마폭이 아니잖아. 나는 들리지 않게 웅얼거리며 그의 사장을 동정했다. 인색하다는 사장을 역성들 생각은 없었다. 적은 액수를 불평하면서 내게 줄 몫을 떼려는 엉너리로 들린 것뿐이었다. 그는 받은 봉급의 삼분의 일만 내게 건네고 시치미를 뗐다. 귀신같은 내 직감은 감춘 것을 잘도 캐냈다. 감은 있는데 실증이 없었으므로 대놓고 따질 수는 없었다. 이래저래 신경성 대장염이 떨어지지 않았다.

그의 어머니가 대신 떡을 흔들었다. 나는 눈치 채지 못하게 외면했다. 덥석 받아먹으면 목이 멜 것이고 그러다 보면 숨조차 허락을 받아야 할 터였다. 집안의 떡은 가장이 해결해야 한다는 게 내 생각이었다. 너만 배고프지. 어머니와 아들이 함께 말했지만 나는 배가 고픈 쪽을 골랐다. 그렇게 길든 남편은 자신에게 호의적이지 않은 것들을 대놓고 툴툴거렸다. 능력으로 사람값을 매기는 사회를 받아들이지 못하는 것이다. 꿍얼거리는 소리가 언제 끝날까. 귀를 막는 건 내 방법이었다. 게으른 천성이 조금 바뀐 것은 어머니가 세상을 뜬 뒤였다. 이른 출근을 억지로 받아들이는 것으로 변화가 시작되었다. 혼자 서는 방법을 배우지 못한 그는 이제야 미숙한 걸음을 떼는 것이다. 미다스의 손을 만든 신은 어머니를 신앙한 남자가 마뜩치 않은 듯했다. 손대는 일마다 그의 발을 걸었다. 그가 넘어질 때마다 투자한 금액은 먼지가 되었다. 그의 어머니가 남긴 얼마의 재산은 바람과 함께 사라졌다.

일어나요. 출근해야지. 나는 고개를 삐죽 드밀고 부러 천천히 말한다. 아무렇지 않게 말하려 하지만 미간이 일그러진다. 목까지 치민 악다구니를 삼킬수록 목청이 잠긴다. 그가 이불을 덮어쓴다. 머리카락조차 보이지 않는다. 투명한 유리벽이 무덤이 된 그와 나를 가른다. 땡볕이 무작스럽게 쏟아지는 사막에 나는 홀로 서 있다. 조갈이 인다. 제대로라면 그는 일곱 시에 일어나야 한다. 어쩐지 일찍 일어난다 했더니. 일찍 화장실을 쓰고 내내 누워 있으려는 간지가 드러난다. 재깍거리는 초침이 나를 쫀다 매운 연기가 꾸역꾸역 치민다. 고문하는 시간을 견디며 체념하기까지. 나와의 사투가 이어진다. 아홉 시다. 더는 희망이 없다. 나는 그의 다섯 번 째 실직을 받아들이며 부엌으로 간다.

　벽에 걸린 달력에는 눈 덮인 날선 산이 코발트색 하늘을 이고 있다. 새해를 겨우 한 달 넘기고 실직이라니. 나는 달력을 통째 들춘다. 갈색 합판 벽에 흰 크레파스로 그린 둥근 원이 드러난다. 나는 동그라미에 어린 남편을 노려본다. 눈, 코, 입 자리에 다트 자국이 빼곡하다. 다트 침은 칼꽂이 아래 숨겨두었다. 나는 손가락 길이의 침을 들고 숨을 고른다. 동그라미 속 눈동자를 겨냥하여 힘껏 다트를 날린다. 제자리에 꽂혀 바르르 떠는 꼬리를 보며 나는 조금 만족한다. 처음부터 잘한 건 아니다. 과녁을 벗어난 다트가 또 다른 적의를 불렀다. 나는 노력했다. 동그라미 얼굴이 천진하게 나를 바라본다. 두 번째 침을 미간에 날린다. 세 번 네 번 날리는 족족 적중이다. 사무친 미움이 집중력을 키운 것이다. 날린 원한이 쾌감을 부른다. 울분이 덜어진다. 일급 스트레스는 눅었다. 입가에 유순한 웃음이 번진다. 나는 달력을 내려 동그라미를 덮는다. 잦은 실직을 받아들이는 내 식의 집례가 끝난다. 이 일조차 머지않아 시큰둥해질 것이다. 청 테이프를 꼼꼼히 붙이며 다른 가학이 없는지 궁리한다. 은밀한 한풀이를 그에게 들킨 적은 없다. 그는 부엌에 관심이 없다. 그를 몰아세울 말주변이 내게 없다. 그가 천민자본주의라는 창을 들이대면 말이 막힌다. 번번이 씨근덕거리다가 생각해낸

차선책이다. 스스로조차 추스르지 못하는 그가 나를 막아 주리라 예단했던 적이 있다. 방패라고 여긴 남편이 내게 창을 겨눈다. 모순이다. 어디나 경쟁인 사회다. 지기로 작정한 싸움에 혼자 말려들었다. 내분까지 일면 풍비박산이 된다. 머리와 배의 불화가 날마다 나를 망가뜨린다.

희원아, 세수하자. 나는 동화책을 붙잡고 있는 아이를 부른다. 씻지 않아도 촉촉한 살갗을 가진 아이는 내 말을 순순히 따른다. 나는 말간 얼굴로 식탁에 앉은 아이 앞에 소시지와 계란부침을 놓는다. 희원이 맑은 눈을 또록또록 굴리며 나를 올려본다. 나는 히쭉 웃어 보인다. 아이의 직감은 어른의 가면을 꿰뚫는다. 재재거리던 말수가 줄어 있다. 엄마, 늦었어. 간식 챙겨 주세요. 나는 손수건과 간식 통이 든 작은 가방을 조그만 어깨에 대각선으로 매어준다.

내 손을 뿌리친 아이가 몇 걸음 앞에서 팔짝팔짝 춤추듯 뛰어간다. 노랑 파카를 입은 발그레한 볼 위로 하얀 입김이 퍼진다. 나비리본을 꽂은 짧은 단발머리가 나풀거린다. 눈앞에 신기루가 어린 듯 온통 부옇다. 곧 유치원 봄방학이 시작된다. 사사분기의 납입금은 아직 내지 못했다. 아이는 졸업식에 나가지 못할 것이다. 왜 졸업식에 안 가? 묻는 아이에게 뭐라고 대답할까. 나는 어수선한 생각에 잡혀 걷는다. 이어진 가게마다 셔터를 내리고 있다. 유치원 셔틀버스는 골목 안 약국 앞에 선다. 버스를 기다리는 서너 명의 학부모와 아이들이 희원을 바라본다. 나는 그들에게 눈인사를 보내며 다가선다. 진을 발견한 회원이 구르듯 달려가서 먼저 손을 잡는다. 몽글거리는 질감의 두터운 코트를 입은 진은 곰 인형처럼 보인다. 진은 엄마 없이 혼자 서 있다. 매사 자신이 없는 회원은 당찬 진을 선망한다. 진이 나를 빤히 올려다본다. 빤빤한 계집애 같으니. 나는 못마땅한 시선을 숨기고 교양 있는 아줌마를 흉내 내어 환하게 웃는다. 진이는 혼자서도 잘해요. 깜찍한 진은 그런 칭찬쯤 당연하다는 듯 무표정하다. 아홉 시 삼십 분에 오던 승합차는 오 분 늦게 도착한다. 회원아 유치원 끝나면 진이 네서 놀고 있어. 엄마가 전화해 놓을게. 주머니 속의 동전을 만지작거리며 나는 아이를 내려다본다. 나를 올려보는 회원의 눈이 반짝인다. 추위에 질린 안색을 펴며 고개를 까딱거린다. 늦게 와도 돼, 엄마의 외출을 반기기까지 한다. 나는 옹송그리고 집으로 돌아온다. 친구의 전화번호는 머릿속에 암기되어 있다. 우리 만나서 수다나 떨자. 지하철 혜화역 1번 출구 앞에서 열한 시. 괜찮지? 거칠 것 없이 사는 진희는 선선하게 약속을 받아들인다. 이불 속의 남편은 아예 시체가 되어 있다. 꼼짝 않는 그를 흘긴 뒤 지갑을 열고 안을 살핀다. 결혼 첫해 크리스마스에 남편이 선물한 검정 지갑은 귀퉁이가 닳아 있다. 희끗하게 변색된 가죽이 궁기를 드러낸다.

지갑이 비지 않게 해줄게. 들은 말 그대로 생이 이어질 줄 알았다. 철없던 그때를 돌아보며 나는 코웃음 친다. 계절마다 실내장식을 바꾸고 철 따라 해외여행을 다녀올 것이다. 묵은 감정은 지우고 날마다 새로운 하루가 되리라. 폴로셔츠를 입은, 청년 같은 남편과 촛불 켠 식탁에 앉아서 와인을 마시는 그림을 그렸던 것 같다. 유치한 시를 읊조리던 내게 현실은 난삽하게 휘갈긴 낙서로 나타났다.

지갑에 새겨진 브랜드 이름은 흐릿하다. 안은 비어 있다. 내게 온 지폐는 휘발되는 기체처럼 손에 넣기 무섭게 날아간다. 필요를 건너뛰는 일에는 익숙해졌다. 가난을 허위로 덮으면서 나는 피폐해지고 있다. 책갈피에 눌러 놓은 푸른 지폐는 이런 때 쓰려는 비상금이다. 튀지 않는 책에 끼워둔 그것은 쉽게 나타나지 않는다. 손에 잡힌 책을 차례로 들고 파라락 넘긴다. 눌린 네 잎 클로버 같은 지폐가 어디로 갔지? 누군가 꺼내갔으리란 예감에 가슴이 호득거린다. 얼마 안 되는 책을 다 뒤진 뒤에야 다섯 장의 지폐가 나온다. 남편은 이제 거침없이 코를 골아댄다. 그의 내장에 남은 부패한 취기가 번진다. 견딜 수 없는 악취를 피할 수 있다면 내 전부를 써도 아깝지 않다. 나는 지폐에 밴 묵은 종이 냄새를 흔들어 턴 뒤 지갑에 넣고 집을 나선다. 자동차잡지에 나온 람보르기니를 가리키며 희희낙락하던 남편은 주검처럼 잠들었다. 흔해빠진 소형차라도 있었으면. 10분을 걸어야 닿을 지하철역이 까마득히 멀다.

겨울의 끝 치고 포근한 날씨다. 해수면의 수온이 낮아진다는 라니냐를 설명하면서 그 영향으로 예년에 없이 혹독한 추위가 닥칠 것이라고 호들갑을 떨던 매스컴이 이번에는 엘리뇨 현상으로 따뜻한 날씨가 이어진다고 말을 뒤집는다. 엘니뇨든 라니냐든 어쨌든 견디다 보면 각박한 시절은 지나갈 것이다. 진희와 만나기로 약속한 1번 출구 앞에는 세 사람이 서 있다. 나는 그들을 곁눈질한다. 부분이든 전체든 셋 다 모피를 댄 코트를 걸치고 있다. 봄이 코앞인데? 실컷 입어 둬. 나는 짐짓 비웃는다. 결혼 때 산 내 모직 검정색 코트 소매 자락은 실밥이 풀려있다. 나는 팔을 들어 이빨로 너덜거리는 끝을 잘라낸다. 남편의 부스스한 머리칼이 실밥에 딸려온다. 남편의 코트는 아르마니다. 시어머니는 실직한 아들에게 코트를 사 입히며 말했다. 형편이 나쁠수록 좋은 옷을 입어야 허투루 보지 않아. 괜스레 기죽을 필요 없다. 세상이 수선스러우니 직장이 없지 니 잘못 아냐. 부러 목소리를 높였을 텐데 나는 못 들은 척 딴청을 했다. 너그럽기만 한 자식 사랑은 함께 있고 싶은 몸짓으로 나타났다. 시도 때도 없이 들락거리는 그녀에게 지치던 그때. 두서없는 사념이 번진다.

돌덩이에 꽃 장식한다고 금덩이 되니? 예의 혼잣말이 입 밖으로 샌다. 나는 얼핏 주위를 둘러본다. 달리는 찻소리가 중얼거리는 말쯤 쉽게 지운다. 아들의 역할에 익숙했던 그는 가장의 의무를 배우지 못했다. 세상모르고 잠들었을 얼굴이 따라온다. 노력하지 않고 공급받던 유년은 그의 유토피아다. 어디에도 없을 그곳을 찾아서 향방 없는 꿈을 좇으리라. 나는 숨을 크게 몰아쉰다. 언제까지나 아들이기만 한 그에게 가장의 보호를 기대한 잘못이 내게 있다.

캔버스에 짓이긴 노란 물감 같은 햇살이 지붕 사이로 번진다. 거리를 걷는 얼굴들이 딱딱하게 굳어 있다. 추위와 풀리지 않는 경제 탓이라고, 안의 코드로 바깥을 읽으며 나는 뜻 모르게 안도한다. 누군가 까꿍 하듯 코앞으로 뛰어든다. 나는 흠칫 놀라 물러선다. 푸른 색 커다란 물방울무늬를 새긴 통 자루 옷이 앞에 있다. 얼굴을 울긋불긋 칠한 피에로가 붉은 입을 활짝 벌린다. 시선을 붙잡은 슬픈 눈이 익살을 부린다. 자글자글 밀린 피부가 식은 미음에 덮인 피막을 닮아 있다. 분장을 지운 실제 모습은 나와 비슷할 것이다. 주부 역할의 나 또한 속마음을 드러내지 않는 점에서 마찬가지다. 나를 떠난 어릿광대가 주위를 기웃거리며 걸어간다. 분장으로 무엇을 알리려 했을까. 하릴없이 살피지만 어떤 혐의도 찾아지지 않는다. 피에로는 저만치 떨어진 꽃집 앞에 있다. 철 이른 봄꽃과 어울린 모습이 천진하다. 커피 잔 크기의 꽃바구니가 가격표를 매달고 있다. 누구든 어디든 값이 붙어 있다. 라디오에서 활기찬 남자의 목소리가 쏟아진다. 재테크에 있어서 중요한 것은 몸값입니다. 스스로 노력해서 부가가치를 높여야 합니다. 스포츠스타나 탤런트의 몸값이 얼마나 대단한지 아시지요? 자신에게 투자하는 만큼 가치가 올라갑니다. 요즘 말하는 스펙이 저절로 쌓이지는 않아요. 몸값을 올리라고? 뜻 모를 통증이 아랫배로 쏠린다. 타인의 눈에 비친 나는 꽃 한 다발 값에도 못 미칠 것이다. 불시에 솟은 자괴감은 신경성대장염보다 지독하게 나를 다그친다. 저편 지하도 출구를 빠져나온 여자가 나를 보며 다가온다. 낯선 얼굴이다. 나는 의아하게 바라본다. 나를 지나친 여자가 뒤에서 멈춘다. 반갑게 손을 맞잡는 소리가 들린다. 나는 객쩍은 시선을 멀리 둔다. 불 밝힌 베이커리가 유리 속 내부를 빤히 드러낸다. 나란히 자리를 떠난 그들의 뒤로 또 다른 사람이 선다. 나는 십 분쯤 기다린다. 진희가 봄을 진열한 가게 앞을 걸어오고 있다. 그녀를 먼저 본 내가 손을 높이 든다. 봄 속을 걷는 그녀의 모습이 화사하다.

"소걸음처럼 느린 시간이 지루해. 빨리 봄이 오고 꽃이 피었으면. 재미있고 새로운 일 없니?"

진희가 느릿하게 말한다. 말이 반사적으로 빠르게 튀어나간다.

"힘들어서 죽을 것 같은 사람에게는 지루하다는 생각조차 사치야. 입구 없는 터널에 갇힌 것 같아. 아니 점점 달아오르는 철판에 길드는 느낌이랄까. 잠잠하다가도 느닷없이 미칠 것 같아. 한여름에 겨울을 만난 것처럼 계절까지 뒤죽박죽이야."

빠르게 쏟은 말을 진희는 미처 알아듣지 못한다. 나를 빤히 바라보기만 한다. 계절이 주는 이미지를 미리 즐기려는 그녀가 나를 알 리 없지. 무거운 옷을 벗어버리려고 봄을, 여름이 시작되면 가을을, 단풍이 들 때면 언제 눈이 오는지 기다린다. 그녀의 막막한 눈빛은 또 하나의 사막이다. 파슬거리는 시간의 미립자가 생기를 앗아간다. 안락하지만 단조롭다. 나는 혼자 중얼거린다.

"희망이란 게 있다는데 왜 내게는 안 보이지?"

진희가 밋밋하게 대꾸한다.

"그런 게 어디 있어? 그냥 살아. 복잡하면 골치 아프니까."

둘은 나란히 걷는다. 마주친 이들이 어깨를 부딪치며 스친다. 꽃가게 진열장에 갖가지 꽃이 활짝 피어 있다. 진희와 함께 갔던 화훼 공판장이 떠오른다.

야생화가 한가득인 그곳에 사람들이 북적였다. 솜다리, 매발톱, 덩굴진범, 얼레지, 금낭화, 붓꽃, 땅나리, 개불란, 며느리밥풀꽃. 나는 명패를 읽으며 걸음을 옮기다가 노란 꽃 앞에 적힌 인동초를 보며 멈췄다. 이름만 알던 식물을 보니 갑자기 시야가 밝았다. 저기서부터 여기까지 한 가지씩 배달해 주세요. 높은 목소리가 솟아서 돌아보니 진희가 원형화단에 놓인 화분을 둥글게 가리키고 있었다. 물건을 그렇게 사기도 하는구나. 값을 치르고 주소를 말하는 소리가 멀게 들렸다. 내키는 대로 물건을 사들이는 그녀와 쫀쫀하게 따지는 나와. 둘의 격차를 짚으니 서늘했다. 옷을 사는 방법도 마찬가지였다. 마네킹이 걸친 옷을 가리키기만 하면 다음은 점원이 알아서 챙겼다.

잇단 남편의 실직과 궁핍을 받아들이기가 쉽지 않다. 선택하는 즐거움은 진작 포기했다. 딸 수 없는 포도를 보며 돌아선 여우의 마음을 이제는 안다. 핍절한 환경이 겉과 속을 다르게 만든다. 나는 점점 피에로를 닮아간다. 내 속의 민감한 촉수가 너울거린다. 병치레를 자주 하던 어머니가 떠오른다. 열에 뜬 시선이 어딘가를 노려본다.

왕진 왔던 의사가 장티푸스라고 말한 뒤 가방을 들고 돌아섰다. 중학생이던 나를 빼고 환자를 돌볼 사람이 없었다. 누워 있던 어머니가 벌떡 일어났다. 손으로 허공을 휘젓다가 앉은 걸음으로 움칠움칠 물러났다. 몸을 웅크린 환자가 구석을 가리키며 쉿소리를 냈다. 저것들이 나를 잡아가려고 기다려. 빨리 치워. 새된 비명을 들으며 나는 쩔쩔맸다. 내게 보이는 건 빈 벽뿐이었다. 눈을 희번덕이던 그녀가 다시 귀퉁이로 숨어들었다. 아무 것도 없어. 괜찮아요. 나는 두 팔로 그녀를 안으며 달랬다. 단순하게 보고 듣던 때여서 헛것을 보는 어머니가 두려웠다. 넋을 놓은 그녀가 언제 목숨 줄을 놓을지 몰랐다. 왜 안 치워? 쨍 솟는 목청을 들으며 나는 말 그대로 모골이 송연했다. 도무지 닿지 못할 거리가 가로놓인 듯했다.

그때의 이명이 울려서 나는 문득 발을 멈춘다. 왜 그래? 진희가 눈으로 채근하고 있다. 골목으로 꺾어들자 푸른 간판이 눈을 끈다. 짓이겨진 잿빛뿐이어서 빛을 뿌리는 푸른 등이 희망처럼 보인다. 눈을 맞춘 진희와 내가 그쪽으로 걷는다. 나는 식당 앞을 지키는 유리 성의 모형을 보며 멈춘다. 비산하는 푸른빛이 매혹적이다. 나는 유폐된 공주라도 찾아낼 것처럼 성을 들여다본다. 빨리 들어오지 않고 뭐해? 문을 밀던 진희가 나를 돌아보며 재촉한다. 나는 나무계단을 둘씩 밟으며 그녀를 좇는다. 결을 드러낸 목재가 깔끔한 실내를 연출한다. 푸른 칠로 마감한 실내장식이 손님을 반긴다. 나는 계단 턱을 헛짚고 휘청거리다가 가까스로 균형을 잡는다. 지켜보는 사람이 없어서 다행이다. 점심으로는 이른 시간이다. 빈자리가 많다. 우리는 벽 쪽 자리를 골라 앉는다. 갈색 냅킨 위에 포크와 나이프가 세팅되어 있다. 나는 갈색 종이를 만지작거리며 남편의 실직을 이야기한다. 새삼스럽지 않은 화제다. 진희는 또? 하는 시선으로 바라본다. 종이에 새긴 붉은 글씨가 부적처럼 보인다. 붉은 부적이 효험을 드러낸 건가. 이야기하면서 차분해진다. 내내 떠돌던 조바심인지 화증인지 사라진다. 나는 쾌활하게 말한다.

"어떤 사람이 돈에 엄청 쪼들렸대. 하루는 잘 나가는 친구를 찾아가서 말했어. 나 죽으면 문상 올 거지? 물론 가지, 흔쾌한 대답이 돌아왔어. 그럼 부조 낼 것 미리 당겨 주게. 죽은 뒤에 받을 돈 살아서 써 보자고."

진희는 별다른 반응을 보이지 않는다.

"남편의 부조라도 받아쎴으면."

나는 장난처럼 말한다.

"니가 안 죽고?"

"내게 부조 낼 사람 없어. 아는 사람이 있어야 말이지. 그리고 내가 쓰는 게 중요해."

"그런 말 마세요. 벌 받아요. 이 아줌마야."

"벌은 지금 받고 있는 것으로 충분해. 대책이라고는 없는 사람이야. 몰라, 한마디면 그만이라니까. 펄펄 뛰다 지레 분을 못

이겨서 죽은 사람 소식이 들리면 그게 난 줄 알아."

"아무리 그래도 그렇지."

"죽은 그이 엄마는 왜 가만히 있을까. 금쪽같은 아들을 어떻게 모르쇠 하는지 알 수 없어."

수위를 넘은 말이 쉽게 나간다.

"죽은 사람이 뭘 알아?"

"죽어서 끝난다면 억울하게 산 사람은 어쩌라고? 이생의 끝이 다른 차원으로 탈바꿈하는 과정이라고 상상해야 해. 여기보다 더 진화된 곳으로 간다는 허구라도 붙잡아야 이 진창을 받아들일 수 있어. 땅 속에서 팔 년을 보낸다는 매미가 모델이라잖아."

말이 탄력을 받는다.

"긴 땅속생활을 견딘 벌레가 날개를 달고 난다는 얘기야. 마침내 밝은 세상으로 나온 매미가 일곱 날을 우렁차게 노래해. 그 예시를 빌어서 우리도 다르지 않다고 가정하는 거야. 빛나는 비상을 위해 이 진흙탕 같은 날을 견디는 거지. 초월적인 존재가 불완전한 나를 지켜준다고 상상하면서. 극진한 사랑이라면 시공을 뛰어넘는 힘을 가져야 하잖아. 나야 무능해서 가난하다 치고. 목숨보다 더 사랑한 아들을 죽었다고 모르쇠하면 안 되지. 불가능을 가능하게 하고 세세연연 이어지는 사랑에 대한 기대. 우리의 희망이 그것 아냐? 죽어서 끝난다면 허무해."

"그만해, 지금까지 잘 살았잖아? 잘되겠지 하면 잘돼."

나는 진희의 말에 숨은 뜻을 읽어낸다. 언제 니가 남편 믿었어? 믿지는 않았지만 공생이다. 숙주가 마르면 기생체는 따라 죽던지 다른 길을 찾아야 한다. 질서가 깨진 공황의 두려움이 내게 있다. 모래바람 부는 벌판으로 몰린 나는 유난한 자식 사랑이 만들어낼 축복과 보살핌이라도 바란다. 지금처럼 그냥 살아. 진희가 못 꺼낸 말이 그것이다. 함의된 속뜻이 내게 단절을 알린다. 깊이 팬 구렁이 앞에 있다. 내게만 보이는 바닥이 아득한 절망을 담는다. 다들 자신을 위해 산다. 이기적인 유전자의 법칙은 여기서도 유효하다. 나는 입을 조개처럼 문다. 사회가 잘게 쪼개질수록 가족만의 유리성을 쌓는다. 보이지만 섞이지 않는다. 나는 진희가 걸친 재킷을 바라본다. 트위드 직조의 단아한 선이 방심한 얼굴을 돋보이게 한다. 지난 가을 외국 브랜드가 모여 있는 백화점 삼층에서 저 옷을 보았다.

옷을 사려는 진희를 따라간 길이었다. 나는 밖에서 구경하고 진희는 안까지 살피느라 따로 떨어졌다. 고급의 인테리어를 배경으로 흰색과 검정으로 직조된 트위드가 진열되어 있었다. 나는 같은 재질의 재킷과 스커트, 코트, 조끼, 바지를 차례로 훑었다. 의상에 코디한 소품이 품격을 더했다. 코트에 시선이 멎었다. 심플한 실루엣 위로 보다 우월한 일루전이 어렸다. 나는 가격표를 훑었다. 칠십 오만 원. 내겐 수월찮은 금액이었지만 브랜드 명성으로 보면 혹할 만한 가격이었다. 나는 바싹 다가섰다. 간결한 디자인과 깊이 있는 색깔이 볼수록 매혹적이었다. 무리를 한다면? 무리를 해서까지야. 두 마음이 서로 가루었다. 삼 개월 할부면 가능할 듯했다. 도도한 표정의 마네킹까지 나를 꼬드겼다. 저 코트면 구질레한 삶을 단박 덮고도 그 이상을 보상할 것이었다. 어려운 처지일수록 잘 입어야 해. 죽은 시어머니의 음성이 옆에서 울렸다. 어이없다는 듯 혀를 찰 남편이 스쳤다. 미쳤군. 그럴수록 충동은 강렬했다. 나도 모를 조바심이 일었다. 남루를 가릴 빛나는 날개가 금세 팔릴 것 같았다. 바싹 조일 가계부야 나중 일이었다. 미친 척 지르지 않으면 내내 후회할지 몰랐다. 나는 다시 가격표를 살폈다. 우아하게 떨어진 주름 뒤에서 아라비아 숫자 7이 튀어들었다. 칠백 칠십 오만 원. 눈이 휘둥그레졌다. 매장 안에서 바라보던 직원이 나를 보며 미소 지었다. 날카롭게 삐친 7이 바글거리던 유혹을 단칼에 물리쳤다. 눈은 높아서……. 쓴 웃음을 물며 나는 급히 돌아섰다. 옆 매장에서 나오는 진희가 보였다. 손에 든 큼직한 쇼핑백이 발랄하게 흔들렸다.

진희의 재킷이 둘 사이의 거리를 알린다. 그때 산 옷은 어쩌고 또 그 재킷을? 내가 보았던 코트로 미루어보면 재킷 또한 만만치 않은 가격일 것이다. 아랫배가 싸늘하다. 고가의 옷을 맘껏 살 수 있는 그녀가 타는 사막을 걷는 길손의 갈증을 알 리 없다. 유리성 안에서 강 건너 불구경 하듯 생존에 따르는 고통을 구경하리라. 일체감은 꿈이나 상상에서만 가능한 신화다. 보호벽이 없는 나는 언제 어떤 위험에 빠질지 알 수 없다.

막 시작된 남편의 실직이 나를 을러댄다. 몇 모금의 물로 지워지지 않을 갈증이 번진다. 나는 그녀의 뒷벽을 장식한 그림을 바라본다. 맨발의 멕시코 원주민 남자가 긴 창을 들고 서 있다. 크고 거친 발이 믿음직하다. 남편의 앙상한 발은 이불 속에서 비겁한 꿈을 좇고 있을 것이다. 그가 갖지 못한 투지가 큼직한 발에 실려 있다. 가족을 먹여 살리는 성실한 의지를 읽으며 나는 제풀에 감동한다. 명예와 사랑, 희망이 창날에 실려 힘껏 난다. 거기 묻은 자유와 기쁨까지. 나는 허리를 세우며 그림을 오래 바라본다. 갈색 얼굴에 표정은 없다. 먼데 둔 시선이 적막하다. 사냥감은 어디에도 보이지 않는다. 박제된 외로움이 서늘하게 꽂힌다. 그림에 투사된 바람이 허접한 날개를 접는다.

"구체적으로 문제가 뭔데?"

진희가 눈을 키우며 묻는다. 재킷에 붙은 금속단추가 우아한 빛을 되쏜다. 나는 애매하게 웃는다. 누더기 진 내 상황을 어떻게 무엇부터 설명할 수 있을까. 아이에게 들어가는 비용이 수월찮다. 사사분기 등록금은 아직 내지 못했다. 다달이 내야 할 전기세, 수도세, 가스비. 주택 융자금의 이자, 그리고 등등. 먹지 않고도 필요한 액수가 턱에 받친다. 남편이 누워 있는 날수만큼 빚이 쌓일 것이다. 머릿속에 떠돌던 숫자가 공룡처럼 부푼다. 가늠 못할 무게가 나를 짓누른다. 남편이 미적거릴수록 압박은 기하급수로 늘 텐데. 홀짝여서 풀리지 않을 갈증이 올라온다. 나는 컵을 들어 벌컥벌컥 들이킨다. 능력이 모자란 사람도 인간의 품위는 지켜야 하는 것 아냐? 불쑥 부아가 치민다. 펑펑 솟는 우물을 가진 진희는 죽지 않을 만큼 부대끼는 갈증을 알지 못한다. 빈 컵을 본 진희가 자신의 것을 내게 민다. 천성이 착한 그녀는 옆 사람에게 곧잘 물을 나눠준다. 칠 할이 물로 된 인체가 제때 물을 필요로 한다는 걸 진희는 알까. 진희가 답답한 듯 채근한다.

"뭐 생각하니? 말 좀 해."

"나는 절박한데 다른 사람들은 태평하게 잘 살아. 같은 시간과 공간에서 체감하는 게 달라. 혼자 황당한 자리로 떨어졌다고 생각하면 억울하고 무섭기까지 해."

"넌 너무 심각해. 괜한 염려일 수 있어. 생각해서 해결되는 건 없어."

"기쁘면 노래하고 곤고하면 생각하라잖아. 넌 노래하고 난 생각하는 거지."

진희가 내게 눈을 흘기며 말한다.

"내가 기쁘다고 어디 적혀 있어?"

"대안이 없으니 염려라도 해야지. 쓸데없는 걱정인 줄 알지만 맥 풀려 있느니 뇌세포라도 움직이는 게 나아. 나름으로 노력하는 거야. 한 쪽은 넘치고 다른 쪽은 모자라. 사막에 혼자 남겨진 기분이야. 낙타 등에 올라탄 대상이 앞을 지나가. 나는 갈증을 참으며 바라보고 있어. 타인의 고통이 자신의 행복이라는 시대야. 가진 자들의 눈에는 필요를 못 채우는 사람이 안 보여. 먹고 남은 물을 버리며 시시덕거리는 치들이 앞에 있어. 소득격차가

클수록 가학의 쾌감이 극대화 되겠지. 같이 어렵다면 견디기 쉬울 거야. 풀리지 않을 갈증도 문제지만 발설 못할 모멸감은 더 커."

타는 사막이 어른거린다. 추상의 지옥이 구체적인 모습을 드러낸다. 지옥은 쾌락과 고통이 같이 있는 곳이라던 말을 누가 했더라? 가시지 않을 목마름이 파든다. 한번 비주류에 말리면 빠져나오기 힘들다. 열 개의 필요를 세 개로 때우는 묘수를 찾아야 할 것이다. 나는 기어이 넘어야 할 궁지를 망연히 바라본다.

"문제없는 사람이 어디 있어? 낙타를 타고 간다고 해서 좋기만 한 건 아닐 거야. 더 힘든 일이 있을 수 있어. 난 지루한 시간을 견딜 수 없어. 아무 것도 바뀌지 않아. 존재감도 없어. 막막하고 지겨워. 너 같으면 어떻게 하겠어?"

"이래저래 지옥이구나."

나는 짧게 말을 맺는다. 따뜻한 마음을 가진 진희는 네 불행이 내 행복이라는 부류와 다르다. 선하지 않으면 악하다는 이분법이 널리 퍼져 있다. 착한 마음도 드러낼 수단이 있어야 인정받는다. 나와 상관없이 몰려다니는 돈뭉치는 어디로 갔을까. 애타게 좇으려할수록 도망친다. 궁핍을 벗을 길은 보이지 않는다. 타인의 선의를 악용하는 치들이 널려 있다. 그들처럼 하지 않으면 밀린다. 나는 흐릿하게 웃으며 그녀가 밀어준 물을 마신다. 불편한 상상이 이어진다. 남이 밀어준 물로 풀릴 조갈이 아니다. 샘솟는 물이 내게 있다면. 포말을 일으키며 떨어지는 폭포가 그립다.

상상하는 앞날은 부옇기만 하다. 머릿속이 어지러울수록 진희의 처지가 화창해 보인다. 사념이 사념을 부른다. 잇따른 불안이 어처구니를 끌어온다. 흐르는 시간까지 내게 무게를 얹는다. 지난날은 현재를 윽박지르고 앞날은 주린 사자처럼 으르렁댄다. 어려운 과부에게 딸린 열 자식의 하중이 나를 눌러댄다. 쌓인 두려움이 비명이 되어서 터지려 한다. 나는 들키지 않게 입술을 문다. 용량을 벗어난 사념이 머리를 어지른다. 불쑥 말이 튀어 나간다.

"하루를 살면 그만큼 빚이 쌓여. 살수록 빚이 느는데 굳이 살아야 할까?"

괜한 말을 했다고 나는 금세 후회한다.

"어렵기는 하겠다. 그렇지만 더 심한 경우도 많아. 어려운 사정이라면 우리 같은 자영업자는 두 트럭 분량을 쏟아낼 수 있어. 봉급자의 열 배 이상을 벌어들여야 겨우 현상유지를 한다니까."

"고비용을 만드는 게 능력이지. 고용창출에다 자금회전으로 기여를 하는 거니까. 겨우 지탱하는 살림이면 숨까지 아껴야 해. 나라 입장에서도 우리네는 보태는 것 없이 빼기만 하는 가구라고."

"말도 안 돼. 누구든 마찬가지야. 다들 힘들어. 아닌 사람 있으면 나와 보라고 해.

"살을 빼는 문제와 생존의 문제는 근본적으로 달라."

내 목숨을 이어가는 액수가 누군가에게는 넘쳐나는 재산을 관리하는 비용의 일부분이다. 모두들 어렵다고 아우성치지만 내용이 다르다. 번화가에 자리 잡은 그네의 수입가구점을 들른 적이 있다. 실내장식이 화려한 가게를 보며 나는 몸집 큰 귀부인을 떠올렸다. 유지비가 많이 들어갈 것은 분명했다. 막힌 대화가 넘어설 수 없는 간격을 일깨운다. 나와 그녀 사이에 벼랑이 팬다. 나는 까마득한 밑을 굽어본다. 어머니의 어처구니가 나를 노린다. 겁에 질린 내가 다리를 앙버틴다. 진희는 이 두려움을 모른다. 쟤, 왜 저래? 나를 건너다보는 진희의 표정이 그렇다.

"뭐 생각해?"

"투 비, 오어 낫 투 비."

진희가 애교스럽게 눈을 흘긴다. 마침 주문한 음식이 나온다. 우리는 말없이 접시를 당겨 먹기 시작한다. 기름진 음식은 내 취향이 아니다. 갈색 음식 위로 모래 바람이 분다. 느끼한 기름기를 혀로 굴리며 나는 포크를 움직인다. 그새 빈자리가 꽉 차 있다. 단골이 많은 가게일지 모른다. 웃고 떠드는 소리와 음악이 섞인다. 나는 입과 손을 놀리며 떠도는 말을 좇는다. 낱개의 단어와 분절된 문장이 튀어든다. 아드레날린이라는 호르몬이 있잖아. 그거 이 교수는 다르게 말하더라고. 맞으면 아프지? 그런 스트레스를 받을 때 나오는 호르몬이 아드레날린이라는 거야. 나는 그쪽에 시선을 준다. 동창으로 보이는 장년의 남자들이 와자하게 소리를 높인다. 반박하는 소리는 들리지 않는다. 그때 부신 피질에서 만든 노르아드레날린이 촉발된다나? 그게 뇌를 깨우고 활성화시켜서 흥분된다는 거지. 검증 못할 내용이지만 솔깃하게 들린다. 분노를 통한 활성화라. 오늘 내가 그렇다. 안에서 활기차게 도는 아드레날린인지 노르아드레날린인지를 짚으며 나는 수긍한다. 화제가 딴 데로 흐른다. 엄청 열성이야. 안 주면 뒤에서 욕하는 게 문제라고. 아, 얘기하는 데 웃지 마. 저 혼자 좋아 가지고. 에구, 환장 하겠네. 이번 금요일, 신촌에서 모인다는데? 이쪽에서는 그렇게 하지. 아니, 나는 뒤에서 움직여. 어려운 동네야. 휘젓는다고 잘하는 게 아냐. 모래알 같은 내용이 떠돈다. 갑자기 스피커가 삑삑거린다. 금속성 기계음이 떠들썩한 소음을 삼킨다. 홀 안의 시선이 간이무대로 쏠린다. 높은 스툴에 앉은 가수가 기타 줄을 고르며 말한다.

지금도 그렇지만, 몇 년 전 그때는 정말 가난했어요. 노래에 미쳐 있을 때였는데, 소속사가 없으니까 수입이랄 게 없었어요. 결혼해서 둘이 되니 필요한 건 왜 그리 많던지. 뒤를 봐주던 매니저 형이 그러대요. 너, 애 낳기만 하면 직방 연락해, 내가 다 해줄 테니까. 만삭의 아내가 진통을 하데요. 병원에 입원시키고 그 형을 찾아갔어요. 아내가 곧 아이를 낳을 것 같아, 그가 쓴 입맛을 다시더니 얇은 봉투를 건넸어요. 나는 배춧잎 색 지폐를 눈으로 헤아리며 말했어요. 이걸로 어떻게 병원비를 낼 수 있어? 어느 병원인데? 성모 병원. 인마, 니 주제에 병원은 무슨! 조산원 불러다가 집에서 낳아. 잠이 오지 않는 그 밤에 만든 노랩니다. 병원비요? 엄마가 어찌어찌 만들어서 치렀어요.

위기를 겪으며 생의 표리를 알게 됐다는 말을 하며 그가 활짝 웃는다. 우람한 체격 위로 소년처럼 여린 웃음이 번진다. 그가 신기루를 좇는 눈빛을 먼 데 두고 통기타를 퉁긴다. 쓰디쓴 날을 소탈하게 엮는 그를 보며 사람들이 와아 한꺼번에 웃는다. 믿을 수 없는 삶을 한 걸음씩 걸으란 노랫말이 퍼진다. 음악에 실려 사막을 걷는 가수가 무거운 삶을 가볍게 읊조린다.

웃다가 대각선으로 앉은 남자와 시선이 부딪친다. 흰 셔츠와 까만 양복이 튄다. 뒤로 빗어 넘긴 머리와 끝이 삐친 눈초리가 편편치 않은 인상을 남긴다. 짙은 눈썹도 그렇지만 눈에 지나치게 힘이 들어 있다. 화장실에 갔다 올게. 진희가 자리에서 일어선다. 그녀의 자리에 커다란 백이 놓여 있다. 정치가인 남편의 선거운동을 돕던 부인이 들었던 백과 같은 제품이다. 색깔만 다르다. 뭇사람의 입에 오르내리던 백이 앞에 있다. 불쑥 호기심이 솟는다. 나는 검정 백을 내 쪽으로 당겨 온다. 덮개 아래쪽 고리가 풀려 있다. 지퍼가 없는 백은 경계를 배우지 못한 아이처럼 순순히 안을 드러낸다. 분홍색 지갑은 매장을 갓 빠져나온 새것이다. 명품을 알리는 로고가 질박한 깊이를 드러낸다. 눈이 가느스름해진다. 가죽에서 배나는 은은한 광택이 나를 홀린다. 옆으로 누운 오메가 표시 로고가 고리장식을 겸하고 있다. 갖고 싶지만 갖지 못한. 꿈꾸던 물건이 앞에 있다. 안타까운 갈증이 인다. 의식 못하고 쏠던 그것이 안주머니 속으로 미끄러진다. 내 것이 아닌데 뿌듯하다. 든든하기까지 하다. 이런 기분이 얼마만인가. 누군가 빙긋 웃은 건가. 날카로운 눈매 앞, 등을 보이고 앉은 여자가 나를 돌아본다. 나는 얼른 핸드백을 제자리에 놓고 창을 든 갈색 남자를 올려다본다. 뭉개진 얼굴이 빤히 지켜보고 있다. 안 돼! 나는 시선을 깐다. 원주민의 창이 양심을 쿡 찌른다. 제자리에 갖다 둬. 양심보다 깊은 곳이 뻐근하게 아프다. 그럴수록 돌려주고 싶지 않다. 너도 화장실 갔다 와. 진희가 자리에 앉으며 말한다. 말보다 빨리 내가 배를 잡으며 일어선다. 장이 탈났나봐. 신경성 대장염이 도진 것 같아. 나는 한눈을 찡긋하며 자리를 뜬다.

화장실 내부를 꾸민 파스텔 톤의 블루가 창백한 빛을 뿌린다. 나는 써늘한 변기 위에 앉아서 지갑을 연다. 갈색 신사임당이 두툼하게 들어 있다. 흰 수표 몇이 갈색을 받치고 있다. 내 한 달을 해결하고 남을 액수다. 나는 질끈 눈을 감는다. 꿈속의 지갑이 선명하게 솟는다. 따뜻하고 다행스럽던 위로와 함께. 지갑이 없어진 걸 알면 진희는 어떻게 할까. 지갑에 넣다 뺐다하는 게 성가셔. 주머니를 쓰는 게 손쉬워. 그녀의 말이 귓속을 울린다. 지닌 물건을 잘 챙기지 않는 그녀는 지갑이 어디서 사라졌는지 기억 못할지 모른다. 등나무와 칡나무가 엉킨다. 등을 맞댄 횡재와 배덕이 빤히 쳐다본다. 가난을 등에 업은 신의는 무력하다. 나는 숨을 깊이 불어낸다. 불안과 안도와 장난기가 섞인다. 머릿속이 얼크러진다. 뭐가 뭔지 모르게 뒤죽박죽이다. 나는 지갑을 거칠게 속주머니에 찔러 넣고 세면대 앞에 선다. 거울에 비친 안색이 파리하다. 입술을 가로로 길게 늘인다. 비틀린 웃음이 어색하다. 아랫배가 싸하다. 나는 변기로 돌아가서 문을 잠근다. 부글거리던 뱃속이 잠잠하다. 나는 재빨리 손을 씻고 거울 앞을 떠난다.

날선 눈빛의 남자가 자리에서 일어나고 있다. 좁은 통로에서 부딪친 그가 두 팔로 나를 감싸며 빙글 돈다. 마늘 냄새가 훅 끼친다. 괴로운 냄새가 언짢은 기억을 부른다. 실직에 따르는 암울한 기류가 번진다. 실눈을 뜬 남자가 나를 훑는다. 미안합…….함께 말하다가 멋쩍어진다. 어색한 웃음이 번진다. 뒤 따라 일어선 젊은 여자가 나를 외면하며 게걸음으로 빠져나간다. 짙은 향수냄새가 어쩔하게 스민다. 나는 미간에 세로줄을 세우며 자리로 돌아간다.

실내를 채운 음식냄새와 담배연기가 산소부족을 알린다. 나가자. 진희가 먼저 일어선다. 나는 그녀를 앞지르려 서두른다. 그녀가 날래게 호주머니에서 꺼낸 카드로 계산을 끝낸다. 오만 원이 든 내 지갑은 백 속으로 다시 들어간다. 옆에서 웅얼거리는 말이 또렷이 들린다.

"이상하다. 지갑이 안 보여. 집에 두고 온 건가?"

"잘 찾아봐. 어디 있겠지."

나는 어눌하게 말하며 반사적으로 가슴을 훑는다. 손이 허전하다. 나는 다시 훑는다. 확실히 없다. 머리칼이 쭈뼛 선다. 잠깐 기다려. 나는 앉았던 자리로 돌아가서 의자 밑을 살핀다. 뒤돌아 통로와 화장실, 세면대 앞을 샅샅이 훑지만 찾는 물건은 어디서도 나타나지 않는다.

"뭘 잊었는데?"

"아냐. 놓고 온 게 있을지 몰라서."

유리벽 저편의 진희가 나를 말갛게 쳐다본다. 갈 데를 잃은 손발이 허둥거린다. 엇갈리는 뼈마디를 버티며 나는 유리문에 비친 거리를 내다본다. 날선 눈매의 남자는 흔적조차 보이지 않는다. 통로에서 부딪치던 그때. 틈을 비집고 기어이 빠져나가던 여자까지 수상쩍다. 나는 감쪽같이 사라진 둘에게 미심쩍은 혐의를 쏟는다. 무심코 허방을 디딘 발이 휘뚝거린다. 고꾸라지면 안 돼. 나는 팔을 저으며 균형을 잡으려고 안간힘쓴다. 길거리의 어수선한 소음이 내게 쏟아진다. 앗하하하……. 어디서 날아왔는지 모를 홍소가 우렁차게 솟는다. 한쪽으로 기울던 몸이 그예 유리성에 부딪친다. 푸른 모형이 기운다. 와장창 깨지는 소리가 아득히 멀다. 앞에서 걷던 진희가 돌아본다. 휘둥그러진 눈이 나를 가둘 듯 크다. 🏵

야만의 여름

목걸이와 팔찌가 살을 찌른다. 여자는 설핏 소스라친다. 액세서리를 떼야 했다. 열기는 숨까지 태우려든다. 좁고 둥근 한증막 공기가 태울 듯 뜨겁다. 여자는 불에 얹은 오징어처럼 몸을 움츠린다. 사무친 열기가 막무가내 살갗을 파고든다. 천장 가운데가 뾰족하게 솟은 안은 달걀을 반 잘라 엎은 모양이다. 타원형의 뾰족한 천정을 보면서 여자는 남프랑스의 고성을 떠올린다. 하나로 묶은 긴 머리에 카운터에서 받은 열쇠고무줄이 감겨 있다. 열쇠에 매달린 붉은색 플라스틱 번호표가 라커의 위치를 나타낸다. 여자는 키를 받고 먼저 번호를 살폈다. 가릴 데 없이 환한 데다 떠들썩한 바깥 홀에서 옷을 갈아입는 건 내키지 않았다. 안에 빈자리가 있을 것이었다. 주인은 여자가 도로 내민 번호를 옆에 놓고 서랍을 뒤적였다. 주인을 귀찮게 하는 게 마음에 걸렸지만 여자는 기다렸다. 미닫이문 안쪽에 있는 라커는 40번부터 시작한다. 벽을 따라서 나무장이 디근자로 놓여 있다. 여자는 가운데쯤 되는 번호를 가리켰다. 처음 온 사람은 옷장과 번호를 번갈아 보며 두리번거릴 테지만 대부분은 익숙하게 움직인다. 단골이 많다는 증거다. 불 꺼진 방은 늘 어둑하다. 홀에 켜둔 형광등불빛이 흘러들어서 물건을 가릴 수는 있다. 방은 따뜻하다. 오늘도 잠을 즐기는 사람들이 두엇 있다. 자칫 발을 밟지 않으려고 까치발을 디디며 라커로 다가간다. 재빨리 벗은 옷을 우겨넣고 받은 가운을 걸친다.

탕으로 들어간 여자가 한 바가지의 물을 끼얹은 뒤 막으로 간다. 열기를 먼저 받아들인 목걸이가 따끔거린다. 도로 나가서 뗄까. 하면서 견디고 있다. 여자가 특별히 액세서리를 좋아하는 건 아니다. 다음엔 잊지 말아야지, 다짐하지만 매번 마찬가지다.

카르카손 성에서 그것들을 샀던 때가 떠오른다. 오 세기에 서고트족이 세웠다는 안내문을 읽었다. 한눈에 오밀조밀 들어온 풍경은 잘 찍어낸 그림엽서 같았다. 오래 전 여름에 여자는 남편이 될 그를 만나러 프랑스에 갔다. 파리 유학생이던 그와 함께 남쪽으로 이박 삼일의 짧은 여행을 떠났다. 바캉스 시즌이라 거리와 기차에 관광객뿐이었다. 지중해를 날아온 맑은 햇살이 투명하게 쏟아졌다. 몽환의 베일이 내린 듯 현실과 비현실이 엇갈렸다. 모든 날이 이렇게 밝으리라. 둘은 잔돌이 고르게 깔린 좁은 길을 나란히 걸었다. 골목을 돌아선 곳에 대장간이 있었다. 붉게 단 쇳물을 보며 여자는 그 자리에 멈추었다. 녹은 쇳물에 물이 닿자 슈욱 하는 외마디 비명이 솟았다. 여자는 되풀이되는 담금질을 지켜보았다. 달구고 두드리고 식힌 쇳물이 갖가지 꼴로 빚어졌다. 남자가 홀린 듯 선 여자 팔을 끌었다. 액세서리 가게가 옆에 있었다. 여자의 눈길을 좇던 그가 팔찌와 목걸이 세트를 집어 들었다. 넉넉지 않은 유학생이던 그가 매달린 가격표를 훑다가 멈칫했다. 서둘러 지갑을 꺼내는 손길이 유난히 수선스러웠다. 카렌족 여인의 목걸이처럼 그것은 여자의 기호로 남았다. 고리모양의 무던한 디자인이 질리지 않는다. 목에 건 사실조차 잊고 있다. 여자를 깨우칠 것처럼 따끔한 열기가 살갗을 찌른다.

　한 평 반 남짓 보이는 막 안은 열 명쯤 쪼그리면 꽉 찬다. 돔을 이룬 돌 벽에 흐릿한 알전구가 매달려 있다. 여자는 빈틈을 비집으며 걸쳤던 가운을 바닥에 깔고 쪼그린다. 표정 없는 얼굴로 세운 무릎을 두 팔로 감싼다. 90도를 넘을 열기에 자신을 맡기고 하루를 보낼 셈이다. 처음 왔을 때, 무심코 문을 열었다가 훅 숨을 멈췄다. 일 미터 남짓한 입구로 열기가 쏟아졌다. 문 닫아요. 허리를 굽히고 선 여자를 보며 누군가 야멸치게 소리쳤다. 다그치는 소리에 밀려 엉겁결에 기듯 들어갔다. 다시 나오자니 도로 달려들 눈총세례가 껄끄러웠다. 호흡까지 태울 듯한 열기를 억지로 견뎠다.

단 솥 같은 그곳에 앉아 있으면 뜨겁다는 생각만 든다. 여자를 빼고 혼자 한증막에 오는 사람은 거의 없다. 삼삼오오 떼를 지어 출근하다시피 하는 팀도 있는 눈치다. 식물인간이 된 남편이 여자를 따라온다. 모래포대처럼 누운 남편이 오히려 편할 것도 같다. 시간이 가서 나을 병은 아니다. 그가 움직이는 건 눈을 감고 뜨는 정도다. 시중을 들뿐 아니라 그의 머릿속에서 지워진 생각까지 여자가 도맡아야 했다. 안 해도 좋을 갖가지 사념이 날마다 여자를 괴롭혔다. 어둠 속에 도사린 어처구니가 끝없이 자신을 노리는 듯 속이 얼크러졌다. 이렇게라도 살아 있으면 기적입니다. 의사의 말을 보란 듯 엎고 싶었다. 의식이 지워진 사람 앞에서 건강하게 살아 있다는 건 죄이며 업이었다. 이웃들의 뻔한 동정은 신물이 난다. 나갈 수도 물러설 수도 없다. 여자는 신문 사이에 끼어온 간지에서 불가마 한증막을 보았다. 붉은 활자 밑에 적힌 위치를 무심히 눈으로 좇았다. 집에서 얼마 떨어지지 않은 곳이었다. 발작처럼 뛰쳐나가면 갈 곳이 없었는데. 거기라면 끓는 속이 가라앉을지 몰랐다.

온통 뜨겁다. 산불을 진화하던 소방관이 맞불을 놓는다는 말을 했다. 불은 불로 바람은 바람으로 지독한 건 더 지독하게 맞서야 한다. 콧속까지 따끔거린다. 반사적으로 손이 올라간다. 여자는 이곳의 상호 밤나무 불가마 한증막을 본다. 가스가 아닌 나무로 불을 때는 모양이었다. 언젠가 갔던 산밤나무 숲이 펼쳐진다. 밤을 딸 일손이 없다는 거야. 힘이 드는 일이라 인건비도 안 나온대. 같이 걷던 사내가 말했다. 익히 들었던 얘기였지만 여자는 호들갑스럽게 대꾸했다. 그런가요? 한 음정 높아진 자신의 목소리가 낯설었다. 산을 덮은 절정의 단풍이 딴 세상처럼 환했다. 물기를 잃어가는 나무들 틈바구니에서 개옻나무이파리가 활활 탔다. 여자는 붉은 빛에 매혹됐다. 참다못해 토해낸, 처절하게 붉은 이파리가 독기를 문 듯 보였다. 앙칼지게 몸을 사린 계집이 저리 요염할까. 적적한 산길에 밤톨 떨어지는 소리가 울렸다. 콘크리트 포장 길에 떨어진 알갱이가 반들거렸다. 여자가 고개를 잦히고 올려보았다. 아람이 번 틈새로 오그린 갈색 밤송이가 눈에 들어왔다. 여자가 드러내야 할 밤톨 같은 생은 억센 가시에 갇혀서 꼼짝 못하고 있다. 사내와 나들이 나오기를 잘했다. 병자를 지켜보며 갑갑하던 심사가 풀려나갔다. 날 듯 가벼운 기분이 얼마만인가. 숨만 쉬는 남편이 아내의 행적을 알 리 없었다. 자신의 친구와 걷고 있는 줄은 꿈도 꾸지 못할 것이었다. 여자는 떨어진 밤톨을 주웠다. 내밀한 가책, 스스로에 대한 연민이 서로 을렀다. 갇혀 있다가 모처럼 벗어난 거야. 이 시간을 즐겨. 뭔 짓을 한 것도 아니잖아. 억지로라도 홀가분해져야 했다. 여자는 일부러 호들갑을 떨었다. 앉는 서슬에 낙엽색으로 풍성하게 주름 잡힌 여자의 원피스가 바람을 활짝 품었다. 무릎 위 허벅지가 희뜩 드러나기도 했다. 몇 알을 주웠을 뿐인데 여자의 손은 가득 찼다. 여자는 주운 밤을 어떻게 해야 할지 망설였다.

아이는 자잘한 밤 따위에 눈길도 주지 않을 것이다. 어디서 가져 왔는지 묻기라도 한다면 성가신 일이었다. 단단한 껍질을 일일이 벗겨야 하리라. 귀찮은 일이었다. 삶은 밤에서 떨어질 부스러기도 있었다. 일껏 주운 밤을 덤불숲에 던졌다. 어디선가 아람 버는 기척이 들렸다. 바람을 품은 치마 속이 상쾌했다. 이제 야산의 밤나무는 아무도 반기지 않아서 다른 수종으로 바꾸려고 베어낸다는 얘기를 들었다. 취사와 난방은 가스가 맡았으니 쓰러진 나무는 어찌하는지. 땔감이 필요한 곳에서 가져가겠지. 혼자의 사념을 이으며 사내와 걸었다. 여자 가슴에서 불타는 나무가 선홍색 화염을 쏟아냈다. 아랫배 깊숙이 엉긴 뭔가 스멀거렸다. 재만 남아서 더는 탈 것이 없다고 생각했는데. 이글거리는 불씨가 숨어 있었을까. 사내가 그늘 짙은 나무 아래로 여자를 끌었다.

여자가 흡, 숨을 참는다. 깊숙이 든 땀을 끌어내는 데는 가스보다 나무쪽이 더 유효하다는 얘기다. 야산을 팔아서 한증막을 냈다는 소문이 그럴싸하게 퍼진다. 여자는 따끔거리는 유두를 문지른다. 아이가 젖을 먹은 건 백일까지였다. 탱탱한 젖무덤이 손에 가득 찬다. 여자는 힐끗 아랫배를 쳐다본다. 도도록한 살이 그새 붙었다. 손아귀에 허리 살이 두툼하게 잡힌다. 장마철에 몰리는 비구름보다 빠르게 지방층이 불어난다. 한 순간도 마음을 놓을 수 없다. 스트레스가 지방세포를 늘린다는 보도를 하필 어제 보았다. 뒤룩거리는 서양 사람들의 복부와 허벅지가 물주머니처럼 출렁거렸다. 화면을 보던 여자는 숨이 막혔다. 무심코 지내다가는 금세 저렇게 살이 오를 것이다. 좋은 건 몰라도 나쁜 일만큼은 그냥 지나가는 법이 없다. 누워만 있어도 몸이 부는 남편을 지켜보던 참이었다. 신경이 둔한 여자와 뚱뚱한 식물인간이 함께 묶인 이인삼각의 경주라니. 여자가 진저리친다. 알면서 우스개가 될 수 없다. 땀과 함께 몸 안의 불순물을 끌어내야 한다. 여자는 뱃살을 사정없이 비튼다. 이 고통으로 몇 개의 세포가 죽어나가리라. 검증 받지 못한 암시지만 가능성이 아주 없지는 않을 것이다. 혼자 참고 쥐어뜯어야 할, 뼛속까지 뜨거운 날이 이어지고 있다.

스멀거리는 관능을 짓이기길 것처럼 자극적으로 손을 놀린다. 숨죽인 욕망이 뜨거운 불길을 뿜는다. 반구형의 젖무덤이 꼭지를 치킨다. 아이와 남편, 사내가 여자 품에 고개를 묻는다. 가슴을 파고드는 허기진 입들. 여자가 가슴을 싸안는다. 어지럽다. 한줌 재도 남기지 않고 태웠으면. 살에 밴 비계를 녹일 것처럼 열기가 독하다. 도무지 희망 같은 건 보이지 않는다. 꽉 막힌 벽에 갇혀 끌탕을 하느니 살을 비틀기라도 해야 한다.

열기를 막을 요량으로 미리 수건에 묻혀온 물기는 바싹 말라 있다. 땀이 흐르는 기척이 없다. 탈 것 같은 이때가 고비다. 죽기 아니면 까무러치기라지 않은가. 여자는 다시 입술을 문다. 죽어야 사는 오묘한 진리도 있다고 했다. 견딜 수 없을 것 같은 위기를 지나면 다른 차원으로 나갈 문이 나타날지 모른다. 극점을 넘는 해법이 있을까. 다 나쁘지는 않다. 어쩌면 모를 길이 보일지 모른다.

타는 열기 속에서 오 분을 넘기는 사람은 드물다. 앉거나 누운 알몸에 제왕절개의 흔적이 드러난다. 갈색 세로줄 흉터가 서툰 바늘땀처럼 새겨 있기도 하다. 조물조물 오그라든 금 옆으로 다시 오른 살이 출렁인다. 탄탄했던 피부는 탄력을 잃은 대신 부드러운 지방을 늘린다. 시간이 지나간 살갗이 남루하게 처진다. 생명이 깃들었던 밀실은 흉물스러운 자국 아래서 쪼그라들고 있으리라. 가로로 배를 가른 흔적은 오래전 수술 방법이다. 여자는 의사가 제안한 제왕절개를 거절했다. 솔깃하기는 했다. 산도를 지나는 고통없이 태어난 아이가 더 좋다고 말하던 때였다. 흉터 따위를 겁내지는 않았다. 메스가 살에 닿는 연상만으로 섬뜩했다.

둥근 벽을 따라 달걀판이 켜켜이 놓여 있다. 맥반석이라는 돌이 원적외선을 방사한다던가. 알은 속부터 익는다고 했다. 사람도 안부터 데워진다는 사실을 계란이 증명하는 것이다. 눈에 보이는 물증을 보면서 사람들은 한증의 효험을 갑절로 믿고 있다. 쌓인 한을 토해내고 억울한 사연을 발설하느라 제마다 침을 퉁긴다. 돌에 밴 열이면 시린 한까지 녹을 것 같다. 힘에 눌리고 제도에 치인 여자들의 수다가 열기와 함께 퍼진다. 쌓인 독소를 땀으로 흘려낸다는 말과 혈액순환을 돕는다는 내용이 그럴싸하게 들린다. 여자는 달걀에 든 노른자처럼 웅크린다. 바닥이 뜨겁다. 여자가 엉덩이를 움찔거린다.

가부좌를 틀었거나 웅크린 이, 시체처럼 누운 사람도 있다. 대개는 사오 분을 못 견디고 뛰어나간다. 어쩌다 십 분 남짓 버티는 프로들이 있기는 하다. 손이 닿지 않는 등이 곰실곰실 가렵다. 땀이 솟는 기척일까. 무심코 손을 들다가 옆사람을 친다. 미안해, 괜찮아. 마주친 두 눈이 소리없는 말을 담아낸다. 사람마다 성기가 다른 모양인 건 여기서 알았다. 다들 방심한 듯 눕고 앉아 있는 터라 굳이 눈을 피하지 않으면 보게 된다. 살이 도독한 것, 마른 모양, 위치와 치모가 제마다 다르다. 빽빽하게 난 밀집형에 서부터 성긴 것까지. 얼굴 생김새 만큼 다르다. 정작 자기만 모른 채 남이 먼저 보게 된다. 앞 뿐 아니고 허리를 굽히면 염치없이 드러나는 뒤도 마찬가지다. 자칫 구경거리가 될지 모른다. 여자가 앉은 자세를 고친다. 쇠침처럼 꽂히는 화기를 참으려니 앞사람을 노려보는 모양새가 된다. 여자 앞에 웅크린 등에서 방사형으로 솟은 땀방울이 물길을 만든다. 푸짐하게 살찐 등이 후닥닥 일어난다. 아이스큐브 형의 올록볼록한 비닐깔개에 흥건하게 땀이 고여 있다. 물이 흐르지 않도록 두 손으로 깔개를 모아 잡은 푸짐이가 쏟아진 땀의 양만큼이나 흡족한 표정으로 막을 나간다.

사람은 넷으로 준다. 마주 앉은 40대가 거리낌 없이 말한다. 오 킬로만 빼면 남편이 오천만 원을 준다는 데도 그게 안 된단 말이야. 겹친 뱃살을 쥐어 잡은 사십대 어조에 신명이 실린다.

우리 앞집 남편은 마누라 살이 이 킬로만 불어도 오천만 원을 준다고 했다네. 그래도 영 살이 안 찐다하대. 노랑머리의 말투로 보아서 사십 대와 친구다. 다들 오천만 원을 아무렇지 않게 말한다. 여자는 그만큼이 불가능을 말하는 액수라고 알아듣는다. 쉽다면 빼기듯 말하지 않을 것이다. 돈으로 포장하면서 사람들의 의지는 약해진 모양이다. 갈대 같은 마음이 바람 따라 쏠린다. 세뇌된 머리는 상투적인 말을 벗어나지 못한다. 켜켜이 쌓인 돌 벽이 나갈길 없는 말들을 품는다. 벽에 밴 말이 풀려날 날이 있을까.

겹쳐 깐 가운을 뚫고 거친 멍석 올이 엉덩이를 찌른다. 발바닥까지 따갑다. 여자는 고개를 무릎에 깊이 박는다. 가을을 밝히던 핏빛 옻나무. 담금질된 쇠가 번갈아 뜬다. 둥근 벽을 따라서 비슷한 길이의 나무토막이 열을 지어 서 있다. 흐릿한 나무냄새가 콧속으로 스민다. 아는 만큼 보인다지만 보는 만큼 알기도 한다. 바싹 마른 나무가 사람들이 뿜어낸 체취를 빨아들인다. 비우고 받아들이는 순환의 고리가 여기도 마찬가지다. 고성으로 가는 강변에 서 있던 너도밤나무가 어린다. 휘늘어진 밤꽃 밑에서 흐르던 강물도 함께. 물인가 꽃인가. 비릿한 냄새가 흘러들었다. 타는 열기 속에 들었어도 아랫배가 시리다. 아니 헛헛하다. 사윌 길 없는 갈망이 여자를 휘젓는다. 옹송그린 여자는 밤나무를 놓지 않는다.

늦은 오월. 사위에 노리끼리한 꽃이 출렁였다. 흐드러진 꽃과 풀릴 대로 풀린 노란 햇살이 마구 섞였다. 밤꽃냄새는 묘해.

여자는 말끝에 흘린 사내 웃음이 더 묘하다고 생각했다. 눈을 마주치면 어색한 사이였다. 사내 눈이 가지 끝에 닿아 있었다. 사내의 눈길이 닿은, 벌레 같은 꽃술을 바라보려니 어딘가 굼실 거렸다. 지분거리듯 노릇하게 늘어진 게 꽃이라니. 묽은 락스에서 날 듯한 비릿한 냄새는 향기와 거리가 멀었다. 달리 냄새를 풍길만한 나무는 보이지 않았다. 사내가 가자는 대로 따라오긴 했다. 그렇다고 서먹한 기분이 가신 건 아니었다.

여자는 거울 앞에 앉아 있었다. 무기력한 표정을 띤, 거울 속의 얼굴을 짯짯이 살폈다. 눈썹연필을 집어서 무심코 손끝으로 쓸었다. 오래 된 잿빛 먼지가 한 줄로 쓸렸다. 그러고 보니 올망졸망한 화장품용기마다 부연 먼지를 뒤발하고 있었다. 여자는 휴지를 빼서 먼지를 닦았다. 부옇던 심사가 조금 가시는 듯했다. 아이라인을 그리고 포도주색 립스틱을 붓에 묻혀 아래 입술을 칠했다. 오래 쓰지 않던 화장품이라 상했을지 몰랐다. 잠깐 쓰는데 별 일 있을라고. 여자가 입 끝을 귀 쪽으로 끌어올릴 때 전화가 울렸다. 여자는 경대 위의 송수화기를 귀에 댄 채 거울을 봤다. 볼 터치를 사선으로 긋고 나니 한결 화색이 돌았다. 생기 띤 자신의 표정이 낯설었다. 거울 속 여자가 입술을 쫑긋거렸다. 웃는 입과 찡그린 눈이 번갈아 드러났다. 전화선을 타고 사내목소리가 우렁우렁 건너왔다. 둥글게 울리는 목소리가 듣기 좋았다. 몇 입 건너 남편의 사고를 들었노라고, 늦게 안 것을 미안해 하는 말투였다. 안부 뒤끝에 농담까지 나누었다. 닦은 듯 환한 마음이 뜻밖이었다. 언젠가 이렇게 신선한 느낌이었던 것 같은. 자신의 높은 웃음소리에 흠칫 놀랐다. 어색해진 여자가 남편을 돌아봤다. 초점 없이 뜬 눈길이 그대로였다. 한번 가겠습니다. 여자는 인사치레로 받아들였다. 실제로 문 밖에 서 있는 사내를 보며 당황해서 다시 살폈다. 중키에 평범한 외모의 사내가 갑자기 쓰러진 친구를 걱정하면서 스스럼없이 현관으로 들어섰다. 소파에 앉아서도 달리 말을 많이 하지 않았다. 고등학교 동창이라는 말을 하고는 그만이었다. 여자만 괜스레 떠든 꼴이었다.

가끔 전화를 해오던 사내를 직접 보니 친근한 것도 같았다. 대놓고 여자만 따라다니는 눈이 거슬리지 않았다. 여자 혼자 키득거리다 무안했던 적도 여러 번이었다. 사내만 보면 아이가 심통을 부렸다. 여자는 볼이 부은 아이를 달랬다. 아빠 친군데 왜 그래. 사내도 아이가 없을 시간을 고르는 눈치였다. 그가 자랐던 시골 얘기를 들으면서 여자는 꼼짝 못하고 묶여 있다고 생각했다. 속이 뒤숭숭했다. 다들 밖을 뛰어다니는데 혼자만 갇혀 있는 것처럼 억울했다. 마냥 젊은 게 아니지요. 사내의 말이 여자를 쳤다. 이울던 불에 마른 장작을 더한 듯 불보라 같은 감각이 우우 살아났다. 아까운 젊은 날이라는 투의 말이 새삼스럽게 다가왔다. 자신이 남들처럼 못살 까닭이 없었다. 숨죽였던 관능이 날개를 폈다. 멈췄던 시간이 쏜살처럼 속도를 냈다. 찢어질 듯 팽팽한 기척이 밀고 당겼다.

따로 밖에서 만나자는 사내 말을 들으며 여자는 멈칫했다. 별 것 아니야. 그냥 바람이나 쐬자고. 여자 혼자 별일처럼 생각했던 게 멋쩍었다. 여자는 몸치장에 공을 들였다. 무신경하게 걸쳤던 편한 바지가 마음을 많이 쓴 치마로 바뀌었다. 얇은 옷자락에 묻어든 바람이 허벅지 깊은 곳을 쓸었다. 그만큼으로도 마음이 둥둥 떴다. 사내가 손을 잡는 바람에 반사적으로 손을 옴츠렸지만 다시 생각하니 별일 아니었다. 대단하게 여기는 스스로가 촌스럽게 여겨졌다. 풀과 나무, 들과 산까지 스스럼없이 어우러지는 곳이었다. 잡힌 손이 땀으로 끈적거렸다. 여자는 손을 꼼지락거렸다. 사내가 손아귀에 힘을 넣었다. 살갗을 훑는 바람과 햇빛이 상쾌했다. 노리끼리한 벌레를 밟고는 여자가 소스라쳤다. 비켜서는 여자를 보며 사내가 싱긋 웃었다. 밤꽃이야. 장난스레 웃는 사내의 표정이 듬직했다. 눈 아래 보이는 몇 채의 농가가 논과 밭을 사이에 두고 고즈넉하게 마주봤다. 밭 사이로 난 콘크리트 길 위에 나른한 햇살이 쏟아졌다. 몇 남은 노인들까지 논밭에 매달린 듯 마을은 고요했다. 정수리에 쏟아진 햇살과 흙냄새, 해묵은 밤송이와 수북이 쌓인 묵은 낙엽까지. 밤늦 냄새가 콧속을 채웠다. 하늘과 맞닿은 들판이 어질 머리가 일만큼 넓었다. 멀리 보이는 손바닥만한 저수지가 번뜩 흰빛을 되쏘았다. 앞 선 사내가 평평한 바위를 보더니 훌쩍 건너뛰었다. 널찍한 바위를 딛고 마을 어름을 바라보는 사내 등이 탄탄했다. 여자는 거기 기대고 싶었다. 몇 걸음 다가가서 얼굴을 댔다. 옷에 밴 체취와 올 틈으로 새는 땀 냄새가 한데 섞여서 흘러들었다.

여자는 콧방울을 벌름거렸다. 아득한 온기가 올라왔다. 저도
모르게 올린 팔이 사내를 안았다. 얼굴을 얹는 것만으로 이렇게
따뜻할 수 있다니. 그다지 넓지 않은 등이었다. 여자는 아뜩한
깊이로 가라앉았다. 중심을 잃은 여자는 가없는 길이와 넓이와
깊이와 높이에 함몰될 것 같았다. 퍼뜩 정신이 든 여자가 입술을
물었다. 윗니에 물린 입술에서 비릿한 피 맛이 났다. 등을 맡기고
서 있던 사내가 후딱 돌아섰다. 사내의 두 팔에 감긴 여자는
거센 불길에 휩쓸렸다. 산불 같은 맹렬한 화염이 전신을 감았다.
남자를 껴안은 손에 힘이 들어갔다. 불똥을 탁탁 퉁기는 불땀
좋은 나무처럼 사내가 힘차게 몸을 움직였다. 붉어진 옻나무 색
불 혀가 여자를 삼킬 듯 핥았다. 여자 등이 바위에 배겼어도 아픈
건 다음이었다. 눈앞이 꽃불 천지였다. 짧은 절정이 지나갔다.
몸을 풀고 나른하게 올려본 눈에 벌레 같은 밤느정이가 하느작
거렸다. 딱딱한 바위 위로 상쾌한 바람이 불었다. 얼추 땀이
식었다. 건듯 스친 바람이 활짝 치마를 부풀렸다. 여자는 오래 된
영화의 한 장면처럼 부푼 자락을 눌렀다. 저만치 밑으로 내려간
사내가 여자를 보며 팔을 엇갈려 흔들었다. 벗어 던진 사내 웃옷
이 다복한 풀 위에 깔려 있었다. 펼쳐진 감색 재킷은 보기보다
품이 넓었다. 꺼지려던 불씨가 도로 일어났다. 비취색 실크 천이
땀 밴 몸에 감겨들었다. 사내 손이 목걸이에 걸렸던지 늘어진
금속이 목을 잠깐 조였다. 여자는 사슬을 느슨하게 풀면서
겸연쩍었다. 목걸이를 떼야지, 생각했어도 그때뿐이었다. 겹친

사내 등 뒤로 쏟아질 듯 밤꽃이 흔들렸다. 나무 새로 말갛게 갠 하늘이 얼비쳤다. 말갛게 뜬 눈이 희뜩 스친 듯했다.

참을 수 없게 뜨겁다. 해도 여자는 끈질기게 자리를 지킨다. 오늘 따라 땀이 더디게 난다. 되직하게 배어나는 땀이 줄줄 골을 지어 흐를 때까지 기다릴 것이다. 쉬지 않고 입을 놀리던 사십 대 둘이 후닥닥 문을 밀고 나간다. 여자는 무작하게 견딘다. 가여운 날을 몸을 뒤룩거리며 허둥대기까지 하면 곤란하다. 앉은 키 높이의 문이 열리고 허리를 굽힌 갈색 몸매가 들어온다. 갈색에 묻어든 바깥 공기가 막힌 숨통을 튼다. 풍성한 젖가슴과 매끈한 허리선, 한 번도 아이를 품지 않았을 탱탱한 배. 흐린 불빛아래 드러난 젊은 몸매가 날렵한 선을 긋는다. 탄력을 잃기 시작한 자신의 배를 내려다본다. 갈색이 알전구 밑에 자리를 잡는다. 늘씬한 키에다 고르게 탄 피부가 불빛을 받는다. 갈색은 들고 온 마대를 어깨에 두른다. 거무튀튀한 포대 위로 드러난, 윤기 나는 얼굴을 적신 타월로 감는다. 치열한 뜨거움을 나름으로 막는 것이다. 준비가 없는 탓에 자신은 번번이 일을 당할까. 남편의 사고는 갑작스레 일어났다.

그날따라 여자는 녹두색 패브릭 소파가 거슬렸다. 자주 드러 눕는 남편의 버릇 탓에 팔걸이는 거무죽죽한 때에 절어 있었다. 스프링도 주저앉은 듯했다. 가구를 갈 때가 됐다. 가죽이 좋을까. 하다가 싸늘한 촉감을 그리니 거슬렸다. 그때 전화벨이 울렸다. 일산 경찰선데요. 여자는 마침 들어올리던 인형을 놓쳤다. 낮은 처마 밑의 진열장에 빼곡히 놓였던 인형이 눈보라처럼 날았다. 가슴으로 뜨거운 덩어리가 치받쳤다. 벌판을 지나던 날선 바람이 느닷없이 불어 닥친 듯도 했다. 미처 내려놓지 않은 송수화기가 뾰, 뾰……, 숨 가쁜 소리를 토했다. 여자는 우두커니 서 있었다. 바닥에 떨어진 인형이 동그란 눈으로 올려봤다. 핑크빛 붉은 고무재질의 무심한 표정. 달리는 기차의 굉음이 쿵쿵 머리를 울렸다.

달구어진 여자 얼굴이 인형색깔을 닮는다. 갈색 피부가 자리를 잡자 다시 조용해진다. 여자는 판 채 놓인 달걀을 보고 있다. 껍질에 돋은 검버섯 같은 반점은 흰자가 흑갈색으로 알맞게 익었다는 신호라고 했다. 켜켜이 쌓아올린 돌 벽은 아랫부분이 까맣게 그슬렸다. 서투르게 불을 때면 열기 대신 맵찬 연기만 토한다고. 불땀 좋은 불길에 활활 단 돌은 흰 분가루를 피운다는 말을 들었다. 하루에 한 번 막 안에다 불을 지핀다. 돌에 갈무리한 열기는 몸속 노폐물을 끌어내는 마법을 부린다. 열을 지키는 비결이 불 때는 솜씨에 있다고. 흘러들은 얘기가 생생하게 살아난다. 돌에 어린 검댕이 화재로 이어진다. 어쩌면 불이날 수도 있다. 운이 나쁘면 불탄 시체 속에 끼게 된다. 발가벗은 시신을 에워싼 구경꾼들. 플래시가 번뜩인다. 여자는 문까지의 거리를 가늠한다. 서너 발짝이면 밖으로 나갈 것이다. 누워 있는 남편, 자라는 아이, 거기 낀 자신, 무엇 하나 보장된 것이 없다. 불안이 친구처럼 붙어온다. 소심하고 민감한 여자가 맘 놓고 말할 사람은 없다. 아무나 불러낼 깜냥도 아니다. 치밀하지 못한 데다 기댈 사람이라고는 없다. 별 걱정을 다 하는군. 뭔 걱정이 그리 많나. 남편이 그런 말이라도 하던 때가 좋았다. 지켜줄 울타리가 있었으면. 침입자를 혼자 막아야 한다고 생각하면 뜨거운 덩어리가 명치에 얹힌다. 여자가 고개를 들어 성을 닮은, 돔형의 막을 훑는다. 돌길을 성큼성큼 걷던 남편의 튼실한 다리는 이제 물 풍선처럼 흐느적거린다. 처음 봤을 때 그는 든든한 걸음으로 다가왔다. 활짝 웃던 얼굴이 생생하게 살아난다. 목에서 솟던 땀이 줄기를 이룬다. 누운 이가 팔을 훑는다. 아직 여자 팔은 말짱하다. 제가끔 땀나는 곳이 다르다고 안 것도 여기서다. 얼굴, 목, 허리, 엉덩이 따위. 사람 따라 부위도 달라진다. 여자가 빈자리에 몸을 눕힌다. 보통 크기의 타월이 젖가슴에서 허벅지를 빠듯하게 덮는다. 남편이 베란다에서 해바라기를 할 시간이다.

여자가 링거 팩에 넣어진 음식을 걸대에 걸 때 전화가 울렸다. 미지근하게 식은 곰국이 코에 꽂은 엘 튜브를 따라서 천천히 흘렀다. 동쪽 창으로 길게 들어온 노란 햇살이 남편 얼굴에 닿을락말락했다. 조금 지나면 해는 방을 나갈 것이다. 여자는 아침에 먹은 콩나물 몇 가닥이 목에 걸린 듯 께끄름했다. 오늘은 또 뭘 먹지? 밥을 먹기 시작한 아이는 콩나물만 찾았다. 일일이 다듬고 씻어야 하는 과정이 성가신 데다 콩나물에서 날 비릿한 맛도 거슬렸다. 애착이 없는 어미라고 여기면 미안했다. 백일잔치가 끝났을 때 남편이 사고를 당했다. 여덟 살이 된 아이는 학교 공부에다 미술학원에 다니는 것만으로 벅차 한다. 거기다 태권도 도장까지. 제대로 마주볼 틈도 없이 하루가 간다. 스스로 너를 지킬 줄 알아야 해. 아이는 엄마 말을 순순히 따랐다.

아이가 너덧 살 어름이었다. 물색없이 손에 닿는 대로 휘저어서 제 모양을 갖춘 물건이 남아나지 않았다. 엄마가 불쌍해. 아이가 제 고모에게 하는 말이 흘깃 스쳤다. 부엌에서 커피를 타던 여자는 문득 아뜩했다. 아이가 자신을 살필 줄 생각 못했다. 불쌍하다는 의미를 알고나 쓸까. 어느새 흐른 시간을 실감했다. 남편의 얼굴은 늘 그렇듯 멀쩡했다. 뇌가 반 이상 죽었습니다. 의사의 목소리가 또렷했다. 베지터블 스테이트를 발음하는 의사 얼굴을 뚫어져라 쳐다봤던 것 같다. 남편은 관성으로 눈을 뜨고 비닐관으로 흘러드는 유동식을 먹었다. 생각과 말, 움직임까지 사라진 남편을 깨우려고 여자는 무진 애썼다. 누워 있어서일까. 눈이 맑았다. 여자 몫의 빛까지 눈에 담고 그는 일상에서 떠나있었다. 여자만 칙칙한 어둠 속에 남았다. 빛도 나갈 길도 없는 토굴에 갇힌 것처럼 암담했다. 하루에도 몇 번씩 그를 들어올리는 일이 힘에 부쳤다. 금세 입을 열 것 같은 멀쩡한 외양을 보고 있으면 속이 끓었다. 기껏 움직인다는 것이, 그것도 남이 일으키고 앉게 하는 일이었다. 겉으로 보아서는 건장하기만 했다.

엄마, 모자가 많아요. 아이가 젓가락으로 국그릇을 휘저었다. 희끗한 콩 껍질이 국에 떠다녔다. 유난히 콩나물을 좋아하는 아이가 몇 가닥 풀로 살 힘을 얻는다고 생각하니 신기했다. 링거 팩으로 음식을 받아들이는 남편도 마찬가지였다. 관을 통해 흘러드는 액체가 남편을 살리고 있다. 산다고……? 여자는 멈칫 했다. 눈을 깜박이는 게 전부인, 무의식의 반응만 하는 그를 살았다고 해야 할까.

　남편이 방사형의 잔 돌 위를 걷는다. 성안은 밝다. 듬직한 등을 보이며 나란히 서지 못할 좁은 길을 앞서 걷는 모습이 믿음직하 다. 낡아빠진 가구처럼 남편은 이제 누워만 있다. 그는 정적 속으 로 숨어들었다. 여자가 해야 할 의무는 왜 그리 많은지. 초등학생 의 뒤치다꺼리에다 남편이 해야 할 몫까지. 준비물, 숙제, 현장 학습이 이어졌다. 집을 사고파는 일에다 세금 문제 또한 복잡하 기만 했다. 혼자 고요한 그를 보며 여자는 깊은 한숨을 토했다. 팩에 든 젖빛 국물이 조금씩 줄었다. 조용한 실내에 요란하게 벨소리가 울렸다. 신통한 전화일 리 없다고 생각한 여자가 느릿 느릿 전화를 받았다. 나야. 어떻게 지내? 친구 목소리는 여자와 딴 세상에 있었다. 벽에 갇힌 여자를 뺀 바깥세상은 잘 돌아가는 모양이었다. 어제 가족과 밖에 나가 식사했어. 청담동에 새로 생긴 프랑스 레스토랑이었어. 비싸기만 하고 맛은 없더라. 친구는 여자가 못 누리는 기쁨을 심드렁하게 말했다. 간절히 바라지만 바라서는 안 되는. 한 가닥 기쁨에도 허겁지겁 매달리 려는 스스로가 검불처럼 나부꼈다. 부요하고 안온한 일상이 강 건너 마을처럼 어렸다. 서러운 덩어리가 울컥 목을 메웠다. 겨우 다독인 속내가 웅성거렸다. 어쩌자고 전화야. 차라리 모른 척 해. 생각이 입 밖으로 튀어나왔다. 밀려난 자신이 초라했다. 들어줄 사람도 없이 펄펄 끓는 속을 혼자 가라앉혀야 했다. 벽에 무심히 걸린 '그랑자트 섬의 일요일'이 여자를 내려다봤다. 물가를 거니는 여자와 남자들 너머로 한가하고 무탈한 해 어름이 이어진다. 별 뜻 없이 걸었던 복제화를 보다가 갑자기 화가 났다. 유리 깨지는 소리에 뛰어나온 아이가 겁먹은 얼굴을 했다. 왜 그래? 엄마. 여자는 말없이 깨진 유리를 치웠다. 악몽 속에 혼자 남겨졌다. 쓰디쓴 패배감이 올라왔다. 날카롭게 모를 세운 유리조각이 손을 찔렀다. 족쇄에 묶인 자신을 비웃는 듯했다. 상처는 깊었다. 욱신거리는 혈관 밖으로 붉은 피가 쏟아졌다. 여자는 밴드로 상처를 묶었다. 벼랑 끝에 매달린 것처럼 아슬아슬했다. 무신경하게 툭툭 치는 이들이라면 염증이 난다. 그것을 관심이라고 우기기까지 하면서. 친친 동여맨 손가락이 욱신거렸다. 여자는 이 자리를 감쪽같이 벗어나고 싶다. 가끔 치미는 내밀한 유혹이 만만치 않다. 사내를 바라는 몸과 안 된다 하는 마음이 뻣세게 맞섰다. 여자를 태웠던 첫 불길은 사내를 자주 만나면서 불땀이 숙었다. 기억나지 않지만 사소한 일에 불끈 화를 내는 사내를 보니 여자 생각과 다르게 일이 벌어지는 듯했다. 스스로 불구덩이에 빠졌으니 나오는 것도 자신이 해야 한다. 한증막은 여자가 찾아낸 쉴 터다.

열 시면 간병인이 온다. 남편은 휠체어로 옮겨진다. 늙수그레한 그녀가 낮 동안 그를 돌본다. 초등학생인 아들이 영어학원에 있을 시간이다. 아이는 한 번 집에 들른다. 간병인이 점심을 차려줬을까. 태권도 학원이 끝나는 여섯 시까지 여자시간이다. 아침에 한번 남편의 기저귀를 간다. 소변기는 때마다 비우세요. 깨끗이 씻어야 해요. 여자는 간병인에게 그 말을 하고 집을 나온다. 아이의 수선스런 성격이 그럭저럭 처진 분위기를 살리기는 한다. 아이가 모빌에 눈과 귀가 익숙할 무렵 여자가 요정 인형을 디밀었다. 소리를 따라 움직이던 아이 눈이 인형은 피했다. 보라색 인형이 화사하게 날던 가게가 기억난다. 철길을 달리던 테제베의 굉음은 추억이 되었다. 기차에서 내렸을 때 느리게 흐르는 강 건너 멀리 미니어처 같은 시가지가 열렸다. 좁디좁은 길을 따라 작은 가게가 이어졌다. 요정만 진열한 가게 앞에서 여자는 걸음을 멈췄다. 파란 눈을 가진 깔끔한 여 종업원이 여자를 맞았다. 흰 앞치마를 두른 종업원은 요정을 흉내 낸 차림이었다. 짧은 보라색 드레스와 앙증맞은 앞치마, 나비처럼 화사한 두 장의 날개. 크고 작은 요정들이 진열장 위와 아래 벽면에서 여자를 내려다봤다. 여자는 요정의 나라에 온 손님처럼 눈을 가늘게 떴다. 허술하지 않은 가격을 살피고 작은 것을 집어들었다. 인형은 여자의 침대머리맡에 자리를 잡았다. 화사한 진열장을 떠나온 요정은 쓸쓸해 보였다. 아이는 인형과 눈을 마주치려 하지 않았다. 여자는 가끔 아이 눈앞에 대고 인형을 흔들었다. 무관심한 작은 얼굴을 보면서 즐거워했다.

끝이 안 보이는 풀밭이다. 서늘한 바람이 알몸을 훑는다. 언제 밖으로 나왔지? 구름더미 같은 그림자가 여자를 덮친다. 낱낱의 세포가 파들파들 생기를 띤다. 빛이 어우러진다. 농밀한 단내가 몰린다. 아뜩한 절정에 여자는 소스라친다. 아, 소리와 함께 퍼뜩 눈을 뜬다. 불 없는 밤처럼 깜깜하다. 전깃불이 있었는데? 온몸에 땀이 흥건하다. 미처 지워지지 않은 홍분이 여자에게 미열처럼 남아 있다. 여자가 더듬거리며 밖으로 나온다. 벽을 채운 거울에 여자가 서 있다. 조금 떨어져서일까. 실루엣이 매끈하다. 그러고 보면 결혼과 임신과 출산이 단숨에 지나갔다. 잠깐 숨 돌리는 틈에 일어난 자동차 사고에다 뒤치다꺼리까지. 그 여름에 살이 붙었을라고. 실제보다 길어 보이는 세로결 유리가 아닌지. 여자가 미심쩍게 거울 면을 훑는다. 홀 가두리를 따라서 갈색 마대가 깔려 있다. 여자는 병원용의 검은 비닐 베개를 외면한다. 병원이라면 지긋지긋하다.

가운을 입었거나 맨몸인 사람들이 마대 위에 눕거나 앉아 있다. 주인도 손님도 내키면 눕는다. 홀 가운데 자리 잡은 화투판이 떠들썩하다. 한 옆에 천 원짜리 지폐가 수북하다. 패거리의 몇은 낯이 익다. 아는 척하기는 조금 깔깔한. 어색한 시선과 맞닥뜨리기 전에 여자가 눈을 돌린다. 흡연실이라는 명패를 붙인 방은 늘 그렇듯 북적인다. 닫지 않은 문으로 뭉텅이 진 담배 연기가 샌다. 거기 벌린 판도 다르지 않다. 여자는 우그러뜨린 맥주 캔과 너저분한 음식 접시를 곁눈으로 스치며 담배연기가 닿지 않을 곳을 찾는다. 코너에 빈자리가 있다. 여자가 그쪽으로 가서 앉는다. 기역자 홀 저편 카운터에 손님이 서 있다. 누워 있던 주인이 잽싸게 일어나더니 발 빠르게 움직인다. 암팡진 삼십대의 여주인은 날렵하게 가운, 수건, 열쇠를 모아 내민다. 음료수가 가득 찬 냉장고를 보면서 여자는 목이 마르다. 냉커피 주세요. 부지런한 오십 대의 관리인은 웅얼거리는 소리를 잘 알아듣는다. 여자가 내민 천 원짜리가 검은 빛 물통과 엇갈린다. 제가끔 녹차나 커피 따위의 플라스틱 용기를 옆에 두고 있다. 냉장고 옆의 바구니에는 레이스가 드러나게 접은 속옷이 색색 으로 담겨 있다. 이곳에서 소용되는 물건들도 보인다. 목욕모자, 때수건, 머리핀, 샴푸, 린스 따위. 기웃거리는 사람은 없어도 물건은 자주 바뀐다. 주방도 한가하지 않다. 옆에 놓인 앉은뱅이 상에 두 사람이 앉아 국물을 홀짝거린다. 살펴보면 이만큼 쉬운 장사도 없어. 소곤거리는 소리가 흘러든다. 탕은 때밀이가, 홀은 매점에서, 방은 마사지사가, 한증막은 계란을 파는 사람이 청소 를 맡아 한대. 부엌은 부엌대로 돌아가지. 보증금도 꽤 될 걸. 주 인은 카운터만 지키면 된다는 얘기다. 가끔 외출할 때 대신 봐줄 사람도 아쉽지 않다. 화투판을 기웃거리는 때밀이, 아니 목욕관 리사는 아직 손님이 없다. 손바닥 크기의 꽃무늬 망사 팬티차림 으로 스스럼없이 여기저기 기웃거린다. 어느 분야든 관리다. 손톱, 발톱은 물론, 발, 피부, 비만, 헤어스타일, 모발, 모든 신체를 내맡긴다. 현금도 부동산도 관리해준다. 너나없이 관리비를 버는 일이 관심사다. 나를 맡길 돈을 벌기 위해서 다들 바쁘게 뛴다. 목욕관리사가 방에서 원피스를 들고 나온다. 떨어진 단추를 들고 옆 사람에게 실과 바늘을 한데 내민다. 실은 맺어주는 게 아니라네. 꿴 실을 받으면서 관리사가 말한다. 죽으면 매듭 풀어내라고 조른대. 주인 없는 말들이 실내를 채운다. 여자 셈속이 빠르게 움직인다. 돈을 심어서 쑥쑥 자랄 데를 찾아야 한다.

보이지 않게 떠돌 먼지가 여자를 괴롭힌다. 미세한 살비듬이 코로 입으로 날아든다. 속이 어릿거리더니 머리가 핑 돈다. 시야가 흔들린다. 뭉친 것처럼 속이 거북하다. 핏기가 명치로 쏠린다. 안색이 드러나게 창백하다. 여자는 컨베이어벨트에 얹힌 것 같다. 무리하게 땀을 뺐을지 모른다. 오늘따라 막 안이 지나치게 뜨거운 데다 지나치게 오래 앉아 있었다. 여자가 휘뚝 그 자리에 쓰러진다. 마그마 같은 뇌수가 아득하게 흐른다. 여자가 정신을 안 놓으려고 안간힘 쓴다. 가물가물 흐르는 흰 빛. 소리와 물체가 물러난다. 어른대는 흰 무리가 둥글게 휜다. 여자는 느릿하게 손을 뻗는다. 더듬는 손길에 플라스틱 통이 잡힌다. 빨대를 타고 온 씁쓸한 액체가 목을 넘는다. 선뜩한 기운이 잦으면서 어지럼증이 가신다.

의식을 놓아버린 남편의 몸뚱이가 허망을 그린다. 늘 부산스럽게 곁을 맴돌던 아이도 언젠가는 품을 떠날 것이다. 눈앞에 있다가 느닷없이 사라지는 일이 꿈에만 있는 게 아니다. 자동차를 산다는 건 남편의 꿈이었다. 차를 보기로 했어. 깨끗하게 탔던 차래. 더 큰 차를 사려고 내놓았다는 거야. 남편의 목소리가 또렷하게 울린다. 친구와 함께 시운전하기로 했어. 알고 보니 옆자리에 앉혔던 친구는 새파랗게 어린 여자였다. 그 자리에서 죽었다는 처녀도 구겨진 차체도 잠결에 묻어든 꿈처럼 아슴푸레하다. 뒷날 여자가 현장을 찾아갔을 때 자유로自由路는 적막했다. 무섭게 내달리는 차가 쌩 쇳소리를 남기고 사라졌다. 여자는 처참하게 휘어지고 끊어진 흰 가드레일을 우두커니 바라보다 돌아왔다. 남편이 탔던 차는 일 미터가 넘게 턱이 진 경사에 거꾸로 박혔다고. 정비소로 옮겨진 차를 사진으로 봤다. 엔진 부분에서부터 망가진 차체가 손으로 구긴 은박지처럼 참혹했다. 의식을 잃은 남편은 혼수상태에 빠졌다. 의사가 눈꺼풀을 벌리자 활짝 열린 동공이 드러났다. 여덟 군데의 뇌혈관이 터졌다는 말을 하며 가망 없다고 고개를 흔들던 의사가 떠오른다. 아무도 도울 수 없는 일을 혼자 떠맡았다. 거기다 허룩하지 않은 보험회사까지 여자를 놔두지 않았다. 냉정하고 실리적인 그들이 사정을 봐줄 리 없었다. 뇌가 바쉬질 것 같은 실랑이가 이어졌다. 그렇다고 마냥 끌려갈 수도 없었다. 보험회사를 상대로 여자는 지루하게 싸웠다. 죽으면 간단한데. 말끝을 흐리는 직원을 보며 여자는 끝까지 싸우리라 결심했다. 산소마스크만 떼면 끝이지요. 여자는 화가 치밀었다. 남편을 살리려고 죽을힘까지 썼다. 두 번, 그의 숨이 끊길 뻔했다.

여자는 미친 듯 구급차를 불렀다. 남편을 살린 것이 잘한 일인지. 이제 여자는 혼란스럽다. 남편은 아주 오래 살지 모른다. 더 나아 지리라고 바랄 수도 없다. 그와 얼굴을 맞대고만 있을 수 없다. 돈 불릴 데를 찾아야 한다. 휠체어에 남편을 태우고 내리는 일이 말만큼 쉽지는 않다. 욕창을 조심해야 합니다. 의사의 당부가 아니더라도 환자를 누워만 있게 할 수는 없었다. 여자는 간병인을 쓰기로 했다. 육십을 넘긴 간병인은 시댁 쪽 일가붙이다. 쯧, 쯧, 느닷없는 사고가 안쓰러운 듯 혀를 차는 버릇이 달갑지 않다. 그렇게 잘 생기고 똑똑하더니. 지난 일을 되새기는 말을 듣자면 심술이 나려한다.

컴퓨터 게임에 빠진 아이는 진즉 제 방으로 들어갔다. 환한 불빛과 텔레비전 소리뿐 집안은 고요했다. 여자는 무거운 눈길로 남편을 돌아봤다. 멀쩡한 얼굴을 보니 혼자 했던 생각들이 민망했다. 달리 하소연할 데도 없었다. 친정어머니라도 살아 있다면, 바작바작 속을 태우느니 불에 뛰어드는 게 나아. 억지 조차 부질없었다. 죄책감과 연민이 엇갈렸다. 성가신 보험회사 는 설계사였던 시누이가 대신 맡았다. 싹싹하고 현실에 밝은 그네가 뛰어 다니며 손을 썼다. 몇 년을 끌던 소송이 마무리되고 꽤 많은 보상금을 받았다. 어떻게든 남편이 숨을 쉬기만 하면 먹 고 살 걱정을 하지 않을 만큼의 돈이 해마다 나온다. 운이 좋다고 하기에는 면구스럽다. 간병인과 여자가 번갈아 돌본 남편은 불 밝힌 백열등처럼 환했다. 홀로 서지 못하는 남편을 보며 여자는

‘홀로 서기’의 말뜻을 깨우쳤다. 쓰러질 때 붙잡아주지 못한다는 걸 빼면 혼자도 나쁘지 않다.

파리에서 공부하는 남편을 만났을 때 홀시아버지의 외아들이라는 건 문제가 되지 않았다. 오래된 도시에서 배어나는 꿈같은 분위기가 여자를 사로잡았다. 공부를 끝낸 그는 곧장 돌아왔다. 홀시아버지는 이때를 기다린 듯했다. 신주함을 건네는 것으로 그녀를 맞았다. 신주함은 밤나무로 만든 걸 제일로 쳐. 나무가 죽기 전에는 뿌리에 붙은 밤 껍질이 절대로 떨어지지 않는다는 거야. 조상이 없어지면 나도 없다는 말이지. 노인은 큰일을 마친 뻐근한 표정을 지었다. 신주함을 받은 여자는 난감했다. 거기 따라붙는 일이 한둘이 아니었다. 밤나무에 의미를 붙이고 떠받들다니. 대놓고 마다할 수는 없었다. 결혼이 현실이라는 상투적인 말을 신주함을 받아들면서 실감했다. 프랑스에 가려졌던 남편의 실상이 작은 밤나무 함과 함께 낱낱이 드러났다. 그러고 보면 남편은 명분뿐인 신주함과 닮았다. 결혼했으니 가장이라는 이름으로 실세인 아버지 돈을 받아서 생활했다. 지금은 이름만 남편이다. 자신의 생활에 떡 버틴 밤나무 함을 그리면 갑갑하다. 신주에 따라붙는 귀신이 있다면 남편이 사고를 당할 리 없다. 생이란 여자가 아는 테두리 밖의 일일지 모른다.

영국의 우주물리학자 스티븐 호킹이 텔레비전화면에 나왔다. 몸속의 운동신경이 차례로 망가져서 온몸이 뒤틀리는 루게릭병에 걸렸다고. 20대에 발병한 그에게 일 년, 길어야 이 년 안에 죽는다는 진단이 내려졌다. 그런 그가 60을 넘은 지금껏 살아 있다. '블랙홀은 검은 것이 아니라 빛보다 빠른 속도의 입자를 방출, 뜨거운 물체처럼 빛을 발한다.' 굳어가는 몸을 가지고도 그는 블랙홀을 뒤집은 이론을 세웠다. 내가 이룬 어떤 업적보다 뛰어난 업적은 내가 살았다는 것입니다. 그의 고백을 듣던 여자는 고개를 끄덕였다. 정신으로 사는 호킹. 몸만 멀쩡한 남편. 어울려야 할 두 부분이 따로 남은 그들을 같다고 우기는 건 무리다. 몸과 정신이라는 떼어낼 수 없는 둘을 하나씩만 가진 사내들. 몸만으로는 아무 것도 아니었는데 정신은 홀로 남아도 뭔가 해내는 모양이었다. 식물인간에게 묶인 자신을 돌아보면 억울했다. 그와 끝까지 함께 가야 하는지. 이렇게 마냥 묶여 있어도 되는지. 딴 세상으로 피한 남편 옆에서 여자는 곰곰이 궁리했다. 그가 보장할 돈까지 포기해야 한다고 생각하면 혼란스러웠다. 그건 누구의 탓도 아니었다. 굳이 짚자면 귀신의 소행 아닐까. 보인다면 드잡이라도 할 것처럼 심사가 뒤틀렸다. 때마다 여자 손으로 차린 제삿밥을 먹는다면 자손이 저런 변을 당하게 놔둘 리 없다. 신줏지 뭔지 받지 않았으면 사고는 없었을까.

여자는 입욕실로 들어간다. 폐목으로 마무리한 인테리어가 눈에 띈다. 입구 기둥도 겉껍질만 벗긴 통나무다. 땀에 젖은 가운을 벗는다. 걸 곳을 찾아서 두리번거리던 여자는 황토사우나로 들어선다. 황토를 짓이긴 천장과 벽, 바닥이 온통 붉다. 황토, 은, 옥, 자수정, 맥반석, 게르마늄……, 검증할 수 없지만 검증

됐다고 우기는, 건강에 좋다는 것들이 넘친다. 나무를 덧댄 벽에 세탁소용 옷걸이가 하얀 타월을 걸고 있다. 사람들이 한증막으로 몰려서 여기는 거의 비는 데다 빨래가 잘 마른다. 가운을 건 나뭇결은 트고 갈라졌다. 여자는 생명을 잃은 것에 민감하다. 여자는 서둘러 방을 나온다. 샤워기 앞에 놓인 플라스틱 바가지를 집어 든다. 희끗한 바가지에 물을 받고 보니 부옇다. 여자는 끈끈한 흔적을 거푸 씻어낸다. 미지근한 물을 머리부터 끼얹자 번쩍 정신이 든다. 짧은 파마머리가 튀어든다. 수선스럽게 오가던 그녀가 여자 앞에 버티고 선다. 이봐요. 여기 타놓은 우유 못봤어요? 아이 발라주려고 타놓고 잠깐 나갔다 온 새에 없어지다니…… 여자를 쳐다보는 눈에 혐의가 짙다. 묻는 게 아니라 도둑으로 몰고 있다. 몰라요. 여자는 대거리하고 싶지 않다. 샤워기의 물줄기가 세다. 파마머리는 좀체 그만둘 기세가 아니다. 아니, 누가 가져간 거야. 내 우유를…… 여자를 힐끔거리는 눈길이 사납다. 그런다고 씻겨나간 우유가 나올 리 없다. 그깟 우유쯤 가지고. 그럴 수도 있지. 여자는 속으로 혀를 찬다. 증거 없는 혐의는 효력을 잃는다. 파마머리는 어쩔 수 없다는 시늉이지만 힐끔거리는 눈초리를 거두지 않는다. 여자는 들키지 않게 바가지를 구석으로 민다. 말끔히 씻겼을 바가지지만 행여 꼬투리를 잡힐까 봐 켕긴다. 사우나 실에 건 가운은 그새 가슬가슬 말라 있다.

여자는 홀 벽에 붙은 어지러운 광고를 하나씩 읽는다. 호박물.

배물. 당귀차. 경락마사지. 실면도. 뜬금없이 큰 글자에 눈이
끌린다. 저런 이름의 섬이 있었던가. 아슴푸레한 표정이던 여자
는 이내 쓴 웃음을 문다. 틀린 띄어쓰기가 실소를 부른다. 꼬아
진 무명실이 이마를 훑을 때면 소름끼치게 아프던 기억과 아픔
보다 매웠던 어머니 손끝은 다 옛날 일이 됐다. 바지런했던
어머니가 무릎에 실을 비벼 꼬는 게 여자는 신기했다. 따로 꼰 두
줄 무명실을 다시 하나로 엮고. 아가, 이마가 넓어야 이쁘단다.
야무지게 꼰 실을 흔들며 여자를 부르던 목소리가 귓가에 돈다.
아이였던 여자가 주춤주춤 물러선다. 어머니에게 잡혀서 무릎에
눕던 기억이 몇 번 있다. 푸릇한 연기냄새로 맡아지던 어머니
체취가 새삼 그립다. 뽑힌 털을 흔드는 어머니 앞에서 따갑던
살갗을 문지르며 질금거렸다. 조붓한 이만큼의 이마는 실면도
덕일까. 어머니도 남편도 뿌리에 붙은 밤 껍질처럼 여자를 놓지
않는다. 돈줄인 남편이 죽으면 안 된다.

　여자가 거울 앞에 선다. 발그레한 볼이 윤기로 반짝인다. 희미
한 음악소리에 여자가 귀를 세운다. 쌀쌀한 음조는 자신이 고른
우편마차다. 여자는 망설인다. 거울 속, 둥근 눈이 여자를 마주
본다. 음악은 끝나지 않는다. 처리해야 할 신호음이 망치처럼
머리를 두드린다. 어지럼증이 도질 것 같다. 여자가 머리를 묶은
고무줄을 잡아당긴다. 열기와 습기에 시달린 숱 많은 머리채가
맥없이 쏟아진다. 고무줄에 엉킨 머리카락이 이물스럽다. 여자
는 옷장에서 휴대폰을 꺼내든다. 부재중 전화표시가 액정판에

뜬다. 발신자번호는 사내 것이다. 여자는 휴대폰 스위치를 끄고 라커를 잠근다. 사내를 만나면 안 된다는 생각이 요즘 든다. 언니, 예뻐졌네. 좋은 일 있어? 시누이가 빤히 쳐다봤을 때 얼굴로 피가 모였다. 저절로 핀 혈색에다 훈훈해진 마음을 들킨 것 같았다. 사라진 빛이 돌아와 어디랄 것 없이 반짝였다. 여자는 오랜만에 찾아든 생기가 반가웠다. 시시콜콜 발설할 수 없는 일인데다 시누이가 알아서 좋을 일은 아니었다. 좋은 일 좀 있어봤음 좋겠어요. 문지르듯 피하는 여자를 쥐 눈처럼 반짝이는 시선이 짯짯이 훑었다. 끝만 잘라낸 바늘을 뿌린 것처럼 얼굴이 따가웠다. 그렇다고 덮어놓고 사내를 좋아하는 것도 아니었다. 갖가지 궁리가 엉겼다. 여자는 자신이 쓰는 돈에도 혐의를 두었다. 음험한 사내 속셈을 캐내야 한다. 어리석게 넘어갈 수는 없지. 정말 그의 친구일까? 여자가 남편 친구를 다 알 리 없을 텐데 처음 본 얼굴인 것도 마음에 걸렸다. 자신을 밝힌 환한 기분은 괜찮았다. 엉겨드는 의심과 번지는 빛이 희뜩번뜩 엇갈렸다. 이 정도면 돈을 써도 괜찮다는 생각도 없지 않았다. 왜 하필 나야? 여자가 사내에게 물은 적이 있었다. 운명이지. 눈을 맞추면서 사내가 말했다. 그가 사준 휴대폰에는 '하늘만큼, 땅만큼'이 떠 있었다. 이런 삼류라니. 여자는 비웃으려 했다. 유치하다고 뭉개면서 그 말에 잡힌 것도 사실이다. 꿉꿉하던 속내로 밝은 햇살이 스민 듯했다. 사내는 증권에 정신없이 매달렸다. 여자가 그를 따라 객장에 간 적이 있다. 반드시 올라. 틀림없어요. 지금이 투자적기야. 여자는 쉽게 설득됐다. 사내에게 빌려준 오천만 원을 받을 수 있을까. 또 불안이다. 돈을 떼인 맹가니 소문이나 기사가 흔하다. 듣고 볼 때마다 여자는 오그라든다. 여자는 부쩍 친절해진 사내를 의심스럽게 살핀다. 또 다른 투자를 요구할지 모른다. 그를 만나지 말아야 할까? 휴대폰 번호를 바꿔야지. 빌려준 돈은? 이대로 떼일 수 없다. 매듭 없이 돈만 받고 헤어지는 방법이 있을까. 막아줄 울타리도 없는데 문제가 생기면 곤란하다. 불한증막이라면 경험 없는 여자도 할 수 있는 일이다. 어쩌면 잃은 돈까지 만회할지 모른다. 이렇게 사람들이 북적거리는 것으로 보아 수입도 괜찮을 것이다. 여자는 속이 타다가 부산하게 머리를 굴리다가 한다. 손에 쥔 커피가 바닥을 드러낸다.

여자가 주방 옆, 정수기로 다가간다. 푸르스름한 살균 등이 켜진 장 속에서 스테인리스 컵을 꺼낸다. 목을 꺾어 물을 마신다. 천장에 붙은 환기구에 까만 그을음이 엉겨 있다. 물 한 컵으로 가실 갈증이 아니다. 정수기는 쉴 틈이 없다. 여자는 미지근한 물을 거푸 들이킨다. 홀에 펼쳐놓은 앉은뱅이 상에서 밥 먹는 사람이 늘 있다. 미역국과 밥이 주 메뉴다. 밥상 앞에 앉은 젊은 여자가 고개를 힐끗 올리고는 도로 고개를 박는다. 홀 가운데를 차지한 상을 지나야 막에 갈 수 있다. 전구 필라멘트가 나갔었지. 여자가 17인치 모니터만한 한증막 유리를 살핀다. 흰색을 칠한 문에 그을음이 테두리를 그린다. 주황색 불빛을 밝힌 유리가 거기만 강조한 흑백 스틸처럼 드러나 있다.

여자는 텅 빈 안에 서 있다. 갈아 끼운 전구가 밝다. 거친 멍석이 발바닥을 찌른다. 벽 틈으로 푸릇한 빛이 샌다. 다시 카르카손이다. 호기심에 밀린 손에 살균 등 같은 불빛이 닿는다. 빛을 뿜는 블랙홀이라고? 손이 닿기 전에 돌은 소리 없이 밀린다. 눈동자로 푸른빛이 쏟아진다. 여자는 빨려들듯 걷는다. 형광색 빛이 칠흑 같은 어둠을 가른다. 이리 와. 에코처럼 울리는 바리톤이 익숙하다. 소리만으로 형태를 느끼는 건 수상하다. 여자는 목청껏 외친다. 이렇게 살 수 없어. 누구나 행복해야 한다며? 진부한 말이 여자를 끌어당긴다. 말은 어둠에 스민다. 여자가 자리에 눕는다. 깊고 따뜻한 흐름이 여자를 감싼다. 불안 염려 자괴감 따위, 여자를 파먹던 말이 어둠에 먹힌다. 우겨넣은 비지처럼 뻑뻑하던 속내가 풀린다. 눈 안쪽에 반짝이는 윤슬이 일렁인다. 퍼뜩 여자가 눈을 뜬다. 불빛이 눈을 쏜다. 여전히 혼자다. 여자가 뜨거운 목걸이를 문지른다. 처음부터 시작한다면?

건강한 남편이 잔돌 박힌 좁은 길을 걷는다. 여자를 보면서 잰걸음으로 다가온다. 가난했던 유학생은 웃음도 생각도 사라진 대신 황금 열매를 맺는 나무가 됐다. 그의 생기와 바꾼 몫으로 내 날을 살아야 한다. 최악이라니. 천만의 말씀. 스스로 괴롭혔을 뿐이야. 연봉 오천이면 괜찮지 않아? 여자는 어른거리는 환영을 좇는다. 산자들이 죽음을 향해 걷는다. 음산한 행렬 위로 드리운 너도밤나무 그늘이 짙다. 남편이 곧은 다리로 씩씩하게 걷는다. 후빌 듯 따가운 열기가 살갗을 훑는다. 홍건한 땀이 쉴 새 없이 흐른다. 벽을 따라 말간 눈이 솟는다. 넘어야 할까, 갇혀야 할까. 끝없는 미로다. 여자가 어금니를 문다. 다시 카르카손에 갈 수 있겠지. 남편이 될 그를 찾아서 프랑스에 갔던 게 잘한 일이었을까. 한 가닥의 추억이라도 붙잡아야 한다. 그 뒤로 여행을 간 적은 없다. 목걸이가 따갑다. 열에 시달린 긴 머리를 앞으로 훑어 내린다. 친친 몸을 감는 질긴 뿌리를 독하게 버텨야 한다. 불타는 옻나무 색깔이 붉은 빛을 뿌린다. 아득히 깊은 데로 불이 옮겨간다. 비산飛散하고 싶은 절정의 징후에 여자는 모질게 시달린다. 날개를 편 요정이 하늘을 난다. 거침없이 날 것 같던 날개는 찢어졌다. 빈껍데기를 숨긴 나무가 무성하다. 꼭 다문 여자 입매가 벌어진다. 되돌릴 수 있는 것은 없다. 돈만큼은 확실하다. 잘만 투자하면 무섭게 불어난다. 여자는 쉴 새 없이 파닥이는 날개를 탄다. 원심력과 구심력. 밖과 안. 나가고 싶은데 출구가 없다. 죽음 같은 어둠이 내린다. 밤 껍질로 남은 남편이 거기 서 있다. 여자가 소스라친다. 🌑

원웨이 티켓

현관 안으로 들어서니 실내는 생각보다 훨씬 충충합니다. 오월은 안과 밖을 선 긋듯 또렷하게 가릅니다. 너 오냐. 어머니가 앉은자리에서 나를 맞네요. 나는 입가에 설핏 밴 웃음으로 인사를 대신하고 어머니 앞에 앉았어요. 코끝이 닿을 듯 가깝습니다. 요즈음은 말하기도 싫고 영 웃어지지 않아요. 내가 본시 잘 웃었잖아요? 어머니가 나를 물끄러미 바라봅니다. 니가? 널 몰라도 한참 모르는구나.

얼굴에 쏟아진 시선이 부시네요. 나는 콧등을 찡그리며 웃었어요. 아기였을 때, 형제 중에서 내가 제일 잘 웃지 않았나? 혼잣말처럼 중얼거렸지요. 다섯 아이를 조르르 키워 보아도 너처럼 안 웃는 아이는 첨 봤다. 아이를 가슴에 품고 젖을 먹이며 눈을 맞추면 방긋 방긋 웃는 게 세상이 환했어. 그 재미로 아이들 다섯을 힘든 줄 모르고 키웠는데, 어쩐 일인지 이 아이는 아무리 얼려도 웃지를 않아서, 웃게 하려고 애도 퍽 썼더니라. 징허게도 웃지 않더니. 어머니는 뒤늦게 억울한 듯 눈을 하얗게 흘겼어요. 그런 말을 들어도 나는 믿지 않았지요. 내가 힘든 세상살이를 하는 탓에 어머니가 잘 못 기억할 것이라고. 시난고난 사는 딸을 보면 좋은 기억은 다 빠져나가고 나쁜 것만 생각나겠지, 했습니다.

십삼층 아파트에서 내다 본 바깥에 연초록이 가득찹니다. 갓 핀 녹색에 부서지는 햇살이 해사하네요. 올라오기 전에 본, 현관 앞 화단이 떠오르네요. 가장자리에 선 아이리스가 하나 남은 보랏빛 꽃잎을 매달고 있었어요. 나는 우두커니 서서 떨어진 꽃잎을 내려다 봤어요. 며칠 전만 해도 곧게 벋은 줄기 끝을 싱싱하게 꾸몄을 텐데, 흐르는 시간이 사물을 짓이기는 듯했지요. 멀거니 서 있는 내 앞으로 오토바이 한 대가 몸을 눕히며 달려들데요. 그 바람에 밀쳐진 돌덩이 아래서 잿빛 쥐며느리 서넛이 잽싸게 도망쳤어요. 쫓기듯 엘리베이터를 탔지요.

그래요. 요즘은 시간이 물살 같다는 말이 실감나요. 도둑 걸음으로 다가온 시간이 그 자리에 붙박여 있는 나를 훑고 지나간 느낌. 어둑신한 모퉁이에 걸린 거울이 바깥 빛을 희뜩거립니다. 나도 모르게 그쪽으로 다가갑니다. 바지와 카디건을 입은 여자가 헐렁하게 서 있네요. 조금 떨어진 거리여서 그다지 나빠 보이지 않는군요. 가까이 다가서서 귀 쪽으로 입가를 당깁니다. 얼굴 곳곳에 모아지는 주름들. 입과 눈에 힘을 주니 가로 선과 세로 선이 선명하게 도드라집니다. 마주보는 얼굴이 낯설었어요. 움직이는 대로 따라 다닐 어머니 눈길은 모른 척 합니다. 지언이는 어디서 살아? 밑도 끝도 없이 어머니가 묻네요. 몰라요. 어떻게 알아. 어디선가 잘 살고 있겠지. 궁금하면 어머니가 찾아보세요. 생각지 못한 물음에 당황했나 봐요. 얼버무리며 나오는 대로 말했습니다. 기억할 것은 못하면서. …… 안 할 것은 잘도 떠올리네, 뒷말은 삼켰지요. 생각지 못한 자리에서 뜬금없이 그 이름을 듣네요. 어머니가 그를 기억하는 건 뜻밖입니다. 그만큼 시간이 갔고 입 밖에 내는 사람도 없었어요. 그는 깊은 무의식으로 스며든 듯 했습니다. 튕겨 나온 이름에 흠칫 놀라서 괜히 왔지, 싶데요. 갈피없이 심란한 탓에 발길 가는 대로 오다보니 어머니 집이었어요. 속내를 모르는 어머니는 던지듯 그 말을 하고는 그뿐입니다.

요즘의 어머니는 그래요. 기어 다니는 아이처럼 눈앞의 것에 관심을 보였다가 다른 게 나타나면 조금 전의 일은 곧 잊어요. 생의 가운데쯤을 정점으로 관심의 영역이 다시 좁아지는 게 늙는 건가. 생각이 깊어집니다. 얘기는 이내 손아래 동생으로 옮아갑니다. 육십 중반을 넘긴 이모가 눈 수술이 잘못 되어 실명한 건 작년이에요. 조금 더 잘 보려다가 시력만 잃은 셈이지요.

이모는 갑자기 깜깜해진 세상을 받아들일 수 없나 봐요. 꼼짝 못할 어둠에 갇혀서 지난 시간만 센다고. 어머니의 손아래로, 한때 같은 동네에 살아서인지 멀리 떨어졌는데도 실 바늘처럼 서로 찾아요. 이모 눈이 원래 나빴지만 못 보리란 예상은 못했지요. 그리고 보니 쓸데없이 보고 알아서 힘들다고 툴툴거리던 스스로를 돌아봅니다. 안 보고 모르면 편할 거라고 억지를 썼는데. 못 보는 이모가 치기 어린 생각을 나무라네요. 알아서 힘든 그때를 못 참아서 눈을 여는 빛나는 기쁨까지 짓밟다니요. 순간에 약한 마음을 돌아보며 쓴웃음을 뭅니다.

갑작스럽게 닥친 동생의 실명을 보며 어머니 마음이 실타래처럼 어수선하게 엉키나 봅니다. 이렇게 깜깜한데……. 언젠가 손으로 눈을 가리던 모습이 스칩니다. 이모 사는 도시가 하루면 너끈히 다녀올 거리인데도 한번 갔다 와야지 할뿐 선뜻 길을 나서지 못합니다. 내 눈엔 이모 보기를 겁내는 것 같기도 하고. 일상을 훌훌 털어 버리고 하룻길을 다녀올 수 없는 건 몸이 아닌 마음이 어딘가에 매어 있어서일 거예요. 나만 그러려니 했는데 다들 사는 일이 만만치 않구나. 어느 누구도 시간의 그물에서 자유로울 수 없지. 일마다 까다로운 아버지를 앞세우지만 어머니 스스로 집을 비우고 싶지 않겠지요. 괜찮으니 다녀와. 아버지가 툭 던지듯 말하지만 손에 익은 일을 놓고 싶지 않은가 봅니다. 스스로 얽어매면서 옆 사람을 핑계 대는 듯해요. 조바심 때문에 시간을 한가하게 누리지 못하는 건 살림만 익힌 여자의 습성일 겁니다. 대신 전화로 미안한 마음을 푸는 모양입니다. 이런저런 아침 일을 얼추 끝내면 버릇처럼 번호를 누른다고. 조금 전까지 통화를 했다고 보자마자 말하네요. 성아, 움직이는 대로 부딪쳐서 몸뚱이가 멍투성이다. 변소도 못 찾겠다. 누구 하나 코빼기도 안 비치고. 어디 한 군데 성한 데가 없다. 어머니가 전하는 이모의 말에 가슴이 먹먹해집니다. 갑자기 닥친 어둠도 어둠이겠지만 앞이 가늠되지 않는 두려움으로 더 허우적거리겠지요. 이모부가 하는 껏 보살피고 따로 사는 아들딸이 나름으로 자주 찾아보는 것 같은데도 이모는 물에 빠진 것처럼 전화선의 언니에게 매달립니다. 자신을 가둔 어둠이 무서워서 주변 사람을 모두 들춰내다 보면 괘씸하기도 하겠지요. 생활에 묶인 이들이 못 가는 이유를 앞세워 제자리에서 멈칫거립니다. 보이지 않는 도시의 사이클에 얽힌 내용을 쭈뼛거리며 들이밉니다. 비겁하다고 생각하는 나도 그 꼴이지요.

너 똑똑했잖아? 그런데 집이 얼마나 넓고 크다고 변소를 못 찾아? 손으로 더듬어서 가. 막상 어떻게 해줄 수 없어서 동생을 나무랐다는 어머니 말에 그늘이 깊습니다. 나는 슬며시 눈을 돌립니다. 외려 큰소리를 내는 건 손 놓고 볼 수밖에 없는 스스로에게 화난 탓이겠지요. 늦게야 사랑이라고 알게 된 지청구가 못마땅해서 나도 잔뜩 찡그리곤 했어요. 하긴 지금도 나무람을 당하면 언짢기부터 해요. 사랑을 아는데도 포도주를 익히듯 시간이 필요한 가 봅니다. 이모는 아침마다 출근하는 이모부가

서운한 눈치입니다. 옆에 아무도 없다는 걸 못 견디겠답니다. 칠십 가까운 이모부가 아직 일한다는 게 얼마나 다행이야? 어머니와 나는 입을 맞췄지요. 일이 대수롭지 않다 쳐도 말입니다. 그런데 정작 이모는 전화에 대고 펑펑 울더라고. 어머니 마음이 내내 편치 않은 듯해요. 성아, 조 서방이 나간다는 얘기도 없이 나가. 이모부가 말하지 않고 나간 건 아닐 겁니다. 작은 소리여서 못 들었을 수도 있고, 아니면 짐짓 못 들은 것처럼 하는 건 아닌가, 짐작합니다. 갔다 올게, 하는 한마디 때문이 아니라 이모가 온종일 더듬어야 하는 어둠과 혼자 남겨진다는 게 두렵고 속상했을 것입니다. 절박한 이에게는 하찮은 것도 대단하게 다가올 테지요.

들는 사람 없이 틀어놓은 라디오음악이 문득 닿습니다. 좋아했던 노래여서 눈까지 쏠립니다. 원웨이 티켓. 출렁이는 푸른 물살이 가슴을 채우네요. 그와 함께할 때 늘 들었지요. 원웨이 티켓, 원웨이 티켓, 츄 츄 트레인……. 어머니가 이모 이야기를 하는 내내 지언이 맴돌았어요. 뜬금없이 그를 물은 까닭을 모르겠어요. 신화보다 더 아득한 옛날이 스친 듯합니다. 한 번도 그를 못 들었고 입에 담은 적도 없어요. 서늘한 기척이 가슴 안쪽을 휙 스치네요.

무성한 풀숲에 들어갔을 때가 떠오릅니다. 밤새 내린 이슬로 발목이 흠씬 젖어요. 웃자란 풀에 베인 상처가 쓰린 줄도 모르고 알싸한 느낌으로 헤맵니다. 빨간 콩 모양의 뱀 딸기는 기어이

다가가서 따고 맙니다. 만지기만 해도 붉은 물이 들 듯 선연한 색깔입니다. 가까이 보면 오돌토돌 돋은 돌기가 조금 징그럽긴 했어요. 입에 넣고 혀로 지그시 누르면 부드러운 과육은 이내 뭉크러져요. 맛은 어떻다 하게 기억나지 않네요. 땅에 붙어 자라는 풀꽃도 있습니다. 발육이 덜된 아기처럼 연약한, 작은 별 모양의 푸르스름한 꽃은 잘 보이지 않아요. 바스러질 듯 가녀린데도 갖출 것을 다 갖추어서 신기했어요. 너무 작아서 못보고 지나칠 때가 더 많습니다. 별꽃이라고 맘대로 이름 짓고 일어나며 손에 묻은 이슬은 옷자락 아무 데나 쓱쓱 닦습니다. 그러다가 풀색 애벌레를 보기라도 하면 몸에서 핏기가 싹 가시지요. 가끔 풀을 가르며 날쌔게 지나가는 뱀과 맞닥뜨리기라도 하는 날에는 그야말로 혼비백산입니다. 얼어붙은 것처럼 꼼짝할 수 없어요. 그랬어도 이른 아침에 잠을 깨면 근처에 지천으로 널린 풀밭을 헤맸습니다. 열 살 무렵의 일입니다. 그의 이름을 들으니 차디찬 그리메가 빠르게 달립니다. 마음을 꿰뚫은, 서늘한 느낌이 오래 남네요.

처음 그를 만났을 때가 생각납니다. 열아홉. 생각만으로도 설익은 나이지요. 현실은 불투명했어도 뭔지 모르게 닥칠 일에 대한 기대가 늘 있었어요. 작은 일에도 콩닥콩닥 가슴이 뛰었지요. 아마 그건 가능성이었을 것입니다. 생을 사는데 보이지 않는 가능성이 주어졌다는 것이 뻐근한 축복이라는 걸 이제 압니다. 어느 것도 분명치 않았어요. 막연하게 이루어질 뭔가를 그리며 마음이 앞서 달렸습니다. 신입생이었지요. 좋은 일이 생길 것 같은 예감에 들떠 있던 그해 겨울이었어요. 그를 만난 곳이 <바람의 수풀>이었던가요. 나는 그 찻집의 그림 밑에 앉아 있었습니다. 유럽의 숲을 크게 확대한 패널이었지요. 울창한 나무 사이를 떠도는 바람을 연상했어요. 풋감 같은 감성으로 살갗에 닿는 바람의 촉감까지 느꼈으니까. 아무도 없어서 하얗게만 기억되는, 기다란 열차 안처럼 마주 앉도록 세팅한 실내가 생생하게 떠오릅니다. 기다리던 친구는 아직 오지 않았습니다.

일주일 전, 명동의 지하도를 막 올라선 입구에서였어요. 친구는 지하도로 내려가려고 한 발을 계단에 내렸고 나는 올라오는 마지막 걸음이었지요. 처음이고 끝인 자리에서 우리는 마주쳤습니다. 너, 친구가 두 눈을 커다랗게 키우고 손으로 나를 가리키더니 그대로 섰습니다. 둘 다 입을 아! 벌렸지요. 친구는 지금은 초등학교가 된, 그때의 가장 친했던 동창이었습니다. 중학교는 서로 달랐는데 우리는 늘 함께 다녔어요. 고등학교에 들어가면서 내가 이사를 하는 바람에 소식이 끊어졌습니다. 지금도 눈에 선하네요. 보라색 코트를 입고 화들짝 놀라던 표정. 그 틈에도 나는 앵클부츠 위로 곧게 올라간 친구의 두 다리를 놓치지 않았습니다. 짧게 자른 머리에 화장기 없는 피부는 보얗게 분이 핀 사과 같았어요. 누가 봐도 대학 새내기였지요. 천성이 수줍은 나는 누가 말만 걸어도 얼굴이 절정의 단풍 색이 됐어요.

그것이 다시 부끄러워서 이마까지 홧홧거렸습니다. 그랬는데도 너무 반가워서 친구 손을 잡고 깡충깡충 뛰었지요. 옆을 지나던 사람들이 힐끔거리며 쳐다보는 것도 몰랐어요. 그렇게 기뻤던 적은 없었을 겁니다. 그 일과 함께 떠오르는 기억이 있어요. 저수지에서 맞는 일출을 아시나요. 떠오르는 붉은 해의 기미에 놀라 잠자던 새떼가 일시에 깃을 치며 날아오르던 생동감. 날 것처럼 벅찼지요. 저마다 할 일이 있어서 전화번호만 주고받고 헤어졌는데. 그 약속 날이었습니다. 나는 정한 시간보다 조금 일찍 나갔던 듯해요.

바깥 풍경이 고스란히 보이는 창유리에 빛이 희게 부서졌어요. 환하고 단정하고, 불필요한 선을 절제한 실내 장식이 편하데요. 구석 쪽의 파란 유리칸막이 부스에서 디제이가 잡담을 곁들여 음악을 내보냈지요. 닐 세다카가 원웨이 티켓을 불렀어요. 남자인지 여자인지 구별이 안 되는 목소리여서 나는 꽤 오래 그를 여자로 알았어요. 찌르는 듯한 노란 음색이 시원하게 들렸지요. 잘 틀어주지 않던 노래여서 더 좋아했던 기억이 납니다. 편도기차표를 주머니에 넣고 플랫폼에 선 남자를 떠올렸을 것입니다. 그때만 해도 어딘가 멀리 떠나는 사람이 그럴 듯하게 보였어요. 제자리에서 부대끼며 그날이 그날인 채 사는 건 구질구질했습니다. 그때 문이 열리고 바깥의 햇볕이 무더기로 쏟아졌어요. 투명한 빛 속으로 친구가 걸어왔지요. 무슨 옷을 입었던지 기억나질 않아요. 뒤를 따라서 키 큰 남자, 아니지요,

학생이라 해야 맞지요. 신입생 티가 겨우 가신 이월이었으니까. 남학생이 휘청휘청 걸어왔습니다. 친구가 그를 소개했어요. 윤지언입니다. 입가를 소리 없이 끄는 그를 홀린 듯 바라만 보았어요. 차고 부신 빛이 빠르게 가슴을 스쳤어요. 고교 동창인 그들은 그날 스케이트 모임이 있었다고 해요.

어머니는 내게 둔 눈길을 거두지 않고 처음 이야기로 돌아갑니다. 나서부터 그렇게 웃지 않더니, 아마 너는 그때부터 세상살이가 싫었던 모양이야. 식탁에 마주 앉아서 내 얼굴을 짯짯이 훑던 어머니가 대놓고 한숨을 내쉬네요. 내 표정이 그렇게 어두운가? 저절로 찌푸렸던 미간을 폈습니다. 어머니가 식탁에 올린 내 손을 잡더니 오른손 엄지와 검지에 박힌 굳은살을 자근자근 만집니다. 계면쩍었지요. 뜨거운 덩어리가 목으로 치밀어서 손을 뺐어요. 미뤄둔 일감이 떠올랐지요. 시간을 가능성이라고 생각한 적도 있지만 지금은 곧장 돈으로 이어집니다. 그래도 오늘만큼은 털기로 했지요. 종일 꼼짝 않는 일이 몸의 근육을 얼마나 욱이는지 모릅니다. 스웨터에 수놓는 일을 한 것은 남편의 사업 실패 탓이었습니다. 몇 가지의 일을 거쳤어요. 꼼꼼한 솜씨가 소문났던지 일감이 떨어지지 않데요. 욕심 부리지 않고 부지런하기만 하면 벌이도 웬만큼 됩니다.

이렇게 살리라고 생각한 적은 없습니다. 바라지 않던 일을 많이 겪었지요. 전자제품 대리점을 했던 남편은 철이 없다 싶을 만큼 활달했어요. 가게가 시숙의 건물이어서 따로 세를 내지 않았습니다. 드나드는 손님도 많았고 물건들이 들고나는 것도 활발했지요. 언제부턴가 남편의 표정이 어두워지고 시숙과 수군거리는 횟수가 늘데요. 나를 빼고 시숙과 수군대는 것을 시샘했어요. 사는 것이 불편하지 않으니 암상만 냈던 꼴이지요. 그러다가 덜컥 일이 터졌어요. 부도가 무엇인지 그때 알았습니다. 처음에는 무슨 일인지, 어떻게 해야 할지 갈피를 못 잡았고 갈팡질팡했어요. 남편은 날렵하게 피했고 남은 가족은 알아서 뛰어야 할 판이었어요. 이제는 옛날이야기네요. 아이가 고등학교 이학년이니까 벌써 팔 년인가요. 아니지요, 그해 일 년은 학교를 쉬었으니 구 년입니다. 뒤에 남은 나도 아이를 데리고 어디론가 가야 했어요. 멀리 가야 할 것 같아서 생각한 것이 부산에 사는 친정 남동생이었습니다. 허둥거리며 밤기차를 탔습니다. 지친 승객들은 잠에 취해 있었지요. 철커덕철커덕, 기차 바퀴 소리가 밤새 머리를 쳤어요. 한잠도 자지 못했어요. 아침의 부산역에 는개가 내렸어요. 엄마 눈이 토끼 같아. 아이의 말이 가슴에 걸려 있었는데. 마침 옆에 세운 광고판의 스테인리스 테두리에 핏발선 붉은 눈이 고스란히 비치데요. 한 손은 급히 꾸린 가방, 또 한 손은 여덟 살짜리 손을 잡은 여자가 망연한 얼굴로 서 있었어요. 사람들이 빠져나가는 역사의 반대쪽이 부옇더군요. 키 큰 나무들이 수묵화처럼 보였어요. 나는 흐릿한 홍갈색 잎을 우두커니 쳐다봤지요. 가지사이를 안개가 빠르게 스쳤어요. 갑자기 가슴속으로 차갑고 미끄러운 것이 날쌔게 지나갔습니다.

힘없는 둘만 비오는 철길에 남겨진 듯 아득하데요. 내게 매달린 아이를 물끄러미 내려다 봤어요. 며칠 사이에 아이의 눈은 어리둥절하고 불안하게 흔들렸지요. 나는 느리게 걸어 지하철역으로 갔습니다.

지하철이 앞에 섰어요. 출근길의 혼잡을 아시지요? 비비고 들어갈 엄두가 나질 않더군요. 잽싸게 손을 빠져나간 아이가 거기 탔습니다. 키 큰 어른 틈에 쓸려든 작은 얼굴이 빤히 마주 보았어요. 순간 아찔했지요. 겁에 질린 외마디 소리를 질렀을 거예요. 가까스로 올라탄 남자의 가방이 틈에 끼어 다행히 문은 다시 열렸지요. 생각만으로 찬 기적이 깊은 데를 미끄러지듯 스쳐요. 서면에 있던 동생 집 앞에 막상 서자 어수선한 심사가 더했어요. 되돌아갈 수도 없고. 벨을 누르는데 막막하데요. 동생은 출근하고 없었어요. 걱정스럽게 우리를 맞는 동생 댁에게 무슨 할 말이 있겠어요. 쉬고 싶어요. 아이를 데리고 현관 옆 허드레방으로 숨듯 들어갔어요. 외로운지, 두려운지, 종잡을 수 없었어요. 입은 옷 채 누웠습니다. 눈으로 잠이 쏟아지는데 머리가 말갛게 개었습니다.

두려워했던 일은 당장 다음날부터 현실로 나타났어요. 어떻게 알았는지 채권자들이 전화를 했어요. 직접 찾아오기도 했고. 말없이 지켜보던 동생이 내 앞에 자리 잡데요. 앉아. 나를 잡아 앉히고 댓바람에 나를 비난했어요. 아니지요, 내가 아니라 가족을 이 지경으로 내몬 매형을 겨냥했어요. 누군들 그런 일에 익숙할까요. 무슨 할 말이 있었겠어요. 손끝으로 방바닥만 문지르는 모습이 동생의 예민한 신경을 건드렸던가 봅니다. 차라리 죽어. 여기서 나가서 죽든 살든 맘대로 해. 가슴이 터질 듯 끓었어요. 못할 소리를 서슴없이 퍼붓는 이가 피붙이라니 황당하데요. 말 대신 감각들이 펄펄 살아났지요. 막다른 길에 몰린 나를 참을 수 없었어요. 나는 잘못한 게 없잖아요. 아프거나 미치거나 죽었으면 했어요. 어쨌든 그 말까지 들으며 그 집에 있을 수 없었지요. 갈 데도 없이 방향도 모르고 무턱대고 거기서 나왔습니다. 속이 끓어서 뛰듯 걸었어요. 나를 추레하게 따라오는 아이는 미처 생각 못했어요. 숨을 돌리면서 보니 아이가 나를 힐끗거리며 따라오데요, 갈 데가 있었겠어요? 어느 집 담 밑에 쪼그리고 앉았습니다. 억장이 무너진다는 말을 알겠더군요. 내게 쏟아진 뭇시선 앞에서 보란 듯 푸른빛을 뿌리며 죽었으면 했지요. 안에서 몸 집 큰 개가 컹컹 짖었어요. 밤바람이 사정없이 몰아치는 높은 지대라서 집집마다 켜놓은 불빛이 가득 들어왔습니다. 나보다 아이에게 못할 짓이었지요. 엄마, 집에 가아자. 나처럼 옹송그린 아이가 나를 흔들었어요. 추위로 파랗게 언 입술을 보니 기가 막혔어요. 내게 기댄 파리한 낯빛을 생각하면 지금도 켜켜이 쌓인 얼음이 한꺼번에 쪼개지는 것 같습니다. 옷 속을 파고드는 바람에 살갗이 아렸습니다. 찬바람에 밀리듯 내려오면서 참혹했습니다.

별 일을 다 겪었어요. 다 지나간 일이지만. 그 밤에 기차를 타고 다시 서울로 왔습니다. 지금 사는 산동네에 방 한 칸을 겨우 마련하고 들어오기까지의 일은 다시 떠올리고 싶지 않아요.

일가친척 형제자매에게 돈을 빌렸던 터라 모두 피해자였습니다. 책임질 사람은 없고 억울한 이들만 그득하더군요. 화단의 돌덩이를 들치면 갑작스레 달려든 빛을 피하느라 우왕좌왕 흩어지는 쥐며느리들이 떠오릅니다. 도망치는 놈을 건드리면 몸을 공처럼 말고 죽은 듯 꼼짝 안 하지요. 마디 많은 작은 벌레도 치열하게 자신을 지키는구나. 버러지조차 그냥 보아지지 않데요. 돌 밑에 도로 숨어든 잿빛 벌레처럼 누울 곳이 생겼다는데 안도했지요. 가난한 동네라서 집에서 하는 부업거리가 꽤 있었습니다. 일감을 주어도 되겠다 싶게 낯이 익었던 모양입니다. 인형을 받아다가 솜을 넣었어요. 당한 일을 돌아보면서 이를 악물었습니다. 길 가다가 머리끄덩이 잡혀 끌려간 얘기 안 했지요? 묻어두면 편한 일도 있어요. 모두 피해자였지만 나야말로 날벼락을 맞았는데 누구하나 곱게 눈을 주지 않았지요. 팔다리, 몸통에 솜을 욱여넣노라면 미움이 펄펄 끓었어요. 혼자 도망친 남편인지, 몸 사리는 시댁 식군지, 당할 만큼 당해서 이제는 모르겠다는 친정붙이인지. 아니면 돈 내놓으라고 악다구니 쓰던 빚쟁이들인지. 아는 모든 사람들이 와글와글 속을 들쑤셨어요. 끓는 감정 탓에 힘든 것도 몰랐지요. 돌아 생각하니 우습군요. 나다니다가 수모를 당하느니 꾹 박혀서 할, 일거리가 있어서 다행이었습니다. 인형 속에 솜과 함께 적개심을 꾹꾹 채웠습니다. 잊을 수가 없네요. 인형 하나에 솜을 채워 넣으면 10원인가 받았는데 끓는 감정만 아니었으면 할 수 없는 일이었지요. 지금은 그때의 동생 마음을 이해해요. 동생뿐 아니라 뒤에서 수군거리던 많은 사람들도 그럴 수밖에 없었으리라고. 그때 나는 둥글게 몸을 말아 죽은 듯 보이는 쥐며느리 시늉이었을 거예요.

나는 죽었어. 죽었다고. 끝없이 최면을 걸었지만 어느새 울화가 끓었습니다. 죽었는데 뭔 화가 끓어. 죽었다 하면서 죽지 않은 나를 돌아보며 솜을 쑤셔 넣었어요. 드라이버를 썼는데 어찌나 꾹꾹 넣었던지 인형은 야무지게 몸꼴을 갖추었지요. 일감이 떨어지지 않데요. 종일 일하고 나면 엄지손가락이 굳어서 감각이 없었어요. 집어든 물건을 떨어뜨리기 일쑤였지요. 그릇도 숱하게 깼던 것 같아요. 다른 사람이 이틀 걸리는 일을 나는 하루에 끝냈어요. 천진한 아이들이 미움으로 채워진 인형을 안고 있다고 생각하면, 아린 듯 시린 듯도 하고 쓴 물에 통째 담겨진 것 같기도 해요.

솜을 다 채우면 방을 나섰습니다. 발가벗은 인형들을 큰 자루에 담지요. 허리까지 오는, 한 아름이 넘는 자루가 힘에 부쳤어요. 그것을 머리에 이고 산동네 사이로 가파르게 난 좁은 길을 내려갔어요. 처음엔 인다는 게 부끄러웠지요. 두 손으로 커다란 자루를 낑낑거리며 들다가 끌다가 하며 씨름하듯 걷는데 지나가던 몸집 큰 아주머니가 소리쳤어요. 그렇게 저 밑까지 어떻게 내려갈 거야! 등을 철썩 갈기듯 큰 소리에 발을 멈추었어요. 그녀가 큰 짐을 번쩍 들더니 내 머리에 턱 올려놓았습니다. 휘청했지만 걸어보니까 간편한 거예요. 좁은 길이라 효율적이기까지 하더군요. 움츠러들기만 하던 나를 삶은 그런 식으로 끌어내네요. 배우는 거라고 위안을 삼지요. 끝이 보이지 않게 이어지는 백 육십 개의 계단을 내려갑니다. 인 물건을 내리면 눌렸던 머리가 시원해집니다. 돈을 받고 다시 일감을 이고 계단을 올라오지요. 아는 사람이라도 있었다면 그런 식으로 살 수 없었을 겁니다. 우연, 불가사의, 불가피성 같은 낱말이 맴돌았지요, 이렇게 살 줄 몰랐어요. 지금까지의 과정을 느린 동작으로 재생시킵니다. 그리고 다시 거꾸로 돌려요. 문득 떠올린 지언이 나를 지켜봅니다. 이런 내 모습이 부끄럽기도 하고, 마음 한구석이 따뜻해지기도 하고.

어머니가 냉장고에서 수박을 꺼내오네요. 계절 없이 아무 때나 먹게 된 과일들은 겉은 옛 모습인데 맛은 아닙니다. 세월 따라 사람도 과일도 그렇게 달라지는 듯싶어요. 생존조건을 맞추어서 익힌 이른 과육이 조금 질긴가? 혀에 겉도는 감촉이 선 듯합니다. 한여름 땡볕에 무르익은, 빛 알갱이처럼 부서지던 수박 살이 그리워요. 그러다가 어머니 얼굴에 눈이 갑니다. 나도 모르게 익숙해져서 무심코 지나다가 늘어난 흰 머리카락과 헐거워진 피부가 한순간 꽂힙니다. 집안을 청소하다가 찾아냈는지 어머니가 사진 한 장을 내밉니다. 낡은 사진 속에는 양복차림의 아버지와 한복을 입은 어머니가 서 있습니다. 둘 사이에 꽃무늬 원피스를 입은 막내 동생이 있어요. 뭐가 틀렸는지 잔뜩 부어터진 얼굴에 손가락을 입에 물고 조금 돌아섰군요. 삐죽한 엉덩이와 불쑥 내민 배가 우습네요. 긴 머리는 양쪽 눈초리가 당겨 올라갈 만큼 짱짱하게 땋았습니다. 어머니의 매운 손끝이 당겨진 눈에 그대로 남아 있습니다. 시청에 다녔던 아버지의 직장 근처인 듯해요. 요즘의 얼굴에 익숙한 터라 놀랄 만큼 젊은 얼굴을 오래 들여다봅니다. 키가 크고 목이 긴 어머니에게 한복이 잘 어울려요. 지금 내 나이가 사진 속의 어머니와 비슷합니다. 봄인 듯 세 사람 뒤로 비누거품 같은 벚꽃이 가득합니다. 인화지에 갇힌 시간이 흐른 세월을 알립니다. 보이지 않는 시간이 종이 속에 붙박였다는 게 신기해요. 동생이 사진 속에 서 있을 때 나는 열아홉이나 스물이었을 것입니다.

그날 친구가 인사시킨 남학생이 지언이었어요. 우리는 함께 청량리 밖 스케이트장으로 갔습니다. 예전에 흔했던, 공터에 물을 받아 얼린 얼음판이었지요. 매섭게 추웠습니다. 친구와 나는 발을 동동거리며 털장갑 낀 두 손으로 양 볼을 감싸 쥐고 링크 밖에서 구경을 했어요. 그가 스피드스케이트를 신고 씽씽 달렸어요. 엄청나게 신나는 일이 그를 밀어내는 것 같았지요. 머리카락을 뒤로 날리며 휙휙 바람을 가르는 그가 잘 보였습니다. 꽤 넓은 얼음판은 사람들로 북적였습니다. 그런데도 긴 다리를 엇갈리며 내닫는 모습만 잡혔습니다. 관심이 눈을 밝혀준다는 건 그때 알았습니다. 그렇게 해서 그를 알았지요. 정말 오래 전 일이네요.

봄이 됐을 때, 우리는 태생 전부터 알던 사람처럼 되어 있었어요. 저녁 이내가 푸르스름하게 내려앉는 시각에 전화벨이 울렸습니다. 전화선을 타고 기쁨이 설탕가루처럼 묻은 목소리가 와글와글 쏟아졌어요. 내가 아는 그 답지 않았지요. 지금 당장 나와, 너네 집 앞이야. 입었던 차림으로 무심코 문을 열고 나갔어요. 공기에 녹아 있던 다디단 꽃 냄새가 훅 쓸려들었습니다. 산마다 밥풀을 흩뿌린 듯 하얀, 아카시아 철이었습니다. 초록 속살 위에 흰 베일을 두른 것 같은 먼 산을 보며 오월의 신부를 떠올렸을 것입니다. 어디서 빌렸는지 번쩍거리는 오토바이 위에 그가 앉아 있었습니다. 타! 그가 의기양양하게 외쳤어요. 나는 쭈뼛거렸지요. 실상 나는 오토바이를 좋아하지 않았어요. 지금도 그렇습니다. 오토바이에 탄 사람들을 바라보면 어쩐지 불량스럽다거나 아니면 배달부터 떠올랐어요. 오랜 편견이 지워지지 않아요. 온몸을 드러낸 것도 그렇고 다른 사람들의 시선을 받는다는 것도 못마땅했지요. 그랬어도 너무 당당하고 자랑스럽게 말하는 바람에 거절하지 못했습니다. 금세 떨어질 것 같아서 그의 허리를 바짝 조여 잡았어요. 오토바이가 요란한 소리를 내며 골목을 빠져나갔습니다. 폭이 넓은 스커트를 입고 있어서 마음이 쓰였어요. 치마가 날리면 맨살이 드러날 테니. 바람이 내 긴 머리를 물결처럼 눕혔습니다. 눈을 가늘게 뜨고 한쪽 뺨을 그의 등에 기댔어요. 따뜻하게 흘러든 체온이 마음을 녹였어요. 골목과 마주치는 길이었던 것 같습니다. 누군가 튀어 나왔어요. 재빨리 속도를 늦추었지만 비틀거리던 오토바이가 그에 그이와 부딪쳤습니다. 허름한 행색의 여자였지요. 짧게 뽀글뽀글 파마한 머리여서 초라해 보였을지 모릅니다. 서른 다섯쯤? 슬쩍 부딪친 모양으로 넘어진 자리에서 엉덩이를 툴툴 털며 일어났어요. 우두커니 서 있는 나를 힐끗 돌아보더군요. 그러더니 두서없이 말을 했어요. 괜찮아. 그냥 갈게. 어찌될지 모르는 일이니까 연락처를 줘. 요약하면 그런 말이었지요. 오동통한 체구에 허리도 조금 구부정했어요. 그는 갑자기 시무룩 해졌어요. 별일 아냐. 괜찮아. 집 앞에 나를 내려놓고 말했어요. 입으로는 웃었지만 심각하던 눈빛이 지금도 기억나요. 다음부터 일이 커졌어요. 여자에게서 전화가 왔습니다. 학생, 남편에게 말했더니 왜 그냥 왔냐고 마구 야단을 치시는 거야. 병원에 갔더니 아이가 떨어졌대. 어떻게 해? 당장 수술해야 하고, 약도 먹어야 하는데. 그때 나는 저런 사람도 아기를 낳는구나. 사건 과 다른 생각만 들었어요. 철없던 내게는 여자의 나이도 외모도, 아이를 낳는 새댁과는 달라 보였으니까. 남편을 높이는 말투도 그랬지요. 어쨌든 그는 어린 학생일 뿐이어서 부모 몰래 그들 이 요구하는 돈을 만들려고 숨차게 뛰어 다녔습니다. 집에 거짓 말을 하고 친구에게도 빌렸지요. 그래도 모자라는 돈은 내가 보탰습니다. 좋지 않은 일이어서 둘 다 마음이 몹시 상했습니다.

아, 잊었군요. 그날 여자를 피하려다가 우리는 오토바이 째 넘어졌어요. 뒤에 탔던 내 종아리에 배기구에서 나온 뜨거운 기체가 쏟아졌어요. 종아리 안쪽 살이 붉었지만 그냥 지나쳤습니다. 다른 일 탓에 신경 쓸 겨를이 없었지요. 더워진 날씨 탓인지 물집이 부풀어 올랐어요. 여름 내내 바셀린 거즈를 붙이고 다녔어도 낫지 않았습니다. 덧나기만 하던 상처는 세 손가락을 모은 크기에 바람에 날린 머리모양의 흔적으로 남았어요. 지워지지 않는 그림을 종아리에 새긴 셈이지요. 안 보고도 느낌만으로 그곳을 짚을 수 있어요. 그렇습니다. 그는 내 무의식으로 스민 게 아니라 보이는 상처가 되었어요.

장 서방 제사가 얼마 안 남았지? 어머니의 물음에 나는 화들짝 놀라 벽에 걸린 달력으로 다가섭니다. 음력으로 사월입니다. 공연히 울적했던 마음이 그래서였구나. 까맣게 잊었다는 게 죄스러워지네요. 보이지 않는 손짓이 내 주위를 떠돌지 모릅니다. 볼 수 없어 그렇지 모든 것들이 기척을 내는 듯해요. 나는 달력의 숫자를 오래 바라봅니다. 그날의 더위가 훅 끼치네요. 나도 모르게 손부채를 흔듭니다. 느닷없는 발걸음으로 어머니를 찾은 것이 이 때문이었다고 꿰어 맞춥니다. 그날의 꽹과리 소리가 크게 울립니다. 뇌사상태에 빠진 남편의 이층 병실 밖으로 오월의 행사가 한창이었습니다. 꽹과리와 태평소의 높은 소리가 고개를 든 뱀처럼 솟아올랐어요. 창으로 내다보니 꽃으로 꾸민 무개차 위에서 춘향이와 이도령이 활짝 웃으면서 손을 흔들데요. 부신 햇살 아래서 나와 별개의 일들이 은성하게 펼쳐지고 있었어요. 유리 한 장으로 갈라진 세상과 나를 짚으며 아연했습니다.

그렇군요. 남편의 제사가 며칠 뒤로 다가왔네요. 펄펄 끓는 억울함을 누르며 인형에 솜을 밀어 넣을 때였습니다. 일찍 닥친 더위가 작은 방을 가득 채웠지요. 창문이 변변했겠습니까. 나르는 솜털이 끈적거리는 몸에 들러붙었어요. 어지러운 생각 탓에 가려움조차 잊고는 했어요. 느닷없이 밖에서 외치는 소리가 들리데요. 가슴부터 덜컥 내려앉는 건 그 무렵 든 버릇입니다. 우리 집 주소를 아는 사람은 시숙뿐이었고 연락할 방법은 전보 말고는 없었습니다. 뭔 일이지? 나는 서둘러 나갔어요. 상태위독 급히 내려올 것, 우체부가 건넨 종이를 멀뚱하게 내려다보았습니다. 무슨 말이야? 어디 있는지도 몰랐던 그가 느닷없이 위독하다니. 작은 종이를 앞뒤로 넘겨보다가 남원도립병원을 읽었어요. 가슴을 채운 얼음덩이가 우르르 무너졌어요. 나는 아직도 모릅니다. 남편이 어째서 그 도시에 있었는지. 왜 오토바이를 탔는지. 시누이의 시댁이 그곳에 있는 건 알지만 왜 내게 맨 나중에 알렸는지 알 수 없었습니다. 빨간 불로 바뀌었을 때, 교차로를 달리던 남편의 오토바이가 반대 차선에서 좌회전하던 승용차와 부딪쳤다고 했습니다. 튀어 오른 남편은 허공에서 공중제비를 돈 뒤 팽개쳐졌다고, 더운 날씨 탓이었을까요. 남편은 맨머리였고 대신 헬멧을 쓰고 뒤에 탔던 여자는 가벼운 부상만 입었다고 누가 옆에서 말했습니다. 그 길로 남편은 뇌사 상태에 빠진 것이지요. 속에서 들끓던 악머구리 같은 것들이 뚝 그치더니 희기만 한 진공이 되었습니다. 남편의 머리는 영화에서 본 것처럼 하얀 붕대로 둘둘 말려 있었지요. 내가 들어가자 시중들던 손아래 시누이가 다가와서 머뭇거리듯 말했습니다. 오빠를 씻길 때 붕대 밑으로 노르끼리한 천엽 같은 것이 보였어. 언니, 그거 뇌수 아닐까? 무서워 죽겠어. 다른 외상은 없이 말끔했어요. 남편은 깊고 긴 잠에 빠진 듯 보였지요. 일주일이나 열흘쯤? 산소호흡기의 힘으로 숨만 쉬었어요. 가끔 의사들이 와서 홑겹 시트를 들추고 그를 살폈어요. 성의 없이 우르르 몰려와서 시늉만으로 기웃거리는 그들을 속수무책으로 지켜보았습니다. 그래도 그들이 오면 힘이 났어요. 더 이상 호흡기를 붙여놓을 까닭이 없다고 말했을 때 반대하는 사람은 없었어요. 서둘러 장례식을 치렀습니다. 누구의 의견이었는지 몰라도 남편은 화장되어 지리산 아래 섬진강에 뿌려졌습니다. 하동 쪽으로 난 길을 줄곧 따라가다가 차를 세우기 좋은 곳에서 내렸습니다. 맑은 햇살에 눈이 부셨어요. 정말 환장하게 화창한 날이었지요. 막 걷기 시작한 아기의 눈망울이 이럴까요? 나는 느리게 흐르는 강을 보면서 엉뚱하게도 파르스름한 아기 눈을 떠올렸습니다. 사람들이 이리 가라하면 가고 멈추라 하면 서는데 맑은 눈 하나가 떠다녔어요. 넋이 나간다는 게 그럴 겁니다. 하늘과 공기, 내게 흐르는 피와 속에 든 뼈까지 하얗게 바랜 것 같았습니다.

큰일을 덤덤히 치르는 스스로가 낯설었어요. 집으로 왔지만 무감각한 상태가 이어졌습니다. 감정은 휘발됐는데 눈에서 쉬지 않고 말간 물이 흘렀어요. 체액이 모두 눈으로 빠져나가는 것 같데요. 말갛게 생을 봐. 납득할 수 없는 생을 받아들이라고 속삭이는 듯했지요. 운다는 생각도, 느낌도 없는데 삭은 수도관 틈으로 물이 새듯 눈물이 흘렀어요.

지금쯤 그 도시에서는 새로 뽑은 춘향이와 이도령을 꽃으로 꾸민 무개차에 태워 천천히 가고 있을 것입니다. 태평소의 높은 가락이 작은 도시를 흥겹게 채우겠지요. 축제에 한껏 들떴을 얼굴들이 떠오릅니다. 정말 투명하게 맑고 눈 시리게 푸른 계절입니다. 남편 오토바이 뒤에 탔던 여자도 질펀한 잔치에 휩쓸렸을까요? 남편 생각은 잘 안 나는데 함께 있었다던 여자는 삽화처럼 떠올라요. 무심히 누군가에게 기댄 나를 순식간에 달려와 패대기치는 운명. 떠올리는 것만으로 섬뜩합니다.

느닷없는 벨 소리에 눈이 현관으로 쏠립니다. 외숙모 오나 보다. 어머니가 반가운 몸짓으로 걸어 나가네요. 외숙모의 은발이 어두컴컴한 현관에 하얗게 솟습니다. 흰 머리와 함께 어렸을 때 보던 얼굴 그대로인 외숙모가 방으로 들어옵니다. 일찍 머리가 세서 이제는 검은 머리카락이 한 올도 보이지 않습니다. 같은 시대를 살아온 두 노인이 아이들처럼 호들갑스럽게 반가와 합니다. 한때 어머니는 손아래 동생의 댁을 시샘하는 듯 보이기도 했어요. 그런데 이제는 아닙니다. 외삼촌이 몇 년 전에 세상을 뜬 뒤로 같은 시간을 살아온 정서가 연대감이 된 모양입니다. 내가 알던 외숙모는 욕심껏 세상을 살아보고 싶어 하던 모습이었지요. 어릴 때 가끔 그 집에 가면 우리와는 뭔가 다른 분위기였어요. 우리 형제 또래의 외사촌들은 함부로 놀거나 떠들거나 하지 않더군요. 속옷이 비칠 만큼 반질반질하던 마루와 그 집에서만 보던 것들이 떠올라요. 지금이야 흔해졌지만 원두커피를 뽑는 커피메이커라든가, 대단하게 쿵쿵 울리는 오디오세트, 엄청난 크기의 티브이 같은 것들. 같은 물건이라도 그 집에 있으면 왠지 대단해 보였습니다. 어느 것도 흩어지지 않아서였던지 아무튼 학교 다닐 무렵 어쩌다 들르면 마음이 편치 않았어요. 손발을 어찌해야 할지, 어떻게 앉고 어느 때 웃어야 할지, 괜히 쩔쩔매는 스스로가 언짢았어요. 공부해야지 하며 외사촌을 내게서 떼어내던 외숙모가 반갑게 내 손을 잡고 앉습니다. 애야, 살아보니 어떻더냐? 무슨 대답을 할지 모른 채 배시시 웃기만 합니다. 내가 살아보니 말이야, 우습기만 하더라. 우습더라고. 내 손을 꼭 잡고 시선을 깊이 두며 말하는데, 이 이가 나를 위로하는구나. 가까스로 생각이 미치네요. 마음으로 머리를 끄덕였어요. 시간이 생각까지 바꾼다 싶은 게 뜬금없이 눈앞이 밝아지는 듯했지요. 두 노인이 마주 앉아서 아는 이들을 이야기합니다. 같은 시대를 비슷한 정서로 살아온 둘의 얘기가 도란도란 이어집니다. 말소리가 높낮이 없이 구순하게 퍼지네요. 가마솥에 고르게 눌은 누룽지가 떠오릅니다. 아니지요. 누룽지를 걷어낸 자리에 맑은 샘물을 부어 끓인 숭늉 맛이 더 가까울 것 같습니다. 옆에서 이야기를 듣다말다 하는데 머릿속 그가 떠나지 않아요.

그와 헤어지게 된 빌미가 무엇이었는지 생각나지 않습니다. 모든 계절, 모든 장소를 함께 다녔어요. 나쁜 일 따위 생길 리 없다는, 괜한 확신이 내게 있었지요. 헤어질 무렵에는 만날 때마다 싸웠어요. 다투기 시작한 건 오토바이사건 이후였을 거예요. 미숙해서였다고 지금은 알아요. 나는 설익었으면서 그가 완전하기를 바랐던 것 같습니다. 일마다 모눈종이의 가로금 세로금처럼 맞아야 했어요. 그렇지 않으면 손거스러미가 일어났을 때처럼 거슬리고 짜증났으니까.

늦가을이었던가요? 문산의 기지촌에 그와 마주앉아 있던 때가. 주둔군만으로 이루어진 조악한 시가지에 먼지바람이 일었습니다. 그와 같이 시외버스를 타고 그가 있는 부대근처에 내렸어요. 단풍이 불처럼 타던 길가 풍경이 생각나요. 그때 그는 졸업과 함께 학군단 출신의 통역장교로 입대했었지요. 첫 휴가라면서 학교로 나를 찾아왔어요. 그와 헤어질 때 휴학했다가 그 학기에 복학했단 얘기 안 했지요? 나는 어처구니없다는 표정으로 그를 바라봤어요. 사실 황당했으니까. 왜인지 기억나지 않는 이별로 나는 심하게 아팠어요. 정신없이 며칠을 앓았으니까. 말 못하고 속을 끓인 탓에 스스로 타서 재가 된 것 같았지요. 성장통이라고 하던가요. 다시 학교에 나오니 낯설었어요. 그런 내게 느닷없이 나타나서 멀쩡하게 웃는 그를 외면했지요.

몇 마디 말에는 대답조차 안 했습니다. 그가 휴가 마지막 날에 다시 찾아왔어요. 왜 그랬는지 모르지만 나는 귀대하는 부대 앞까지 따라갔어요. 이렇게 깔끔하게 마음정리가 됐다고, 내 딴에 보여주고 싶었는지 모릅니다. 우리는 바라크 같은 미군전용의 클럽에 마주 앉았습니다. 그는 그곳에 들어갈 수 있는 자신을 보여주고 싶었나 봐요. 별다른 이야기는 하지 않았어요. 농담을 하면 받고 할 말이 없으면 가만히 있었습니다. 너 없이도 괜찮아, 말없는 시위였지요.

클럽 안은 내가 보고 알았던 곳과 사뭇 달랐습니다. 무언가 낭자하고 거칠고, 그러고도 황량한 기운이 흘렀습니다. 한국 사람은 우리뿐이었어요. 몸집 큰 흑인이 옆을 지나다가 그에게 뭐라고 말을 걸었지요. 그가 웃으며 영어로 말하데요. 그래요, 그 웃음이 내게 새긴 그의 마지막 얼굴입니다. 내게는 그가 영어를 술술 말하는 것처럼 비쳤어요. 가끔 그때를 떠올립니다. 영어가 유창했던 게 아니고 내가 잘 몰라서였을 것이라고. 실상은 자기도 모르는 말을 아무렇게나 했던 건 아닌가 하고. 썰렁하고 넓은 홀은 아직 영업이 시작되기 전처럼 보였지요. 지금은 아닐 것입니다. 그때의 문산은 서부 영화에 나오는 멕시코의 시골 풍경 같았어요. 그리고 보니 예전의 나는 영화를 참 많이 봤네요. 마르고 큰 키의 그가 카키색 군복차림으로 모래 바람 부는 기지촌에서 나를 보고 있습니다. 거기서 기억은 끝나요. 어쩌면 삭막했던 건 풍경이 아니라 마음이었을 것입니다. 어떻게 돌아왔는지

도무지 생각나질 않습니다. 오는 도중의 풍경은 어떤 것이었는지, 무슨 차를 타고 어디에서 내렸는지, 집에는 언제쯤 돌아왔는지. 그 부분이 하얗게 비었습니다. 길 가다가 가끔 군복 입은 이를 보면 갑자기 주변이 희게 탈색되고 안에서 두터운 얼음벽이 쫙, 소리를 내며 갈라졌어요. 다시 나간 그 학기에 학교를 아예 그만 두었어요. 끝까지 대학을 마쳤다면 이런 데서 이리 살지 않았을텐데.

어머니와 외숙모의 이야기가 끝날 줄 모릅니다. 이제 돌아가야 할 시간입니다. 아파트를 나가서 마을버스를 타고 전철역까지 가야 합니다. 전철을 내려 다시 마을버스를 갈아탄 뒤 아슬아슬한 가풀막을 오릅니다. 처음 오는 이들은 그 기울기에 놀랍니다. 차 째 뒤로 미끄러질 것 같아서 손톱이 하얘지도록 손에 힘을 주어요. 온몸을 뒤로 버티는 이들을 보며 이제는 웃을 수 있어요. 처음엔 나도 그랬으니까. 아니지요. 그때는 마을버스도 없었고. 택시를 타는 건 생각도 못했습니다. 지금은 훨씬 나아요. 집을 나와서 촘촘히 박힌 백 육십 개의 돌계단을 내려가면 골목시장이 이어지고 그 너머는 딴 세상이려니 했어요. 아무도 만나지 않았고 연락도 하지 않았지요. 한 끼만큼의 도움으로 생이 바뀔 수 없다고 나를 타일렀어요. 사람이 무섭기도, 싫기도 했습니다. 들어와 같이 살래? 어머니가 말하지만 글쎄요, 손짓만 보고 달려가기엔 생의 뒤쪽을 너무 밝히 알아버렸습니다. 내가 거쳐야 할 날이라면 빨리 익숙해지자. 풀리려는 마음을 그때마다 여밉니다.

처음에는 맨 꼭대기에서 살았어요. 계단이 끝나고도 왕모래에 미끄러지면서 50여 미터를 올라가다 자칫 무릎을 깨기도 했지요. 모두 잠들었을 한 밤, 집 뒤 빈터에 서면 저 아래 서울이 쏟아 부은 별처럼 반짝였어요. 온통 끓어오르는 여름, 남아 있는 지열 탓에 잠 못 이루고 부스럭거릴 때도 열대야를 식히는 바람이 여기는 불데요. 끓는 심사를 일에 쏟아붓다 보니 그럭저럭 길들었어요. 일만 생각하며 손을 놀렸습니다. 단순한 노동이 머리를 가뿐하게 한다는 걸 알았어요. 크는 아들을 보며 스웨터에 매달렸습니다. 할 일이 있다는 게 고마웠지요. 다행히 손끝이 맵다고 말이 돌아서 어렵고 손이 많이 가는 것은 내게 옵니다. 야무지게 마무리된 장미꽃과 비즈를 보면 내가 입을 옷이 아닌데도 뿌듯해요. 사는 게 조금씩 펴지면서 뜀 뛰듯 계단을 내려가고 있습니다. 이러다 보면 언젠가 내 가게를 가질 날이 오겠지요. 다른 이들은 하찮게 여기겠지만 서른 개쯤 줄어든 계단을 보면 스스로가 대견해요.

이제 정말 일어나야겠어요. 외숙모에게는 시누이가 되는 이모를 함께 찾아가자고 두 노인이 새끼손가락을 겁니다. 저 가요. 더 노시다가 저녁 드시고 가세요. 나는 얘기에 팔린 둘에게 번갈아 말하고 일어섭니다. 엘리베이터에서 내려서 넓은 뜰로 나옵니다. 하교한 아이들이 인라인 스케이트를 타느라 온통 와자지껄합니다. 롤러 블레이드가 휙휙 달립니다. 이제야 학교에 있을 아들아이가 스칩니다. 부실한 점심 탓에 허기가 들지 않았을까. 애가 탑니다. 깜빡 잊고 도시락반찬 준비를 못했어요. 급한 대로 김치를 볶았지요. 김치볶음이 제일 맛있어, 어미 마음을 헤아릴 만큼 자랐다 여기면 짠하고 고맙기도 하고. 하긴 그 나이엔 돌도 맛있을 때긴 하지요. 제법 공부를 잘 해주어서 든든하다가 안쓰럽고 도로 미안한, 심사가 복잡해집니다. 하마터면 지하철역에서 잃어버릴 뻔했잖아요. 그때를 돌아보니 써늘한 그림자가 다시 가슴을 빠르게 훑네요. 누군가 음식 배달을 시킨 모양이지요. 오토바이가 단숨에 달려와 쓰러질 듯 멈춥니다. 뻐기고 싶은 재주겠지만 내 눈엔 난폭하게 보여요. 갈수록 오토바이를 타는 사람이 어려집니다. 계단 오르내리기 힘들어. 저쪽 찻길로 오토바이 타고 다니면 엄청 편할 텐데. 언젠가 내 눈치를 살피며 아들아이가 말했어요. 안 돼. 칼날처럼 자른 대꾸에 나부터 놀랐습니다. 뭔들 안 해주고 싶겠습니까만 오토바이만큼은 안 됩니다.

아이들이 뿜는 발랄한 생기가 대기에 섞입니다. 저녁 무렵의 산뜻한 공기가 펄펄 살아납니다. 왠지 바람도 초록색일 것 같네요. 올 때보다 한결 가뿐합니다. 나도 외숙모만큼 되면 사는 게 우습다고 말할 수 있을까요. 사는 일이 점점 가벼워지긴 합니다. 무게가 주어지지 않은 생이면 좋겠지만 잔뜩 누르던 등짐을 더는 느낌도 괜찮아요. 하늘이 공평하다는 생각도 듭니다. 가끔 내 속에 풀잎처럼 떠도는 노래가 있어요. 원웨이 티켓.

그의 얼굴이 따라옵니다. 그때는 편도티켓 하나를 들고 가야할 낯선 도시를 그렸을 것입니다. 돌아갈 필요를 못 느꼈지요. 정신없이 살다보니 짐작 못했던 곳으로 멀리 왔다는 생각이 드네요. 이제는 밖에 나갔다가도 돌아갈 곳이 있어서 좋습니다. 몸을 눕힐 집과 돌아갈 고향을 그리면 마음이 놓여요. 어쨌든 흐르는 시간이 좋긴 합니다. 겉모습은 빛을 잃겠지만 진물을 흘리던 기억들이 꾸덕꾸덕 말라서 아무는 걸 보니. 🌑

바람에 눕다

　또 무당벌레다. 작고 둥근 놈이 옷 속을 타고 오르다가 저도 놀란 모양이다. 나는 번갈아 발을 구른다. 마루로 떨어진 놈은 죽은 척 꼼짝하지 않는다. 나는 발끝으로 퉁기고 다시 눈을 던진다. 멀리 보이는 저수지 물은 바닥까지 내려가 있다. 목까지 채웠던 물을 모내기에 흘려 썼을까. 가물다는 말을 들었던 것 같다. 바싹 준 물이 바랜 흰 빛을 되쏜다. 벽면을 꽉 채운 창으로 논밭이 그득 담긴다. 온통 초록이다. 나는 집 옆으로 난 좁은 산길로 시선을 당긴다. 희디흰 콘크리트길은 비어 있다. 가끔 오토바이나 차 소리가 나서 내다보면 경운기 폭만 한 길을 움찔 거리듯 달리는 그것들이 보였다. 햇살이 쏟아지는 굽은 길은 물맛이 소문났다는 약수터로 이어진다. 어디선가 뻐꾸기가 운다. 늘 그런 것처럼 벽을 보지만 시계는 아니다.

금광이라는 지명을 들었을 때 이름 때문인지 빛 같은 것이 희뜩 꽂혔다. 작정하고 이 곳에 온 것은 훈숙의 말을 듣고서다.

"얘, 움직여, 그래야 기운이 나지. 그렇게 꼼짝하지 않으니까 이상하게 되는 거야."

나는 이상하게…… 에 멈칫했다.

"내가…… 이상해?"

"그렇다는 게 아니고 그럴 수도 있다는 거지."

훈숙은 조심하는 듯 보였다. 얼버무리며 자신의 별장에 얼마 전 도둑이 들었다고 말을 돌렸다. 웬 빈집인가고 약수터를 오르는 사람들이 면사무소에 자꾸 얘기를 한다고 했다. 빈집처럼 보이지 않았으면 해서요. 면직원이 서울의 훈숙에게 전화를 건 모양이었다. 건너편 맞바라보이는 저수지에 낚시를 하러 오는 사람도 쏠쏠하게 있다고 했다. 언젠가 밤에 유리를 깨고 들어와서 라면을 끓여먹고 나간 듯 집안이 난장판이었다는 말을 들었다. 이번에는 도둑이었다. 몇 안 되는 가전제품을 다 쓸어갔다고. 물건도 물건이지만 기분 나쁘잖아. 여기 팽개치고 내려갈 수도 없고……. 얼굴에 걱정이 가득했다. 가스히터와 전기밥솥, 선풍기들로 돈을 만드는 데는 도움이 안 되는 것들이었다. 나는 언젠가 가봤던, 산 중턱의 외딴 집을 떠올렸다. 내가 거기 가 있으면 안 될까? 훈숙이 내 말을 반색했다. 작은 가방만 들고 산길을 터벅터벅 올라왔던 게 어제였다. 날을 세운 햇살이 새로 두른 알루미늄 살창을 깰 듯 쨍 부딪쳤다.

개 줄을 감아쥔 사내가 비탈진 좁은 길을 올라온다. 뛰는 개의 속도를 끈으로 조절할 모양으로 몸을 뒤로 버틴 자세를 지켜본다. 손에 든 플라스틱 통에 부딪친 햇빛이 희게 튄다. 동네 입구에서 약수터까지는 이 킬로미터쯤 될 것이다. 헉헉거리는 숨소리가 들린 듯하다. 나는 벽 뒤에 몸을 감춘다. 누군가의 눈에 띄고 싶지 않다. 남편은 이런 나를 윽박질렀다. 사람도 원, 그렇게 소극적이니까 못나 보이지. 그도 개와 산책하고 있을까. 남편은 한 달 전에 회사를 그만뒀다. 그는 사람보다 개를 좋아했다. 하는 일이라곤 마당에 나가 진돗개인 진순을 어르는 것이었다. 하루에 한 번 개와 동네 야산으로 산책을 갔다. 그가 보이지 않아 창문으로 내다보면 진순에게 뺨을 비비고 있었다. 진순의 먹이를 마련했고 머리를 쓰다듬었다. 옆을 지나는 그에게서 개 냄새가 났다. 사람이 싫은 듯했다. 그러고 보니 아이에게도 데면데면했던 것 같다. 회사를 다녔을 때는 상사의 결점과 적은 월급을 불평했다. 내 일을 해야지. 빌어먹을. 나는 투덜거리는 소리를 못들은 척했다. 그러다가 말도 없이 회사를 그만 두었다. 내게 말했다 해서 달라질 것도 없었다. 잦은 불평이 후배 밑에서 일한다는 자괴감이라고 눈치 챘다. 어쨌든 사표를 던질 사람이라고 나를 달랬다. 그는 본격적으로 개를 기르고 싶다고 했다. 나는 날리는 개털과 집에 떠다닐 개 냄새를 질색했다. 동네 사람들이 싫어해요. 우회해서 말했다. 그는 딴청을 했다.

앞장선 개가 뛰기 시작한다. 개 줄을 버팅이던 사내가 마지못해 뛴다. 아무래도 셰퍼드 종의 개에게 힘이 달리는 시늉이다. 나는 다시 창가에 서서 눈으로 사내를 좇는다. 잠깐 보이던 사내는 집 뒤편으로 사라진다. 길은 도로 적적해진다.

남편은 자신이 벌어서 내가 쓴다는 것을 억울해 했다. 익숙하게 걸음을 떼던 아이가 갑작스레 교통사고로 죽은 다음에는 증세가 심해졌다. 그는 내가 아이를 잘 돌보지 못했던 순간을 사 년 동안 잊지 않고 말했다. 애를 잡고도 잠이 오니? 그를 기다리지 못하고 잠들었을 때 씹어 뱉듯 말했다. 냉정하고 틈이 없는 표정이어서 말을 끼워 넣을 수 없었다. 사고를 당했을 때 나는 둘째 아이를 임신하고 있었다. 까무룩 잠에 빠져들곤 했던 때라 잠깐 졸았다고 생각했다. 택시에 치인 아이는 이미 병원에 옮겨 있었고 나는 그 일로 유산했다. 의사는 다시는 아이를 가질 수 없을 것이라고 말했다. 경황이 없는 중에도 나는 남편이 상심했으리라 짐작했다. 그는 나를 견딜 수 없는 듯했다. 공교롭게 일이 꼬였을 뿐인데 나를 몰아붙였다. 참혹한 결과에 입을 다물었지만 억울하고 참담했다. 죽은 아이가 해맑은 얼굴로 눈앞을 걸어다녔다. 마냥 떠내려가는 듯했다. 그날도 개 줄을 감아쥔 그를 보며 산책을 가겠거니 여겼다. 그렇게 나간 그가 돌아오지 않았다. 답답해서 속이 터질 것 같아. 옷까지 이상하게 입으니 원, 꼬락서니하고는. 그날 아침에 그런 말을 들었다. 곤두선 신경이 이상하게……에 걸려 있었다. 말상에 마른 장작처럼 뻣뻣하다고도 했다. 마르고 긴 건 내력이라서 어쩔 수 없는 일이었다. 곱게 볼 수도 있는 부분이다. 남편도 그리 빼어난 외모는 아니다. 넓고 각진 얼굴을 구태여 말하지 않았을 뿐이다. 더 마음 상할 일이 생길까봐 취향이 달라서 그러려니, 애써 나를 추슬렀다. 몸에 밴 자격지심에다 속옷 치장하는 습관이 켕긴 건 사실이다. 몇 군데 찾아보니 통장과 도장 같은 것들이 보이지 않았다. 갈래진 마음이 제멋대로 흘렀다. 혼자 남았다는 게 섬뜩했다. 불쑥불쑥 튀어나오는 아이와 남편의 그림자에 소스라쳤다. 연상에 짓눌려서 이사를 가야 한다고 생각했다. 둘러보니 버릴 것 투성이었다. 몸만 빠져나갈 수는 없을까. 엄청나게 많은 쓰레기를 먼저 치워야 한다고 생각하니 사는 게 싫어졌다. 비약하다 보면 알맹이를 빠뜨린다. 귀찮은 일을 꾸역꾸역 하느니 깔끔하게 죽는 게 낫지 않을까? 나는 곁가지를 붙잡고 골똘해졌다. 지나치게 건너뛰고 과장하는 버릇 탓에 주변과 균형이 깨졌어도 어쩔 수 없었다. 훈숙을 만난 것이 그때였다. 남편이 나갔어. 사흘째야. 말했을 때 그녀는 나를 찬찬히 쳐다봤다. 훈숙은 편안해 보였다. 내가 없어지면 남편이 들어올지 몰랐다. 마냥 기다리며 스스로 할퀴기보다 그편이 나았다. 멀쩡한 얼굴로 돌아와서 씩씩하게 살 그를 그리니 마음이 놓였다.

현관문을 열고 밖으로 나온다. 기다렸다는 듯 비릿한 밤꽃

냄새가 한꺼번에 달려든다. 마당은 그대로 잔디밭이다. 가꾸는 이 없는 뜰에서 클로버가 반 이상 잔디를 먹어들고 있다. 흰 꽃무더기에서 쏟아낸 향기가 흙냄새에 물씬 섞인다. 머리가 어찔하다. 잘라 줄 때를 넘긴 잔디가 발목을 덮는다. 발아래 무성한 풀이 움찔거리며 한 방향으로 쏠린다. 우거진 잔디가 미끄러지듯 빠르게 눕는다. 이 집에 들어올 때 봤던 뱀 껍질을 퍼뜩 떠올린다. 느닷없이 뜨겁고 차가운 것이 등을 타내려 후끈 놀란다.

훈숙이 감추었다는 열쇠를 찾을 때였다. 베란다 슬래브 밑에 손가락 굵기의 틈이 길게 벌어 있었다. 허섭스레기를 모아놓은 곳의 벽과 천장 사이는 콘크리트가 마르면서 벌어진 듯했다. 무심코 바싹 눈을 대었다가 길이대로 낀 파충류의 허물을 보고 소스라쳤다. 물러서다가 발이 걸려 쿵 소리가 나게 주저앉았다. 빈집에서 활개 치던 뱀들이 오히려 멈칫했으리라.

싱싱하게 살 오른 놈이 금세 다리를 감을 것 같다. 나는 쫓기듯 도로 들어온다. 문을 닫는데 뜬금없이 생성의 계절이라는 말이 솟는다. 스르르 미끄러지던 풀빛 뱀이 독기 어린 붉은 눈을 흘깃 치켰던가. 소파를 들여놓지 않은 거실은 실제보다 넓어 보인다. 서툰 눈어림으로 열 평쯤 되어 보이는 실내를 훑는다. 욕실을 사이에 두고 크고 작은 방이 두 개 있다. 거실 한편에 싱크대가 기억자로 놓여 있다. 나무로 마감한 실내가 질박하다. 가끔 기어나오는 주황색의 작고 동글동글한 무당벌레는 벌써 익숙하다.

굳게 잠긴 문을 열었을 때 넓은 거실은 작은 곤충으로 가득했

다. 후끈한 기운이 등을 미끄러졌다. 나는 손잡이를 잡은 채 멀거
니 바라보았다. 기고 나는 녀석들이 느릿느릿 움직였다. 문 옆에
청소기가 없었다면 돌아설 뻔했다. 틈새에 긴 놈들까지 힘껏
빨아들였어도 끝없이 나왔다. 그들의 살아가는 방식일 텐데
징그럽다는 느낌뿐이었다. 나는 건성 자리를 만들고 누웠다. 죽
은 것처럼 깊이 오래 잠을 잤다. 두 번쯤 화장실에 다녀왔다. 더
잠이 올 것 같지 않을 때는 우유를 컵에 따라 가루가 된 수면제
를 덜어서 함께 마셨다. 말간 정신으로 생각에 끌려 다닌다는
게 끔찍했다. 오랜만의 긴 잠이었다. 기억나지 않는 꿈 때문에
울었던 것 같다. 일어났을 때 눈자위에 물기가 글썽했다. 슬프
지는 않았는데 차디찬 눈물이 한동안 배어났다.

　장식일 뿐인 벽난로 위에 텔레비전이 있다. 도둑도 외면했던
구형모델은 작고 볼품이 없다. 그 옆에 몇 개의 비디오테이프가
세워져 있다. 나는 그중 한 개를 비디오 겸용의 기계에 넣고 벽
에 기대앉는다. 볼록한 유리에 오도카니 앉은 내가 비친다. 리모
컨을 누르자 희미한 그림자는 사라지고 그림이 나타난다. 유럽
의 넓고 밝은 녹색 평원이 가득 뜬다. 초록 잎사귀에 부서지는
투명한 햇살이 눈부시다. 확대되고 편집된 화면은 실제보다 더
실제적이다. 음악가의 음영 짙은 얼굴이 클로즈업된다. 비올라
연주자인 그는 울안에 오두막을 짓고 음악으로 숨는다. 기어 다
니던 두 딸이 자라서 은둔자처럼 살아가는 아버지를 돌본다.
세상을 피해서 사는 그는 죽은 아내와 교류한다. 그의 내면이

어둠 위로 스며 나온다. 나는 등을 조금 세우며 화면을 응시한다. 어둠과 밝음이 또렷하게 엇갈린다. 나는 깊어진 눈으로 그림자와 빛, 삶과 죽음, 사랑과 이별, 성聖과 속俗, 꽉 차고 텅 빈 대비를 좇는다. 왕과 교회, 신을 위한 음악을 버린 사내가 비올라 연주로 이승과 저승을 잇는다. 이어진 길을 따라 오래 전에 죽은 그의 아내가 우아한 자태로 걸어온다. 아름다운 그녀가 아련한 눈길로 마주앉아 그의 연주를 듣는다. 영혼까지 닿을 듯 장중한 비올라 음이 가득 깔린다. 뒤뚱뒤뚱 걷던 아이가 그림에 겹친다. 어린 고사리 순 같은 손이 뺨에 닿는다. 선뜻한 촉감에 가슴이 지레 화닥닥 뛴다. 손을 올려 까칠한 얼굴을 훑는다. 흘러드는 빛에 어슴푸레 드러난 성당 안이 화면에 찬다. 십자고상을 훑는 카메라가 천천히 움직인다. 고통을 뭉쳐 빚은 듯한 서른 세 살의 남자 위에 카메라가 멈춘다. 오래인 듯싶지만 십 초쯤이다. 짧아도 길게 느끼는 건 암시된 아픔 탓일 것이다. 나는 사뭇 막막해져서 리모컨을 눌러 그림을 지운다.

현관문을 잠그고 집을 빠져 나온다. 풀 위를 걷는데 몸이 긴 파충류가 종아리를 깨물 것 같아 마음이 급해진다. 마을에 가면 우유를 살 수 있을까. 조여든 위만큼 얼굴의 핏기가 따라서 가신다. 햇빛에 달구어진 콘크리트길이 구두 굽과 딱딱 마주친다. 뼈끼리 맞부딪는 듯한 소리가 머리를 울린다. 나는 포장된 길을 벗어나서 갓길에 난 잡초를 밟으며 걷는다. 햇볕에 질겨진 질경이를 밟을 때마다 상한 밀가루 같은 먼지가 풀썩인다. 에

움길 옆으로 왼쪽은 잘 자란 벼가 오른쪽엔 고추 모가 파르라니 이어진다. 건너편 산허리를 자른 붉은 절개지가 눈을 쫀다. 골프 장을 파다 만 흔적이 상처처럼 불거진다. 핏물 같은 색깔을 외면하며 눈을 든다. 구름 없는 하늘이 넓게 펼쳐 있다. 굽은 산허리를 두 번 돈다. 마냥 쏟아지는 햇빛도 그렇거니와 지친 다리가 팍팍하다. 진땀까지 솟는다. 끔찍할 만큼 걷기를 싫어했던 아버지가 스친다. 걷다보면 나도 이내 피로를 느낄 만큼 시간이 흘렀다.

한쪽 끝엔 성당이, 반대편에는 정문이 있던 골목 어귀가 영화의 한 장면처럼 솟는다. 우리 집은 정문과 가까웠다. 지금의 나만큼 젊었던 아버지는 긴 골목을 못 견뎌했다. 성당 옆에 엉거주춤 멈추어선 그가 바지 항문 근처를 움키며 말했다. 치질 때문이야. 아버지의 몸짓은 우스꽝스러웠다. 열 살의 내가 재빨리 주위를 살폈다. 나 말고 그를 지켜볼 사람은 없었다. 무척 길게 기억되는 곧은길은 칠팔백 미터쯤? 아니, 그 이상이었을지 모른다. 아버지는 긴 거리를 들먹이며 이사를 가야 한다고 투덜거렸다. 함께 살았던 할아버지는 들은 척하지 않았다. 택시도 안 들어가는 이따위 길이라니. 불퉁거리는 아버지 음성이 생생하게 솟는다. 되짚어 보니 아버지와 나 그리고 함께 살던 삼촌은 주로 성당 쪽으로 나머지 가족은 정문을 지나다녔던 것 같다. 성당 쪽으로 붉은 벽돌담이 이어졌다. 등하교 길은 멀었다. 나는 벽돌을 메운 흰 곬을 손으로 훑으면서 걸었다. 꼬리를 무는 끝말잇기로 지루함을 달랬다. 벽돌, 돌멩이, 이사, 사진, 진실……하는 식이었다. 충분히 말 잇기를 즐길 만큼 골목이 길었다. 텅 빈 길에서 노는 아이들은 없었다. 성당과 함께 길을 쓰는 여학교는 가톨릭재단에서 운영한다고 했다. 전봇대가 드문드문 서 있을 뿐 자갈이 구르던, 포장되지 않은 길이 추억처럼 솟는다. 나는 여기저기 구르는 돌멩이를 걷어차며 걷고는 했다. 보얗게 피어오른 흙먼지가 운동화를 덮었다. 버릇처럼 발을 굴러 털었지만 그다지 나아지는 건 없었다. 성당 앞으로 아스팔트가 깔린 시가지가 열렸다. 시내를 가로지른 도시 끝에 학교가 있었다.

마을 어귀에 서너 채의 허름한 블록 집과 붉은 벽돌로 지은 성당이 서 있다. 흰 띠로 아기를 업고 서성이는 소녀는 초등학생으로 보인다. 소녀가 입은 초록 티셔츠가 성당 뜰에 핀 족두리꽃과 어우러진다. 작은 나비 모양의 분홍 꽃 옆에 불을 지핀 듯 피어난 주홍색 능소화가 한창이다. 아찔할 만큼 선정적인 꽃을 보니 문득 아득하다. 업힌 아기가 칭얼거렸던지 소녀가 엉덩이를 받친 손을 풀어 콩콩 주먹질을 먹인다. 발이 저절로 그쪽으로 간다. 나를 본 소녀가 멋쩍은 듯 돌아선다.

처음 성당에 들어갔던 날이 생각난다. 왜 갔는지는 기억에 없다. 여름날 오후, 마당에 녹아든 노란 햇살을 밟으며 할머니와 함께 들어간 성당 안은 어둑신했다. 희미한 빛과 음습한 공기가 섬뜩하게 다가왔다. 사방을 두른 높은 벽과 거기 걸린 성화가 나를 을렀다. 십자가를 맨 고통스런 표정. 가시관에 찔려 피

흐르는 얼굴. 창을 든 병사. 험상궂은 남자가 곧장 걸어 나와서 내 덜미를 움킬 것 같았다. 가위눌린 듯 가슴이 조였다. 바닥을 울리는 발소리가 유난히 컸다. 나는 쫓기듯 밖으로 나왔다. 넓은 마당을 덮은 왕모래가 밝은 햇살을 듬뿍 쏘았다. 부신 빛이 흘러넘친 밖은 따뜻하고 부드러웠다. 음침한 실내를 벗어나서 안심했을 것이다. 사람들이 무엇을 기도할까? 뜻 모를 물음이 잠깐 스친 것도 같았지만 곧 머리가 텅 비었다. 나는 고개를 뒤로 젖혔다. 높은 첨탑이 눈에 꽉 찼다. 둥근 돔 밑에 모래 산처럼 흘러내린 선이 가파른 선을 그었다. 기대앉으면 좋을 기울기를 좇다가 나그네가 먼데 눈길을 둔 풍경으로 상상을 이었다. 아스라한 높이의 탑은 시가지 어디서나 보였다. 오래된 탑에 파르라니 돋았을 이끼까지 혼자 그렸다. 내가 거기서 할 일은 없었다. 문을 빠져나오다가 성당 안에 있을 할머니를 떠올렸다. 먼저 간 나를 찾지는 않을 테지. 나는 팔짝거리며 쪽문을 벗어났다. 얼핏 식구들의 얼굴이 스쳤다. 조부모와 우리 네 가족, 그리고 두 삼촌. 대학생이었던 그들은 없는 것처럼 조용했다. 언젠가 너덧 명의 삼촌 친구들이 몰려왔던 기억이 난다. 내 어설픈 춤과 노래에 왁자하게 손뼉을 쳐주어서 느닷없이 붕 뜬 기분이었다. 가끔 빈방에 들어가서 아무 책이나 들추기도 했다. 발가벗은 여자사진이 나와서 풀썩 놀라서 돌아보면 아무도 없었다. 새엄마를 빼고는 모두 말이 없었다. 음식은 담백했고 요란한 놀이를 하면 안 되었다. 명절이면 당연히 잡는 화투도 우리 집에서는 제외됐다. 뛰거나 호들갑을 떠는 이도 없었다. 소리 높여 웃으면 경망스럽다는 할아버지 꾸중이 따라왔다.

가게가 어디 있니? 나는 빤히 쳐다보는 소녀에게 다가가서 묻는다. 낯선 여자를 본 소녀가 업은 아기를 추스르며 비실비실 물러선다. 도리질을 하다가 돌에 걸려 휘뚝 넘어지려던 소녀의 얼굴이 능소화처럼 붉어진다. 조심해야지. 말하는 내게 눈길도 안 보낸다. 보이는 서너 집뿐 가게는 없다. 내가 눈에 익힌 곳은 온 거리만큼 더 가야 하는, 버스 정류장 앞에 있다. 나는 우유를 포기한다. 돌아선 소녀의 등에서 아기가 말 타듯 발을 구른다.

성당의 쪽문을 나서면 곧바로 집으로 가는 골목이었다. 나는 투스텝으로 뛰며 길가의 문패를 소리 내어 읽었다. 어깨너머로 주워들은 한자가 얼마쯤 있었으리라. 몇 개의 이름이 눈에 띄었다. 아는 글자를 보며 으쓱했을지 모른다. 대문 위에 걸린 문패를 읽다가 눈먼 발이 돌부리에 걸렸다. 나는 사정없이 고꾸라졌다. 개구리처럼 널브러진 등에 깔깔거리는 웃음소리가 푸지게 쏟아졌다. 나는 깐 눈을 들지 못한 채 허둥거리며 일어났다. 내 또래로 보이는 사내아이가 고소한 표정으로 구경하고 있었다. 나는 눈을 부딪치기 전에 냅다 달렸다. 화톳불을 뒤집어 쓴 것처럼 얼굴이 홧홧 달았다. 커다란 웃음소리가 빈 골목을 울렸다. 숨차게 뛰다가 사이 길로 꺾어들어 숨을 골랐다. 집에 가봤자 울기만 하는 동생을 돌보아야 할 것이었다. 나는 될 수 있는 대로 미적거렸다. 잘 자란 호두나무가 우거진 잎을 드리운 좁은 고샅은 서늘했다. 촉촉한 흙 위에 사방치기를 했던 흔적이 희미하게 남아 있었다. 나는 몇 번인가 사각의 칸을 뛰다가 돌다가 했다. 구경꾼 없이 혼자 하는 놀이는 밍밍했다. 천천히 걸었어도 금세 집이었다. 거기서 두세 집을 더 가면 골목이 끝나고 처마가 낮은 집들이 시작됐다. 컴컴하고 추레한 데다 퀴퀴한 냄새가 밴 곳에 길 폭의 초라한 구조물이 서 있었다. 양쪽 집들이 받쳐주어 가까스로 버틴 기둥 옆을 지나노라면 아슬아슬했다. 건드리기만 하면 폭삭 주저앉을 것 같은 그것을 정문旌門이라고 가르쳐준 사람은 할머니였다. 옛날 어느 열녀가 남편을 따라 죽었어. 장한 일을 했다고 임금님이 내린 문이야. 허물어질 듯한 기둥과 음습한 분위기가 나를 눌렀다. 꼭 잡은 할머니 손을 더욱 힘주어 잡았다. 여자는 몸단속을 잘해야 하는 거야. 알 듯 모를 듯한 말은 흘려들었다. 남편을 따라 죽는 여자도, 그 일을 기념한다는 문도 내게는 낯선 기호처럼 수상했다. 먼지더께가 앉은 열녀문 어딘가에 귀신이 숨었을 듯했다. 길 양옆에 질벅거리는 수챗물 이 쉬척지근한 악취를 풍겼다. 정문을 지나던 할머니가 조심스레 치마폭을 여몄다. 열녀를 기리는 건지 시궁물이 튀지 않게 하려는 건지는 알 수 없었다. 그곳을 경계로 빈촌이 이어졌다. 골목을 반 넘게 차지한 붉은 벽돌담과 검게 썩은 판자울타리 사이에 우리 돌담이 끼어 있었다. 가뜩이나 추저분한 길은 오래된 열녀문 탓에 더욱 어둑신했다. 기운 정문만 없으면 한결 환할 텐데. 그 너머는 시장이었고 먼데서 냇물이 흘렀다.

돌담 끝에 붙은 나무대문을 밀기만 하면 기다렸다는 듯 일거리가 달려들 것이었다. 나는 맞바라기 집을 바라보았다. 한 번도 들어가 본 적 없는 그곳이 관청사택이라고 알려준 이도 할머니였다. 높은 쇠창살문이 우뚝 선 그 집을 보며 할머니는 몸을 사렸다. 노인의 표정을 훔쳐보는 나도 편치 않았다. 나는 철문 안쪽을 기웃거렸다. 트럭이 드나들 만큼 넓은 뜰 양쪽에 모양 좋게 가꾼 정원수가 우거진 잎을 달고 있었다. 겨울이면 잎을 벗은 나무 사이로 커다란 집이 거뭇하게 드러났다. 골목 안의 집들이라야 대부분 한옥이었다. 드물게 보던 일본식 건물이 잘 자란 나무 안쪽에 보일락 말락 숨어 있었다. 오가는 사람 없는 적적한 길에 높은 담을 타고 늘어진 주홍색 능소화가 나를 유혹했다. 나는 까치발을 딛고 서서 팔을 한껏 뻗었다. 지금은 흔한 꽃이 됐어도 그때는 아니었다. 삼촌의 잡지에서 봤을지 모른다. 윤나는 머리에 옥잠을 꽂은 여자가 선홍색 스란치마자락을 맵시 있게 감아 쥐고 눈웃음을 흘리는 그림. 앙증맞은 화관 위로 책에서 본 요염한 여자가 겹쳤다. 휘늘어진 가지 끝에 매달린 원추형의 다홍색이 닿을락말락했다. 나는 발끝에 몸무게를 몽땅 싣고 닿지 않는 꽃을 따려 했다. 무섭게 두근거렸던 것 같다. 야! 우렁찬 소리가 덜미를 쳤다. 나는 화들짝 놀랐다. 너! 라고 했을지 몰랐다. 빨개진 채 두근거리던 심장이 터지려 했다. 늘인 팔을 거둘 수 없었다. 너 이리 와. 터질 듯 붉은 여드름이 툭툭 불거진 얼굴이 철문 앞에서 나를 지켜보고 있었다. 그가 으스대듯 나를 홅었다. 뻣뻣하게 굳은 나는 자석에 끌린 쇠붙이처럼 딸려갔다. 붉은 여드름이 가까이 간 내게 열린 쪽문을 턱으로 가리켰다. 정원 사이로 난 흙길은 깨끗이 비질이 되어 있었다. 아무도 없어. 잔뜩 움츠러든 나를 돌아보며 그가 말했다. 나는 그제야 고등 학생처럼 짧게 자른 그의 머리를 쳐다봤다. 검정바지에 흰 셔츠를 입은 그는 소년과 청년의 언저리에 걸쳐 있는 듯했다. 깨끗하게 닦인 유리문 안쪽으로 닫힌 방문이 몇 개 지나갔다. 그가 긴 마루가 끝난 곳에서 걸음을 멈췄다. 앉아. 두 사람이 넉넉히 앉을 만큼 유리문을 밀며 뱉듯 말했다. 나는 그가 가리킨 마루 끝에 걸터앉았다. 마루가 높았던지 아니면 다리가 짧았던지 두 발이 허공에서 흔들렸다. 마루 벽에 어른 키만 한 거울이 걸려 있었다. 고르지 못한 면에 정원의 짙푸른 초록이 비쳐 어른거렸다. 미닫이문의 레일이 허벅지를 찔렀다. 반질거리는 검은 마루가 선뜩했다. 살 오른 정원수가 암녹색 이파리를 살랑거렸다. 나무 가지 사이로 푸른 하늘이 얼비쳤다. 그가 내 옆에 바싹 붙어 앉아 있었다. 온통 후끈거려서 그를 돌아볼 수 없었다. 나는 흔들리는 발에 힘을 넣었다. 어스레한 나무그늘이 꽃을 따려던 죄책감을 부추겼다. 갑자기 그가 나를 끌어안았다. 억센 악력에 꼼짝할 수 없었다. 원피스 단 밑으로 불쑥 손이 들어왔다. 끈끈하고 후끈한 입김이 쏟아졌다. 나는 반사적으로 몸을 비틀었다. 가만히 있어. 그가 낮고 빠르게 소곤거렸다. 밋밋한 데다 예쁜 무늬도 없는 속옷이 퍼뜩 스쳤다. 다시 가슴이 조였다. 나는 힘껏 엉덩이를 틀었다. 그가 눈을 부릅떴다. 새엄마의 성난 얼굴이 번개처럼 스쳤다. 매서운 표정을 지은 그녀가 찢긴 옷을 눈앞에 대고 흔들 것이었다. 나는 멈칫했다. 그 틈에 속옷을 내린 붉은 얼굴이 내 다리를 벌려 안고 거울 앞에 섰다. 거울 속의 바기나는 확대된 것처럼 선연했다. 야릇한 자세에서 불거진 것은 끔찍했다. 바람이 다리 사이를 훑었다. 서걱거리는 나뭇잎소리, 후텁한 입김, 음험하게 번뜩이던 눈, 치받친 수치심이 거울에 또렷이 새겨 있었다. 딱, 소리를 내며 정수리가 갈라진 듯했다. 몸부림치며 버둥거려서야 팔이 풀렸다. 나는 잽싸게 달아났다. 뒷덜미를 왈칵 잡힐 것 같아서 발이 헛놓였다. 고샅에 서서도 후끈거렸다. 나는 고였던 숨을 한꺼번에 몰아쉬었다.

대문을 밀고 들어갔을 때 찌르는 울음소리가 먼저 들렸다. 나는 곧장 우는 동생에게 다가갔다. 애기 좀 안아줘라. 부산하게 움직이던 새엄마가 흘기듯 돌아보며 말했다. 여느 때 같았으면 자발적인 뜻을 뭉개는 새엄마에게 소가지가 났을 것이었다. 나는 온통 빨개져서 팔다리를 버르적거리는 아기를 불끈 들어 올렸다. 울음이 잠깐 멎었다. 새엄마는 키가 크고 말라서 휘청 거리는 느낌을 주었다. 아담한 키의 아버지와 함께 있으면 훨씬 클 것 같았어도 아슬아슬하게 그녀가 작았다. 새엄마를 보면 닦지 않은 유리그릇이 떠올랐다. 부딪치는 대로 소리가 났다. 나는 되도록 몸을 사렸다. 잊었다는 듯 아기가 다시 울었다. 허어, 애기가 애기를 보는구나. 할아버지가 방에서 나오다가 입가에 웃음을 물며 말했다. 팔이 끊어질 듯 아팠다. 짜증스럽게 집 뒤를 돌았지만 쨍쨍 솟는 울음이 그치지 않았다. 새빨갛게 얼굴을 일그러뜨리고 악을 쓰는 아기가 지긋지긋했다. 그렇다고 수선스럽게 일하는 새엄마를 부를 수는 없었다. 휘저어진 거품처럼 울화가 부글거렸다. 나는 동생의 엉덩이를 세게 꼬집었다. 입을 크기대로 벌린 아기가 숨넘어가게 울었다. 볼록하게 배를 부풀리며 눈을 찌그러뜨린 아기는 밉상이었다. 그래도 새엄마가 오는 기척은 없었다. 나는 찹쌀떡 같이 야들야들한 살을 다시 비틀었다. 자지러지는 울음소리에 새엄마가 손을 옷에 닦으면서 다가왔다. 시치미 뗀 내가 아기를 들썩이며 얼렀다. 그렇게 엄마가 보고 싶어? 우리 애기 가수 되겠네. 벙긋벙긋 눈을 맞추는 그녀에게 땀으로 끈적거리는 아기를 넘겼다. 짐을 벗은 팔이 날 것처럼 가뿐했다. 콩나물 사와라. 새엄마가 닫힌 방문 안쪽에서 소리쳤다. 돈을 받아들고 나온 나는 앞집 대문을 힐끗거렸다. 붉은 여드름과 마주칠지 몰랐다. 커다란 집은 적막했다. 벌린 팔 끝에 담과 전봇대가 탁탁 걸치며 지나갔다. 정문을 지난다고 생각하니 퀴퀴한 냄새가 먼저 달려들었다. 나는 얼굴을 찡그리며 집 쪽으로 돌아서서 전봇대에 등을 기댔다. 희끄무레한 돌담 귀퉁이에 색색의 꽃을 피운 접시꽃 몇 그루가 서 있었다. 동글게 말린 씨앗주머니도 보인 듯했다. 어른 키에 못 미칠 돌담이 배를 채운 구렁이처럼 긴 몸을 휘어 돌았다. 무너진다. 손대지 마. 할아버지는 내가 담 곁에 가지 않도록 눈을 부릅떴다. 그런 무서운 표정이 아니어도 돌담 가까이는 가고 싶지 않았다. 비가 오면 성글게 쌓아올린 돌 더미가 언제 무너질지 몰랐다. 할아버지는 무너진 담을 꼼꼼히 쌓아올렸다. 장마철 틈틈이 흐린 하늘 밑에서 돌을 주워 울을 두르던 할아버지의 모습이 잡힐 듯 솟았다. 그렇지 않아도 붉은 벽돌담과 검은 판자울타리가 이어진 골목 안에서 돌담은 우리 집뿐이었다. 나는 경계석처럼 박힌 돌담이 싫었다. 시멘트를 넣어 단단히 쌓으면 힘들지 않을 텐데. 걱정스레 하늘을 올려보는 할아버지는 궁상이었다. 다른 가족들은 남의 일 보듯 덤덤했다. 나는 누구도 하지 않는 일에 골몰한 할아버지를 못 본 척 지나치고는 했다. 빗줄기가 조금만 굵어져도 주저앉는 돌담과 그것을 도로 쌓아올리는 할아버지가 부끄러웠다. 후줄근한 회색 바지에 러닝셔츠 차림으로 담을 쌓는 노인을 이해하기엔 열 살은 터무니없이 어린 나이였다.

소녀에게 왜 연민을 느끼는지 모를 일이다. 학교에 안 갔어? 묻기라도 해야 할 것 같다. 저 나이면 사물이 새긴 듯 또렷하게 보일 때 아닌가. 동생이 밉지? 금방 그런 말이 묻어나올 것 같다. 나는 입술을 물며 눈으로 소녀를 좇는다. 소녀가 처진 아기를 추스르며 담을 꺾어든다. 돌아오는 길은 훨씬 빠르다. 현관을 들어서자 빠른 걸음에 놀란 얼굴이 화끈거린다. 급할 게 없다고 마음을 눅이면서 왠지 겸연쩍다. 두 번쯤 냉장고 문을 여닫고 하릴없이 서성인다. 먼 길 맞은편에 선 건물이 흰 빛을 되쏜다.

지나치면서 봤을 때는 평범한 음식점이었다. 거리가 만드는 환상이라고 헤아리면서 한동안 눈길을 준다. 어느새 깜깜해진 밖에서 삐거덕, 투탁, 하는 소리가 들린다. 머리끝이 쭈뼛거린다. 밤나무 숲을 지나는 바람이 흉흉하게 운다. 무서운 상상에 오소소 소름이 돋는다. 나는 잔 돌기가 깔린 팔을 쓴다. 마루바닥에 던져진 리모컨을 집어 들고 커튼을 친다. 천 한 겹일 뿐인데 완전히 고립된 것 같다.

버튼을 누르자 이내 그림이 뜨고 아까 봤던 장면부터 돌아간다. 세상의 모든 아침은 다시 오지 않는다는 내레이션이 화면을 울린다. 진부하다고 밀었는데 나도 모르게 감동한 모양이다. 나는 입 끝을 끌며 조금 웃는다. 화면에 쏟아진 빛 알갱이들이 얼룩 같은 그림자를 되쏜다. 고치 속의 번데기처럼 음악으로 숨었던 아버지가 죽고 미혼으로 그를 돌보던 맏딸도 죽는다. 맏딸이 사랑했던 궁정음악가의 회상으로 영화는 끝난다. 그들의 불행을 보며 조금 가벼워진다. 무섭게 조용하다. 날카롭게 신경이 곤두선다. 잃을 것이 뭔데……? 두려움이란 가진 것을 잃고 싶지 않은 마음일지 모른다. 아니면 나도 모를 앞날이 망가지리라 단정하기 때문일까. 그렇게 생각해도 무섭기는 마찬가지다. 리모컨을 눌러서 마지막 자막이 지나가는 화면을 끈다. 현관에 켜둔 불빛에 실내가 희미하게 드러난다.

온통 삐걱거리는 소리다. 나무가 뒤틀리는 소리라고 나를 달래도 소용없다. 나는 가장 나쁠 경우를 연상한다. 강도가 들고 잘못되면 죽을 수도 있다. 아프지 않고 꼭지가 떨어지듯 깔끔하게 숨이 멎는다면 그쪽이 괜찮을지 모른다. 잘 됐군. 남편이 종주먹을 들이댄다. 상상 속의 그는 실제보다 난폭하다. 차에 치인 그가 보이기도 한다. 나는 두 팔로 무릎을 껴안고 고개를 묻는다. 종일 커피를 마신 배에서 물소리가 난다. 배가 고프다기보다 위벽이 아릿하다. 뭔가 만들어 먹는 것은 성가시다. 공복을 느낄 때면 습관적으로 냉장고를 열기는 했다. 그때마다 집주인이 넣어 둔 쌀이 생뚱맞게 나타났다. 꽤 된 것 같은 김치 병도 보였다. 사들고 온 우유는 마지막 방울까지 털어서 마셨다. 버스에서 내렸을 때 마침 가게 앞이었다. 거기서 우유 한 팩을 샀다. 음식을 먹지 않고 견딜 수 있을 때까지 견뎌보려 했을 것이다. 배고프고 지치게 되면 무슨 방법이 떠오르리라 기대했으리라. 실상은 기꺼이 움직여야 할 어떤 것도 없다. 혼자라는 것의 나쁜 점일 텐데 한때 이런 생활을 선망했다는 생각이 들어서 쓰게 웃는다. 바랄 때는 없고 그것이 왔을 때는 너무 지쳐 있다. 가게를 찾아 나갔다 왔을 뿐 달리 한 일이 없다. 세 번 화장실을 들락거렸다. 다행히 커피는 있다. 블랙커피를 넉 잔 마셨다. 나는 냉동실의 얼음 통 뒤에 구겨 박힌 식빵봉지를 찾아낸다. 남은 두 쪽을 토스터에 넣고 비닐은 구겨서 버린다. 넣어둔 것조차 잊었던 듯 비닐봉투에 밴 음식냄새가 퍼진다. 구워진 빵은 도무지 넘길 수 없다. 잼도 바르지 않고 깨물었다가 입안의 것을 몽땅 뱉는다. 쓰린 위 근처를 손으로 누른다. 어딘가 라면쯤은 있을 테지만 찾는 일이 무의미하다. 빈 속이 알싸하고 닝닝한 국물을 받아들이지 못할 것이다. 소리 없는 전화를 쳐다보다가 무심히 집 번호를 누르고 마냥 울리는 신호음을 듣는다. 마침내 벨소리가 끊어지고 뚜뚜 거릴 때 송수화기를 내려놓는다. 장소를 옮기면 나을 줄 알았는데. 이번에는 무섬증이다. 결국 내 문제다. 무기력한 몸과 마음을 지켜줄 이가 없다. 나는 학비를 대주었던 아버지를 떠올린다. 그가 나를 돌본다고 여겼다. 냉정하게 돌아보니 그가 지켰다기보다 내 스스로 지켜준다고 생각했던 것 같다. 가족이란 틀 안에서 그는 그대로 나는 나대로 살았다. 유대감 때문에 안심했을 뿐이다. 아이가 죽고 남편은 떠났다. 밖으로 나가면 흙에 뿌린 아이의 뼛가루가 바람결에 묻어와 같이 놀자할 것 같았다. 훑는 듯한 이웃의 시선도 거슬렸다. 집에만 있었는데 관계의 끈도, 굳이 지킬 것도 없어졌다. 비 오는 날, 유리창에 부딪치는 빗줄기처럼 나는 흘러내렸다. 흙탕물에 섞여버릴 하찮은 물방울이 그렇듯 때 되면 흔적 없이 사라질 것이다. 손에 잡힌 종아리가 홀쭉하다. 나는 지방이 빠진 살을 만지작거린다. 형식이 내용을 만든다는 말이 스친다. 상투적이지만 사실이어서 되짚는다. 그러고 보니 가정이란 가장 자연스러운 형식이었다. 세상에 나왔을 때 나를 기다리고 있었던 것은 이미 만들어진 틀이었다. 어른들은 제가끔 만든 그릇에 나를 담으려고 했다. 나는 주저했던 듯하다. 가족이나 관계에 지나치게 휘둘렸다고 여겼을 것이다. 밀어냈으면서 틀이 없어지니까 허우적거린다. 이제 내가 그릇이 될 차롄데 담을 것이 없어지자 팽개쳐진 느낌이다. 곰곰이 생각하니 나 스스로가 몸과 정신이라는 화해할 수 없는 두 개체의 싸움터다. 죽던지, 아니면 극과 극이 어울리는 방법을 찾아야 할 것이다.

　나는 골목을 싫어했던 아버지보다 먼저 그 길을 벗어났다. 아버지는 성당에서 정문까지의 먼 거리를 싫어했다. 서양 청년을 예배하는 회당과 남편을 따라 죽었다는 이유로 세운 문 사이의 거리를 나는 은밀하고 야릇한 호기심으로 지나다녔다. 아버지와 달리 나는 애쓰지 않고 그 길을 나왔다. 교육환경이 좋은 곳에서 학교를 다닌다는 명분이었지만 그날의 작은 소동이 집에서 나를 끌어냈다. 나는 낮에도 불을 켜야 하는 어둡고 축축한 가게에서 콩나물을 사고 돌아섰다. 조금 전의 일 같은 건 가뭇없이 잊어서 투스텝으로 미끄러지며 콧노래를 흥얼거렸던 것 같다. 너 이리 들어와. 콩나물 봉지를 던져놓는 나를 새엄마가 날선 소리로 불렀다. 서늘한 기운이 등을 타고 빠르게 미끄러졌다. 방으로 들어가자 아기의 옷이 헤쳐져 있었다. 만족하게 젖을 먹은 아기는 분홍색 입가를 움찔거리며 자고 있었다. 나는 눈앞에 드러난 푸른 멍, 붉은 멍에서 시선을 비꼈다. 눈을 내리깔며 새엄마 앞에 먼저 무릎을 꿇었다. 푸르게 질린 그녀의 입술이 바들바들 떨렸다. 기막혀 까무러치겠다는 듯 흘겨보는 엄마 앞에서 나는 고개를 꺾었다. 식구들이 모여들었고 새엄마는 떠들썩하게 소리쳤다. 치솟는 감정 때문에 훌쩍거리기도 했을 것이다. 나를 깔보는 거야. 그렇게 말하는 소리를 들은 것도 같았다. 할아버지는 뒷짐을 지고 서서 먼 산을 바라보며 말했다. 허어, 참! 이웃 부끄러워서 원⋯⋯. 말세야 말세. 할머니는 새엄마의 눈치를 살폈다. 저 쪼그만 것이 원래 영악스럽더라니. 애를 안 본다고 하지 왜 우리 집 장손을 꼬집어 뜯어. 지지배가 일낼 줄 알았어. 밖에서 들어오던 삼촌들은 못마땅하게 흘겨보며 방으로 들어갔다. 시끄럽다고 두런거리는 소리가 방문 밖으로 새나왔다. 밤에 들어온 아버지는 나를 묵묵히 쳐다보기만 했다. 나는 가족회의를 거쳐 서울에 사는 친척집으로 옮기기로 했다. 아버지는 침울한 얼굴로 나를 보며 큰 도시에서 공부해야 훌륭한 사람이 된다고 말했다. 할머니는 살그머니 다가와 가방을 싸는 내게 속삭였다. 아가, 엄마가 아버지를 총각인줄 알고 시집와서 그래. 얼마만 떨어져 살면 에미도 화가 풀릴 게야. 조금만 참아. 내가 벌 받는 건 당연했다. 우는 아기가 성가셨을 뿐 다른 생각은 없었다. 새엄마와 내게 다 잘해야 하는 할머니를 이해했다. 모인 사람들은 자기 식대로 해석했다. 나 때문에 소란해졌다는 사실이 가슴을 옥죄었다. 혼자 밀려난 채 왜 세상에 나왔는지 생각했다. 거창한 주제는 아니었다. 나는 없어야 할 아이였다. 아버지의 혼전 실수였을 나를 그때 눈치 챘던 것 같다. 사람들은 왜 이런 일이 생겼는지 따위는 생각 못하고 언저리에서 소란을 떨기만 하다가 잊고 만다. 보이지 않으면 없다고 여기는 듯했다. 그 뒤로 그 골목을 가본 적이 없다. 아버지의 말을 무시한 줄 알았는데 할아버지는 가족을 거느리고 골목이 짧은 곳으로 이사했다. 진즉 정문은 헐려 흔적조차 사라졌을지 모른다. 흙먼지가 날렸던 길은 포장되었을까. 성당은 그곳의 명소가 되어서 내가 보던 화면을 바람처럼 지나갔다. 엉덩이를 싸쥐던 아버지, 등을 뜨겁게 달구던 웃음소리, 돌담을 쌓던 할아버지, 거울 속의 벗겨진 나, 낱개의 부끄러웠던 일들은 기억으로 숨어들었다. 그 골목을 생각하면 보자기로 싼 어떤 것이 떠오른다. 매듭을 풀면 한꺼번에 쏟아질 것들. 드러나서 안 될 것을 내보일 때의 느낌이 부끄러움일지 모른다. 정문에서 성당까지. 겉은 평온해 보였어도 어울릴 수 없는 것들이 뒤죽박죽 얽힌 곳이었다. 나를 겨냥한 수치심을 벗어버리려고 애썼다. 안을 가득 채운 부끄러움 때문에 혼자서도 얼굴이 붉어졌지만 그 어둠을 한줄기 빛으로 없앨 수 있다는 것을 안다. 아버지와 함께 보낸, 화창한 어느 날을 한 조각도 빠뜨리지 않고 그릴 수 있다.

죽은 내 아이 만했을 때니까 네 살이나 다섯 살이었을 것이다. 젊었던 아버지는 나를 시가지에서 멀리 떨어진 호수로 데려갔다. 잘 걷지 못해서 조금은 걷고 얼마는 안기도 업기도 했을 것이다. 따뜻하고 밝은 날이었다. 머리에 담긴 좋은 느낌은 무의식이 된 듯했다. 끝이 보이지 않는 호수가 투명하게 맑은 빛을 되쏘았다. 나는 물비늘이 반짝이는 수면을 보며 눈을 키웠다. 아버지는 나를 보트에 앉히고 연못 가운데로 노를 저었다. 호수

안쪽에서 무성하게 자란 연잎을 꺾어 주는 것도 잊지 않았다. 튼실하게 자란 줄기가 질겼던지 아버지는 힘들여 연잎 하나를 잘라냈다. 얼굴 가득 소리 없이 웃던 아버지가 이마에 흘러내린 땀을 소매로 닦았다. 그를 따라 맑게 웃었으리라. 뱃전에 몸을 기울인 그가 물을 움켜 잎에 흘렸다. 나를 가리고도 남을 넓은 녹색 위에서 수은 같은 물방울이 소리를 낼 듯 굴렀다. 물 속에 살면서 물에 젖지 않는 잎은 신기했다. 긴 줄기가 내 키만큼 컸다고 기억한다. 더할 수도 덜할 수도 없이 가득 찬 날이었다. 나는 두 손으로 노를 젓는 씩씩한 청년 앞에서 초록색 양산을 머리 위로 받쳐 든 새침데기 아가씨였다. 게다가 인적이 드문 호수, 물 위에 뜬 보트였다. 바스러진 수정 같은 빛이 물결 따라 반짝였다. 오랫동안 지녀왔던 불완전한 기억은 고쳐지고 채색되어 다시 편집되었을지 모른다. 윤색된 아름다움이 내내 나를 지켰다. 사람이 사람에게 해줄 수 있는 최선의 배려는 있는 그대로 지켜보는 일이 아닐까. 아버지는 내게 줄 수 있는 모든 것을 일렁이는 보트 안에서 주었다. 내 아이는 어떤 추억을 가지고 나를 떠났을까. 마지막에 손잡지 않았던 나를 원망했을 수 있다. 백 가지의 변명이 떠올라도 죽은 이 앞에서는 침묵해야 할 것이다. 안으로 말을 담으면서 나는 가까스로 죽음의 무게를 버틴다.

건너편 음식점 건물주위로 네온불빛이 켜진다. 붉고 푸른 색깔이 저수지를 물들인다. 물에 번진 불빛이 동화 속 궁전처럼 빛난다. 떨어진 거리가 멀고 아득하다. 바지 주머니에 찌른 손에 바스락거리는 종이가 잡힌다. 무엇일까, 나는 무심히 짚는다. 수면제……. 잠을 감춘 알약은 자주 조물락거린 손끝에 가루가 되어 있다. 자고 나면 아침이 오는 다른 이들과 달리 나는 잠들지 못하고 어둔 밤을 견뎌냈다. 끝나지 않을 것 같은 걸쭉한 어둠 속에서 감은 눈 안쪽에 떠오르는 생각을 따라다녔다. 생을 누리는 사람과 견뎌야 하는 사람으로 가르기도 했다. 잠들 수 없는 괴로움을 내 나름으로 풀어낼 만큼 불면은 오래 갔다. 몇 알의 약으로 잠을 부르곤 했다. 사 둔 약이 조금씩 모아졌다. 모아진 알약을 꺼내보면서 언제든 잘 수 있다는데 안심했을 것이다. 내내 편안할 수 있는 방법이 약에 있으리라 기대했던 것 같다. 비켜 가는 내 방식이 잘못일까.

나는 커튼을 밀고 창을 조금 연다. 실내등을 켜는 대신 뜰에 세운 수은등의 스위치를 올린다. 저수지에서 물안개가 보얗게 올라온다. 마을에서 개가 컹컹 짖는다. 쓸쓸한 울림인데 왠지 위로가 된다. 남편은 어딘가에서 진순과 함께 있을 것이다. 입버릇처럼 말했던 자기 일을 하려고 빌린 땅에 축사를 짓고 있을지 모른다. 그가 떠난 자리는 흔적이 없다. 그와 살았으면서도 달리 자리가 남지 않아서 그림자와 지냈다는 걸 알았다. 그는 아이가 남긴 빈자리로 스며들었다. 그를 처음 만났을 때 거침없는 몸짓을 보며 마음 졸이는 일 같은 건 없겠다고 생각했다. 나는 미리 앞지르는 버릇을 지닌 것 같다. 타성에 젖은 일상이 이어질 때는 다르게 살 것을 궁리했다. 그러다가 모두 옆에서 사라졌다.

기대와 달리 엉뚱한 자리에 혼자 남겨졌다. 나도 떠나야 할 것이다. 쌀 것보다 버릴 것이 많은 짐을 정리하면서 한 사람이 생을 지탱하는데 얼마의 물건이 소용되는지 가늠하리라. 한자리에 오래 버텼던 것들이 들려 나가고 쌓인 먼지가 바람에 묻어 날아가는 듯하다. 빛도 찾아들 것이다. 다 나쁘지는 않다.

유월의 저수지를 떠돌다 왔을 바람에 습기가 묻어 있다. 비릿한 물 냄새도 스민다. 손을 들어 목을 감싼다. 축축하고 앙상한 살갗을 훑다가 오늘 한번도 물을 대지 않았던 나를 돌아본다. 나는 스위치를 올리고 화장실로 들어간다. 거울에 비친 모습이 낯설다. 어둠을 빠져 나온 창백한 이마 위로 땀 밴 머리카락이 흘러내린다. 나는 축축한 머리칼을 쓸어 올린다. 핏기 없는 얼굴을 외면하며 이를 닦고 세수를 한다. 손에 나무옹이 같은 광대뼈가 걸린다. 오늘은 잠들 수 있을까…… 나는 장 안에 동그랗게 말아 넣은 수건뭉치에서 푸른 줄무늬가 있는 타월을 꺼내든다. 아이는 이 색깔만 집어 들었다. 오래 한자리에 박혀 있던 천은 선선히 구김을 풀지 않는다. 뻣뻣한 타월에 물기를 닦으며 구겨질 새 없이 하루에 열장의 타월을 빨았던 때를 떠올린다. 많은 빨래를 투덜댔던 것 같다. 빨 것이 없는 지금보다 바쁘게 움직일 때가 나았다. 손에 덜어낸 화장수냄새가 거슬린다. 한참 쓰지 않았을 그것은 상했을 것이다. 오래된 액체를 얼굴에 문지른다. 살갗이 땅기는 느낌은 뒤틀려 버린다는 생각으로 이어진다.

어디선가 밤 뻐꾸기가 운다. 뻐꾸기를 찾아 두리번거리다가 팔을 들어 시간을 본다. 한 시가 넘어 있다. 내 집 벽에 걸린 뻐꾸기는 때마다 쪼르르 달려 나와 시간만큼 울고 들어갈 것이다. 뻐꾸기시계를 사오던 날, 아이는 손뼉을 치며 웃었고 남편은 눈살을 찌푸렸다. 남편은 돌아올까? 그에게 소비는 악덕이다. 결국 그가 옳았다. 뻐꾸기는 쓰레기가 되어 쓸려나갈 것이다. 그를 거스르며 사들였던 것들을 어떻게 버릴까. 생각만으로 다시 골치가 지끈거린다. 잠깐 창자가 뒤틀리며 우스개처럼 꼬르륵 소리가 난다. 결혼하고 나서 남편과 함께 포장마차에 들어갔을 때, 그는 좌판의 음식을 익숙하게 주문하고 왕성한 식욕을 보이며 음식을 먹었다. 그런 남편은 씩씩해 보였다. 그때까지 내게 포장마차는 지나치는 곳이었다. 안에 들어가 음식을 먹는다는 상상만으로 어딘가 짜릿했다. 그는 내가 부끄러워하는 것들을 아무렇지 않게 하는 사람이었다. 알고 보니 나와 다른 문화였을 뿐 부끄러워할 일은 아니었다.

팬티의 고무줄이 허리를 찌른다. 나는 바지의 후크를 열고 겹쳐 입은 다섯 장의 속옷을 물끄러미 내려본다. 겹친 고무줄을 하나씩 엇갈려 놓으며 붉게 부르튼 자국을 손으로 문지른다. 조금 낫다. 발밑으로 허물 같은 옷이 소리 없이 주저앉는다. 무심코 발을 빼다가 옷자락에 걸려 호되게 넘어진다. 나는 후들거리는 다리를 쓸어내린다. 너무 오래 음식을 먹지 않았을지 모른다. 엉덩방아를 찧은 엉치 뼈가 쑤신다. 실제로 아픈 것보다 아픔을 알아줄 사람이 없다는 것이 더 속상하다. 나는 멍들었을 곳을 어루만진다. 열린 창으로 들어온 바람이 다리를 핥는다.

친척집에 살 때였다. 나는 안주인을 숙모라 불렀다. 오촌쯤 되는 그런 연줄이었다. 나는 교양 있어 보이려는 숙모가 껄끄러웠다. 그녀도 내가 편치는 않았을 것이다. 그때 네 장의 속옷을 겹쳐 입었다. 숙모는 알 수 없다는 얼굴로 나를 바라봤다. 땀띠 날라. 답답하지도 않니? 그래도 내 방식을 고집했다. 우연히 일이 겹쳤을 텐데 이런 생활이 내 잘못의 결과라고 곱씹었다. 다시는 실수하지 않으리라 옹골지게 결심했다. 생각은 강박이 됐다. 어느 날 숙모가 나를 불렀다. 거들을 입으려고 봤더니 뜯어졌구나. 니 꺼를 빌렸으면 해. 입고 있던 속옷이어서 마음에 걸렸지만 모처럼의 부탁을 마다할 수 없었다. 나는 몸에 밀착되었던 것을 껍질처럼 벗긴 뒤 조심스레 건넸다. 속옷을 받은 숙모가 나를 짯짯이 훑으며 말했다. 내 꺼 아니네. 근데 왜 가인이 니가 입었다고 했지? 고개를 갸웃거리는 그녀를 보며 나는 사태를 알아챘다. 가인은 숙모 딸이었다. 나보다 한 살 많은 육촌은 이유 없이 내게 적대적이었다. 나는 시골에서 올라온 계집애였을 뿐 군식구였고 일마다 혐의를 받고 있었다. 나 모르게 뒤에서 수군거렸을 말이 한꺼번에 덮치는 듯했다. 스스로 살 수 있을 만큼 커지기도 해서 나는 그 집을 나왔다. 아버지가 방 얻을 돈을 만들어주었다.

어둠 속의 짐승처럼 웅크린 귀에 약수터에서 내려가는 차 소리가 들린다. 늦은 밤의 엔진 소리가 섬뜩하다. 갑자기 변하는 사람들. 그 마음을 믿을 수 없다. 어릴 때 보았던 성화聖畵가

스친다. 왜 그렇게 무서웠는지 생각한다. 준비 없이 맞닥뜨린 본성의 사악함, 짐작조차 할 수 없는 존재의 고통, 그런 것이 아니었을까. 내게 깊숙이 도사린 어두운 심성을 알 만큼 시간이 흘렀다. 어둠이 빛의 뒤편인 것과 빛이 어둠을 몰아낸다는 것과 밤을 견뎌야 아침이 온다는 상투어에도 익숙해졌다. 초록정원의 사건이 내내 나를 따라다녔다. 친척집으로 옮겨진 후 스스로를 지켜야 한다고 결심했다. 치마는 아예 입지 않았고 한결같이 바지를 고집했다. 그래도 누군가 불쑥 손을 집어넣을 것 같았다. 몇 장의 천으로도 허전해서 자주 옷 속을 단속했다. 겉으로 보일 팬티 자국이 걸려서 헐렁한 66사이즈의 바지만 골라 들었다. 부당한 일을 겪으면서 그것이 내 잘못으로 비치는 현실이 당혹스러웠다. 그 때문에 남편과 문제가 생기기도 했다. 그가 옷 속으로 손을 넣었을 때 나도 모르게 그를 밀치거나 손등을 깨물었다. 이러지 말아야지 하면서도 그의 손이 닿을 때마다 깜짝깜짝 놀랐다. 내 위에서 땀 흘리며 움직이는 그가 우스워서 건잡을 수 없을 만큼 큰소리로 깔깔대기도 했다. 빤히 알고 있다고 생각했는데 생이 이렇게 시작된다는데 막상 혼란스러웠다.

나는 다용도실로 나가서 세탁기 문을 들어올린다. 어둡고 깊은 그곳은 텅 비어 있다. 깊이를 알 수 없는 어둠에 묻힌 존재가 빙글빙글 돈다. 섬뜩한 연상을 지울 듯 진저리치며 옹송그린다. 서늘한 바람이 아래를 스친다.

열 장 단위로 사들인 팬티는 눈에 띄게 화려한 모양과 색깔이었다. 같이 산 것들은 한꺼번에 낡았다. 남편이 들어오지 않자 더 껴입어야 할 것 같았다. 남겨졌을 뿐인데 죄책감이 따라왔다. 덮어서 문제가 해결되지 않을 것을 알지만 겹쳐 입은 천의 두께라도 붙잡고 싶었으리라. 내게 연민을 느낀다. 내 안에 얽혔을 정문과 성당이 솟는다. 앞에 것은 닫기를, 뒤에 것은 열기를 가르쳤다. 언제 닫고 언제 열지 모르는 혼란에 심하게 휘둘렸던 것 같다. 밀어내면서 끌어당기는, 한 몸인 칼과 방패가 걸핏하면 엉겨 붙었다. 남편과 나는 자주 다퉜다. 너 사이코 아냐? 남편은 그런 말로 화를 삭이는 듯했다. 내 버릇을 견딜 수 없다고 했다. 줄에는 늘 팬티가 가득 널렸다. 그의 방법을 따라야 했을 것이다. 한 장씩 속옷을 입고 견디는 법을 배웠어야 했다. 옷 두께가 아닌 사람을 신뢰했으면 나았을지 모른다. 누구를 믿었던 적이 있었을까. 나는 고개를 턴다. 대충 꾸린 가방에 몇 장을 넣었는지 떠오르지 않는다. 오늘 빨지 않으면 내일은 더러워진 것을 입고 지내야 한다.

나는 통속에 세제를 붓고 스위치를 누른다. 물이 쏟아지고 이어 통이 돌아간다. 빈 통을 도는 물살이 시원하다. 빠른 물살을 보며 입은 옷을 하나씩 벗는다. 티셔츠와 브래지어가 소용돌이에 휘말린다. 나는 한 겹씩 팬티를 벗는다. 한 장이 남았을 때 조금 망설인다. 하나는 남겨야 할까하다가 그마저 벗는다. 풀벌레도 잠들 시간이어서 모터 소리는 크게 울린다. 한쪽에 팽개친 바지도 던져 넣는다. 바람이 몸을 스친다. 통을 도는 빨래에 다른 소리가 섞여든다. 바지에 들었을 약봉지가 문득 스친다. 세탁기 안에서 벽을 훑던 소리도 겹쳐든다. 약! 나는 화들짝 놀라서 세탁기에 손을 넣는다. 소용돌이를 돌아 나온 바지를 털어 주머니를 뒤진다. 아무 것도 없다. 탈수된 세탁물 사이에 불투명한 셀로판 봉지가 끼어 있다. 말라붙은 껍질처럼 후줄근한 그것을 바라보다가 쓰레기통에 던진다. 가루가 된 잠의 기억은 물살에 씻겨 하수도로 빠져나갔다. 올 사이에 스몄을 잠의 잔상이 떠돈다. 어딘가 홀가분하다. 나무 틈에서 기어 나오던 무당벌레와 허물을 벗으려고 콘크리트 틈새를 훑어 지나갔을 뱀이 번갈아 눈에 밟힌다. 살아내려는 본능이 나를 친다. 깊은 데서 툭 소리가 난다. 나는 실내 건조대에 세탁물을 널면서 어두운 밖을 내다본다. 낮은 촉수의 등이 흐린 윤곽을 드러낸다. 유리 안쪽에 거울만큼 또렷하게 내 모습이 비친다. 보이지 않는 눈이 빤히 쳐다보는 것 같아서 벽에 붙은 스위치를 내린다.

마당 귀퉁이를 밝힌 수은등이 꺼진다. 하늘을 가득 베운 별이 창으로 쏟아진다. 맑고 또렷한 빛이 사무치게 다가온다. 나와 처음 눈을 맞췄던, 푸른빛 돌던 까만 눈이 별 사이로 흩어진다. 빛이 닿는 거리인데도 없는 것보다 먼 곳. 내 아이는 거기에 가 있을까. 아이에게 사고가 났을 때 불면이었다면? 나는 줄곧 그때로 돌아가서 서성인다. 시간은 번번이 어긋난다. 힘들더라도 알고 견디는 쪽이 진실에 가까워지는 길일지 모른다. 갈 수 없을 아득히 먼 곳을 돌아온 바람이 맨몸을 훑는다. 바람이 음악을 주듯 빛은 환상을 준다는 영화의 대사가 얹힌다. 몸이 먼저 그 말을 알아듣는다. 거칠 것 없는 느낌에 나는 눈을 감고 두 팔을 활짝 벌린다. 한결 헐겁다. 진즉 가볍게 떠오르는 방법을 배워야 했다. 여기까지 올 것 없이 초록거울 앞에서 벗겨졌을 때 알아야 했다. 보이는 사실을 받아들여야 한다. 불필요한 상상은 쓸데없이 사실을 왜곡시키고 과장한다. 그러다 본질에서 멀어진다.

발끝에 닿는 마루가 매끄럽다. 발가락 사이로 이물감이 끼어든다. 나는 발을 비틀며 설핏 몸을 떤다. 어두운 바닥이 무당벌레의 등처럼 매끄럽다. 집채만큼 커진 주홍색 등에 얹힌 내가 검은 점이 되어 난다. 허공을 날던 기억은 정문을 걷는 열 살의 내게 멈춘다. 할머니 치마꼬리를 붙잡은 계집아이는 질척이는 시궁창을 애써 외면한다. 스스로 빠져 나가야 할 시간의 틈새가 검은 아가리를 벌린다. 허물을 남기고 사라진 뱀이 희뜩 눈을 치킨다. 밤나무 숲을 지나는 바람이 흉흉하게 운다. 나는 제자리를 돌며 실눈을 뜬다. 물에 번진 네온이 수면에 어룽진다. 붉고 푸른 불빛이 몽롱하게 섞인다. 밖에서 뱀이 몸을 뒤채는 소리가 들린다. 허물 벗은 뱀이 날쌔게 풀숲으로 미끄러진다. 목숨 던지듯 격렬하다는, 녀석들의 교미가 희뜩 스친다. 생. 치열. 필연 따위 낱말이 한데 섞인다. 어쩌면 피하지 않고 놈들을 볼 수 있을 것도 같다. 천천히 돌던 속도에 탄력이 붙는다. ◉

증발

　조심스럽긴 합니다. 섣불리 얘기하면 오해 받기 십상일 테니. 그래도 감춰둘 수 없네요. 추상적인 내용일수록 자기 식으로 잘라내고 받아들이는 터라 까딱하면 허황하단 소리를 듣기 쉽지요. 무슨 얘기야? 채근할 당신 얼굴이 떠오릅니다. 그걸 뭐라고 해야 할까요. 신비? 아니면 기적? 그렇게 말하자니 거창하고. 호들갑 떨 일은 아닙니다. 내게 심각할 뿐 말한 순간 어리석게 비치리라 잘 압니다. 보편타당한 내용이 아니지만 아예 관심이 없는 게 아니어서 관련된 책을 읽거나 그런 종류의 얘기를 그냥 지나치지 못했어요. 선험적 자아와 초월적 자아라든가 하는 말도 그래서 알았지요. 현재의 나를 기준으로 태어나기

전의 무의식과 지금을 뛰어넘어 신적인 경계에 닿는 그런 의식을 그렸다고 할까요. 늘 보는 코끝이 아니라 확장된 세계가 있다고 받아들였습니다. '내면생활의 보다 높은 영역에 있어서의 신비스러운 경험은 식물학자들이 향성이라 부르는 것과 맥을 같이 한다. 다시 말하면 식물이 자양물의 근원을 향해서 천성적으로 자라는 것과 같다.' 그런 글귀를 읽는데 오래 전에 배운 '향일성'이라는 단어가 튀어들어요. 잎이 해 쪽으로 벋는 성질처럼 내겐 물을 찾는 뿌리의 기질이 있는 듯해요. 내게 깃든, 영원을 바라는 마음이 밑으로 파고드는 뿌리 같은 것을 키우나 봅니다. 풀어 말할 재간이 없으니 자꾸 말이 막혀요. 열린 창으로 들어온 차 소리가 와글와글 아우성칩니다. 소음 깔린 바깥을 내다보는데 유리에 부옇게 서린 먼지가 눈에 띕니다.

눈앞에 벌어진 일조차 그릇 보는 시력인데 초월이라든가 신의 영역 따위를 제대로 알겠습니까? 장님 코끼리 만지기 식이 되지 않으면 다행이지요. 스스로 보고 만진 것이나 제대로 알면 좋게요? 하루를 사는 데도 허덕거리는 터라 태어나기 전과 후의 삶 같은 것을 곰곰이 따질 여력이 없다는 게 솔직한 고백입니다. 알 수는 없지만 때로 섬광처럼 나를 뚫고 지나가는 친숙한 느낌이 있어요. 이런 적이 있었던 것 같은. 이 자리의 이런 느낌이 익숙하게 다가와요. 시간과 공간을 넘어선 어디선가 순간의 내가 영원에 닿는 아찔한 느낌이랄까요. 3차원에서 부대끼던 내가 무소불위의 절대 타자와 맞닥뜨린 때. 신경이 찌르르 울지요. 빛 같은 것이 온몸을 꿰뚫어요. 시간이 품은 비의라도 드러나려 해요. 며칠 전 일어난 일이 생생하게 떠듭니다. 날카롭고 선명한. 이런 순간을 통찰력이라 할지 모릅니다. 아랫배에 손이 가요. 홀쭉해진 뱃살이 신기합니다. 현재를 벗어나서 내가 모를 힘과 잠깐 만난 듯했습니다. 그리 대단한 얘기는 아니니 기대는 버리세요. 이런 식으로 뜸 들이는 마음이 더 그럴 듯할지 모르겠습니다. 내게 일어난 변화를 발설하지 않는다면 거기 숨은 의미를 배반하는 것 같아서……. 주절주절 말하는 게 그런 까닭일지 모릅니다.

비는 또 왜 이리 추적거리는지. 그것도 며칠씩. 앞산이 부옇게 흐려요. 베란다에 서니 창밖은 푸른 몽환을 그립니다. 산이 그렇더군요. 흐리면 흐린 대로 맑으면 또 그대로 마음을 채웁니다. 새 잎이 나든 몽땅 벗든 다른 정서로 나를 다독입니다. 눈이 내리면 까마득한 태고를 그리지요. 앞뜰처럼 보이는 산자락에 눈이 퍼붓듯 쏟아지던 날 안개꽃이 날리는 줄 알았어요. 시야를 가린 눈발로 산의 윤곽이 흐렸는데. 그림이나 영화 속으로 들어온 듯 황홀한 풍경이 펼쳐지데요. 눈 내리는 창가에 종일 붙어 있었지요. 슬픈 것도 같고 깨끗한 것도 같은 느낌이 좋았어요. 돈으로 살 수 없는 흐벅진 횡재를 만난 듯했습니다.

우거진 녹음이 퍼렇게 펼쳐 있습니다. 안개 덮인 산에서 희부연 구름 한줄기가 말려 올라갑니다. 자연이 그리는 처연한 품격을 조바심 없이 바라봅니다. 승천 또는 비상 같은 단어가 지나가요. 한줄 수증기가 풀리고 뭉치는 광경을 바라보노라면 신비롭기까지 해요. 거기 묻혀 올라가고 싶은 것도 같고. 돌아서다가 도로 창가로 발이 갑니다. 잔 물방울의 집합체일 뿐이야. 그런 말로 호젓한 속을 흩지 마세요. 그런 저런 일을 잇는 게 버릇입니다.

거실에 켜둔 텔레비전이 구경꾼도 없이 혼자 떠듭니다. 뉴스 끝에 따라 나온 진행자가 장마라고 말합니다. 기상 캐스터 뒤에 지도가 펼쳐 있습니다. 손가락 끝에 구름이 부옇게 뭉쳐 있어요. 몸에 걸친 노란색 비옷이 축축하게 보입니다. 사위에 서린 습기가 배어 들었는지 뼈마디가 묵직합니다. 안과 밖이 칙칙합니다. 속에 품은 생각을 입 밖으로 내면 허접해지는 기분은 나만 그런가요? 그래서 말을 잘 안 하는 편입니다. 섣불리 발설했다가 변질되게 할 수 없어요. 산패라는 말 아시지요? 공기 중의 산소와 결합해서 화학구조가 변한다는. 냄새. 맛. 성질이 나빠진대요. 생각도 그렇습니다. 입 밖에 내는 순간 본래의 순정함을 잃고 말아요. 일마다 잇는 버릇이 내게 있어요. 꼬리를 문 상상을 좇습니다. 낱낱의 말이 어우러지면 나름의 질서를 이룹니다. 순식간에 4차원을 그리지요. 말은……, 아닙니다. 시간과 장소, 대상에 따라 달리 들리는 데다 변질되기도 하지요. 토씨와 단어, 아니 화자의 어감에도 내용이 달라지고 맙니다. 아무래도 말은 속내를 전하는 데는 미진한 방법 같습니다. 제한 없는 4차원의 마음을 한정된 언어로 나타내려는 게 무리일 것입니다. 이해 받으려고 낸 말이 터무니없는 오해나 부르던 기억이 드물지 않습니다. 내게서 나간 말이 예사로 나를 배반하지요. 제 나름으로 보태고 빼고 풀어낸 말이 돌고 돌아서 나를 쳐요. 섬뜩하면서 화가 납니다. 그만큼이 그들과 나의 거리일 테니 인정하고 말아야지, 마음을 접지만 두고두고 언짢아요. 속에 두면 그런 염려가 없어요.

내가 사는 집이 산 어름에 있다고 눈치챘나요? 당신이 준 명함을 보면서 어디 사는지 살폈습니다. 조금 외진 구역에 있는 평범한 주택가라고 짐작합니다. 여기 있으면 세상에서 벗어난 느낌이 들어요. 실상은 산을 관통하는 도로가 바싹 붙어 있는 탓에 쉴 새 없이 달리는 자동차소리가 굉장하지요. 고개 위에 세운 아파트 밖으로는 큰 길입니다. 시계 밖으로 넘어가는 차들이 종일 땅을 울리며 급하게 달립니다. 경기도와 서울의 경계인 셈이지요. 나는 경계에 서 있다는 게 안심이 됩니다. 구경하기도 몸을 빼기도 좋은 자리입니다. 정문 앞 큰길에 선 신호등이 빤히 보여요. 붉은 불에 멈춘 차들이 다시 출발하려고 악을 씁니다. 약간의 경사가 불안한 모양입니다. 뒤차가 성급하게 바싹 달려들었는지 아니면 앞차가 급정거를 했는지 앞뒤 차에서 내린 사내들이 삿대질을 합니다. 드잡이라도 할 태세인 그들을 보니 속이 시끄러워집니다. 사람과 자동차가 뒤섞인 광경이 삭막합니다. 경찰차가 귀퉁이에 섰으니 이내 서로의 몫을 떠안을 겁니다. 잘잘못이 가려지면 불퉁거리면서 제 갈 길로 갈 테지요. 여느 때 같으면 레커차부터 달려올 텐데. 살짝 부딪치기만 해도 사납게 몰려들던 차가 아직 안 보입니다.

　가까운 아파트 공사장으로 가는 레미콘이나 종점으로 가는 버스가 허둥거리며 달립니다. 푸른 신호를 받고 달리는 차라고 해서 조용할 리 없지요. '우좌로 이중 굽은 길'이라는 팻말이 나무 우듬지 위로 솟아 있어요. 굽이진 고갯길을 휘감아 도는 차가 부릉부릉 소리를 지릅니다. 귀가 먹먹합니다. 방에서 나오던 동생이 귀를 막고 선 나를 본 모양입니다. 삐죽한 성깔하고는. 청각이 예민하다고 말하면 훨씬 듣기 좋을 텐데. 그를 쳐다보지 않고도 나를 흘길 눈초리를 그립니다. 도려낼 듯 내게 들러붙은 시선을 그리니 머리끝이 쭈뼛거립니다. 안 보아도 머릿속 그림이 돌지요. 짐작하면서 제풀에 속이 끓어요. 굽은 게 길이 아니라 내 마음인가요. 나는 산이 그린 정취에 홀린 자세로 서 있습니다. 이 자리를 떠나야 할 텐데. 생각뿐 그가 보는 앞에서 움직이는 게 내키지 않아요. 그도 할 말이 많은 겁니다. 자칫 한마디라도 꺼내면 수북이 쟁여둔 말을 트럭으로 쏟을 것입니다.

　나는 찡그린 동생과 맞서려하지 않습니다. 부딪쳐서 좋을 일이 없을 테니까. 이런 변화가 내게 일어날 줄 몰랐습니다. 그가 방으로 들어가네요. 빗발이 굵어집니다.

　손에 넣은 것을 도무지 놓지 않는 게 동생의 버릇입니다. 빤히 보면서 일일이 짚는 내 심사가 곱다고 못합니다. 너나 할 것 없이 공기처럼 서린 아우라에 감염되었었겠지요. 내 미움이 잠잠한 그를 부추길지 모릅니다. 탐욕을 부리는 사람이나 그걸 탓하는 나나 그 밥에 그 나물입니다. 내게 도사린 탐심으로 그의 욕심을 알아채는 것입니다. 받는 몫에 익숙한 그와 주는 역할에 길든 나는 어린 날 같이 뒹굴며 자랐지요. 그때 만들어진 그림자가 지금까지 따라옵니다. 네 것 내 것 가리지 않던 때를 나는 놓지 못하는데 그는 벌써 잊었나 봅니다. 지난 기억에 잡힌 탓에 더 억울한가요? 아니, 지금의 자리가 나를 그렇게 만들지 모릅니다. 말은 끝까지 들어봐야 한단다. 아버지가 그랬어요. 앞 내용은 단어나 토씨 하나로도 뒤집어진단다. 그런 줄 알면서 결론부터 드미는 건 조급해서겠지요. 속에 쌓인 말이 와글댈 때는 절박하기까지 합니다. 쏟지 않으면 병이 될지 모릅니다. 그러니 당신은 말머리를 자르며 돌아서지 마세요. 속으로 삭히려다가 들어줄 사람을 하나씩 그려요. 관계에 서툴면서 누군가를 그리는 건 외로움 때문입니다. 말 뒤의 뜻을 알아들을 이가 있었으면. 없는 이를 그리는 심사가 사무치게 다가옵니다. 둘의 말이 휘휘 어우러지고 맘껏 자유로울 나를 그리면 미리 시원합니다. 걸러지지 않는 사념이 쌓이면 갑갑해집니다.

말이 많았지요? 엊그제 일을 얘기하겠습니다. 요즘 들어 부쩍 동생과 어긋나 있다는 생각이 들어요. 괜히 그의 집으로 왔다고 후회하다가 갈 데 없는 처지를 뒤적이면 더 심난해요. 끝없이 시달리는 날을 벗어나서 보태고 키우는 누구와 함께 한다면? 상상하면서 숨통을 틔워요. 끝없이 소모되는 날이라면 이쯤에서 끝내는 게 낫지 않아? 혼자 묻다가 고개를 텁니다. 하긴 더하기 빼기도 그렇게 배우고 길든 탓일지 모릅니다. 아버지가 그러셨어요. 애야, 생은 제로섬게임이야. 흙에서 나서 흙으로 돌아가는 한살이란다. 다 나쁘지도 다 좋지도 않아. 생각하기 나름이야. 조용히 나를 굽어보는 아버지 눈이 좋았는데. 방향을 잃고 막막할 때면 아버지의 그림자가 다가와요. 그 말대로라면 덧셈 뺄셈 식의 계산이 부질없어요. 어쩔 수 없이 동생 집에 얹혔다 쳐도 내가 모를 뜻이 있으리라고. 그렇게라도 생각해야 숨이 쉬어지지요. 말 대신 눈으로 마음을 읽는 게 편합니다. 말수가 줄었어요. 그러니 사념만 늘지요.

동생도 말없는 누이가 답답할 겁니다. 이혼하고 쳐들어오듯 제 집에 들어앉은 누이를 보기만 하자니 언짢을 테지요. 아버지의 집이니까 내게도 권리가 아주 없지 않아. 혼자 여투며 연락 없이 오긴 했어요. 결혼했어도 내 아버지고 그의 소유면 내게도 권리가 있잖아요. 스스로 우기지만 자꾸 위축됩니다. 미혼인 남동생의 처지도 결정을 거들었지요. 집안일을 내가 맡으면 서로 좋지 않아? 파출부를 쓴다고 해 봐. 우격다짐으로 방 하나를 차지한 누이를 밀어낼 수 없었겠지요. 동생의 허락을 받고 어쩌고 하기에는 다급했던 게 사실입니다. 좋은 쪽으로 삭히려 하지만 자꾸 삐걱거려요. 잠수하는 심정으로 숨을 참습니다. 그가 이런 속을 알 리 없지요. 부러 그런 건 아닐 겁니다. 이혼도 이혼이지만 놓고 나온 아이들이 가슴에 얹혀 있고 앞날 또한 부옇게 가려 있습니다. 누가 위로해서 풀릴 심사가 아니지요. 엉킨 속을 감추고 아무렇지 않은 얼굴을 하자니 벅차요. 안에 싸움에 시달리는데 밖의 누구까지 참는 건 타고난 용량이 모자랍니다. 죽을 힘을 쓴다는 게 맞아요. 지지리 못나 보일 테지요. 만만한 대상이 없으니 내게 역정이 나요. 어려서부터 보살피는 건 내 몫이었으니. 동생이 나를 읽을 리 없습니다. 내 눈에는 치솟는 감정만 앞세운 듯 보입니다.

나는 나갈 채비를 합니다. 부딪쳐서 좋을 일이 없지요. 준비라야 별 것 있나요. 겉옷을 걸친 뒤 아버지 제적등본과 내 주민등록증을 챙깁니다. 부재하는 아버지와 현실의 나를 잇는 서류입니다. 그동안 미적거리던 은행 일을 볼 셈입니다. 어디에 얼마의 잔고가 남아 있는지 살피고 정리해야 합니다. 갑작스럽게 세상을 떠나는 바람에 미처 챙기지 못한 일을 살필 겁니다. 하릴없이 미루기만 할 수 없습니다.

아버지가 돌아가신 지 2달입니다. 뒤치다꺼리가 내게 떨어졌어요. 태어나는 것도 큰일이지만 죽는 건 그 이상입니다. 처리해야 할 많은 일이 있어요. 대단한 재력가가 아니었으니 간단하리라고 넘겨짚지 마세요. 남은 빈자리가 생전의 존재감을 드러내요. 태산 같은 무게가 밀려와서 허둥댔지요. 아버지의 죽음은 뜻밖이었습니다. 노인이니까 끝을 생각 안 했다고 못하지만 적어도 이때 이렇게는 아니었습니다. 평소에 몸과 마음이 강강하던 분이었으니 누구 하나 장례를 치르리라고 생각 못했지요. 태평하게 노닥거리다가 느닷없이 부음을 들을 때의 당혹감이라니. 작은 부담마저 안 주겠다는 듯 아버지는 성급하게 자신을 거두었습니다. 혼자 있다가 딴 세상으로 떠났으니. 뒤통수를 된통 얻어맞았다고 할까요. 날씨는 또 왜 그리 속 뒤집어지게 화창하던지. 몽둥이 같은 게 목구멍에 박힌 듯해요. 눅눅한 습기 탓에 가슴이 더 뻑뻑합니다. 이 땅에 남았을 그의 흔적을 찾아내는 게 내 일이 되었어요. 은행마다 숨어 있을 자취를 하나씩 더듬어 찾아야 하지요. 형제 중에서 나만 백수니까. 욕심쟁이 남동생 모르게 아버지 잔고를 알아내는 일이 내게 맡겨졌어요. 힘은 힘에 들러 붙는 게 맞아요. 말로는 살림이 살리는 일이라지만 살림하는 여자를 우대하는 곳은 없어요. 손으로 하는 일보다 머리 쓰는 일이 우월하지요. 살림 사는 일이야말로 제로섬 게임입니다. 실컷 바장여서 현상유지를 하면 다행이니까. 맡을 수밖에 없는 처지를 살피면서 도로 쓸쓸합니다.

언젠가 말수 뜸한 친척아주머니가 그랬어요. 말 안한다고 속까지 없가니요. 말치레조차 할 줄 모른다고. 함께 사는 시어머니가 가끔 꾸짖는 모양입니다. 눌려 살수록 속생각은 더욱 절실하지요. 나는 말없이 고개를 끄덕였습니다.

느닷없이 무슨 말이야, 하시지요? 순서로는 내가 맏인데 남동생은 자신이 위처럼 굴어요. 그것도 좋습니다. 위아래가 대순가요. 맘대로 순서를 골라나오는 것도 아닌데. 누릴 때는 위였다가 자신이 유리할 듯하면 아래를 주장하지요. 고지식한 나는 카멜레온처럼 변하는 마음을 짚으면서 언짢아요. 함께 보내던 어린 시절에는 심약하던 그가 어느새 쇠심줄처럼 질겨져 있어요. 그는 기득권을 누리는 데 익숙하고 나는 몫을 빼앗긴 아이처럼 억울합니다. 어린 날 만들어진 기억을 되작이는 내가 문제인가요? 성장기에 잠깐 누린, 먼저 난 자리를 못 놓은 건지 모릅니다. 세월 따라 드러난 본성을 나만 모르고 있었던 것도 같고. 나라고 다르지 않겠지요.

얘기를 빙빙 돌리지 마. 당신의 질책이 들리는 듯합니다. 아버지의 예금은 남동생의 몫이 되었고 혼자 더듬어 캐려니 못마땅하다는 말로 알아들으세요. 내로라하는 기관의 연구원인 동생은 자기 몫을 챙길 연구만 하는 게라고. 비뚤어진 심사가 그렇게 곬을 팝니다. 실정법으로야 남은 가족이 고루 나눈다고 되었지만 우리 집 관습으로는 아들 몫이지. 짐작하면 속이 상합니다. 떡을 주무르면 고물이 떨어지게 마련이라지만 떡도 떡 나름이고 사람도 사람 나름이지요. 고물 없는 떡이나 만지는데. 중얼거리는 게 버릇이 되었습니다. 줄 사람이 생각도 않는데 보채는 건 꼴사납습니다. 내 몫을 찾을 수 있을까? 궁리하다보니 엉킨 실타래처럼 속이 시끌시끌합니다. 늘 맡아하던 심부름이지만 걸음이 나가지 않아요. 괜스레 뚱해집니다. 보상 없는 일에 말려들고 싶지 않지요. 싸워서 챙길 만큼 모질지 못한 것도 가족이라 그렇습니다. 한데 어울려 자라면서 엉긴 정이라는 것이 악착스레 뭉치던 마음을 슬그머니 풀게 하는군요. 휴대폰과 컴퓨터가 관계를 가르는 세상입니다. 벽에 막히고 기계가 가른 정서 탓에 가족이라도 일체감을 못 느낀 지 오랩니다. 때에 따라 이익은 오래 묵은 정으로 뭉개고 힘으로 챙기려 들지요. 가족 속의 약자가 느끼는 서러움은 의외로 큽니다. 시간이 흐른다고 장소가 바뀌었다고 힘의 속성이 변하겠습니까. 누리는 자들은 쉽게 놓지 않을 것이고 밀린 자는 보면서 억울하지요. 덤빌 수 없는 상대를 보면서 나는 포기합니다. 용 써봐야 눌리고 찔리기나 할 테니. 큰 숨을 몰아쉬는데 비감이 없히네요. 빵부스러기를 놓고 다투려는 스스로가 딱합니다. 명치에 얹힌 돌덩이 같은 것을 친구에게 말한 적이 있어요. 그게 한이야. 약사인 친구가 딱 부러지게 말했어요. 나는 한이라는 걸 추상이라고만 알았어요. 단단한 덩어리가 한이라니. 놀랐지요. 구질구질한 얘기야 늘 있을 테니 더는 않겠습니다. 아무리 치장하고 단장해도 밥그릇 싸움입니다. 얽히고설킨 실꾸리를 낱낱이 살피는 나 또한 흙으로 돌아갈 테지요.

먹을 걸 놓고 동생과 싸운 적이 있습니다. 희디흰 볕이 사위에 부서지던 여름, 그것도 해가 기웃한 무렵이었습니다. 삼복의 습기 찬 더위가 찐득하게 달라붙었어요. 얼음캔디를 싹싹 핥는 동생이 거기 서 있습니다. 서늘한 낯빛에다 싱글거리는 눈매로. 자랑이 앞섰던 동생이 쳐다보는 누나 속을 살필 리 없습니다. 얼음을 핥는 입매를 노려보았습니다. 새삼 그리니 볼썽사나운 풍경입니다. 그때 아버지가 회사에서 돌아왔어요. 애처로운 피해자가 된 시늉으로 아버지를 돌아보았던 것 같습니다. 평소에 어렵던 아버지가 눌린 억울함을 풀어주리라 바랐지요. 기대와 달리 무서운 역정이 쏟아졌습니다. 불시에 화톳불을 덮어쓴 것 같았지요. 불뚝거리던 소가지가 불가사리촉수처럼 움츠러들었지요. 홧홧 달던 부끄럼이 아직 남아 있습니다. 먹을 것 하나 때문에 거지처럼 싸워? 이제야 아버지를 읽습니다. 주관과 객관을 곧잘 떠올리는 건 아버지의 그런 태도가 떠올라서입니다. 그 뒤로 음식 가지고는 대놓고 싸우지 못했어요. 피터지게 싸우는 게 인생살이야. 하면서도 말려들 주제가 못 됩니다. 그러니 신 포도를 포기하는 여우처럼 물러서게 됩니다.

이런 씁쓸한 기억이나 되작이려니 가뜩이나 꼬인 속이 엉망이 됩니다. 나는 나가려던 걸음을 잊고 손에 닿는 책을 펼칩니다. 주제에……. 그 꼬라지로 책은 무슨. 비아냥대는 소리가 윙윙댑니다. 자격지심 탓이지요. 사람보다 책과 친하다고 꾸중을 곧잘 들었어요. 글자를 좇는 시선이 시끄러운 사념을 지웁니다. 살기 바빠서 책을 놓고 있었습니다. 가진 게 많았다면 사람 관리, 돈 관리로 책들 여력이 없겠지요. 돈도 안 되는 내용과 상상 따위는 할일 없는 사람이나 하는 일로 밀었을 것입니다. 인간은 기억의 총체라는 말을 들은 적이 있어요. 곰곰이 따지면서 고개를 끄덕였습니다. 위는 어제 먹은 것을 기억하고 때 되면 음식을 넣으라고 보채요. 머리는 상념에 상념을 보태는. 연기설이라든가요. 서로 원인과 결과가 된다네요. 나는 오늘이 내일의 원인이 된다는 말로 알아듣습니다. 시간과 공간, 사람과 거기 잇댄 사연이 영향을 미친다는 얘기겠지요? 내 용량만큼만 받아들였습니다.

'아름다움이나 장엄함에 대한 고상한 이해, 음악에 완전히 빠져 들어가는 즐거움, 자연과의 잔잔한 교제, 사랑에 눈을 뜨는 것, 의무를 추구하는 가운데 얻게 되는 도덕 생활의 고양 등은 지식을 초월하는 몇 가지 형태의 경험이다. 그 가운데서 주관과 객관이 분리되지 않은 하나에 융합되게 되고, 또한 거기서 자아가 객관과 동일시되는 경험을 하게 된다.'

구체적으로 잡히지 않는 모호한 글입니다. 쉽게 알아듣지 못할 추상적인 글자를 읽는 것이 사람에게 부대끼는 것보다 낫습니다. 꼬치꼬치 따지고 싸우고 갈라서는 모습을 그리면 미리 질립니다. 누구를 탓할 일이 아니지요. 나서부터 뒤로 물러서는 게 버릇이 되었습니다. 풀 수 없는 사념으로 속이 시끄러울 때면 난해한 글이 도움이 돼요. 이열치열이 여기도 맞아요. 말에 숨은 부스러기 뜻이라도 찾으면 일상의 남루가 사라집니다. 글자란 신기해요. 약속된 기호일 뿐인데 거기 담아낸 글귀가 내 생각에 보태어져서 화사한 풍경을 그립니다. 황홀하기까지 해요. 조합된 글자가 만드는 아름다움과 내포된 의미까지. 거기 빠져들 수 있어서 다행입니다. 조용하고 은밀하게, 조악한 시간을 빠져나갈 길 하나는 열어둔 셈이지요. 엑스터시라던가요. 일상의 의식이 저하되면서 빠져드는 망아 또는 황홀상태라고. 어느 글귀든 나름으로 풀어내는 데 익숙합니다. 딱딱한 문장이 부드럽게 풀리면 다른 차원이 열립니다. 부드럽고 풍성하지요. 연약하고 아름다워요. 눈에 띈 문장이 잠자던 속엣말을 깨웁니다. 서로 어울리면 현란한 상상도 가능해요. 은성한 기쁨이 가득 퍼집니다. 누가 뺏어갈 염려도 없어요. 나는 혼자만의 가득 찬 세상에 섭니다. 다른 데 눈을 팔 여유나 그럴 까닭이 없습니다. 시간에 갇히고 관계로 맺어진 현실에서는 이런 자유가 가상의 개념일지 모릅니다. 아버지 얘기를 하다가 깜빡했습니다.

아버지는 느닷없이 증발한 것 같아요. 처음엔 놀라서 어쩔 줄 몰랐습니다. 느닷없는 부음을 듣고 손발을 어찌 놀릴지 허둥거렸습니다. 아버지와 함께 살던 동생이 외출했다 돌아와 보니 그렇게 되었다고. 전화를 했어요. 잠자리에 반듯하게 누워 있었다고. 심장마비라는 의사의 소견까지 덧붙였습니다. 정말 놀랐습니다. 머릿속 그림이 느리게 움직입니다. 신경은 얽히는데 손발은 따로 놀고. 표정은 어땠는지 모르겠습니다. 백을 집어 들고 열쇠와 휴대폰을 챙긴 것 같은데 나중에 보니 아니더군요. 열쇠를 찾으러 도로 들어가서 휴대폰을 찾았습니다. 찾고 찾아도 안 보이던 것이 냉장고 속에 들어 있어요. 물을 마신 일이야 까맣게 잊었고. 몸과 마음이 교란을 일으킨 겁니다.

아버지는 내게 여전한 모습으로 살아 있습니다. 의연한 기상이 사진에 배어 있어요. 불을 담은 눈매가 그대롭니다. 액자 속 시선이 나를 노려봅니다. 나는 외면하며 흘러내린 바지를 추스릅니다. 허리에 주먹이 들어갈 만큼 몸무게가 줄었습니다. 아버지를 생각하면, 아니지요. 그의 죽음이, 그것도 아네요. 갑작스러웠을 마지막 순간, 혼자 느꼈을 쓸쓸함이 맞겠네요. 덜 아문 상처에 식초원액을 뿌리면 이럴까요. 벼린 칼이 가슴을 도린 듯싶습니다. 조바심이나 비통 같은, 억장이 무너진다던 말이 맞아요. 이승을 떠날 때, 밀어닥쳤을 불안이 어립니다. 암울한 어둠이 덮였겠지요. 장막처럼 두른 흑암을 거두려고 손사래 쳤을 모습이 어른거립니다. 전혀 모를 세상으로 옮겨가는데 혼자라니요. 치미는 두려움을 차마 드러낼 수 있었겠어요? 덮인 눈꺼풀 속에서 겁에 질린 동공이 그 채 굳었을 것 같습니다.

입관할 때 나는 눈을 감은 아버지를 똑바로 바라보지 못했어요. 곁눈으로 살폈는데 표정이 편안해요. 문득 시간이 멈추고 무위의 허공에 싸이자 안심했으리라고. 힘을 놓은 손가락을 보니 위로가 되었습니다. 그조차 안심하려는 내 해석일 것입니다. 이런 나를 돌아보며 씁쓸한지 쓸쓸한지 한동안 먹먹했습니다. 함께 하지 못한 나를 뉘우친들 소용없지요. 누구에게도 말 못했을 그의 외로움이 사무치게 맺힙니다. 다들 혼자 가는 길이라고 알지만 몹시 서늘했을 것입니다. 사진 속의 눈빛이 내게 말합니다. 네가 뭘 알아. 앞의 시간은 도무지 알 수 없고 돌아보면서 비로소 아는. 끝을 짚게 만드는 눈빛입니다. 쪼가리 즐거움이 아주 없기야 하겠습니까만 이런 저런 말썽거리에 부대끼다가 끝내 혼자 가야 하는. 우리에게 주어진 시간은 무엇입니까.

은행은 온라인 시스템을 들여온 후에 사뭇 달라졌습니다. 객장이 한결 간결합니다. 창구 앞의 줄이 줄었어요. 입출금 기계가 든 방은 사람들로 북적거려요. 나는 번호표부터 뽑아 들고 차례를 기다립니다. 전광판의 숫자로 보아서 다섯 명이 앞에 있어요. 70명 심지어 100명을 기다리던 때가 있었는데. 그때에 견주면 한결 낫습니다.

기다리는 시간은 더디 갑니다. 화보뿐인 잡지를 뒤적이다가 내려놓습니다. 철없는 애들이야 허겁지겁 사진에 찍힌 모습을 흉내 내겠지요. 그렇게 사는 건 꺼풀뿐이야. 나도 전에는 보여주는 대로, 보는 대로 따라해야 하는 줄 알았어요. 인쇄돼서 매체의 선전에 얹히면 더 이상 좋이는 아니지요. 펄펄 살아서 위력을 떨칩니다. 이제야 나는 조금씩 사물을 가리는 듯합니다. 죽은 아버지가 내 시각을 바꾼 건가요? 겉치레로 하는 일이 시들합니다.

내 순서가 됐습니다. 역시나 계좌는 텄는데 비어 있다는 군요. 잔고가 없다는 말을 들으니 힘이 빠져요. 창구에 앉은 여자가 다음 손님을 맞습니다. 내가 모르던 아버지의 행적이 나를 따라옵니다. 많던 그의 통장이 어디 있으며 누가 그걸 가져갔는지. 만만치 않을 액수를 헤아리다가 머리가 얽힙니다. 사는 데 바빠서 아버지를 자주 찾아보지는 못했습니다. 여기저기 계좌를 트고, 찾아서 다른 데 옮기는 일로 시간을 보내는 아버지를 그립니다. 더듬어 상상하는 외로움이 지독합니다. 또 다른 은행은 어디 있는지. 시끄러운 거리가 내게는 적막하기만 합니다. 한 묶음은 되던 아버지의 통장이 어른거립니다. 장례 뒤에 늘 있던 자리를 살폈어요. 감쪽같이 사라진 그것들이 의혹을 키웁니다. 꽤 많은 액수가 든 걸로 알고 있었는데. 공연한 조바심이 입니다. 까닭 모를 혐의를 동생에게 두었지요. 빈 집에 혼자 있던 그를 그리니 의심이 믿음으로 굳어지려 합니다. 그럴 리 없어. 피어오른 의혹을 털어내려 고개를 젓습니다. 마주오던 남자가 턱을 쌀쌀 흔드는 나를 목까지 돌려 바라봅니다.

거리를 걷다가 문상 왔던 사람들을 만났습니다. 황망중이라 알리지도 못했는데 어찌 알고 왔는지. 고마웠지요. 다섯이 칼국수 집으로 갔습니다. 조촐한 식사를 대접하려니 맘에 걸려요. 나를 배려하느라 우기는 그들을 못 이긴 척 따랐습니다. 각각의 그릇으로 내놓지 않고 넓고 큰 그릇에 담아 와서 양부터 푸짐해요. 앉은뱅이 상은 그것만으로 그득 찹니다. 각자 먹을 수 있을 만큼 덜 수 있는 장점이 있어요. 다들 넉넉히 먹고 남았어요. 일행 중 하나가 농담처럼 건네요. 많이 거둔 자도 남지 않았고 적게 거둔 자도 모자라지 않았더라. 모세가 이집트에서 백성을 끌어내던 때의 이야기. 출애굽기야. 그가 말을 잇습니다. 신이 내린 만나와 메추라기로 광야생활을 견디던 때야. 그들도 거둔 것을 같이 먹었을까요. 출애굽시대를 떠올려도 될 만한 변두리 동네입니다. 인심도 맛도 좋다면서 다들 수저를 놓았지요. 나도 배가 꼿꼿할 만큼 먹었어요. 사실은 조금만 먹어도 가득 차서. 병이라고는 할 수 없어도 내가 느끼는 거북함은 남습니다. 위인지 장인지 나만 아는 불편함이 있어요. 드러내서 아프다 할 만큼은 아니고 똑 떨어지게 말할 만큼의 증세도 없어서 그럭저럭 넘어가고는 있습니다. 이런저런 얘기가 오갔습니다. 뭘 먹어야 건강한지 어떤 운동을 하고 있는지. 멜라토닌이라는 건강식품도 얘기합니다. 불면증에 특효가 있고 호르몬의 균형을 잡아주는, 만병에 두루 유효하대요. 약도 아니고 식품도 아닌 것들이 부쩍 늘었어요. 모인 모두 건강에 관심을 둘 나이입니다. 화제가 그쪽으로 쏠리는 게 당연해요. 시절도 무관하지 않겠지 요. 웰 빙이나 웰 다잉도 같은 이야길 테니. 참살이라는 순 우리 말이 있다고 해요. 손을 대면 환부의 병이 낫는다는, 거짓말 같은 얘기도 나왔어요. 가끔 듣는 얘기지요. 해도 남의 일입니다. 병원 과는 담을 쌓고 살았고 불치병에 걸려서 지푸라기라도 잡을 만큼 절박하지도 않았으니. 세상에서 행세하는 데는 돈이 더 힘이 있어. 재테크 쪽이 더 급한 일이야. 생각만 하면서 쏟아지는 얘기를 들었습니다. 건강 얘기라면 들어도 안 들어도 그만입니다. 백인백색으로 다들 비법 하나씩 가졌다는 말이니까. 나는 화장실에 가는 척 나와서 계산을 했지요. 내 기척에 갈 시간이라고 알아챈 모양입니다. 마냥 앉아서 노닥거릴 수 없기는 했어요. 뿔뿔이 자신의 둥지로 돌아갈 시간입니다. 거기 갈 사람? 그가 말하는 거기를 우리는 금세 알아챘어요. 가끔 그곳에

간다는 말을 들었으니까. 그는 적적했던 모양입니다. 서로 얼굴을 쳐다보다가 다섯 모두 같이 가기로 했습니다. 나도 끼었어요. 은행 일이야 나중에 봐도 되니까, 호기심이 아주 없지 않았던 것도 있습니다. 먹고 노는 얘기라 말하는 나도 싫증나네요. 조금만 참으세요. 할 얘기는 지금부터니까.

여인의 원룸은 버스를 타고 한 시간은 가야 하는, 변두리도 중심도 아닌 곳에 있었지요. 스무 명 남짓 모인 사람들로 방은 벌써 꽉 찼어요. 다섯이 모여 앉을 수 없게 좁아서 조금 빈 귀퉁이를 비집고 앉았습니다. 같이 간 사람들이 알아서 자리를 잡네요. 입구 쪽, 따로 문이 붙은 데가 화장실이었나 봅니다. 수더분한 얼굴을 한 둥글둥글한 몸매가 접이문을 밀고 나옵니다. 내리닫이 원피스를 입은 여인을 보며 그가 눈인사를 건넵니다. 이 방 주인이라고 모를 수 없습니다. 첫 대면이 하필 화장실을 나오는 장면이라니. 먹고 자고 입고 싸고. 누구와도 다르지 않습니다. 기대하지 않았으니 실망하지 않아도 돼요. 그런 여유를 부릴 만큼 무심했나 봅니다. 신비라고? 에이, 그런 게 어디 있어. 허한 마음이 만든 얘기야. 했지만 아예 관심이 없지는 않아서 줄곧 시선이 여인을 좇습니다. 여인이 자신의 자리에 앉아서 누운 사람의 머리에서 발끝까지 손으로 훑어 내립니다. 일하면서 그치지 않고 말하는 것도 재간입니다. 나는 시선을 떼지 않습니다. 아픈 가족을 쓸 듯 심상한 표정입니다. 방문을 열고 들어서다가 코를 싸쥐며 돌아섰다는 여자 얘기를 하네요. 방안

공기가 그 정도로 심하지는 않은데. 예민하거나 여기 낀 자신을 그렇게라도 드러내려던 게지요. 아픈 사람과 병자를 도우는 이들로 방이 북적입니다. 나는 좁은 자리를 더욱 좁혀 앉았어요. 내가 모를 뭔가 찾을 것처럼 여인을 살핍니다. 중년과 노년의 중간쯤으로 보이는 여인 앞에 다른 이가 눕습니다. 여인이 그의 머리부터 발끝까지 찬찬히 손으로 훑어 내려요. 정한 시간은 없는 듯합니다. 증세에 따라서 짧으면 일이 분, 또는 삼사 분입니다. 누웠던 이가 바뀝니다. 보이지 않는 기운으로 병소를 태운다는 게 믿기지 않아요. 내 속의 바람이 절실하면 달리 보일 텐데. 그런 간절함은 없습니다. 시간을 꿰뚫어 보는 통찰이라면 관심이 있어요. 손만으로 치료하는 능력을 가진 여인이라면 보이지 않는 것을 볼 것 같기도 합니다. 예언을 한다는 말도 설핏 스친 듯합니다. 내적 합일이라든가 절대자로부터의 구원을 들은 적이 있긴 해요. 해도 남의 일이지요. 끝없이 흐르는 시간 어디쯤에 내가 서 있는지 문득 궁금했어요. 스스로가 도도한 물살에 끼어든 한 톨 먼지라고 그리면 막막합니다. 사념 또한 따지고 보면 기억과 추측으로 이루어진 것 아닌가요. 기껏해야 유아기에서 몇 개 건져 올린 기억은 나도 모르게 편집되었을 것입니다. 불안한 추측 또한 믿을 수 없지요. 나를 넘어 선 우주가 가늠이 안 돼요. 생각이 이어지다 보면 스스로가 티끌보다 하찮아요. 내가 그리는 모습이 제대로인지 아닌지 헷갈립니다. 갈피 없는 생각이 들락거립니다. 또 아버지입니다. 이승의 시간을 벗은 아버지가 어디쯤에서 떠돌까요.

아픈 이들 틈에 끼어선지 까마득히 잊었던 증세가 떠올라요. 아프거나 까탈을 부리지 않아서 잊고 있었어요. 꽤 여러 날 심각한 복통을 앓았습니다. 한 달 넘게 하혈이 이어졌지요. 그 무렵 기던 아이가 다가오기만 해도 미리 자지러질 만큼 통증이 심했습니다. 젖먹이와 세 살 위인 아이를 두고 병원에 갈 수 없었어요. 남편은 밖으로만 돌았고 밤늦게 돌아오는 사람에게 알릴 기력조차 없을 만큼 탈진했습니다. 겨우 두 아이를 먹일 뿐이었지요. 내성적인 성격에다 병약한 어머니 밑에서 자란 나는 모든 일을 혼자 처리하는데 익숙했나 봅니다. 간헐적으로 오던 통증이 지나가면 멀쩡해지는 터라 피곤한 탓이려니 밀었습니다. 여윈 데다 핏기까지 가셔서 꼴이 말이 아니었던가 봅니다. 오랜만에 들른 새어머니가 나를 병원으로 끌고 갔어요. 내가 결혼한 뒤에 들어온 새어머니라서 그다지 친하지 않은 관계였지요. 놀라지 마세요. 나를 바라보는 여자의사가 외려 놀란 듯 눈을 키웠어요. 그 자리에서 소견서를 써주며 다른 병원약도를 그려요. 믿을 만한 선생님을 알려드릴게요. 여의사가 알려준, 중심가에 있는 병원을 찾아갔습니다. 진찰을 마친 의사가 물혹이라고 말했어요. 지금은 염증이 심하니까 지켜봅시다. 간혹 가라앉는 경우도 있으니까. 다른 병원이라면 대뜸 수술부터 하자고 했을 텐데. 지긋한 나이에다 어조까지 믿음직해서 마음이 놓였습니다. 나중에 오라는 소리를 들으며 병원을 나왔습니다. 아이가 쑥쑥 자랄 때라 할일이 좀 많습니까. 그 뒤로 통증도 하혈도 없어서 나았나보다 여겼습니다.

다른 동네로 이사 갔을 때 증세가 도졌어요. 동네병원을 찾았습니다. 수술하십시오. 수술하는 비용과 환자가 되어서 지내야 하는 시간과 날마다 쌓일 일거리가 어른거렸습니다. 아이 맡길 데가 있나요. 건조하다 못해 삭막한 의사의 표정이 나를 건드렸습니다. 미끼에 걸릴까 아닐까 노리는 낌새까지 스친 듯했지요. 쉽게 말하는 그를 보면서 나도 그 자리에서 결정했습니다. 생각해 보겠습니다. 말하고 자리에서 일어섰습니다. 아무렇지 않게 떼어버릴 만큼 절박하지 않아. 무표정한 의사에게 감염된 셈입니다. 나는 서둘러 병원을 나왔습니다. 아이가 학교에서 돌아올 시간이었지요.

날이 가면서 몸의 고장을 나름으로 해석했어요. 이렇겠다는 어림짐작으로 크고 작은 아픔들을 지나쳤지요. 나를 가장 잘 아는 게 나야. 의사야 병을 공부했을지 몰라도 나를 알지는 못하잖아. 의사가 들으면 화 낼만 한 소립니다. 인체를 흐르는 유형 무형의 흐름을 그렸습니다. 피, 신경, 림프액, 기와 그것에 영향을 주는 바깥 환경까지. 얽히고설킨 체내 유기체가 조화를 이루면 건강한 것이야. 작아도 온전함을 이루는 질서가 어디서 깨졌는지 살피는 게 중요해. 스스로 최면을 걸며 버티었습니다. 부조화의 틈을 비집는 병을 막으려면 내 안의 균형이 먼저 잡혀야 할 것 같았습니다.

언젠가 텔레비전에서 하모니를 말하는 사람을 보았어요. 꽤 이름난 화가인 그는 어린 아내와의 하모니를 말했어요. 뜬금없이 그 얘기가 왜 생각나는지 모르겠습니다. 칠십대의 남자와 삼십대 여자의 결혼이 관심을 끌었을 것입니다. 그는 조화라는 단어로 에둘러갔습니다. 그가 말한 하모니가 오래 남아 있습니다. 아무래도 내게 추상의 주제를 밀치지 못하는 향성이 있는 듯합니다. 왜 사는지 하는, 답 없는 문제가 떠돌지만 밖으로 드러내지는 못해요. 자고 낳는 일이라면 벌레가 더 잘 한다고 이죽거린 적이 있어요. 듣고 있던 친구의 고개가 돌아가데요. 젊었던 시절에는 내 색깔을 찾으려 했던 것 같아요. 내 본래가 무엇인지 알아야 할 것 같은. 존재가 남녀의 교합으로 우연히 생겼다면 어째 그렇잖아요? 바닷물에 섞인 물방울처럼 무리 속의 하나라면 있어도 없어도 그만일 것 같습니다. 그럴 듯한 명분을 찾으려는 허영이라 해도 할말은 없습니다. 어쨌건 지난 일이고 그 뒤로 병원은 찾지 않았어요. 주어진 만큼만 살자, 했습니다. 늘여서 살만큼 대단한 목숨이 아니잖아. 발 디딘 너절한 일상 뒤에 어떤 비의가 숨어 있을지. 생각한 적도 있습니다. 드러나지 않은 것을 알 수는 더욱 없지요.

당신도 여인이 기독교인이라고 눈치 챘나요? 내가 관계에 서툰 것은 진작 알았을 겁니다. 시 경계에 있는 아버지 집으로 굳이 찾아든 게 그 까닭입니다. 현실의 사정은 돈을 좇으라 하는데 실상은 밀어내는 쪽으로 움직여요. 교회를 떨떠름한 시선으로 바라보았습니다. 시끄러운 예배와 말을 앞세우는 모습이 달갑지 않으니 굳이 낄 까닭이 없습니다. 종교를 가지고 안 가지는 건 스스로 알아서 할 일이니 내가 뭐라 할 일이 아니지요. 바라지 않아도 어쩔 수 없이 섞이고 마는. 그게 필연이라면 내가 사는 것도 비슷한 맥락입니다. 살 까닭이 잡히지 않으니 자신이 빈 껍질인 듯 했어요. 어쨌든 믿음이 없는 내가 믿음으로 똘똘 뭉친 이들 틈에 끼었습니다.

　사람에게 종교성이 있다던가요. 아이가 종교심리를 공부해요. 청소해야지. 하고는 괜히 서성이다가 책상 앞에 우두커니 서 있고는 했습니다. 전공서적이 몇 권 꽂힌 책꽂이를 물끄러미 바라보다가 아무 책이나 빼들고 펼쳐진 곳을 들여다본 적도 흔해요. 혼 가운데 절대자로부터 분리되지 않은 곳이 있다고. 근본적인 어떤 실체가 뭘까. 내가 모를 영혼 속에 있는, 분리되지 않는 것이 여러 이름으로 불린대요. 순수이성, 행동이성, 창조적 이성, 회상적 기능, 마음의 정점, 마음의 심연, 의식의 근거, 영혼의 중심, 신적 생기, 눈에 들어온 단어를 좇았습니다. 알 듯 모를 듯 아리송했지요. 신과 이어진 영혼이 진리를 실제적으로 알 수 있다던가. 선(the Good)의 이데아와 보편적 의미의 모든 이데아들의 근원이자 기초. 상실되지 않았고 분리될 수도 없는 영혼 즉 중심(soul-centre)으로 인식된다는 말이 생각납니다. 단정할 수 없지만 초경험적 실체를 알 수 있는 데가 영혼이라고. 가장 깊은 중심으로 내려갈 수 있고 그 실체와 하나 되게 한다는 구절에서 골똘해졌습니다. 무엇을 하려던 것인지 까맣게 잊습니다. 스스로 알아챈다는 영혼이 떠돕니다. 나름으로 받아들이다가 장님 코끼리 만지기식의 해석이라고 깨닫고 손에 든 걸레로 책상을 닦았는데.

앞사람이 하나씩 줄더니 어느새 내가 여인의 앞에 바투 앉았어요. 망설임이 아주 없지 않아요. 딱 당한 자리에서 물러날 수는 없어요. 앞에 사람이 하던 것처럼 나도 누웠어요. 그녀의 손이 머리를 훑습니다. 전기를 느낄 거야. 했는데 아니네요. 여인의 손이 다리로 내려갑니다. 발끝을 가볍게 만지는 시늉인데 정작 나는 숨이 멎을 듯 아파요. 소리를 내지 않으려고 어금니를 물었습니다. 발가락은 건너뛰었으면 했는데 손이 거기 머물러 있습니다. 별다른 건 없습니다. 잘 빠지네. 심상한 목소리가 혼잣말처럼 들립니다. 뭐가 빠진다니. 헛소리라고 반박할 자리가 아니니 잠자코 있었습니다. 뭔가 일어난다는 얘긴데 정작 나는 느끼지 못했지요. 징후라든가 예표 아니면 꿈에서라도 눈치채야 할 것 같은데. 읽었는지 들었는지 혼자의 상상인지 모릅니다. 막힌 데 없이 뚫린다는 말이 떠돌았지요.

여길 만져 봐요. 여인이 말했습니다. 불처럼 타고 있다했습니다. 나는 여인이 가리킨 아랫배에 손을 갖다댔어요. 별다르지 않았지요. 다른 데를 만져 봐요. 그러고 보니 다른 데보다 조금 후끈했어요. 뭔가 빠져나갔다는 말이 뱅뱅 돌았습니다. 흔히 말하는 똥배라는 게 조금 나와 있었는데. 살림하는 여자니 어

쩔 수 없지. 체념한 부분입니다. 아까워서, 버리지 못해서, 심심
해서, 둘만 모여도 먹잖아요. 홀쭉해진 건가. 점심으로 먹었던
칼국수가 흔적이 없습니다. 나는 배에 손을 얹고 가만히 있었
습니다. 조금 아뜩했어요. 혼절인지 잠인지 무의식이 깨어난
건지. 기체 같은 것이 내게서 빠져나가는 기척입니다. 분해된
살덩이라고. 혼자 알아챘지요. 여인이 어깨를 치는 바람에 퍼뜩
정신을 차렸습니다. 일어나라는 신호였습니다. 조금 휘청한데
가뿐했습니다. 잊었던 혹이 스쳤지요. 이럴 수가! 다리를 버티면
서 조금 비틀거렸던 것 같아요. 여인이 속임수를 쓴 것 같진
않았어요. 착각일 수 있어. 내가 믿지 못하는데 더구나 남이
알 수는 없습니다. 말해 봐야 공감 받을 내용은 아니었지요.
한꺼번에 여러 생각이 획획 지나갔습니다. 여기가 어딘지 지금
이 몇 시인지. 현실감도 함께 빠져나간 모양입니다. 또렷하게
밝은 건 마음뿐입니다. 미세한 변화를 짚으면서 몸과 마음이
가벼웠어요. 여전히 사람들로 북적이는 방 밖에서 요란한 빗소
리가 들렸습니다. 가끔 아랫배가 뻐근하던 기억이 났어요. 잊었
던 물혹과 함께 그 자리가 시원했어요. 알게 모르게 까탈을
부리던 이물이 말끔히 없어졌다니. 뒤돌아보면서 가닥을 잡았
습니다. 어긋난 것들이 제자리를 찾아 들었습니다. 청량한 기운
이 돌았지요. 눈여겨보는 사람은 없었습니다. 좁은 현관으로
들고 나는 사람들이 그치지 않았습니다. 흐리던 시야가 산뜻
했어요. 나도 모를 의식이 열린 듯했습니다. 좁은 틈으로 흘러든

빛이 잠긴 무의식을 드러내면 그럴 것입니다.

나는 잿빛 복도로 나왔습니다. 적막한 통로에 퍼진 스피커 소리가 직직 끊었어요. 승강기 앞에 흰 종이가 붙어 있어요. 엘리베이터가 고장이니 사용하지 마시기 바랍니다. 칠층의 옆구리에 내려가는 계단이 검은 굴처럼 열려 있었습니다. 불 꺼진 계단을 혼자 디디면서 무섭지 않았어요. 든든한 누가 옆에서 걷는 듯했지요. 하나씩 계단을 내려가다가 문득 멈췄습니다. 함께 온 사람들을 까맣게 잊었습니다. 집으로 가는 길이 다르니 알아서 가겠지. 돌아서려다가 내처 걸었습니다. 나를 채운 빛이 따라왔어요. 매인 데 없이 홀가분한. 눌린 영혼이 깨어난 건가요. 시공을 넘어선 자유가 펼쳐 있어요. 모든 게 조화롭습니다. 찌든 욕망이 간 데 없어요. 존재만으로 가득 차서 허공을 걷는 듯했지요. 몸과 마음이 어우러진 내적 질서가 이런 것일까요. 없어졌다면 보이지 않게 숨어 있던 살덩이일 텐데 외려 마음이 가벼웠습니다. 병소에 막혔던 생기가 제 길을 찾았다는 짐작도 가능했지요. 순간에 갇혔던 의식이 영원을 향해 달립니다. 무념의 평안이 찾아들어요. 흐릿하던 머릿속이 또렷합니다. 보이는 둘에서 안 보이는 무한으로 옮겨가기. 홀로 걷는 게 불안하지 않았어요. 온 몸의 감각이 부드럽게 낭창거려요. 생이 감추었다는 비의가 드러난 듯했지요. 흐릿하던 시야가 또록또록 제 꼴을 찾았습니다. 오감이 산뜻하게 열렸습니다. 갑자기 떠난 아버지처럼 문득 딴 세상으로 옮겨간다 해도 괜찮았습니다. 나는 지하로 꺾어진 층계참에서 일층 출구로 나왔습니다. 굵은 국수 발 같은 비가 구멍처럼 뚫린 입구를 후려쳤습니다. 빗줄기에 덮인 거리를 층계참에 서서 내다보았습니다.

송곳 같이 날선 마음이 어느 때보다 넉넉했습니다. 볼 눈이 있어야 볼 수 있고 들을 귀가 있어야 들린다던가요. 불타는 용광로를 거친 뒤, 벼려진 알맹이만 남아 있는 듯싶었지요. 창조주가 숨긴 비밀이 이것일까. 어쩌면 나도 모를 약물에 취한 것도 같았습니다. 도파민이 이런 작용을 한다던 뇌 과학자의 얘기가 스치지만 어쨌든 상관없었습니다. 짙던 어둠이 왜 어떻게 걷혔는지. 여인의 손끝에서 촉발된 자유를 누가 건드렸는지 알 수 없었습니다. 일일이 뜻을 찾으려 하던 아버지가 나를 보며 빙긋 웃어요. 찬찬한 아버지를 곁에서 지켜보면서 조바심쳤는데. 손사래쳐서 밀어내려던 그의 유전자가 이제야 빛을 냅니다. 어느 한 곳 기울지 않은, 하모니를 그리며 걷는 걸음이 둥둥 떴어요. 생각 못한 문장이 떠돕니다. 내가 알던 것들과 이데아와 현상을 넘어서서 영혼과 맞닿은 절대 실체. 유일자의 유일자(the Alone)에로의 비약이라던가요. 보이는 나와 보이지 않던 내가 더해진 것처럼 뿌듯했습니다. 아랫배에 손이 갔습니다. 홀쭉한 뱃살 아래 상쾌한 바람이 괴어 있습니다. 보여줄 수는 없지만 내게 일어난 작은 변화를 말하지 않으면 무효가 될 것 같았습니다. 믿든 말든, 듣는 사람이 알아서 할 일입니다.

또 베란다로 나와 있습니다. 비에 묻은 안개가 앞산을 부옇게 가려요. 혼자 남은 집이 호젓합니다. 흐린 시야를 바라보면서 마음은 쾌청합니다. 우거진 녹음이 뭉실뭉실한 등을 보입니다. 처연한 품격을 조바심 없이 바라봅니다. 한줄 수증기가 풀리고 뭉치는 광경이 신비롭습니다. 거기 의탁하면 곧장 하늘로 올라갈 수 있을 것 같습니다. 믿지 않을 거야. 헤아린 탓에 허투루 말할 수 없었습니다. 나만 아는 놀라운 일을 말하고 싶었어요. 망설이다가 당신에게 말한 셈입니다. 흔쾌히 받아들이지 않아도 대놓고 에이! 그런 게 어디 있어, 반박하지 않을 테니까.

이웃집 오빠로 알던 당신을 오랜만에 장례식장에서 만났지요. 시간이 외모를 사정없이 바꾸어서 이름을 듣지 않았다면 못 알아봤을 겁니다. 기억 속 이름을 들으니 어린 날의 흔적이 잡히데요. 여드름이 숭숭 났던 소년을 중년이 되어서야 만났습니다. 알 수 없는 친숙함이 날아들어서……. 신기했습니다. 꿈이라든가 초월, 철학 따위를 말하던 당신을 돌아봅니다. 그때 나는 아이에서 어른으로 옮겨지던 때여서 공연히 퉁기곤 했어요. 말없이 비웃던 마음을 돌아보며 외려 용기를 얻었어요. 대학교에서 가르친다는 말이 미덥기도 했고. 가만히 귀 기울일 동그란 얼굴이 어른거립니다. 작은 키에다 각 없는 윤곽선에 담겼을 진정이 따뜻하게 다가옵니다. 쏟아놓으니 무겁게 드리웠던 장막이 걷힌 듯 가뿐합니다. 뱃속이 무지근했던 게 사실이고 이제 없어졌다는 것을 내가 알아요. 나도 모르던 살덩이가 증발했다니까요. 느낌일 거야. 하지 마세요. 가볍게 얘기할 만큼 경솔하지 않으니까. 빛인지 레이저인지 모를 기운이 보이지 않는 병소를 말끔히 씻어낸 것을 나만 압니다. 생전의 아버지가 그랬습니다. 얘야. 속에다 담고만 있으면 아무도 모른단다. 말을 해주어도 알아들을지 말지 해. 아이답지 않게 듬쑥한 딸이 걱정스러웠으리라고 이제야 헤아립니다.

새삼, 뜻밖의 시선으로 아버지를 돌아봅니다. 그의 부재를 받아들이고 싶지 않았지요. 이 땅 이때를 벗어난 존재가 신통력으로 다가온다고 그리면 유쾌합니다. 바람이 된 그가 거침없이 오갑니다. 나는 영혼의 증거를 아버지에게서 찾으려 듭니다. 사라졌으려니 여긴, 묵은 병소가 한몫 거들었겠지요. 존재하는 것들은 어떻게든 자신을 알리려 든다고 가만히 됩니다. 안 보이고 조용하다고 해서 없는 게 아니지요. 앞뒤좌우를 하나로 꿰는 이 작업이 한번에 일어난 건 아닙니다. 흐르는 날과 함께 기억에 기억을 쌓으며 이 자리에 섰으니까. 이제는 보이는 것뿐 아니라 어떤 추상이라도 받아들일 수 있습니다. 예전 같으면 어리석다고 여겼을 일인데. 이제는 아닙니다. 추상을 구체화시키는 메커니즘이라도 내게 생겼을지 모릅니다. 아버지가 남긴, 내 몫도 있으려니 여긴 현금이 몽땅 사라졌다 해도 받아들이겠습니다. 내게 가까웠으니까 내 것이라는 가설 또한 탐욕이겠지요. 보이는 것, 안 보이는 것. 모두 때 되면 갈 데로 간다고 알겠습니다. 가질 사람이 가지는 것이 자연의 흐름이겠지요. 심지 않은 열매나 바라던 마음을 들켰네요. 부끄럽습니다. 차근

차근 한발씩 밟아가거라. 결국 제로섬게임이야. 영정 속 빛을 담은 눈이 내게 꽂혀 있습니다. 시간이 가면 다 드러나게 된다. 들리지 않는 말이 면도날처럼 날아듭니다. 우리에게 주어진 시간은 얼마나 냉정하고 또 다정한지. 빗발이 수굿합니다. 빠르게 달리는 구름 사이로 하늘 한 귀퉁이가 빠끔히 열립니다. 푸른 숲을 휘감아 도는 안개가 몽환을 그립니다. 한결같이 제 자리를 지키는 사람이 있어서 세상이 평온했다고. 사진을 돌아보며 나직이 말하던 당신이 지워지지 않습니다. 평온했다고 과거형으로 말하는 음성에서 아버지를 존경하는 마음이 풍겼어요.

당신, 건강하셔야 해요. 느닷없이 이 땅에서 사라지지 않을 만큼만. 빗줄기가 주룩주룩 쏟아질 때 떠도는 영혼을 그리는 마음이 얼마나 아린지 모르지요? 세상의 모든 슬픔이 빗물에 배어 내린다고는 알 리 없으니까. 🜂

류담 소설의 예술적 체온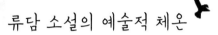

오양호 (문학평론가)

류담의 두 번째 창작집『야만의 여름』에 수록할 오케이 교정을 마친 작품, 열 편을 정독하는데 일주일이 걸렸다. 날씨도 덥고, 희한한 뉴스가 신문과 티브이를 꽉꽉 채워 그것들이 내 소설읽기를 방해했지만 그것보다 작품의 내포(connotation)가 여느 소설의 그것과 달랐기 때문이다. 쫀득쫀득한 어휘들이 등나무 갈나무가 서로 엇박자로 엉키듯 서사를 구성하기에 정신 바짝 차리지 않으면 스토리의 행방도 모를 소설이 류담의 글이다.

이렇게 말하면 류담의 소설은 재미가 없다는 말로 들릴지 모른다. 그렇다. 그러나 카프카의 「변신」을 누구나 좋아하는 것은 아니다.

최명희의 「혼불」을 제대로 독해하려면 국어사전을 옆에 놓고 시를 감상하듯 읽어야 한다. 박상륭은 「죽음의 한 연구」란 소설을 썼고, 「광장」의 최인훈도 세계를 개념화해서 자신의 자의식과 대결시킨 밀랍 같은 소설 「화두」를 썼다. 이렇다면 나의 류담 소설 읽기가 더뎠던 것은 장삼이사 수준을 못 벗어난 내 소설읽기의 깜냥 때문이다.

류담 소설은 왜 얼음에 박 밀듯이 읽히지 않는가.

제네바 학파를 이끈 마르셀 레이몽은 '나는 나를 평생 끌고 다닌 문제를 제기하거나 해결하는 걸 도와줄 수 있는 작가에게만 멈춰 있다'라는 말을 했다. 나 역시 소설을 즐기는 독자로서 '왜 류담 소설 앞에서는 자주 멈추게 되었는가.'를 생각해 보았다.

나는 『한국소설』 2008년 2월호 소설평설에서 이 작가의 소설을 '단문으로 인물의 심리를 콕콕 찍어내는데 그 압축이 시나 잠언을 닮았다. 정제된 서정체문장이 바하의 음악처럼 서사의 밑바닥에 흐른다'라고 말한 바 있다. 가도 가도 아득하기만 한 삶에 대해 류담은 다른 사람과는 많이 다른 방법으로 그 행로를 좇아가고 있었기 때문이다. 그 후 6년, 다시 만난 그의 소설은 아직도 여전히 '애야, 살아보니 어떻더냐? 내가 살아보니 말이야, 우습기만 하더라. 우습더라'며 인생살이의 미스터리를 그 특유의 문체(style)와 성격(character)과 이야기의 문법을 통해 육화시키고 있다.

이하의 논의는 이 세 가지 코드로 읽은 류담의 소설에 대한 나의 생각이다.

1. 류담의 문체

다방에서 나온 아가씨가 스쿠터 위에 걸터앉는다. 보자기로 싼 보온병이 앞에 놓인다. 짙은 화장을 했다고 해서 어린 나이를 감추지 못한다. 당겨진 봉재선의 실밥이 터질 것 같다. 거침없이 드러난 맨 허벅지가 허연 육질을 드러낸다. 햇살을 받은 연두색과 주황색 물결무늬가 빤빤한 윤기를 낸다. 여자는 자신의 매무새를 슬쩍 훑는다. 되바라지지 않은 은회색의 은근한 빛을 품은 천이 여자를 다독인다. 한줄기 시린 바람이 거리를 쓴다. 앙증맞은 스쿠터에 올라탄, 희고 통통한 다리가 길을 밝힌다. 쌩 달려 나간 스쿠터가 바람을 일으킨다. 굽실거리는 긴 노랑머리가 뒤로 날린다.

「수선화」

서사라기보다 이미지의 나열이다. 사용된 말이 시니피에보다 시니피앙이 더 강하여 음향심상이 서사를 형성하니 그 내포가 산문체 문장을 넘어선다. 말에 감성이 팔딱거린다. 설명이 아니라 느끼게 하고, 보여준다. 어린 나이를 숨기고 다방 종업원으로 열심히 사는 아가씨의 모습이 한 폭 데생이다. 자기도 한 번 일어서 보겠다며 머리를 노랗게 물들이고, 탱탱한 육체를 과시하며, 삶의 현장으로 뛰어든 아가씨, 그 인간상이 시각 이미지와 감각적 표현에 실림으로써 더욱 뚜렷하다.

여자는 풀에 얹힌 민달팽이가 된 것 같았다. 지금 밟는 걸음이 보이지 않는 금을 그을까. 철을 만난 풀꽃이 제 색깔을 맘껏 드러냈다. 누가 보든 말든 때맞춰 피고 지는. 여자는 대단한 지혜라도 찾아낸 듯 뿌듯했다. 빨강, 노랑, 파랑, 하양과 분홍이 섞인 이름 모를 꽃 사이로 조붓한 발자국 길이 이어졌다. 군데군데 놓인 크고 작은 바위가 밋밋한 풍경을 이루었다. (세 문장 생략)

그 위를 둥글게 덮은 하늘, 뭉텅이로 떨어진 분뇨조차 풍경을 꾸미는 장치처럼 보였다. 새가 날았던가. 빈 데가 보였다 해도 꽉 차게 느낄 만 했다.

「괄태충」

얼굴 가득 소리 없이 웃던 아버지가 이마에 흘러내린 땀을 소매로 닦았다. 그를 따라 맑게 웃었으리라. 뱃전에 몸을 기울인 그가 물을 움켜 잎에 흘렀다. 나를 가리고도 남을 넓은 녹색 위에서 수은 같은 물방울이 소리를 낼 듯 굴렀다. 물속에 살면서 물에 젖지 않는 잎은 신기했다. 긴 줄기가 내 키만큼 컸다. 더할 수도 덜할 수도 없이 가득 찬 날이었다. 나는 두 손으로 노를 젓는 씩씩한 청년 앞에서 초록색 양산을 머리 위로 받쳐 든 새침데기 아가씨였다.

「바람에 눕다」

「괄태충」은 남자와 헤어진 후 떠난 인도여행담이고, 「바람에 눕다」는 교통사고로 아이를 잃고, 그것 때문에 남편이 집을 나가 혼자 남은 여자 이야기다. 두 소설에 뚜렷한 서사는 없고, 앞의 소설은 벌레, 괄태충과 남자에 대한 회상이 축을 이루고 있고, 뒤의 소설은 주인공의 불행했던 성장기와 아이를 잃고 가정이 망가진 현재의 처지가 번갈아 전개된다. 인용된 부분은 이런 이야기의 압축과 같다. 「괄태충」은 어떤 깨달음으로 남자를 다시 찾는 해피엔딩의 예보로 결말이 나고, 「바람에 눕다」는 삶의 비참함이 오직 아버지와 할머니의 사랑으로 버티는 것으로 서사가 종결되기 때문이다. 그런데 우리가 이런 기법에서 발견하는 것은, 류담은 이런 정신문체(mind style)를 소설의 필연적 한계인 허구와 실재의 괴리를 서정시의 이미지 결합과 유사한 기법을 통해 극복하고 있는 점이다. 다시 말해 류담은 이런 정신문체로 삶에 대한 미적 형상화의 야심 찬 욕구를 서정소설(lyrical novel)로서 구현하고 있다.

서정소설에서 주로 활용하는 정신문체란 로거폴러(Roger Fowler;「Lingusistice and the Novels」)가 쓴 말로서 태도(attitude)나 자세(stance)에 의하여 빚어지는 시점의 문체를 가리킨다. 둘 중 특히 작가의 세계관을 나타내는 태도가 중심이 된다. 우리가 말을 하거나 글을 쓸 때 선택하는 단어나 문장은 독자나 청자에게 잠재적인 의미를 창출하는데 우리는 그것을 단지 부분적으로밖에 통제할 수 없다. 그래서 소설가들도 주의 깊게 어휘를 선택하고 문장을 구성한다. 하지만 그가 미처 깨닫지 못하고 있는 의미나 태도를 그의 글은 그 속에 담고 있다. 무릇 좋은 작가일수록 문장의 표층적 구조 밑에 깊이 스며 있는 심층적 구조의 의미가 더 중요한 역할을 한다. 그 심층적 구조의 의미를 작가 자신도 결코 드러내 놓고 설명할 수 없다. 왜냐하면 그것은 그 어휘나 문장구조의 선택이 반드시 의식적 차원에서만 이루어지는 것이 아니기 때문이다. 그리고 그러한 선택은 몇 개의 측면에서 단선적으로 이루어지는 것이 아니라, 여러 차원에서 복합적으로 이루어진다.

위의 인용은 소설집 『야만의 여름』에서 중심을 형성하는 문체의 한 예지만, 이런 논리를 근거로 할 때, 류담의 정신문체는 서정시적 주관성, 로망스, 내적독백, 혹은 의식의 흐름과 같은 형태, 그러니까 기존의 서사유형이나 소설의 전통문법과는 다른 그 나름의 서사체를 형성하고 있다. 이런 점에서 류담의 소설은 개성적이다. 이런 서정적 톤이 류담의 심미적 글쓰기를 효과적으로 수행하고 있다.

2. 경계인들의 초상

소설집 『야만의 여름』을 읽으며 발견하는 두 번째 사실은 이 작가가 창조하는 인물들이 현실과 대거리를 하다가 물러서는 인물들이 많다는 사실이다. 이런 점은 불행한 성장기를 거쳐, 지금은 한 회사의 경리담당 직원이면서 회계 부정을 저지르고, 이별한 남자 친구와의 행복했던 시간을 회상하며 여행을 하는 「수선화」의 주인공 모습에서 잘 드러난다. 「야만의 여름」, 「중발」, 「사막과 유리성」의 캐릭터도 다르지 않다. 「수선화」는 서사의 전개형식이 여로형이란 데서 변별성이 있지만, 그 주인공이 삶의 기반이 흔들리는 현실 앞에서 자신의 존재 이유를 그대로 유지하려는 인간이란 점에서는 이 세 작품의 인간상과 그 성격이 다르지 않다. 현실과 대치한 개인의 내면을 전면에 내세우면서, 치밀하게 심리를 묘사하는 작가의식은 같다는 말이다.

사내를 만나면 안 된다는 생각이 요즘 든다. 언니, 예뻐졌네. 좋은 일 있어? 시누이가 빤히 쳐다봤을 때 얼굴로 피가 모였다. 저절로 핀 혈색에다 훈훈해진 마음을 들킨 것 같았다. 사라진 빛이 돌아와 어디랄 것 없이 반짝였다. 여자는 오랜만에 찾아온 생기가 반가웠다. 시시콜콜 발설할 수 없는 일인데다 시누이가 알아서 좋을 일은 아니었다. 좋은 일 좀 있어봤음 좋겠어요. 문지르듯 피하는 여자를 쥐 눈처럼 반짝이는 시선이 짯짯이 훑었다. 끝만 잘라낸 바늘을 뿌린 것처럼 얼굴이 따가웠다. 그렇다고 사내를 덮어놓고 좋아하는 것도 아니었다. 갖가지 궁리가 엉켰다. 여자는 자신이 쓰는 돈에도 혐의를 두었다. (중략) 왜 하필 나야? 여자가 사내에게 물은 적이 있었다. 운명이지. 눈을 맞추면서 사내가 말했다. 그가 사준 휴대폰에는 '하늘만큼, 땅만큼'이 떠 있었다. 이런 삼류라니. 여자는 비웃으려 했다. 유치하다고 뭉개면서 그 말에 잡힌 것도 사실이다. 꿉꿉하던 속내로 밝은 햇살이 스민 듯했다. 사내는 증권에 정신없이 매달렸다.

「야만의 여름」

류담의 문체미학이 십분 나타나는 한 부분이다. '좋은 일 좀 있어봤음 좋겠어요.'이 한 마디 말에 이 여자의 과거와 현재의 심리상태가 드러난다. '좋은 일? 과거에도 없었고, 현재에도 없다. 그러나 앞으로 있으면 좋겠다. 있을 수도 있지 않겠나?'란 뉘앙스를 풍긴다. 남편이 식물인간이 되자 불가마를 드나들며 몸의 열기에 맞불을 놓다가 남편의 고교 동창이라며 병문안 온 사내를 만나 비릿한 밤꽃 냄새를 맡으며, 차타레이 부인이 산지기와 정사를 벌이듯 산속 풀밭에서 튼실한 사내의 등바닥이 내려누르는 힘에 숨을 헐떡이며 몸을 섞는다.

여자는 사내가 보낸 손전화의 '하늘만큼 땅만큼'이라는 문자를 삼류라고 비웃지 못한다. 부쩍 친절해진 사내의 수작이 수상쩍어도 여자는 증권에 매달린 사내에게 5천만 원의 돈을 투자했고, 잘만 투자하면 무섭게 불어나는 돈의 생리를 이미 알아버렸다. 사내와의 관계를 끝내지 못하는 것은 육체와 돈이 밀착된 현실 때문이고, '사내를 만나면 안 된다'는 마음은 남편과 쌓인 정 때문이다. 이렇게 원심력과 구심력 사이를 헤매는 주인공의 심리를 작가는 적확하게 포착해 내고 있다. 사실 현실에 대한 적극적 대응을 못하는 소설의 작중 인물들이 구성이나 갈등을 통해 주제를 실현하기란 어렵다. 그 대신 작가는 등장인물의 내면의식의 섬세한 조응으로 사건이 전개되는 분위기를 창출하고, 미묘한 심리를 압축하는 문체를 통해 그런 한계를 벗어나려 한다.

파리 유학을 한 순진한 이상주의자 남편과 천박한 현실주의자 사내사이에서 방황하는 '여자'는 현실의 경계에 선 존재라 하겠다.

이것이 7, 80년대라면 리얼리즘의 견고한 기법으로 묘사되었을 것이다. 그러나 지금은 그 리얼리즘 시대가 가고 21세기, 한국소설은 바야흐로 여성들의 감성소설이 대세를 이루고 있는데 류담의 소설은 그런 흐름과 동행하고 있다. 이런 점에서 류담 소설 속의 경계인은 가장 당대적 인간상을 띠고 있다.

> 방으로 들어서는데 아래가 뜨끈했다. 노란 비닐장판 위로 단풍색 피가 뚝뚝 떨어졌다. 무수히 많은 생각들이 여자를 찢고 할퀴고 다그쳤다. 잘못했어. 승준씨. 입 밖에 내어 중얼거렸다. 남자는 전화를 받지 않았다. 여자는 그가 근무하는 곳 앞에서 서성였다. 남자는 나오지 않았다. 뿔 달린 짐승이 으르렁거리며 사방에서 달려들었다. 여자는 몸을 웅크렸다. 자신을 지켜줄 실 나부랭이조차 없었다. 이틀 밤 사흘 낮을 누워만 있었다. 스스로 없어져야 한다고 생각했다.

「무플론이 울면」

비단 「무플론이 울면」만은 아니지만 류담의 소설이 의식의 감성 포착과 그 흐름을 유달리 잘 잡아낸다는 말은 이미 했다. 인용된 부분은 남자에게 버림받은 여자의 착잡한 심리상태를 보여주고 있다. 여기서도 류담 문체의 특징인 의식의 정연한 흐름에 의해 캐릭터의 특성이 뚜렷하게 잡힌다. 여자가 자살을 각오하는 데는 적지 않은 사연이 있을 텐데, 작가는 그런 사건 전개를 배제한 채, 여자의 황망한 심리만 쫓는다. 사실 남녀의 이별이란 거의 비슷할 테니 그걸 말한다면 '하늘만큼, 땅만큼식'

의 삼류 사건 밖에 더 있겠는가.

류담 소설의 인물, 주로 '여자'로 호칭되는 캐릭터는 이처럼 현실의 갈등과 치열하게 맞서지 못하고 그 끈을 쉽게 놓아버린다. 이런 인물은 자신이 세발 장대 휘둘러 봐야 걸릴 것 하나 없는 경계에 서 있는 처지란 걸 알고 현실과의 대치를 아예 포기한다. 이런 인간상은 류담 소설의 특징, 그러니까 안타깝게 깨어지는 꿈의 조각들(「꿈의 기원」), 결국은 증발해버리는 존재(「증발」), 현실과의 대결을 피하고 멀리 여행을 떠나버리는 나약한 인간상(「괄태충」)으로 부조된다. 서술이 아닌 묘사, 구성이 아닌 이미지에 의해 설명하기 힘든 삶의 그늘과 무늬들이 이 인간상들의 감성에 모자이크처럼 도들 도들 돋아있다.

류담의 이런 기법은 매양 한 목소리인 듯한 플롯의 단조로움에도 변화를 줄뿐 아니라, 그것이 다른 작가들의 작품과 다르다는 점에서 우리의 관심에 값한다.

3. 류담의 소설과 이야기의 문법

오래전부터 소설 연구자들은 소설에서 '사건'을 어떤 순서로 서술해야 하는가라는 문제에 대하여 고민해 왔다. 가령 E. M. 포스터는 '왕이 죽자 왕비도 죽었다'는 이야기(story)이고, '왕이 죽자 그 슬픔 때문에 왕비도 죽었다는 구성(plot)이라 했다. 그러나 소설에서 플롯에 대한 논의는 모순에 빠질 우려가

다분하다. 소설이란 문학 장르의 결정적 특징이 리얼리즘에 있기 때문이다.

리얼리즘이 어떻다는 것인가? 그 한 예로 I. 왓트(Ian Watt)의 논리는 이렇다.

'리얼리즘이 추구하는 진실이란 개인적 감각을 통하여, 개인에 의해서만 발견할 수 있다. 따라서 소설의 제1표준은 항상 독특한 개인적 경험에 의한 진실이다. 소설가의 주요 임무는 개인의 경험에 대한 박진감을 전달하는 것이기 때문에 이미 확립된 어떤 형식적 관습에 관심을 기울이는 것은 오직 작가의 성공을 위협할 뿐일 것이다.'

이 말은 결국 소설이 소설인 것은 기존의 형식적 속박으로부터 벗어나는 것이란 의미다. 다시 말해서 소설의 플롯은 기존의 형식에서부터 벗어나려는 노력의 연속이란 뜻이다. 세상의 소설이론에 이언 왓트의 소설론만 있는 것은 아니다. 하지만 그의 소설발생론(『The rise of novel』)을 읽지 않은 소설이론가들이 없다는 사실을 감안할 때 이런 언급은 간과할 사안이 아니다.

이렇게 본다면 소설을 플롯에 근거를 두고, 그러니까 기존의 플롯이 이러 이러한데 라고 하면서 작품의 구성을 따지는 것은 무용한 것일지 모른다. 설사 소설이론가나 비평가들이 플롯의 유형을 몇 가지로 분류하고, 어떤 작품을 대입한다 하더라도 그것은 지난 시대의 작품을 대상으로 할 뿐이고 새로운 작품에도 맞아떨어진다고 할 수 없다. 문학의 정전은 늘 새로움의 연속,

이른 바 '참신한 것'이기 때문이다.

류담의 작품을 평하면서 이런 논의를 전제하는 것은 그의 소설이 구성이 느슨하나 문체 하며 감성적 묘사가 본질적으로 리얼리즘적 기법에 기대어 구성의 약점을 보완함으로써 소설적 성취를 이루고 있다는 말을 하기 위함이다.

이 문제를 「수선화」를 통하여 간단히 고찰해 보자.

「수선화」는 승희라는 여자가 제이라는 남자와 사귀다가 헤어진 후, 남자가 승희에게 한 학기 등록금을 납입해준 대가로 준, 한계령 너머 바닷가에 있는 농가를 다녀오는 이야기다. 남녀가 사귀다가 헤어진다는 점에서 이 소설은 연애소설이고, 여행을 떠났다가 그 여행이 끝나면서 소설도 끝난다는 점에서 이 소설은 여로형 소설이다. 연애소설이라면 남녀 간 불가항력적인 애정의 우여곡절에 얽힌 서사, 그 서사를 긴장시키는 장치, 곧 삼각관계, 또는 다른 갈등이 있어야 할 것이고, 여로형 소설이라면 길을 따라 사건이 발생하고 해결이 이루어지는 길 따른 인생해석이 있어야 한다. 그러나 이 소설은 그런 문제가 유기적으로 얽히는 구성이 없다. 주인공 승희의 현재 심리와 그의 남자 제이에 대한 회상이 두 축을 이루면서 여행이 전개되다가 끝나면서 대단원이 온다. 현재와 과거가 뒤섞이고, 의식의 흐름에 따라 사건이 들쭉날쭉하여 서사의 흐름을 가늠하기 어렵다. 전형적인 감성소설의 문법이다.

강 따라 이어진 길은 비어 있다. 뒷덜미를 닦아세우던 조바심이 가신다. 길가 주유소에서 기름을 채우고 빈 길로 나온다. 텅 빈 길이 속도를 부추긴다. 계기판의 붉은 금이 가파르게 솟는다. 140으로 올라선 눈금이 신경을 팽팽하게 당긴다. (중략) 검문소가 선 삼거리가 차창에 비친다. 제이가 꺾은 길을 가리키고 있다. 저쪽으로 가면 질러가는 길이 나와. 호젓하게 달릴 수 있는데 가끔 끊기는 게 탈이야. 얼굴을 어슷하게 튼, 그의 턱 선이 선명하게 떠오른다. 길이 아닌 옆모습을 지켜보던 여자를 그가 알까. 길을 따라 달리다 보면 현리가 나와. 거기서 오른쪽으로 틀면 가리봉 산으로 가게 돼. 도중에 필례약수가 나오는데 이름만큼이나 물맛이 특이해. 찝질하고 비릿한. (중략) 그림자로 따라온 제이가 콧노래를 부른다. 저 산은 내게 우지마라 우지마라 하고. 여자는 차창을 조금 내려 열기를 식힌다. 따라온 제이가 쾌활하게 말한다. 붉게 타는 장작불을 보니까 할머니가 생각나.

　굽은 길이 끝도 없이 휘어든다. 첩첩이 겹친 아홉 사리 고개를 탄다. 가파른 높이로 겹칠 듯 구부러진 길을 돌며 몸과 마음이 어질어질하다. 산그늘이 내린 굽이에 겨우내 언 빙판이 숨어있다. 한 겨울을 알리는 얼음이 유리처럼 반질거린다.

「수선화」

　인용한 부분은 특별한 대문이 아니다. 이런 분위기의 문장은 이 작품 어디에서나 따올 수 있다. 인용된 부분에는 세 개의 과거사가 겹친다. 지금 주인공 승희가 홍천을 지나고, 그 길을 제이와 같이 지났고, 그렇게 함께 지날 때 제이가 이미 그 길을 혼자 지났다는 걸 듣고, 지금 주인공은 그런 길을 지나며 어린 날 길에서 넘어져도 아무도 일으켜주는 손이 없던 걸 회상한다. 이런 의식의 흐름 속에 혼자 차를 몰아 홍천, 현리, 필례약수, 한계령을 지난다. 제이가 부르던 저 산은 우지마라 우지마라란 노래를 회상하며. 이런 기억이 매끄러운 회상체 문장으로, 사연 많은 여가수의 알토 톤으로, 미지의 공간처럼 우리를 구속하는 필례약수, 한계령 등의 장소애(topophilia)와 섞여 독자의 가독성을 자극한다.

서정수필, 혹은 사색록 같은 이런 서사가 마침내 하나의 테마를 형성한다.

이것은 이 소설의 이면裏面에 깔린 '물'의 이미지에 의해 수행된다.

1) 언젠가 제이에게 받았던 구근이 이제야 떠오른다. 마지못해 받아오기는 했다. 뭔가 길러본 적이 없는 여자는 기르겠다는 생각조차 하지 않았다.

2) 식물의 수액이 이제야 혈관을 도는 건가. 내내 버틴 긴장이 풀린다. 부서질 듯 바싹 마른 뿌리가 솟는다. 돌아가면 물부터 주리라.

1)은 발단에 나오는 '수선화'이고, 2)는 대단원에 나오는 '수선화'다. 1)은 복선(under plot)이고, 2)는 해피엔딩을 예보하는 2차 복선의 역할을 한다. 이런 장치에 의해 이 소설을

지배해온 음울한 분위기가 사라지면서 구성이 팽팽해진다. 더욱 진실한 사랑이 확인되는 장치다. 주인공 '여자'의 불행한 성장과정과 호응하던 의식의 감성적 흐름은 구성 1), 2)에 의해 다른 내포로 전이, 인용 3)과 같은 이 소설 전체의 의미를 암시하는 키 모멘트와 닿는다. 이런 내포(connotation)가 이 소설의 원천심상, 그러니까 '수선화'란 표제에서에서부터 시작되는 물에 의해, 그 물이 환기하는 상상력에 의해 수행된다는 점에서 이 작품이 감성소설로서 서는 자리는 여느 소설의 그것과 다르다.

3) 굽은 길 끝에서 설핏 드러나던 바다가 어린다. 맨 땅에 그렇게 많은 물이 담기다니 신기하기만 했다. 그것도 둥근 지구 거죽 아닌가. 물의 칠십 퍼센트가 바다라던데. 인체를 이룬 물도 그만큼이라고 했다. 여자 속에 깃든 물이 제이에게 솔리고 있다. 빨아들이는 힘이 엄청나다. 후회인지 안도인지 모를 감정이 엉킨다. 설핏 바다가 비치는 데서 굽은 산길로 꺾어들어야 했는데. 끝에서 휘어진 곳을 곧장 가면 제이가 살던 집이 나온다.

「수선화」

대단원 부분에 나오는 물 모티프다. 이런 서사 앞에 이미 많은 물 모티프가 사건과 연계되었다. 안개로 습기로 여자가 모는 차창에 기어들기도 하고, 시야를 막기도 했다. 그럴 때 제이에 대한 회상이 겹쳤다.

주인공 승희가 사랑한 제이는 태생이 물의 인간이다. 위의 인용은 결국 제이의 태생에 대한 암시다. 물 곁에서 제이가 태어나 자랐고, 지금은 여자 속에 깃든 물까지 제이에게 쏠릴 만큼 제이는 엄청난 힘으로 물을 빨아들이고 있단다.

이런 물의 이미지가 대체 이 소설에서 무슨 역할을 하나?

좀 과장해서 우라늄의 발견과도 비견되는 가스통 바슐라르의 문학적 상상력, 그의 4원소의 상상력 한 귀퉁이에 물을 이렇게 사유하는 대문이 있다. '물은 운명의 한 타입이며, 그것도 유동하는 이미지의 공허한 운명, 미완성된 꿈의 공허한 운명이 아닌 존재의 실체를 끊임없이 변모시키는 근원적 운명이라는 것을 이해하게 될 것이다.'

이런 말을 염두에 둘 때 인용한 지문은 주제의 압축이며, 승희와 제이가 운명적으로 묶이는 존재로 읽힌다. 이건 비약인지 모른다. 그러나 이런 독해는 독자의 권리다. 누가 말라르메가 '히드라가 안개 속을 빠져나갈 수 있게 도와주자'라는 물의 해석을 잘못되었다고 할 수 있나. 나의 이런 독해 역시 누가 틀렸다는 걸 증명하기 전에는 맞다. 인용 2)가 나의 독해를 받쳐주지 않는가. 이런 점에서 이 소설은 느슨한 구성(loose plot)이 아니라 팽팽한 구성(tight plot)이다. '수선화'란 표제를 달고, 계속 물의 이미지가 서사의 이면을 흐르다가 '작은 빛이 점점 커진다. 노랑으로 가득한 수선화 꽃밭이 뜬다. 수선화를 바라보는 제이의 얼굴이 환하다.'와 같은 진술에 와서 클라이맥스를 형성하고, 그것이 인용 3)의 서사와 얽힌다.

이런 글쓰기는 류담 특유의 소설적 기법이라 하겠다. 류담의 작품을 감성소설로 접근할 때 그는 김승옥이나 최윤, 혹은 윤후명의 뒤에 선다. 그러나 이런 기법을 염두에 둘 때 그의 감성소설이 서는 자리는 그만의 자리다. ❀

야만의 여름

| 초판 1쇄 인쇄일 | | 2014년 9월 24일 |
| 초판 1쇄 발행일 | | 2014년 9월 25일 |

지은이		류담
펴낸이		정구형
편집장		김효은
편집 / 디자인		박재원 우정민 김진솔 윤혜영
마케팅		정찬용 정진이
영업관리		한선희 이선건 허준영
책임편집		김진솔
표지디자인		박재원
인쇄처		미래프린팅
펴낸곳		북채늘

등록일 2006 11 02 제2007-12호
서울시 강동구 성내동 447-11 현영빌딩 2층
Tel 442-4623 Fax 442-4625
www.kookhak.co.kr
kookhak2001@hanmail.net

| ISBN | | 978-89-93047-69-1 *03800 |
| 가격 | | 15,000원 |